本书为国家社会科学基金重点项目"元代文学地图数字分析平台"（18AZW008）阶段性成果。

刘京臣 / 著

晚唐诗
对 宋词 影响研究

中国社会科学出版社

图书在版编目(CIP)数据

晚唐诗对宋词影响研究/刘京臣著. —北京：中国社会科学出版社，2021.4

ISBN 978-7-5203-8203-8

Ⅰ.①晚… Ⅱ.①刘… Ⅲ.①唐诗—文学研究②宋词—文学研究 Ⅳ.①I207.2

中国版本图书馆 CIP 数据核字(2021)第 060130 号

出 版 人	赵剑英
责任编辑	郭晓鸿
特约编辑	杜若佳
责任校对	师敏革
责任印制	戴 宽

出　版	中国社会科学出版社
社　址	北京鼓楼西大街甲 158 号
邮　编	100720
网　址	http://www.csspw.cn
发 行 部	010-84083685
门 市 部	010-84029450
经　销	新华书店及其他书店
印　刷	北京明恒达印务有限公司
装　订	廊坊市广阳区广增装订厂
版　次	2021 年 4 月第 1 版
印　次	2021 年 4 月第 1 次印刷
开　本	710×1000　1/16
印　张	21.75
插　页	2
字　数	303 千字
定　价	118.00 元

凡购买中国社会科学出版社图书，如有质量问题请与本社营销中心联系调换
电话：010-84083683
版权所有　侵权必究

目　录

前言 …………………………………………………………（1）

第一章　杜牧对宋词影响研究 ……………………………（1）

　第一节　扬州印记 ……………………………………………（4）
　　一　二十四桥：地理印记 ……………………………………（5）
　　二　扬州梦与薄幸名：杜郎意象的初塑造 …………………（14）

　第二节　杜郎风采 ……………………………………………（27）
　　一　谁唤分司御史来："本事"中的率性 ……………………（28）
　　二　青子垂枝杜郎来："本事"中的痴情 ……………………（31）

　第三节　三守僻左 ……………………………………………（36）
　　一　五色线补舜衣裳：感时诗对宋词的影响 ………………（37）
　　二　江涵秋影雁初飞：写景诗对宋词的影响 ………………（49）
　　三　流水今日知何处：送别诗对宋词的影响 ………………（68）
　　四　东风不与周郎便：咏史诗对宋词的影响 ………………（82）

　第四节　其他诗歌对宋词的影响 ……………………………（94）
　　一　一骑红尘妃子笑：杜诗中的崇高消解 …………………（95）
　　二　愿为闲客此闲行："闲"心态对宋词的影响 ……………（107）
　　三　倒冠落佩与世疏：杜赋中的归隐情结 …………………（115）

四　谁家红袖凭江楼：入画之诗与细腻情思…………（121）

　余　论 ……………………………………………………（126）

第二章　许浑对宋词影响研究 ……………………………（129）

　第一节　从"榆塞夜孤飞"到"霄汉共高飞"：许杜之交游……（134）

　第二节　日暮酒醒人已远：送别诗对宋词的影响 ………（138）

　第三节　万里归心独上来：登临诗对宋词的影响 ………（145）

　第四节　莫将年少轻时节：酬赠诗对宋词的影响 ………（150）

　第五节　座中唯有许飞琼：记梦诗对宋词的影响 ………（153）

　第六节　百年身世似飘蓬：语词字句对宋词的影响 ……（158）

　　一　沧江归去老渔樵 …………………………………（159）

　　二　翠萝深处遍青苔 …………………………………（162）

　　三　山断水茫茫 ………………………………………（163）

　　四　河桥酒熟 …………………………………………（164）

　余　论 ……………………………………………………（166）

第三章　温庭筠对宋词影响研究 …………………………（170）

　第一节　温词对宋词的影响 ……………………………（171）

　　一　花面交相映 ………………………………………（172）

　　二　社前双燕回 ………………………………………（175）

　　三　独倚望江楼 ………………………………………（181）

　　四　征马几时归 ………………………………………（186）

　　五　画楼残点声 ………………………………………（190）

　第二节　温诗对宋词的影响 ……………………………（200）

　　一　"尽入诗余" ………………………………………（201）

　　二　俨然词境 …………………………………………（212）

　　三　承前与启后 ………………………………………（221）

四　花与月 …………………………………………… (232)
　　五　套语与新语 …………………………………… (240)
余　论 ………………………………………………………… (245)

第四章　李商隐对宋词影响研究 ……………………… (249)
　第一节　西窗剪烛：细腻的生活场景 ………………… (254)
　第二节　无题诗对宋词的影响 ………………………… (268)
　　一　《无题二首》 ………………………………… (269)
　　二　《无题四首》 ………………………………… (276)
　　三　如何雪月交光夜 ……………………………… (282)
　　四　背面秋千下 …………………………………… (288)
　第三节　艳情诗对宋词的影响 ………………………… (290)
　　一　辜负香衾事早朝 ……………………………… (291)
　　二　芭蕉不展丁香结 ……………………………… (297)
　　三　冶叶倡条遍相识 ……………………………… (302)
　　四　尽日灵风不满旗 ……………………………… (310)
　第四节　咏物诗对宋词的影响 ………………………… (312)
　　一　花须柳眼各无赖 ……………………………… (312)
　　二　不放斜阳更向东 ……………………………… (319)
　　三　月中霜里斗婵娟 ……………………………… (323)
　余　论 …………………………………………………… (326)

参考文献 ………………………………………………… (329)
后记 ……………………………………………………… (338)

前　言

唐诗、宋词，是唐宋两代各自最具代表性与典范性的文体。学界对唐诗与宋词给予了非常多的关注，取得了异常优秀的成果。但是从整体上关注唐诗对宋词影响的成果并不多见。

2014年，笔者出版了《盛唐中唐诗对宋词影响研究》（中国社会科学出版社）一书，以盛唐的王维、李白、杜甫和中唐的韩愈、白居易、刘禹锡等诗人为中心，全面考察盛唐、中唐诗歌对宋词的影响。本次将研究视野移至晚唐时期，以杜牧、许浑、温庭筠和李商隐四大诗人为中心来考察晚唐诗歌对宋词的影响。

本书是在此前研究基础上的进一步推进。从方法层面看，二者之间有同有异。相同之处在于，这两次研究，都是依托技术手段，以中华书局版《全唐诗》《全唐诗补编》《全宋词》三种基本文献为依据进行的文本相似性比对。通过分析，最终得出"影响因子"与"接受因子"排名。以影响力的高下为序，对宋词产生最大影响的二十位唐代诗人分别为：杜甫、白居易、李白、杜牧、李商隐、韩愈、刘禹锡、韩偓、李贺、许浑、罗隐、刘长卿、郑谷、元稹、韦庄、温庭筠、王维、陆龟蒙、杜荀鹤和王建。其中王维、李白、杜甫为盛唐诗人，刘长卿、韩愈、李贺、王建、元稹、白居易和刘禹锡为中唐诗人，余下的十位全是晚唐诗人。

在这十位晚唐诗人中，我们着重考察杜牧、许浑、温庭筠和李商隐四大诗人对宋词的影响。这四位诗人之所以被选择，是因为在十位晚唐诗人中，杜牧对宋词的影响最为显著，其次要推李商隐和韩偓。因韩偓多学李商隐，李商隐又多学李贺，故而我们在以李商隐为考察对象时，可以兼及李贺、韩偓二人。许浑以声律俪偶见长，诗风清丽，既不同于温、李、韦，也不同于皮陆诸人，是晚唐诗坛代表性的人物之一。至于温庭筠，他是花间派鼻祖、婉约词风的创立者，其诗歌与词作都对宋人产生了较大的影响。

当然，两次研究也有不同之处。本书的特点主要表现在三个方面。

首先，文本更为精准。在上次研究中，我们主要使用了《全唐诗》《全唐诗补编》《全宋词》的文本数据。本书虽然也以这三种文本为基础，但是我们依托《中华经典古籍库》，完成了对原有文本的替换，文本更为精准。

其次，文本数量更大。在完善数据的同时，建立起自先秦至清代包含611807条记录的诗词数据库。这样在考察诗词之间、诗诗之间、词词之间的影响—接受时，既可向上溯源，又能向下延展。

再次，平台更为高效。在上次研究中，主要基于"唐诗宋词影响接受分析平台"进行两种文本间的相似性比较，可以在数据库里实现"重出部分查询"、"作者或作品名称查询"以及"整体查询"等。本书主要是在国家社会科学基金重点项目"元代文学地图分析平台"的基础上展开。该平台包含"地点""人物""作品""综合分析"四大模块，本书主要利用其中的"作品"和"综合分析"模块来考察文本间的相似性。更为合理的算法使得统计分析的效率更高。

第一章 杜牧对宋词影响研究

杜牧,出身世家大族,上承祖父杜佑之家风余绪,有经世济用之才,其自称:"某世业儒学,自高、曾至于某身,家风不坠,少小孜孜,至今不怠。性颛固不能通经,于治乱兴亡之迹,财赋兵甲之事,地形之险易远近,古人之长短得失,中丞即归廊庙,宰制在手,或因时事,召置堂下,坐之与语,此时回顾诸生,必期不辱恩奖。"①又喜谈政论兵,慷慨有大节,惜身处晚唐末世,虽明了藩镇与边患两大痼疾,纵有"两枝仙桂一时芳"之英才,然"十年为幕府吏"②,加之"三守僻左,七换星霜"③,久困远郡,拘挛莫伸,未得大用。

高才而中年遽逝,后人多有同情、惋惜。张方平《读樊川集》称"中年遽使山根折,尽写雄襟在此书"④,便流露出叹息之意。当然,更多的是对杜牧才情的叹服,全祖望称:"杜牧之才气,其唐长庆以后第一人耶!读其诗、古文词,感时愤世,殆与汉长沙太傅相上下。"⑤ 洪

---

① (唐)杜牧:《上李中丞书》,吴在庆撰:《杜牧集系年校注》(第3册),中华书局2008年版,第860—861页。
② (唐)杜牧:《上刑部崔尚书状》,《杜牧集系年校注》(第3册),第991页。
③ 同上书,第988页。
④ (宋)张方平:《读樊川集》,傅璇琮、倪其心、许逸民等主编:《全宋诗》(第6册)卷三〇六,北京大学出版社1998年版,第3840页。
⑤ (清)全祖望:《杜牧之论》,《鲒埼亭集外编》卷三七,《清代诗文集汇编》(第303册),上海古籍出版社2010年版,第397页。

亮吉称："中唐以后，小杜才识，亦非人所能及。文章则有经济，古近体诗则有气势，倘分其所长，亦足以了数子。宜其薄视元、白诸人也。"① 翁方纲则称："小杜之才，自王右丞以后，未见其比。其笔力回斡处，亦与王龙标、李东川相视而笑。'少陵无人谪仙死'，竟不意又见此人。只如'今日鬓丝禅榻畔，茶烟轻扬落花风'、'自说江湖不归事，阻风中酒过年年'，直自开、宝以后百余年无人能道，而五代、南北宋以后，亦更不能道矣。此真悟彻汉、魏、六朝之底蕴者也。"②

除却对杜牧高才景仰钦佩，再有的就是对杜牧风流才子形象的喜好。这种形象的塑造，一是与杜牧自身作品中流露出来的风流洒脱相关。如陈师道劝客畅饮之时，即想到杜牧，诗云："稍开襟抱使心宽，大放酒肠须盏乾。珠帘十里城南道，肯作当年小杜看。"③ 二是后人登临游赏时，常能在杜牧的作品中寻绎到相似的体验。金君卿身处池州，作《池州》云："秋浦南边绝点埃，碧围烟嶂一屏开。当时小杜行吟处，重见高阳骑从来。"④ 这分明就是向同有池州生涯的小杜致敬。沈辽的《池阳》诗，亦言及杜牧，称"小杜风情遥可想，闲调丝竹舞金泥"⑤。至于重九之时，念及杜牧之诗而赋诗的更不在少数，如韦骧"佳节不能成酩酊，浪吟小杜昔年诗"（《九日示寿隆》）⑥、郭祥正"却忆齐山小杜歌，人世难逢笑开口"（《楮溪重九阻风戏呈同行黎东美》）⑦ 等皆为此类。

宋代词人对杜牧及其作品亦是极为喜好，这种喜好，可以从四个方面来概括——"扬州印记"、"杜郎风采"、"三守僻左"与"其他诗歌

---

① （清）洪亮吉：《北江诗话》卷二，陈迩冬校点，人民文学出版社1998年版，第26—27页。
② （清）翁方纲：《石洲诗话》卷二，郭绍虞编选，富寿荪校点：《清诗话续编》（第3册），中华书局1983年版，第1393—1394页。
③ （宋）陈师道：《席上劝客酒》，《全宋诗》（第19册）卷一一一八，第12712页。
④ （宋）金君卿：《池州》，《全宋诗》（第7册）卷四〇〇，第4937页。
⑤ （宋）沈辽：《池阳》，《全宋诗》（第12册）卷七一七，第8267页。
⑥ （宋）韦骧：《九日示寿隆》，《全宋诗》（第13册）卷七三二，第8586页。
⑦ （宋）郭祥正：《楮溪重九阻风戏呈同行黎东美》，《全宋诗》（第13册）卷七五五，第8795页。

对宋词的影响"。

"扬州",是大和七年（833）春至大和九年（835）秋杜牧生活过的城市。三年的淮扬生活,使扬州成为杜牧一生挥之不去、无法割舍的印记。其诗集中有许多描写、回忆扬州生活的篇章,这些篇章连同"扬州印记"一道成为宋人诗词咏写扬州无法回避的典范。

"杜郎风采",是指杜牧诗歌中自我形象的展露。透过作品,我们大体可以体会杜牧风流俊赏、洒脱不羁的一面。后人对"杜郎"意象极为珍爱,在对杜牧诗歌进行解读过程中,后人甚至还为其安排了一些"诗本事",通过这些煞有介事的"本事",我们可以进一步感受到后人在"杜郎"意象原有内容基础上的助推之力。换言之,通过"本事"的书写与后人对相关诗歌和"本事"的多次咏写,我们可以看到"杜郎"典范意象形塑过程中的层层叠加。

"三守僻左",出自杜牧的夫子自道"三守僻左,七换星霜"①。会昌二年（842）春杜牧守黄州,四年（844）九月守池州,六年（846）九月守睦州,至大中二年（848）仍在睦州刺史任。七年之间,连守黄、池、睦三州,其间唐王朝经历了回鹘入寇、藩镇动荡、扫平泽潞等事。杜牧屡有上书,朝廷多采其言而不用其人,"拘挛莫伸,抑郁谁诉"？反映在文章中,有抑郁不平之气；反映在诗歌中,却是另外一幅景象。十年之间②连刺三郡创作的诗歌,特别是会昌二年至大中二年七年间的诗歌,最为宋代词人所关注。

除此之外,杜牧的其他诗歌,特别是这些诗歌中的"类词元素"也对宋词产生了较为明显的影响。

学界很早就关注到以杜牧、温庭筠、李商隐等为代表的晚唐诗人作品中细腻、轻巧等特质与词体之间的关系。更有万柳《浅论杜牧对词

---

① （唐）杜牧：《上吏部高尚书状》,《杜牧集系年校注》（第3册）,第988页。
② 自会昌元年（841）至大中四年（850）,恰为十年。

体的影响》①、许秋群《论杜牧对宋词的影响》② 二文重点讨论关于杜牧与词体、宋词之间的关系，有一定的创获。但万文、许文皆指出的杜牧诗歌与"词为艳科""要眇宜修"的词体特质相近，故而对词体的形成有一定的影响，这一推论放之晚唐不少诗人身上——例如温、李——似乎皆可成立。故而从整体上，探讨杜牧与宋词之间的关系，仍有可拓展的空间。

第一节 扬州印记

扬州，地处江淮之间，是唐代经济极为发达的都市，也是唐代士人极其向往之处。张祜有诗称道："十里长街市井连，月明桥上看神仙。人生只合扬州死，禅智山光好墓田。"③ 将扬州的繁华与士子的向往表露无遗。

杜牧在扬州的三年，身在幕府之中，如其自称："为幕府吏，每促束于簿书宴游间。"④ 闲暇之余，有冶游之事，也在情理之中。付之笔墨，堪称杜牧的"扬州印记"。

晚唐之际，扬州数经兵火。《资治通鉴》称："先是，扬州富庶甲天下，时人称扬一、益二，及经秦、毕、孙、杨兵火之余，江、淮之间，东西千里扫地尽矣。"⑤《资治通鉴》所透露出来的，一是扬州初时极为繁华富庶，二是经晚唐秦彦、毕师铎、孙儒、杨行密兵火之乱，渐有凋敝之意。经晚唐兵燹，宋初扬州已非初盛唐时所可比拟，欧阳修有诗为证："十里楼台歌吹繁，扬州无复似当年。古来兴废皆如此，徒使

---

① 万柳：《浅论杜牧对词体的影响》，《南阳师范学院学报》2007 年第 4 期。
② 许秋群：《论杜牧对宋词的影响》，《社会科学论坛》2009 年第 12 期。
③ （唐）张祜：《纵游淮南》，（清）彭定求等编：《全唐诗》（第 15 册）卷五一一，中华书局 1960 年版，第 5846 页。
④ （唐）杜牧：《上刑部崔尚书状》，《杜牧集系年校注》（第 3 册），第 991 页。
⑤ （宋）司马光编著，（元）胡三省音注：《资治通鉴》（第 18 册）卷二五九，中华书局 1956 年版，第 8430—8431 页。

登临一慨然。"①

但随着北宋的国力增强、经济发展，扬州也渐趋恢复，"万竿苍翠隔晴川，寂寞芜城三百年。此地重闻歌吹发，扬州风物故依然"②。宋人除了常通过扬州感慨一座城市的兴废、一个王朝的兴亡，更多的是对杜牧扬州期间裘马轻狂、纵情享乐生活的期羡。流露在宋人的诗词作品中的期羡，恰好是宋人追求世俗享乐的真切反映。

一 二十四桥：地理印记

"二十四桥明月夜，玉人何处教吹箫"，这是杜牧诗中对扬州并不是最为精当、细腻、传神的但却是对宋词产生最大影响的咏赞。自此句出，"二十四桥"与"琼花"一道，成为扬州的地理印记。

大和七年，杜牧三十一岁，其年四月，自宣州赴扬州，在牛僧孺幕府中做推官，后转掌书记。在扬州期间，有《罪言》《原十六卫》《战论》《守论》等文章，纵论军国大事，"论唐代藩镇问题及用兵方略，其中大部分是切于事情，深中肯綮，所以司马光修《资治通鉴》时都摘要采录"③。可见杜牧确有经世之才，绝非好言大语之辈所可比拟。

除此之外，"夜市千灯照碧云，高楼红袖客纷纷"（王建《夜看扬州市》）、"十里长街市井连，月明桥上看神仙"（张祜《纵游淮南》）的繁华扬州，也让杜牧度过了一段裘马轻狂、风流不羁的浪荡生活。大和九年，杜牧离开扬州，赴长安任真监察御史。离开之后，仍念念不忘扬州，诗歌中对此段生涯颇多描绘。

（一）明月歌水调

《扬州三首》大抵作于大和八年（834），时在扬州。其一诗云：

---

① （宋）欧阳修：《竹西亭》，《全宋诗》（第6册）卷二九四，第3702页。
② （宋）刘敞：《自东门泛舟至竹西亭登昆丘入蒙谷戏题二首·其二》，《全宋诗》（第9册）卷四八八，第5920页。
③ 缪钺：《杜牧传·杜牧年谱》，河北教育出版社1999年版，第37页。

> 炀帝雷塘土，迷藏有旧楼。谁家唱水调，明月满扬州。骏马宜闲出，千金好旧游。喧阗醉年少，半脱紫茸裘。

诗歌看似着重渲染扬州的繁华与喧嚣，却在首联、颔联埋下伏笔——埋骨于雷塘的隋炀帝，能否料想到当年所创之迷楼仍然矗立，能否料想到昔日创作之《水调》依然流行于市井之中？后之诸人，念及此事，难免不感慨万端。只是衮衮诸公，泰半只注意到了小杜诗中的"喧阗年少""骏马闲出"等。小杜诗中自注云："炀帝凿汴渠成，自造《水调》。"将《水调》与扬州打并在一起的，当首推杜牧此诗。后人咏及扬州时，亦常采《水调》入诗、入词。

宋诗之中的《水调》与扬州相合，流露出来的多是兴亡之感。苏辙有《扬州五咏·九曲池》诗，其云：

> 嵇老清弹怨广陵，隋家水调继哀音。可怜九曲遗声尽，惟有一池春水深。凤阙萧条荒草外，龙舟想象绿杨阴。都人似有兴亡恨，每到残春一度寻。①

诗人主要以隋事入诗，颇多兴亡感慨之意。苏辙又有《送杜介归扬州》诗，首两联云："扬州繁丽非前世，城郭萧条却古风。尚有花畦春雨后，不妨水调月明中。"②无疑化自杜牧诗句。王岩叟有《扬州感旧》诗，为感怀之作，颔联点化杜句，其云：

> 隐隐芜城枕碧流，繁华曾是帝王州。一声水调满明月，十里春风半画楼。白鸟不离图上去，江云长在鉴中游。废兴屈指千年事，何异行人寄传邮。

---

① （宋）苏辙：《扬州五咏·九曲池》，《全宋诗》（第15册）卷八五七，第9942页。
② （宋）苏辙：《送杜介归扬州》，《全宋诗》（第15册）卷八六三，第10025页。

杜牧称"谁家唱水调,明月满扬州",王岩叟将两句合而为一以成"一声水调满明月",感慨这曾经繁华的古扬州,经唐宋之世,多所乱离,兴废几在转瞬之间,流露出浓重的忧伤。

宋词对此诗歌的化用,并无太多的历史凝重,相反多了一些世俗生活的平淡,如苏轼有《南歌子·游赏》,词中数用杜牧诗歌:

> 山与歌眉敛,波同醉眼流。游人都上十三楼。不羡竹西歌吹、古扬州。　菰黍连昌歜,琼彝倒玉舟。谁家水调唱歌头。声绕碧山飞去、晚云留。

这首《南歌子》作于哲宗元祐五年(1090)端午,为登楼游赏之作。上、下阕分别化用了杜牧"谁知竹西处,歌吹是扬州"(《题扬州禅智寺》)和"谁家唱水调,明月满扬州"(《扬州三首·其一》)两诗,前者是反用,写游人登楼,"不羡竹西歌吹、古扬州";后者正用,写歌声萦绕,声声入耳,以写游赏的闲适与惬意。贺铸《浪淘沙》(雨过碧云秋)亦用杜牧成句,词云:

> 雨过碧云秋。烟草汀洲。远山相对一眉愁。可惜芳年桥畔柳,不系兰舟。　为问木兰舟。何处淹留。相思今夜忍登楼。楼下谁家歌水调,明月扬州。

秋雨碧云,烟草汀洲。远山如黛,似在凝愁。叹惜昔年,未留游子。只得空问,昔日兰舟,何处淹留。不禁相思,登楼远眺,远处传来悠扬的《水调》声,有几分"谁家唱水调,明月满扬州"的韵味。这是一首思念游子的思归词,用语平淡,意象雅致,全无杜牧诗中的奢华感或曰兴亡感,而有一股怀人的深长意味。

(二)二十四桥与琼花

《寄扬州韩绰判官》《偶作》《遣怀》等皆为追忆扬州之作。《寄扬州韩绰判官》诗云：

　　青山隐隐水迢迢，秋尽江南草木凋。二十四桥明月夜，玉人何处教吹箫？

这是杜牧寄赠淮南节度使判官韩绰之诗。谢枋得称："唐诸道，郡国之富贵，人物之众多，城市之和乐，声色之繁华，扬州为冠，益州次之，号曰'扬一益二'。牧之仕淮南，寄扬州韩判官诗，其实厌江南之寂寞，思扬州之欢娱，情虽切而辞不露。"① 由此可以见出杜牧对扬州盛况的追忆。

宋人诗词中言及扬州时，常不离小杜此诗中所塑造的意象和营造的意境。如贺铸有《晚云高》一首，纯是檃栝小杜《寄扬州韩绰判官》之诗，词云：

　　秋尽江南叶未凋。晚云高。青山隐隐水迢迢。接亭皋。　二十四桥明月夜，弭兰桡。玉人何处教吹箫。可怜宵。

黄周星称："扬州之二十四桥，存废久已莫考，而至今常在人口者，惟以牧之一诗为证耳。然则，即以此二十八字为二十四桥，可。"② 明末清初之际，二十四桥存废或已莫可考，在宋时却引领起宋人对以二十四桥为代表的扬州繁华的大力铺写。如宋诗之中：

　　菡萏香清画舸浮，使君宁复忆扬州。都将二十四桥月，换得西湖十顷秋。（欧阳修《西湖戏作示同游者》）③

---

①　（宋）谢枋得：《叠山先生注解章泉涧泉二先生选唐诗》卷三，转引自《杜牧集系年校注》（第2册），第546页。
②　（清）黄周星：《唐诗快》卷一六，转引自《杜牧集系年校注》（第2册），第548页。
③　（宋）欧阳修：《西湖戏作示同游者》，《全宋诗》（第6册）卷二九三，第3691页。

扬州二十四桥月，长忆醉乘明月归。（郑獬《舟次芜湖却寄维扬习学士》）①

淮南二十四桥月，马上时时梦见之。想得扬州醉年少，正围红袖写乌丝。（黄庭坚《往岁过广陵值早春尝作诗云春风十里珠帘卷仿佛三生杜牧之红药梢头初茧栗扬州风物鬓成丝今春有自淮南来者道扬州事戏以前韵寄王定国二首·其一》）②

锦缆牙樯一梦愁，行人空击木兰舟。玉箫吹断青楼锁，二十四桥风月秋。（赵鼎《扬州竹西亭》）③

竹西亭下路，二十四桥迂。（徐集孙《送叶靖逸之维扬》）④

当然还有部分诗作点化杜牧诗句以写听箫事，如李新"玉人今夜教何处，二十四桥空月明"（《听王子定吹箫》）⑤；或化用杜诗以感慨兴亡，如阎苍舒"迷楼九曲烂如画，珠帘十里半上钩。当年二十四桥月，曾照三十六宫秋"（《赠郡帅郭侯》）⑥、文天祥"阮籍临广武，杜甫登吹台。高情发慷慨，前人后人哀。江左遘阳运，铜驼化飞灰。二十四桥月，楚囚今日来"（《望扬州》）⑦等。

宋敏求《春明退朝录》卷下称："扬州后土庙有琼花一株，或云自唐所植，即李卫公所谓玉蕊花也。"周密《齐东野语·琼花》亦称："扬州后土祠琼花，天下无二本，绝类聚八仙，色微黄而有香。"《钦定续通志》对琼花究竟为何花考订甚详，本节不去纠结琼花为何花，而是关注宋人同时言及"扬州后土庙"与"琼花"的诗歌中，仍不忘以

---

① （宋）郑獬：《舟次芜湖却寄维扬习学士》，《全宋诗》（第10册）卷五八四，第6869页。
② （宋）黄庭坚：《往岁过广陵值早春尝作诗云春风十里珠帘卷仿佛三生杜牧之红药梢头初茧栗扬州风物鬓成丝今春有自淮南来者道扬州事戏以前韵寄王定国二首·其一》，《全宋诗》（第17册）卷九八五，第11368页。
③ （宋）赵鼎：《扬州竹西亭》，《全宋诗》（第28册）卷一六四五，第18423页。
④ （宋）徐集孙：《送叶靖逸之维扬》，《全宋诗》（第64册）卷三三九〇，第40327页。
⑤ （宋）李新：《听王子定吹箫》，《全宋诗》（第21册）卷一二五五，第14176页。
⑥ （宋）阎苍舒：《赠郡帅郭侯》，《全宋诗》（第43册）卷二三三八，第26877页。
⑦ （宋）文天祥：《望扬州》，《全宋诗》（第68册）卷三五九八，第43036页。

"二十四桥"入诗。换言之，即是在主要关注对象是"琼花"的宋诗中，宋人仍然习惯将"二十四桥"这一唐人杜牧无意营造而成的意象纳入诗中，以之成为维扬的特征，如赵文《扬州后土庙琼花香如莲花落不着地丙子一夕大雷雨失花所在相传以为上天云》诗，开篇即以"朔风吹沙淮浪白，二十四桥沉冷月"①点出扬州，以下诸诗与赵诗相仿，皆为此类：

> 后土祠前车马道，天人种花无瑶草。英云蕊珠欲上天，夜半黄门催进表。酒香浮春露泥泥，二十四桥色如洗。阴风吹雪月堕地，几人不得扬州死。孤贞抱一不再识，夜归阆风晓无迹。苍苔染根烟雨泣，岁久游魂化为碧。（谢翱《琼花引》）②
>
> 水曹江左一诗家，几度哦梅到月斜。二十四桥春色里，相逢只是说琼花。（李龙高《扬州》）③
>
> 仙种花移上苑难，紫琼谁复对花弹。玉魂不返东风老，二十四桥明月寒。（丘静山《吊琼花》）④

周密有《瑶花慢·后土之花，天下无二本。方其初开，帅臣以金瓶飞骑进之天上，间亦分致贵邸。余客辇下，有以一枝（已下共缺十八行）》词，亦言及后土祠之花，可与上引宋诗并观，词云：

> 朱钿宝玦。天上飞琼，比人间春别。江南江北，曾未见，谩拟梨云梅雪。淮山春晚，问谁识、芳心高洁。消几番、花落花开，老了玉关豪杰。　金壶翦送琼枝，看一骑红尘，香度瑶阙。韶华正

---

① （宋）赵文：《扬州后土庙琼花香如莲花落不着地丙子一夕大雷雨失花所在相传以为上天云》，《全宋诗》（第68册）卷三六一一，第43247页。
② （宋）谢翱：《琼花引》，《全宋诗》（第70册）卷三六八九，第44292页。
③ （宋）李龙高：《扬州》，《全宋诗》（第72册）卷三七六三，第45381页。
④ （宋）丘静山：《吊琼花》，《全宋诗》（第72册）卷三七八四，第45683页。

好，应自喜、初识长安蜂蝶。杜郎老矣，想旧事、花须能说。记少年，一梦扬州，二十四桥明月。

这首词亦可与周密《齐乐野语》"琼花"条并观，词人用了较大篇幅对琼花进行铺张描写，凸显其"江南江北，曾未见"的高洁之态。结处词人自叹"杜郎老矣"，"记少年，一梦扬州，二十四桥明月"，扬州美景如同转瞬一梦，唯有旧时明月，难以忘却。整首词看似咏花，实则咏叹的是"花落花开，老了玉关豪情"的老矣"杜郎"，咏叹的是旧事难说的破碎山河。

周密又有一首《踏莎行·与莫两山谈邗城旧事》，中间亦及"琼花""二十四桥"等扬州典型意象，词云：

远草情钟，孤花韵胜。一楼耸翠生秋暝。十年二十四桥春，转头明月箫声冷。　赋药才高，题琼语俊。蒸香压酒芙蓉顶。景留人去怕思量，桂窗风露秋眠醒。

莫两山，为作者词友；邗城，扬州旧称。故而这是一首与故人谈论旧事的怀旧词。上片开篇所称之"孤花"即是"琼花"，"一楼"当为隋炀帝所建之迷楼，"二十四桥"即杜牧诗中所及之物，可见上片追忆故地旧物。下片情景交融，景中抒情，特别是"景留人去怕思量"句，见出词人不堪的担忧——窗空独自，无友为伴。

由"琼花"这一个小的例子，我们可以较为清楚地看到宋代诗人、词人已经将杜牧的"二十四桥"内化在自己的诗词语言体系之中，言及扬州时便不由自主地涌现在作品当中。

在宋词之中，最多的便是如贺铸"二十四桥游冶处，留连。携手娇饶步步莲"（《南乡子》）一般，借"二十四桥"表达对冶游时光的怀念或追忆，当然这种怀念可能与扬州有关，也有可能与扬州无涉，唯取扬州情事而已。周邦彦《玉楼春·惆怅》亦为此类，词云：

> 玉琴虚下伤心泪。只有文君知曲意。帘烘楼迥月宜人，酒暖香融春有味。　萋萋芳草迷千里。惆怅王孙行未已。天涯回首一销魂，二十四桥歌舞地。

上片用司马相如、卓文君事写知音难觅，下片随即将这种温馨破坏，以芳草凄迷、王孙远行写出相思之苦，二人身处天涯，忍不住想到当年相遇的二十四桥歌舞喧嚣地。此处的"二十四桥"已经成为青楼乐处的代名词，从杜牧扬州语境中抽取出来之后，已然成为某种符号的标志。再如韩元吉有《南乡子·中秋前一日饮赵信申家》词，写中秋前一日宴饮之事，中间用"二十四桥"追忆旧游，倒是与周邦彦词有几分相似：

> 细雨弄中秋。雨歇烟霄玉镜流。唤起佳人横玉笛，凝眸。收拾风光上小楼。　烂醉拼扶头。明日阴晴且漫愁。二十四桥何处是，悠悠。忍对嫦娥说旧游。

风雨凄迷，与友朋宴饮，有佳人，故烂醉。结处用"二十四桥"借指旧日的冶游之处。

还有一些词作，则明显与扬州有关，其中包含着较为复杂的内容，或借古伤今，或单纯咏叹。曾觌北上使金，途经维扬之时，追忆昔日，颇多感怀，故有《朝中措·维扬感怀》词，其云：

> 雕车南陌碾香尘。一梦尚如新。回首旧游何在，柳烟花雾迷春。　如今霜鬓，愁停短棹，懒傍清尊。二十四桥风月，寻思只有消魂。

曾氏虽名列《宋史·奸佞传》，其词作却常有可观之处，此首亦不例外。上片"雕车南陌碾香尘"，一个"碾"字，将南北宋之际的士人心态刻画出来，破碎的也许不仅是旧游之梦，更多的是家国之梦吧。下片点出自己身处老境，回忆起昔日时光，而今"愁停短棹，懒傍清尊"，早年"二十四桥风月"的消魂时光，唯留追忆了。词人"霜鬓"进入老境，心态也进入老境，孝宗秉国的南宋王朝，虽仅二代，却也已然进入老境。刘辰翁《桂枝香·寄扬州马观复。时新旧侯交恶，甚思去年中秋泛月，感恨杂言》寄送扬州友人，中间用"二十四桥"及杜牧事，其云：

  吹箫人去。但桂影徘徊，荒杯承露。东望芙蓉缥缈，寒光如注。去年夜半横江梦，倚危樯，参差曾赋。茫茫角动，回舟尽兴，未惊鸥鹭。　情知道、明年何处。漫待客黄楼，尘波前度。二十四桥，颇有杜书记否。二三字者今如此，看使君、角巾东路。人间俯仰，悲欢何限，团圆如故。

须溪此词当作于至元二十一年（1284），为寄送扬州马煦之作。去年中秋，须溪父子曾与马氏宴饮，分别一岁，作词以怀念。词作通篇多化前人诗词，上片追忆去岁同舟相游，下片转回现实，感慨友人不在，使人空叹悲欢。

  也有一些词人言及扬州之时，借"二十四桥"抒发家国之感慨，如姜夔名篇《扬州慢》（淮左名都）即为此类，姜词中流露出来浓郁得无法化解开来的黍离之悲，众所周知，兹不为赘。再有黎廷瑞《水调歌·寄奥屯竹庵察副留金陵约游扬州不果》邀约扬州之行，词作点染扬州美景，中以"二十四番风信，二十四桥风景，正好及春游"极力相邀。至于王奕"二十四桥明月好，暮年方到扬州"（《临江仙·和元遗山题扬州平山堂》）点化与扬州有关之典，除此之外，了无深意。

  再如韩元吉"二十四桥明月下，谁凭朱阑"（《浪淘沙·芍药》）

写明月映照之下芍药凭栏盛开,陈允平"渺双波、望极江空,二十四桥凭遍"(《瑞鹤仙》)写女子凭桥思念游子、"惆怅二十四桥,任落絮、飞花乱点。奈翠屏、一枕云雨梦,谁惊散"(《玲珑四犯》)写离别相思,刘辰翁"休说二十四桥,便一分无赖,有谁谁识"(《酹江月·中秋待月》)化前人诗句中秋感怀,以上诸例虽亦用"二十四桥"事却基本上与扬州、与小杜、与家国兴亡无甚关系。

隋炀帝、迷楼、明月与《水调》,是前代留给杜牧的扬州印记,杜氏将其中的兴亡感与迷离感抽取出来,以景语娓娓道出,从而使与之相关的扬州地理印记带上了自己的痕迹。至于"二十四桥",则在杜诗的反复咏唱与风流情事的传播中,成为后人联系杜牧、杜诗、"杜郎"与扬州的"桥梁"。杜牧也以自己的文人方式,留在了扬州的历史印记中。

二 扬州梦与薄幸名:杜郎意象的初塑造

宋人惯于在诗词中将杜牧描绘成放浪不羁的风流才子。这一形象的塑造,大抵可以分为两个过程:首先便是杜牧诗歌中的夫子自道,其次才是后人在杜牧自我形象基础上的"诗本事"叠加。

如果说《偶作》诗中,杜牧的自我形象还是一位有几分疏离感的贵公子,那么到了《遣怀》诗中,则完全成了一位放浪形骸的风流才子,甚至还背负着薄幸之名。

杜牧《偶作》诗云:

才子风流咏晓霞,倚楼吟住日初斜。惊杀东邻绣床女,错将黄晕压檀花。

这首诗可视为杜牧有意塑造自我形象的一篇:既有东邻之子的卓然,又有风流才子的优越感——东邻女目睹才子,竟然"错将黄晕压檀花"!此中的才子并没有"借问春风何处好,绿杨深巷马头斜"(《闲题》)诗中的亲昵,而有一种远观、远望的距离感。到了《遣怀》中,则完全不见了距离感,而是一种亲近、一种发自内心的自得,或曰洒脱。

贺铸尝有《窗下绣》将"错将黄晕压檀花"直接点化入词,其云:

初见碧纱窗下绣。寸波频溜。错将黄晕压檀花,翠袖掩、纤纤手。 金缕一双红豆。情通色授。不应学舞爱垂杨,甚长为、春风瘦。

贺铸词常有雍容好丽、悠闲思怨之风,本首即写闺中丽人,颇见晚唐流韵。与之相类,又有李吕《临江仙》词:

家在宋墙东畔住,流莺时送芳音。窃香解佩两沉沉。都缘些子事,过却许多春。 日上花梢初睡起,绣衣闲纵金针。错将黄晕压檀心。见人羞不语,偷把泪珠匀。

相较于杜诗、贺词,李吕之作典实与浅白并举,结处"羞不语""偷抹泪"偏走俚俗之径,饶有闺中生活情趣。

如果说《偶作》反映了杜牧贵公子形象中的距离感,那么《遣怀》则呈现了他放浪游冶的一面,诗云:

落魄江南载酒行,楚腰肠断掌中轻。十年一觉扬州梦,赢得青楼薄幸名。

此为杜牧作于扬州之时,当属无疑,后人对小杜扬州之事颇有艳羡。胡仔《苕溪渔隐丛话后集》称:

苕溪渔隐曰:"《遣怀》诗:'落魄江湖载酒行,楚腰肠断掌中轻。十年一觉扬州梦,赢得青楼薄幸名。'余尝疑此诗必有谓焉,因阅《芝田录》云:'牛奇章帅维扬,牧之在幕中,多微服逸游,公闻之,以街子数辈潜随牧之,以防不虞。后牧之以拾遗召,临别,公以纵逸为戒,牧之始犹讳之,公命取一箧,皆是街子辈报帖,云杜书记平善。乃大感服。'方知牧之此诗,言当日逸游之事耳。"①

清人田雯亦流露出相似的羡慕:

此二诗乃牧在扬州为牛僧孺书记时作也。牧负才不羁,日为放浪狎邪之行,僧孺纵其出入,且遣人易服随后潜护之。其爱才如此。数百年后,山阴徐渭得胡太保宗宪而事之,草露布,为幕府上客,放浪狎邪,无复拘束,亦如牧之在扬州然。余于此叹杜、徐二子之奇,尤叹牛、胡两公之爱才,前后一辙也。②

扬州生活对杜牧产生了极大的影响,他在诗中多次提及。正如余成教所称:"杜司勋诗'谁家唱水调,明月满扬州'、'谁知竹西路,歌吹是扬州'、'扬州尘土试回首,不惜千金借与君'、'二十四桥明月夜,玉人何处教吹箫'、'春风十里扬州路,卷上珠帘总不如'、'十年一觉扬州梦,赢得青楼薄幸名',何其善言扬州也!"③

宋代士人笔下的冶游生活也常有杜牧《遣怀》一诗的影子,从中流露出来的正是异代同赏的冶游之乐。元祐七年(1092)离扬州任时,晁补之多首词作皆化用杜牧此诗。《虞美人·广陵留别》词云:

---

① (宋)胡仔纂集:《苕溪渔隐丛话后集》卷一五,廖德明校点,人民文学出版社1962年版,第109页。
② (清)田雯:《古欢堂集杂著》卷二,张金海编:《杜牧资料汇编》,中华书局2006年版,第245页。
③ (清)余成教:《石园诗话》卷二,《清诗话续编》(第3册),第1771页。

> 江南载酒平生事。游宦如萍寄。蓬山归路傍银台。还是扬州一梦、却惊回。 年年后土春来早。不负金尊倒。明年珠履赏春时。应寄琼花一朵、慰相思。

词作"不说自己对扬州风土人情的眷念,反从扬州诸友人忆己、折琼花以寄相思落笔,便觉曲折荡漾,韵味深了一层。而杜牧'落魄江南载酒行'诗意的化入,更增添出疏放豪旷的姿致"①。《定风波》亦为同时之作,词云:

> 跨鹤扬州一梦回。东风拂面上平台。阆苑花前狂覆酒。拍手。东风骑凤却教来。 谪好伯阳丹井畔。官满。平台还见片帆开。上界虽然官府好。总道。散仙无事好追陪。

《殷芸小说》尝记:"有客相从,各言所志,或愿为扬州刺史,或愿多赀财,或愿骑鹤上升。其一人曰:'腰缠十万贯,骑鹤上扬州。'欲兼三者。"②《定风波》首句即将传说逸闻与杜牧诗句结合起来,紧扣扬州本事。下片点化韩愈诗歌,称自己远离扬州官场,要做洒脱的散仙。《殷芸小说》本有"腰缠十万贯,骑鹤上扬州"之说,加之杜牧"十年一觉扬州梦"的推动,宋词之中出现了大量"扬州梦"的咏写,主要集中在追忆旧游、怀念故人以及离别相思等方面。以下诸词皆为此类:

> 甘酒病,废朝餐。何人得似醉中欢。十年一觉扬州梦,为报时人洗眼看。(黄庭坚《鹧鸪天》)

---

① (宋)晁补之著,乔力校注:《晁补之词编年笺注》,齐鲁书社1992年版,第37页。
② (南北朝)殷芸编纂,周楞伽辑注:《殷芸小说》卷六《吴蜀人》,上海古籍出版社1984年版,第131—132页。

玉觞潋滟谁相送。一觉扬州梦。不知何物最多情。惟有南山不改、旧时青。(晁端礼《虞美人》)

豆蔻梢头，鸳鸯帐里，扬州一梦初惊。忆当时相见，双眼偏明。南浦绿波，西城杨柳，痛悔多情。望征鞍不见，况是并州，自古高城。(晁端礼《雨中花》)

十年一觉扬州梦，雨散云沉。隔水登临。扬子湾西夕照深。(贺铸《忍泪吟》)

回首扬州，猖狂十载，依然一梦归来。但觉安仁愁鬓，几点尘埃。醉墨碧纱犹锁，春衫白纻新裁。认鸣珂曲里，旧日朱扉，闲闭青苔。(贺铸《雨中花》)

十年一梦扬州路，空有少年心。不分不晓，恹恹默默，一段伤春。(周密《眼儿媚》)

琼壶歌月，白发簪花，十年一梦扬州。恨入琵琶，小怜重见湾头。尊前漫题金缕，奈芳情、已逐东流。(周密《声声慢》)

眉黛敛，眼波流。十年薄幸谩扬州。明朝短棹轻衫梦，只在溪南鹭画楼。(辛弃疾《鹧鸪天·和人韵有所赠》)

多情。行乐处，珠钿翠盖，玉辔红缨。渐酒空金榼，花困蓬瀛。豆蔻梢头旧恨，十年梦，屈指堪惊。凭阑久，疏烟淡日，寂寞下芜城。(秦观《满庭芳·三首其二》)

怎分剖。心儿一似，倾入离愁万千斗。垂鞭伫立，伤心还病酒。十年梦里婵娟，二月花中豆蔻。春风为谁依旧。(吕渭老《扑蝴蝶近》)

扬州一梦，未尽还惊觉。自恁在心头，拈不出、倚时是了。吴霜点鬓，春色老刘郎，云路远，晚溪横，谁见桃花笑。(吕渭老《蓦山溪》)

十年一觉，扬州春梦，离愁似海。(卢祖皋《水龙吟·赋芍药》)

回首旧游如梦，记踏青殢饮，拾翠狂游。无端彩云易散，覆水

难收。风流未老,拚千金,重入扬州。应又是、当年载酒,依前名占青楼。(晁冲之《汉宫春》)

情知道、明年何处。漫待客黄楼,尘波前度。二十四桥,颇有杜书记否。二三字者今如此,看使君、角巾东路。人间俯仰,悲欢何限,团圆如故。(刘辰翁《桂枝香·寄扬州马观复。时新旧侯交恶,甚思去年中秋泛月,感恨杂言》)

除却以上主题,刘克庄还在《沁园春·维扬作》里淋漓尽致地书写了扬州的破败与萧条,这与此前文人笔下的维扬繁华形成了鲜明对比,词云:

辽鹤重来,不见繁华,只见凋残。甚都无人诵,何郎诗句,也无人报,书记平安。闾里俱非,江山略是,纵有高楼莫倚栏。沉吟处,但萤飞草际,雁起芦间。 不辞露宿风餐。怕万里归来双鬓斑。算这边赢得,黑貂裘敝,那边输了,翡翠衾寒。檄草流传,吟笺倚阁,开到琼花亦懒看。君记取,向中州差乐,塞地无欢。

这首《沁园春》作于宋嘉定十一年(1218),时刘克庄随尚书李珏巡边初至扬州①。此首以"鹤"开篇,却不是惯见的"骑鹤上扬州",而是用了丁令威学道成仙千年之后化辽鹤飞归故里之典,同样用"鹤"典,一则欣赏人生繁华,一则感慨人生无常。从"春风十里扬州路"到如今的"不见繁华,只见凋残",如此境地,自然失却了"东阁官梅动诗兴,还如何逊在扬州"(杜甫《和裴迪登蜀州东亭送客逢早梅相忆见寄》)的雅兴与杜牧冶游的兴致,虽然家国故土仍在,却是闾里俱非,唯有"萤飞草际,雁起芦间"。"萤飞"用隋炀帝聚萤夜游典,仍紧扣

---

① 《刘克庄词新释辑评》称此首作于宋嘉定十一年(1218),参见欧阳代发、王兆鹏编著《刘克庄词新释辑评》,中国书店2003年版,第4页。

维扬典实。下片"不辞露宿风餐""开到琼花亦懒看",抒写爱国之志。结处的"塞地",当为"(宋绍兴十一年,即1141)与金国和议成,立盟书,约以淮水中流画疆,割唐、邓二州界之,岁奉银二十五万两、绢二十五万匹,休兵息民,各守境土"①之事而发,若以此为界,则扬州正近边疆,故称"塞地无欢",可见出词人感慨国事的愤激之情——前人可以"烟花三月下扬州",而今的扬州却变成了两国边界,此中悲痛,莫可名状。

时移世易,感情基调自会不同。面对同样的江山胜迹、家国故土,小杜诗中有放浪形骸的自嘲、有自伤不遇的戏谑,而转到刘克庄这里却大抵只余下满目疮痍的悲痛了。在家国沦替的大背景下,面对和思考的往往是更为宏阔的大问题,儿女情长、稚子牵衣之类的表达常被时代的洪流有意无意地掩埋,这类题材的出现常要待到兴复无望、壮心已死时方才凸显出来。

大和九年,杜牧转真监察御史,赴长安任职,离开扬州之时有《赠别二首》,为赠送妓女之作。诗云:

娉娉袅袅十三余,豆蔻梢头二月初。春风十里扬州路,卷上珠帘总不如。(其一)

多情却似总无情,唯觉樽前笑不成。蜡烛有心还惜别,替人垂泪到天明。(其二)

崇宁三年(1104),黄庭坚赴宜州贬所途中,邂逅衡阳妓陈湘,陈氏"向山谷学书求字,非徒以色事人者",故而山谷亦颇属意,以《蓦山溪·赠衡阳妓陈湘》、《蓦山溪》(稠花乱蕊)、《阮郎归》(盈盈娇女似罗敷)等词相赠②,其间多用杜牧诗作。《蓦山溪·赠衡阳妓陈湘》词云:

---

① (元)脱脱等撰:《宋史》(第2册)卷二九,中华书局1977年版,第551页。
② (宋)黄庭坚著,马兴荣、祝振玉校注:《山谷词》,上海古籍出版社2001年版,第42页。

鸳鸯翡翠，小小思珍偶。眉黛敛秋波，尽湖南、山明水秀。娉娉袅袅，恰近十三余，春未透。花枝瘦。正是愁时候。　寻花载酒。肯落谁人后。只恐远归来，绿成阴、青梅如豆。心期得处，每自不由人，长亭柳。君知否。千里犹回首。

上阕写陈湘年少美貌，下阕恐再会之时"绿叶成荫子满枝"，两用杜牧诗。魏庆之对"春未透，花枝瘦。正是愁时候"极为称誉，指出秦湛"春透水波明，寒峭花枝瘦"句当源自此词①。王若虚则不以为然，称："山谷赠小鬟《蓦山溪》词，世多称赏。以予观之，'眉黛压秋波，尽湖南、水明山秀'，'尽'字似工，而实不惬。又云'婷婷袅袅，恰近十三余'夫近则未及，余则已过，无乃相窒乎。'春未透，花枝瘦'止谓其尚嫩，如'豆蔻梢头二月初'之意耳，而云'正是愁时候'，不知'愁'字属谁？以为彼愁邪，则未应识愁；以为己愁邪，则何为而愁？又云'只恐远归来，绿成阴、青梅如豆'，按杜牧之诗，但泛言花已结子而已，今乃指为青梅，限以如豆，理皆不可通也。"②

后人对杜牧诗中的"豆蔻"为何争讼纷纷③，除却这种实物的考辨，宋人诗词中对此诗的关注更多体现在对旖旎香艳的风流时光与年轻貌美的歌儿舞女的书写，以及对扬州生活的回忆上，特别是杜牧诗中的扬州，成了后代文人向往之地。

正如谢叠山所云："此言妓女颜色之丽，态度之娇，如二月豆蔻花初开。扬州十里红楼，丽人美女，卷上珠帘，逞其姿色者，皆不若此女也。"④ 此说确然。宋词之中多用"豆蔻梢头"喻指年轻女子，如贺铸《第一花》多点化前人诗句入词，上阕"豆蔻梢头莫漫夸，春风

---

① 转引自《山谷词》，第43页。
② （金）王若虚：《滹南诗话》卷三，中华书局1985年版，第16—17页。
③ （宋）姚宽：《西溪丛语》卷上、（明）杨慎：《升庵诗话》卷九、（清）周亮工：《书影》卷三、（清）吴景旭：《历代诗话》卷五二庚集七。
④ 吴文治主编：《宋诗话全编》（第9册），江苏古籍出版社1998年版，第9730页。

十里旧繁华。金缕玉蕊皆殊艳,别有倾城第一花"色调浓艳,错彩镂金,不从正面着笔,以侧笔写出了女子倾城姿色。正可见出贺铸善熔铸唐人诗句化为己用,故而命篇不假脂粉而浓丽毕出。再如晁补之"豆蔻梢头春尚浅,娇未顾,已倾城"(《江城子·赠次膺叔家娉娉》)、陈师道"袅娜破瓜余,豆蔻梢头二月初"(《南乡子》)、谢逸"豆蔻梢头春色浅。新试纱衣,拂袖东风软"(《蝶恋花》)、张元幹"豆蔻梢头春欲透,情知巫峡待为云"(《瑞鹧鸪》)、仲并"豆蔻梢头春正早。敛修眉、未经重扫"(《大圣乐令·赠小妓》)、侯寘"豆蔻梢头年纪,芙蓉水上精神"(《西江月·赠蔡仲常侍儿初娇》)和张孝忠"豆蔻梢头春意浓,薄罗衫子柳腰风"(《鹧鸪天》)等皆为此类。

有些词人还谱写词中的离别之境:晏几道《玉楼春》以明镜生尘、吴霜侵鬓写离愁别恨,其间的"琵琶弦上语无凭,豆蔻梢头春有信"便用杜牧诗句。晁端礼《雨中花》则以"豆蔻梢头,鸳鸯帐里,扬州一梦初惊"起兴,回忆当年"几多映月凭肩私语,傍花和泪深盟"的山盟海誓,转眼间"三年虚负,一事无成",幸有结处"此心在了,半边明镜,终遇今生"差可慰藉。

正如前文所称,扬州经杜牧题咏成为后代词人常常言及之处。秦观《满庭芳·三首其二》便是作于扬州怀念昔日汴京之游,上阕及下阕前半部分极力摹写京国春游之乐,"渐"字领起"酒空金榼,花困蓬瀛。豆蔻梢头旧恨,十年梦,屈指堪惊",情势急转直下,疏烟淡日,凭栏已久,寂寞独处芜城。这里面既有昔日宴乐与今日孤寂的对比,也有汴京与芜城(扬州)的对比,还有时空相异的"她"与"我"之间的对比,"我"酒空金榼之时,"她"亦花困蓬瀛。正是从这些对比中,见出词人的身世之悲与伤感之情。

扬州十里春华的繁荣深深印在宋人脑海中,在他们的诗词中亦留下或浓或淡的痕迹。以下诸词皆点化杜句,或谱写扬州繁华,或有今昔之感:

春水漫,夕阳闲。乌榽几转绿杨湾。红尘十里扬州过,更上迷楼一借山。(贺铸《思越人》)

乱叠香罗,玉纤微把燕支污。靓妆无数。十里扬州路。(曾协《点绛唇·汪汝冯置酒请赋芍药》)

闲蝶梦,褪蜂黄。尽温柔处尽端相。珠帘十里扬州路,赢得潘郎两鬓霜。(韩淲《鹧鸪天·看瑞香》)

明年二月桃花岸。棹双桨、浪平烟暖。扬州十里小红楼,尽卷上珠帘一半。(汪存《步蟾宫》)

曾醉扬州十里楼。竹西歌吹至今愁。燕衔柳絮春心远,鱼入晴江水自流。(吕渭老《思佳客·竹西从人去数年矣,今得归,偶以此烦全美达之》)

东风初縠池波,轻阴未放游丝坠。新春歌管,丰年笑语,六街灯火。绣縠雕鞍,飞尘卷雾,水流云过。恍扬州十里,三生梦觉,卷珠箔、映青琐。(刘褒《水龙吟·桂林元夕呈帅座》)

云日归欤。纵垂天曳曳,终反衡庐。扬州十年一梦,俯仰差殊。秦碑越殿,悔旧游、作计全疏。分付与、高怀老尹,管弦丝竹宁无。(姜夔《汉宫春·次韵稼轩》)

扬州十里朱帘卷。想桃根桃叶,依稀旧家庭院。(吴潜《贺新郎·寄赵南仲端明》)

追思年少,走马寻芳伴。一醉几缠头,过扬州、珠帘尽卷。而今老矣,花似雾中看,欢喜浅。天涯远。信马归来晚。(黄庭坚《蓦山溪·春晴》)

花陌千条,珠帘十里,梦中还是扬州。(李之仪《满庭芳·有碾龙团为供求诗者,作长短句报之》)

星分牛斗,疆连淮海,扬州万井提封。花发路香,莺啼人起,珠帘十里东风。豪俊气如虹。曳照春金紫,飞盖相从。巷入垂杨,画桥南北翠烟中。(秦观《望海潮》)

此外，还有词人以杜牧自比，如姜夔"十里扬州，三生杜牧，前事休说"（《琵琶仙·吴都赋云：户藏烟浦，家具画船。唯吴兴为然。春游之盛，西湖未能过也。己酉岁，予与萧时父载酒南郭，感遇成歌》）、方岳"诗仙老手，春风妙笔，要题教似。十里扬州，三生杜牧，可曾知此"（《水龙吟·和朱行甫帅机瑞香》）等皆为此类。

以上诸词中的感情基调趋于平稳，全然不似刘过《六州歌头》来得激烈：

> 镇长淮，一都会，古扬州。升平日，珠帘十里春风、小红楼。谁知艰难去，边尘暗，胡马扰，笙歌散，衣冠渡，使人愁。屈指细思，血战成何事，万户封侯。但琼花无恙，开落几经秋。故垒荒丘。似含羞。　怅望金陵宅，丹阳郡，山不断绸缪。兴亡梦，荣枯泪，水东流。甚时休。野灶炊烟里，依然是，宿貔貅。叹灯火，今萧索，尚淹留。莫上醉翁亭，看蒙蒙雨、杨柳丝柔。笑书生无用，富贵拙身谋。骑鹤东游。

此首慷慨悲壮，有金石之声。开篇点出扬州镇守淮河的都会地位，接下来追忆十里春风的升平时光，笔触一转点出胡马扰乱、衣冠南渡的萧索景象。下片写报国无门，"兴亡梦，荣枯泪，水东流"正自有"千古兴亡多少事？悠悠。不尽长江滚滚流"之意，道出了"书生无用"、志不得伸的愤懑。扬州、金陵在这里都是词人抒情的载体——正是从这些凝聚着历史意味的场景中，才激发起作者的愁思，而扬州也完成了由"升平日""小红楼"到"野灶炊烟""灯火萧索"的过渡，这种转变既见证了王朝的盛衰，又见证了唐宋士子心态由裘马轻狂到低落内敛的转变。

再如吴忆"使君千炬起班春，歌吹春风暖。十里珠帘尽卷"（《烛影摇红·上晁共道》）既用杜句，又暗用苏轼"十里珠帘半上钩"

(《吉祥寺赏牡丹》)①句,写使君晁共道为扬州女性所欢迎。仲并《蓦山溪·有赠》以"十里卷朱帘,好紫陌、家家未有"称美冰清玉映的闺房之秀,上阕香艳动人,有呼之欲出之感。下阕笔调一转——不是不相逢,泪空滴、年年别袖。从他兰菊,秋露与春风,终不似,玉人人,一片心长久——将上阕的香艳打散,凸显出抒情主人公的情真意切。

当然,也有一些词作中出现了反用"十里朱帘"、不亲女色的现象。崔敦礼《念奴娇·和徐尉》飘洒出尘,一派睥睨今古、傲视尘凡的姿态,"日日篮舆湖上路,十里珠帘惊笑"是词人亲近自然、远离凡俗女性的最好写照。汪梦斗《踏莎行·贺宗人熙甫赴任》为送熙甫赴任之作,结处"红楼十里古扬州,无人为把珠帘卷"点化杜句称扬熙甫虽亦如杜牧一样主政淮扬,却不亲女色,故而"无人为把珠帘卷"。

杜牧的《赠别二首·其二》比喻新奇,将烛痕喻作泪痕。有数首宋词化用此句,或写女子,或写离别相思。晏殊《撼庭秋》为怀人念远之作,起笔便写远隔千里,音信难寄,空有碧纱梧桐,几多无寐。下片登离望远,见天遥云黯,"念兰堂红烛,心长焰短,向人垂泪",从而"使读者所感受的实在已不复仅是一支蜡烛,而同时联想到的还有心余力绌的整个的人生"②。晏几道也有类似之作,《破阵子》为追忆歌女小莲之词:

  柳下笙歌庭院,花间姊妹秋千。记得春楼当日事,写向红窗夜月前。凭谁寄小莲。 绛蜡等闲陪泪,吴蚕到了缠绵。绿鬓能供多少恨,未肯无情比断弦。今年老去年。

上片铺叙旧日共处之景,下片直以绛蜡陪泪、吴蚕吐丝暗写相思,结处道出时光荏苒、年华老去却仍旧离索。与二晏之风调相类的,还有如下

---

① (宋)苏轼:《吉祥寺赏牡丹》,《全宋诗》(第14册)卷七九〇,第9152页。
② 叶嘉莹:《迦陵论词丛稿》,上海古籍出版社1980年版,第126页。

作品：

> 房栊深静难成寐。夜迢迢、银台绛蜡，伴人垂泪。（葛长庚《贺新郎·檃栝菊花新》）
>
> 霓裳一曲凭谁按。错□□重看。金虬闲暖麝檀煤。银烛替人垂泪、共心灰。（陈允平《虞美人》）

此外，周紫芝《渔家傲·夜饮木芙蓉下》还曾化用"蜡烛有心还惜别，替人垂泪到天明"句以写花：

> 月黑天寒花欲睡。移灯影落清尊里。唤醒妖红明晚翠。如有意。嫣然一笑知谁会。　露湿柔柯红压地。羞容似替人垂泪。着意西风吹不起。空绕砌。明年花共谁同醉。

周紫芝习词"本从晏几道入，晚乃刊除秾丽，自为一格"①，此首虽无法辨别具体创作年代，但言语之间晏氏流风十足。与上引二晏之词的怀人之作不同，周紫芝此首题为"夜饮木芙蓉下"，实则纯为咏花词。"月黑天寒"时分花朵低垂，移灯来照，木芙蓉的红朵与翠绿的叶子相辉映更显得妖娆——似乎还有些美人轻笑的意味。下片写夜色渐沉、露水亦浓，打湿枝条压低花朵，"羞容似替人垂泪"如同那面带羞容而又不忍离别的佳人一般——此处与上片结处的拟人手法相呼应。结处放宽视角，拉开来看，感慨明年再会之际谁人可与共醉光阴。

杜牧《赠别二首》本为留赠之作，颇能见出杜氏的风流才情，特别是其能于红尘游冶中有"多情""无情"之恼，更能见出性情之真而不伪。宋人诗词之中对此二诗的师法与继承，最主要的是体现在对扬州生活的追忆上，这种追忆又体现在两个层面，一是"十

---

① （清）永瑢等撰：《四库全书总目》（下册），中华书局1965年版，第1814页。

里朱帘"扬州乐游，二是时局动荡之际对扬州兴废的感慨。另外，小杜以"烛痕"喻指"泪痕"，这种比喻本身即有新奇之意，宋人对这种反映离别相思的用法进行了引申，转而咏花，更能见出宋人匠心之运。

从杜牧的《偶作》到《遣怀》，再到《赠别二首》，可以看出小杜对于身处扬州自己的反复咏说——当然，这种咏说不是有意勾勒自我形象，而是表达和流露对扬州、对扬州生活、对扬州女性的喜爱与怀念。自我形象的勾勒，仅是我们对诗歌进行研读之后做了侧写而已。这些诗歌中透露出来的杜牧形象，成为宋人诗词中"杜郎"意象的主干，但并不是全部，也不全面。因为此时的"杜郎"仍然是以风流、薄幸为主，后人还要通过所谓的杜牧诗歌"本事"，对"杜郎"意象进行再塑造，附加上率性、痴情等因素之后，"杜郎"意象才会渐趋丰满起来。

第二节 杜郎风采

如前所述，杜牧的《偶作》《遣怀》《赠别二首》诸诗可以被视为"杜郎"意象的自我写照，凸显出其风流才情。但这并不是后人视野中更为全面的杜牧。也许正因为杜牧高才不寿，后人才为其诗歌附会了诸多"本事"，通过与真实杜诗相附会的虚拟"本事"，我们可以见出"杜郎"意象中的其他元素，一是率性，二是痴情。

当然，除却这些诗"本事"，宋人在诗歌中还将杜牧的"喜谈兵"等侧面凸显了出来，如释德洪"谭兵杜牧之，赋诗果横槊"[①]、张镃"共推掌学文清手，突过谈兵杜牧才"[②] 颇为杜牧兵事服膺，正可作为

[①]（宋）释德洪：《和杜司录岳麓祈雪分韵得岳字》，《全宋诗》（第23册）卷一三三三，第15153页。

[②]（宋）张镃：《呈曾仲躬侍郎》，《全宋诗》（第50册）卷二六八六，第31612页。

宋人关注杜牧"喜论兵事"的一面。本节所关注的是杜牧诗"本事"中的元素对于"杜郎"意象塑造的意义,"本事"中并未兼及谈兵之事,故而待他日论及宋人诗歌中的杜牧意象时再详论之。

一 谁唤分司御史来:"本事"中的率性

大和末开成初(835—836),杜牧任监察御史分司东都时,有《兵部尚书席上作》一诗,唐人及后人对此诗有颇多评骘,诗云:

> 华堂今日绮筵开,谁召分司御史来。偶发狂言惊满坐,三重粉面一时回。

此诗本事既见于《本事诗》,又见于《唐诗纪事》《太平广记》等。《本事诗》记此事甚详,其云:

> 杜为御史,分务洛阳时,李司徒罢镇闲居,声伎豪华,为当时第一。洛中名士,咸谒见之。李乃大开筵席,当时朝客高流,无不臻赴。以杜持宪,不敢邀致。杜遣座客达意,愿与斯会。李不得已,驰书。方对花独酌,亦已酣畅,闻命遽来。时会中已饮酒,女奴百余人,皆绝艺殊色。杜独坐南向,瞪目注视,引满三卮,问李云:"闻有紫云者,孰是?"李指示之,杜凝睇良久,曰:"名不虚得,宜以见惠。"李俯而笑,诸妓亦皆回首破颜。杜又自饮三爵,朗吟而起曰:"华堂今日绮筵开,谁唤分司御史来?忽发狂言惊满座,两行红粉一时回。"意气闲逸,傍若无人。①

---

① (唐)孟启:《本事诗·高逸第三》,丁福保辑:《历代诗话续编》(上册),中华书局2006年版,第15—16页。

《唐诗纪事》《太平广记》皆称李司徒为李愿，《全唐诗重出误收考》引吴企明之说，称李卒于宝历元年（825）六月，不可能在洛阳与杜牧共宴。我们且不论李司徒为何人，且看此诗及本事对后世的影响。《苕溪渔隐丛话后集》卷一五称：

> 东坡闻李公择饮傅国博家，大醉，有诗云："不肯惺惺骑马回，玉山知为玉人颓。紫云有语君知否，莫唤分司御史来。"即此事也。又《侍儿小名录》云："兵部李尚书乐妓崔紫云，词华清峭，眉目端丽，李公为尹东洛，宴客将酣，杜公轻骑而来，连饮三觥，谓主人曰：'尝闻有能篇咏紫云者，今日方知名不虚得，倘垂一惠，无以加焉。'诸妓回头掩笑，杜作前诗，诗罢，上马而去。李公寻以紫云赠之。紫云临行献诗曰：'从来学制斐然诗，不料霜台御史知。忽见便教随命去，恋恩肠断出门时。'"《侍儿小名录》不载此事出于何书，疑好事者附会为之也。①

如胡仔所云，苏轼《闻李公择饮傅国博家大醉二首·其二》确用杜牧本事，宋诗之中李会断句"金沙滩上双鸂鶒，肯为分司御史来"②、项安世"三生杜牧垂纶手，渠自长安障日头。我意从来端易败，分司御史莫来休"③、苏泂"燕子蜂儿各自忙，玉魂谁返杜秋娘。人间抵死无殊丽，免唤分司御史狂"④ 等亦皆用小杜此事。

东坡又有《临江仙·冬日即事》词，中间用小杜、紫云事，可与杜诗及上诗相呼应，其云：

---

① （宋）胡仔纂集，廖德明校点：《苕溪渔隐丛话后集》卷一五，第110—111页。
② 《全宋诗》（第33册）卷一八六九，第20903页。
③ （宋）项安世：《次韵苏教授饭郑教授五首·其五》，《全宋诗》（第44册）卷二三七四，第27332页。
④ （宋）苏泂：《金陵杂兴二百首·其五九》，《全宋诗》（第54册）卷二八四八，第33944页。

自古相从休务日，何妨低唱微吟。天垂云重作春阴。坐中人半醉，帘外雪将深。　闻道分司狂御史，紫云无路追寻。凄风寒雨是骎骎。问囚长损气，见鹤忽惊心。

此首作于元丰元年（1078）正月，李公恕时为京东西路转运判官，召赴阙。此词作于送别宴饮之际，化用小杜、紫云之事，将李公恕比作杜牧。结处写凄风寒雨，分离在即，"问囚""见鹤"见出东坡的些许归隐之意。

陈师道《木兰花减字·赠晁无咎舞鬟》为赠送晁补之舞鬟之作，词中将舞鬟比作杜牧之紫云，其云：

娉娉袅袅。红落东风青子小。妙舞逶迤。拍误周郎却未知。花前月底。谁唤分司狂御史。欲语还休。唤不回头莫着羞。

先写女子之娉婷妩媚，曲子有误而周郎不知；再写女子娇羞，有御史来唤，却羞不回头。苏、陈二词，一从杜牧着手，将李公恕比作风流蕴藉的小杜；一从紫云入手，将晁补之家的舞鬟比作娉娉袅袅的紫云。苏轼、陈师道恰将杜牧诗中的"狂御史"与"紫云"二意象分遣词中，若二首并观，正可见出宋人对杜牧此诗的关注与喜爱。

杜牧"偶发狂言惊满座，三重粉面一时回"一句画面感十足，还有一些宋词，偏取此句。如欧阳修"翠袖娇鬟舞石州，两行红粉一时羞"（《浣溪沙》）写女子娇艳、贺铸"数阕清歌，两行红粉，恹恹别酒初醺"（《更漏子》）写离别相送，皆取法此句。

总体而言，宋人在作品中对杜牧此诗的师法，未若宋人在心目中对杜牧风流形象的构建来得明显，小杜在酒席上的率性而为，成了后人津津乐道的本事。

二 青子垂枝杜郎来:"本事"中的痴情

杜牧还有一首诗,叫《叹花》①,后人也为这诗"安排"了一出本事,诗云:

> 自是寻春去校迟,不须惆怅怨芳时。狂风落尽深红色,绿叶成阴子满枝。

《太平广记》引《唐阙史》记此事甚详。称大和末,杜牧游湖州,刺史为杜牧素所厚者,为之张水嬉,两岸观者云集。于丛中见里姥所引之鸦头女,年十余岁,有国色之姿,因使语其母,约为后期。姥曰:"他年失信,复当何如?"杜牧则曰:"吾不十年,必守此郡;十年不来,乃从尔所适可也。""牧归朝,颇以湖州为念,然以官秩尚卑,殊未敢发。寻拜黄州、池州,又移睦州,皆非意也。牧素与周墀善,会墀为相,乃并以三笺干墀,乞守湖州。意以弟顗目疾,冀于江外疗之。大中三年,始授湖州刺史。比至郡,则已十四年矣。所约者,已从人三载,而生三子。"②故杜牧怅然而有此诗。缪钺先生称此段所记甚为可疑:"以其与杜牧行迹及史事颇有舛忤,且于情理不合也。杜牧出守湖州在大中四年,非三年,其时周墀已罢相,杜牧自不能以三笺干墀。杜牧平生凡两佐宣州幕,第一次在大和五年,从沈传师,第二次在开成二年,从崔郸,若自守湖州时上溯十四年,应指第二次佐宣州幕时。时沈传师已卒矣,不得云出佐沈传师江西、宣州幕也。杜牧在大中三、四两年中,四次上书于宰相,请求外放,先求杭州,不能得,始求湖州,亦

---

① 《全唐诗》卷五二七《杜牧集·补遗》诗题作《怅诗》,题下小注称:"牧佐宣城幕,游湖州,刺史崔君张水戏,使州人毕观,令牧闲行阅奇丽,得垂髫者十余岁。后十四年,牧刺湖州,其人已嫁,生子矣。乃怅而为诗。"[《全唐诗》(第16册),第6033页]

② (宋)李昉等:《太平广记》(第6册)卷二七三,中华书局1961年版,第2152页。

并非专求湖州。此皆可疑之点。且杜牧如欲得此女,自可以践约为名,遣人迎致,不必定求为湖州刺史。唐制:地方官吏娶百姓女为妻妾,'有逾格律'。以刺史而娶本地民女为妾,乃违犯官纪之事,杜牧何为必欲出此?此亦于情理不合者。杜牧生平不拘礼教,而'自是寻春去校迟'一诗,又似有所寄托,或好事者因此诗附会而成此故事,未必可信也。"① 缪先生从几个方面质疑杜牧此诗之"本事",认为当为后人附会,缪说可信。

后人喜欢在文人墨客身上附会香艳之事,不只小杜,刘禹锡也曾被附会过"司空见惯"之事,而且被附会的诗歌竟然还不是刘禹锡的作品,岑仲勉先生在《唐史余沈》中有过详尽考证,可并参②。好在杜牧诗歌不伪,仅是本事被后人附会而已,不过由此也能见出后人对小杜的喜爱。

苏辙尝于诗中暗用杜牧此诗——但是仅取相约、爽约之事,未涉及其中的儿女私情——点化自然,几乎不着痕迹,若我们不从本事角度考虑,诗意亦很显豁;若知晓小杜本事,与杜诗相结合,亦能见出苏辙暗用之功。其诗题为《马上见卖芍药戏赠张厚之二绝》③,其云:

> 春风欲尽无寻处,尽向南园芍药中。过尽此花真尽也,此生应与此花同。(其一)
>
> 春来便有南园约,过尽春风约尚赊。绿叶成阴花结子,便须携客到君家。(其二)

两首对读,诗意显豁,无须阐释。张厚之,即张恕,张方平之子。苏辙与其本有南园之约,春已过尽,尚未成行。诗人说,待到绿叶成阴繁花

---

① 缪钺:《杜牧传·杜牧年谱》,第193—194页。
② 岑仲勉:《唐史余沈(外一种)》,中华书局2004年版,第173—175页。
③ 《全宋诗》(第15册)卷八五六,第9918页。

结子之时，便赴君家。看似这就是一首简单的戏赠诗，其实题面背后隐藏着杜牧诗歌本事：都是早有相约，都是未曾及时赴约，故而有此点化。不同在于杜氏之约，为与佳人之约，相约他年成欢；苏氏之约，为与友人之约，相约南园赏花。两首诗的契合点在于"约"—"爽约"—"绿叶成阴子满枝"这样一个动态过程。与苏辙的相对隐晦不同，陈著《与弟侄观小圃梅花二首》① 诗便直称借用杜诗，其云：

> 看花须看未开时，到七分开看已迟。前辈咏梅多此意，水边竹外两三枝。（其一）
> 是则看花要及时，看花到实不妨迟。前贤亦有留佳句，绿叶成阴子满枝。（其二）

诗歌通俗晓畅，浅白如话。写看花须及时，如若不及时，将无花可看，只有绿叶成阴子满枝了。苏辙、陈著皆取杜牧诗歌本意，并未兼及"鸦头女"之事，可见这还是比较单纯地化用杜诗原意。

宋词之中，曹冠有《喜朝天》词，烟雨溟蒙之际，送春惜别，其云：

> 翠老红稀，歌慵笑懒。溟蒙烟雨秋千院。芹泥带湿燕双飞，杜鹃啼诉芳心怨。　座客分题，传觞迭劝。送春惜别情何限。不须惆怅怨春归，明年春色重妍暖。

上片纯是一派暮春景象，伤春；下片座客分题，传觞叠劝，惜别。故而整首词的基调是低郁的，有些化解不开。词人劝慰道"不须惆怅怨春归"，因为"明年春色重妍暖"，结处拉升起低落的情绪，为整首词添加上一抹亮色。词中的"不须惆怅怨春归"与杜诗中的"不须惆怅怨芳时"，别无二致。只是词人较之小杜多了几分豁达而已。

---

① 《全宋诗》（第64册）卷三三五七，第40112页。

杨师纯今仅存词两首,便是下引两首《清平乐》,词云:

> 羞娥浅浅。秋水如刀剪。窗下无人自针线。不觉郎来身畔。相将携手鸳帏。匆匆不许多时。耳畔告郎低语,共郎莫使人知。

> 小庭春院。睡起花阴转。往事旧欢离思远。柳絮随风难管。等闲屈指当时。阑干几曲谁知。为问春风桃李,而今子满芳枝。

"共郎私会""往事旧欢",是这两首《清平乐》的主题,有些前后相继的意味。宋人杨湜《古今词话》引出这两首词的本事,这本事竟然与杜牧的"本事"相仿佛:

> 庐陵杨师纯登第年,泊舟江岸。邻舟有一姝美而艳,与师纯目色相投,未尝有一语之接。一日,师纯乘酒,醉跳为邻舟径获一欢(案:句有衍伪)。因作《清平乐》词以遣:"羞娥浅浅。秋水如刀剪。窗下无人自针线。不觉郎来身畔。 相将携手鸳帏。匆匆不许多时。耳畔告郎低语,共郎莫使人知。"后师纯之官,复经故地,问其人已生数子矣。师纯感旧,再作《清平乐》以遣怀曰:"小庭春院。睡起花阴转。往事旧欢离思远。柳絮随风难管。 等闲屈指当时。阑干几曲谁知。为问春风桃李,而今子满芳枝。"①

杨师纯之事几乎就是杜牧之事的翻版,且较杜事更为粗糙,其间只有"共郎莫使人知"可作二人相约之语,至于相约之期等并未详及。换言之,这个本事很可能是生硬套取"杜牧之事"而来,而作者《清乐平》(小庭春院)的本意可能仅是点化杜诗感慨春光凋谢而已。

---

① (宋)杨湜:《古今词话》,唐圭璋编:《词话丛编》(第1册),中华书局1986年版,第36—37页。

相较于杨师纯之作，黄庭坚《蓦山溪·赠衡阳妓陈湘》词则是很明确地使用了杜牧"本事"。这首词当为崇宁三年，黄庭坚赴宜州贬所途中邂逅衡阳妓陈湘，"颇属意焉，陈湘亦向山谷学书求字，非徒以色事人者"①，除此首外，山谷又有两首词赠送陈湘。可见二人之间确有互相吸引之处。上片"娉娉袅袅，恰近十三余"与下片"绿成阴、青梅如豆"两用杜诗，特别是下片之用更将杜牧"本事"引入词中，叹惜身不由己的分离之后，唯恐归来之时，已然"绿成阴、青梅如豆"，这是沿着杜诗"本事"而下，并无引申或其他展延。

当然，宋人也有好事者，将杜牧"相约""负约"的"本事"化入词中。还有一些词人对"相约""负约"进行引申，加入叮咛嘱咐，希望"勿负约"。如吕渭花《西江月慢》词写女子"记去年、紫陌朱门，花下旧相识"，一年已过，而今"望翠阁、烟林似织"，希望男子"但记取、角枕情题，东窗休误，这些端的。更莫待、青子绿阴春事寂"。陆游亦代女子立言，"犹恨负幽期"，极写闺情相思的"那堪更是，吹箫池馆，青子绿阴时"（《一丛花》）与俞国宝"念盟钗一股，鸾光两破，已负秦楼素约。但莫教、嫩绿成阴，把人误却"（《瑞鹤仙》）等大抵皆为此类。

此外，还有另外一些词人，纯粹以"绿叶成阴子满枝"写花凋叶繁、果实长成，感慨时光飞逝，景色生变。如无名氏有一首《忆人人》词，用笔细腻，感情亦细腻，其云：

> 前村深雪，难寻幽艳，无奈清香漏绽。烟梢霜萼出墙时，似暗妒、寿阳妆面。　幽香浮动，无缘攀赏，但只心劳魂乱。不辞他日醉琼姿，又只恐、阴成子满。

这是一首梅子词，词人将前人咏梅作品，如"前村深雪""寿阳妆面"

---

① （宋）黄庭坚著，马兴荣、祝振玉校注：《山谷词》，第42页。

"幽香浮动"等化入词中,结处用杜牧诗句,写要及时赏玩梅花,不然"又只恐、阴成子满"。

宋人对杜牧这两首诗歌的接受,呈现出与其他诗歌不甚相同的模式,即是除点化诗歌用语外,还注重对诗歌所涉及的"本事"的挖掘和引申——而他们往往不去顾及这些流传下来的"本事"是否属实——在这种挖掘与引申中,宋人在作品中将小杜塑造成他们理想中,或者说想象中的形象。既然小杜自是风流蕴藉的,那么宋人再添点"分司狂御史"的率性、洒脱与不羁,再添点"绿叶成阴子满枝"的痴情、深情与惆怅,使其为我所用,又有何不可?

第三节 三守僻左

"三守僻左,七换星霜"是大中二年杜牧《上吏部高尚书状》中所自称,短短八字,道出杜牧自会昌二年至大中二年七年间,自黄州刺池州,复刺睦州,久困远郡的仕宦偃蹇之态。

这期间,唐王朝经历回鹘入寇、藩镇纷争等内忧外患,杜牧屡屡上书,为国事出谋划策,朝廷多采其言而不用其人,加之身处僻壤,杜牧多有不平之气。自会昌元年(841)至大中四年(850)十年间,尤其是会昌二年春起至大中二年七年间的诗歌,既有乃心王室忠悃之情与志不得伸的愤懑碰撞冲击,又有登山临水的风华流丽之作,可以说是既俊爽而又兼藻绮。

在杜牧所有的诗歌中,这段时间——从广义上讲是会昌元年至大中四年,从狭义上讲是杜牧夫子自道"七换星霜"的会昌二年至大中二年——创作的诗歌对于宋词的影响最为显著,主要表现在四个方面:其一是针对时事有感而发的诗歌,如《早雁》《郡斋独酌》《闻庆州赵纵使君与党项战中箭身死辄书长句》等诗中多有寄托,特别是其中"云外惊飞四散哀"的悲悯苍生、"平生五色线,愿补舜衣裳"的赤心奉国、"谁知我亦轻生者,不得君王丈二殳"的慷慨激昂,多为宋词点化,或咏叹本事,或在杜牧感慨的基础上有所引申;其二是一些即景抒情的诗歌,特别是杜牧连刺三州,经行之处,流连名胜,常有题咏,如《齐安郡后池绝句》《齐安郡中偶题二首·其一》《秋浦途中》《忆齐安郡》《九日齐山登高》《登池州九峰楼寄张祜》《题池州弄水亭》《睦州四韵》《将赴吴兴登乐游原一绝》等,诗中景语多精巧,情语多精思,多为宋词所采;其三是离别寄赠类诗歌,如《题安州浮云寺楼寄湖州张郎中》《寄浙东韩乂评事》《池州春送前进士蒯希逸》《送刘秀才归江陵》等,杜牧常在此类诗歌中营造迷离的离别意境,这一点也为宋人所喜;其四是一些咏史类诗歌,如《赤壁》《泊秦淮》等,当然宋人诗词中对于杜牧的咏史论调,或褒或贬,不一而足。

一 五色线补舜衣裳:感时诗对宋词的影响

会昌二年春至会昌四年九月,杜牧出为黄州刺史。会昌二年,正是杜牧不惑之年,其少负济世兴邦之志,喜论兵言政,自二十六岁入仕,蹉跎十五年,未得大用,不惑之年,出知远郡,胸中难免有不平之意,形诸笔墨,则是乃心王室的忠悃之情与志不得伸的愤懑之意并存。

其在《黄州刺史谢上表》中称:"臣某自出身已来,任职使府,虽有官业,不亲治人。及登朝二任,皆参台阁,优游无事,止奉朝谒。今者蒙恩擢授刺史,专断刑罚,施行诏条,政之善恶,唯臣所系。素不更练,兼之昧愚,一自到任,忧惕不胜,动作举止,唯恐罪悔。伏以黄州在大江之侧,云梦泽南,古有夷风,今尽华俗,户不满二万,税钱才三万贯。风俗谨朴,法令明具,久无水旱疾疫,人业不耗,谨奉贡赋,不为罪恶,臣虽不肖,亦能守之。"[①] 对于安民守土,杜牧还是很有信心的。然而到任谢表是与朝廷的正式文书,胸中即使再有波澜,亦不能太

---

① (唐)杜牧:《黄州刺史谢上表》,《杜牧集系年校注》(第3册),第931页。

过流露。作于同年的《上李中丞书》，其心志一览无余：

> 某入仕十五年间，凡四年在京，其间卧疾乞假，复居其半。嗜酒好睡，其癖已痼，往往闭户，便经旬日，吊庆参请，多亦废阙。至于俯仰进趋，随意所在，希时徇势，不能逐人。是以官途之间，比之辈流，亦多困踬。自顾自念，守道不病，独处思省，亦不自悔。然分于当路，必无知己，默默成戚，守日待月，冀得一官，以足衣食。一自拜谒门馆，似蒙奖饰，敢以恶文连进几案，特遇采录，更不因人，许可指教，实为师资，接遇之礼过等，询问之辞悉纤。虽三千里僻守小郡，上道之日，气色济济，不知沉困之在己，不知升腾之在人，都门带酒，笑别亲戚。斯乃大君子之遇难逢，世途之不偶常事，虽为远官，适足自宽。某世业儒学，自高、曾至于某身，家风不坠，少小孜孜，至今不怠。性颛固，不能通经。于治乱兴亡之迹，财赋兵甲之事，地形之险易远近，古人之长短得失。中丞即归廊庙，宰制在手，或因时事召置堂下，坐之与语，此时回顾诸生，必期不辱恩奖。今者志尚未泯，齿发犹壮，敢希指顾，一罄肝胆，无任感激血诚之至。某恐惧再拜。①

杜牧自大和二年（828）制策登科入仕为校书郎，至会昌二年，恰为十五年，与书中所称"某入仕十五年""虽三千里僻守小郡"事相合。据《新唐书·武宗本纪》记，会昌二年七月"尚书右丞兼御史中丞李让夷为中书侍郎、同中书门下平章事"②，可知李中丞即是李让夷，而非李回③。此书中杜牧谦称自己虽"不能通经"，却能于"治乱兴亡之迹，

---

① （唐）杜牧：《上李中丞书》，《杜牧集系年校注》（第3册），第860—861页。
② （宋）欧阳修、宋祁等：《新唐书》（第1册）卷八，中华书局1975年版，第241页。
③ 缪钺先生称李中丞为李回，误。缪先生之说见《杜牧传·杜牧年谱》，第167页。

财赋兵甲之事,地形之险易远近,古人之长短得失"之事,坐而论之,不辱恩奖。可见杜牧对自己的经世之才颇为自负。然而这种自负与现实相参,不由心生悲凉,只得期待李让夷从中援引。

其实,当时边境并不太平,《新唐书》称会昌二年正月,"回鹘寇横水栅,略天德、振武军……三月,回鹘寇云、朔……三月,回鹘寇云、朔……六月,陈夷行罢。河东节度使刘沔及回鹘战于云州,败绩……(七月)回鹘可汗寇大同川……"① 此时正是朝廷用人之际,杜牧本期能有"补舜衣裳"的机会,但现实却给了他一个重重的打击——将其外放到穷乡僻壤,独守一郡。故而作于此年的《上李中丞书》《郡斋独酌》《雪中书怀》《自遣》《早雁》《上池州李使君书》诸作多慷慨之音,韵外甚至有悲凉之意。

(一) 早雁

《早雁》一诗即作于会昌二年回鹘南侵之际,诗人将早雁喻指因战乱而南迁之流民,毕现忠悃之情、拳拳之意。诗云:

金河秋半虏弦开,云外惊飞四散哀。仙掌月明孤影过,长门灯暗数声来。须知胡骑纷纷在,岂逐春风一一回。莫厌潇湘少人处,水多菰米岸莓苔。

诗人闻雁声而生愁思,运用比兴手法,将因回鹘南侵而四散逃离的流民比作早雁,寄托了对其无法返归故乡的深切同情。同时,也流露出对执政者难捍边疆、难卫民众的失望。苏轼词中多次出现过孤雁、孤鸿意象,据尚永亮先生统计:"《全宋词》中苏轼存词362首,'鸿'字出现9次,'雁'字出现7次,'孤'字出现36次,'泪'字出现41次,'恨'字出现35次,大都纠葛着孤鸿情结,并在意义内涵和作品范围

---

① (宋)欧阳修、宋祁等:《新唐书》(第1册)卷八,第241页。

上不断深化和辐射。"① 此说确然，苏轼《水龙吟》词纯为櫽栝杜牧《早雁》诗，写自己漂泊不定的浮萍生涯，词云：

> 露寒烟冷蒹葭老，天外征鸿寥唳。银河秋晚，长门灯悄，一声初至。应念潇湘，岸遥人静，水多菰米。乍望极平田，徘徊欲下，依前被、风惊起。　须信衡阳万里。有谁家、锦书遥寄。万重云外，斜行横阵，才疏又缀。仙掌月明，石头城下，影摇寒水。念征衣未捣，佳人拂杵，有盈盈泪。

词中"寒露""冷烟""征鸿""银河""潇湘""衡阳""锦书""雁阵""雁影""寒水"等意象密集，偏走萧索一路，反衬出词人身世之悲。关于此词的创作时间，有几种说法。一是认为此词作于元丰七年（1084）八月，如薛瑞生②、邹同庆、王宗堂③、朱靖华、饶学刚④诸公，此种系年以"银河秋晚""石头城下"等为佐证；二是认为此词作于元丰三年（1080）秋，称："东坡此词，盖以杜牧《早雁》诗为主要櫽栝对象，复从唐人杜甫、郑谷、吴融等人诗中汲取意象，以成此寂寞征雁的形象，与《卜算子》（缺月挂疏桐）中的'缥缈孤鸿影'一样，表现贬谪以来内怀的复杂情感。元丰三年重九，苏轼曾櫽栝杜牧《九月齐安登高》为《定风波》词，上引《卜算子》亦作于本年二至五月中。因此，于秋日櫽栝杜牧等诗意，借咏雁以抒怀，自在情理之中，故本词当作于元丰三年之秋。"⑤ 且不论此词到底作于何年，其中櫽栝杜牧《早雁》诗、流露身似孤鸿的情怀却是学界共识。

---

① 尚永亮：《经典解读与文史综论》，中国社会科学出版社2012年版，第371页。
② 薛瑞生：《东坡词编年笺证》，三秦出版社1998年版，第435页。
③ 邹同庆、王宗堂：《苏轼词编年校注》（中册），中华书局2002年版，第519页。
④ 朱靖华、饶学刚等著：《苏轼词新释辑评》（中册），中国书店2007年版，第886页。
⑤ 张志烈、马德富、周裕锴主编：《苏轼全集校注》（第9册），河北人民出版社2010年版，第273—274页。

从杜牧的"早雁"到苏轼的"孤鸿",这中间既有古典文学中咏雁传统的因子,也实现了由群体到个体、由民生到个人的视角转移。

(二)补衮

《大雅·烝民》有云:"衮职有阙,维仲山甫补之。"后人因此而有"补衮"之说,称"善补过也",杜牧诗中的"补裳"亦当自"补衮"化来。

《郡斋独酌》一首光英朗练,有金石之声。诗人服膺为国平乱的"李侍中"、"朱处士"和"联兵数十万,附海正诛沧"的晋公裴度等人,接下来笔锋一转,写自己亦愿为国勤力,克复神州:"谁将国伐叛,话与钓鱼郎。溪南重回首,一径出修篁。尔来十三岁,斯人未曾忘。往往自抚己,泪下神苍茫。御史诏分洛,举趾何猖狂。阙下谏官业,拜疏无文章。寻僧解忧梦,乞酒缓愁肠。岂为妻子计,未去山林藏。平生五色线,愿补舜衣裳。弦歌教燕赵,兰芷浴河湟。腥膻一扫洒,凶狠皆披攘。生人但眠食,寿域富农桑。孤吟志在此,自亦笑荒唐。江郡雨初霁,刀好截秋光。池边成独酌,拥鼻菊枝香。醺酣更唱太平曲,仁圣天子寿无疆。"

诗人"平生五色线,愿补舜衣裳"的壮志,终未能实现,只令后人空增感喟。黄庭坚有《子瞻去岁春侍立迩英子由秋冬间相继入侍作诗各述所怀予亦次韵四首》,其《再次韵四首·其四》诗云:

> 延和西路古槐阴,不隔朝宗夙夜心。公有胸中五色线,平生补衮用功深。①

黄诗径用小杜诗句。相同之处在于杜、黄二诗皆是希冀:杜牧希望自己能有机会"腥膻一扫洒,凶狠皆披攘"(《郡斋独酌》);黄庭坚则对苏轼、苏辙二兄弟寄予厚望,意谓兄弟二人"讲筵亲近,可倾尽忠

---

① 《全宋诗》(第17册)卷九八五,第11366页。

赤之心"①。再如周紫芝"庙堂调烛随弛张，五色线补虞帝裳（《次韵仲平喜雨二首·其一》）"②、汪莘"我有五色线，补衮衮可新"（《野趣亭》）③、程公许"何不唤归坐岩廊，五色线补舜衣裳"（《寿东师杨尚书》）④、赵福元"九重宣补舜衣裳，吐出胸中五色线"（《寿徐尉》）⑤等所用"五色线"意象与杜牧诗歌相仿，而释德洪的《怀李道夫》诗则不同于以往之诗，别有新意。诗云：

半篙晚涨绿杨湾，接翅鸥归雾雨残。数叠吴山围楚梦，一番花信酿春寒。别时小语依然在，隔岁来书展复看。补衮胸中五色线，只今应作怒霓蟠。⑥

此为怀人之作，用语柔婉，意象纷呈。尾联将胸中五色线，比作呈现在天际的虹霓，从颜色角度入手，化虚为实，新人耳目。

方岳《水调歌头·寿吴尚书》为吴尚书祝寿所作，中间抒发了对吴尚书的礼赞，词云：

明日又重午，挽借玉蒲香。劝金且尽杯酒，听我试平章。时事艰难甚矣，人物眇然如此，骚意满潇湘。醉问屈原子，烟水正微茫。
溯层峦，浮叠嶂，碧云乡。眼中犹有公在，吾意亦差强。胸次甲兵百万，笔底天人三策，堪补舜衣裳。要及黑头耳，霖雨趁梅黄。

---

① （宋）黄庭坚撰，（宋）任渊等注，刘尚荣校点：《黄庭坚诗集注》（第1册），中华书局2003年版，第263页。
② （宋）周紫芝：《次韵仲平喜雨二首·其一》，《全宋诗》（第26册）卷一五二四，第17327页。
③ （宋）汪莘：《野趣亭》，《全宋诗》（第55册）卷二九〇九，第34701页。
④ （宋）程公许：《寿东师杨尚书》，《全宋诗》（第57册）卷二九八九，第35557页。
⑤ （宋）赵福元：《寿徐尉》，《全宋诗》（第72册）卷三七四九，第45208页。
⑥ （宋）释德洪：《怀李道夫》，《全宋诗》（第23册）卷一三三八，第15233页。

上片写时事艰难，人物眇然，江边醉问屈子，唯见烟水微茫，一派萧索气氛。下片笔锋陡转，称"犹有公在，吾意亦差强"，并化杜诗及董仲舒典称吴尚书"胸次甲兵百万，笔底天人三策，堪补舜衣裳"。祝寿之作，了无新意，化用杜牧之诗，亦未得其神髓。

平心而论，《郡斋独酌》是颇能代表小杜心迹的一首诗歌，特别是"平生五色线，要补舜衣裳"堪与"关西贱男子，誓肉虏杯羹。请数系虏事，谁其为我听？"（《感怀诗一首》）、"臣实有长策，彼可徐鞭笞。如蒙一召议，食肉寝其皮"（《雪中书怀》）并称，足见小杜志向。

宋人在诗词之中的点化基本上承杜意而下，道出为国效力的赤子情怀。至于释德洪的怀人之诗，从色彩角度入手将五色线比作虹霓，约略能见出几分志不得伸的遗憾。

（三）不得君王丈二殳

杜牧又有《闻庆州赵纵使君与党项战中箭身死辄书长句》诗一首，感叹赵纵为国战死，其云：

> 将军独乘铁骢马，榆溪战中金仆姑。死绥却是古来有，骁将自惊今日无。青史文章争点笔，朱门歌舞笑捐躯。谁知我亦轻生者，不得君王丈二殳。

《资治通鉴》称：大中四年九月，"党项为边患，发诸道兵讨之，连年无功"[①]。吴在庆先生认为"诗当作于此数年中"[②]。此诗"前四句写使君，后四句志感也。一、二先点明题目，已尽题意矣。三、四文章深一步法。夫死绥之臣当今所无，勇敢之将从古所有，却用反笔倒换。顿令赵公勇悍之气奕奕生动，虽死犹生也。五'青史文章'偏将'朱门歌舞'作对，深感当时骄纵偷生之辈不能效力疆场耳，岂真有'笑捐躯'

---

① （宋）司马光编著，（元）胡三省音注：《资治通鉴》（第17册）卷二四九，第8043页。
② 吴在庆：《杜牧集系年校注》（第1册），第233页。

者乎？观'我亦轻生'一结，自知其感慨之意矣。通篇只首二句叙题，余俱以议论成诗，另出手眼"①。此说确然，诚如朱氏所说，全诗唯首二句叙事，其他全是议论，特别是尾联"谁知我亦轻生者，不得君王丈二殳"，更能见出诗人立志之远大。

宋人未必习惯将杜牧视为纯粹的文人或书生，反而正如杜牧自期一般，亦将其视作"谁知我亦轻生者，不得君王丈二殳"的豪俊才子，这一点也正如后人评介小杜时所拈出的"俊"字相匹配。宋人对杜牧末联所流露出来的慷慨之气极为赏识，诗词之中时常点化。

如张耒有《送胡考甫》②诗，开篇即赞胡氏"胡公精悍姿，勇气如秋鹰。兵书百万言，挥麈谈如倾"，并称其"羞戴文吏冠，慨然喜功名"，原来这也是一位喜功名的文吏，如此一来，倒与杜牧有几分相似了。接下来，张耒化小杜诗句，称"愿得丈二殳，为国作长城"，说胡考甫也希望能立功沙场，为国效力，并说自己昔年曾在淮南听胡公高谈，知其乃是卫青、霍去病一般的人物，如此出色，真可"立功报天子，执节拥旗旌"了，咏赞至此，诗人不由得感慨"男儿当封侯，宁为老书生"，也已然有几分"宁为百夫长，胜作一书生"（杨炯《从军行》）的意味了。

陆游终生有兴复大志，无奈不为时用，"青衫曾奏三千牍，白首犹思丈二殳"（《雪夜有感》）③、"皇明如日讵敢诬，拜手乞赐丈二殳。中原烟尘一扫除，龙舟泝汴还东都"（《闻鼓角感怀》）④、"匹马曾防玉塞秋，岂知八十老渔舟。非无丈二殳堪请，只恐傍人笑白头"（《白露前一日已如深秋有感二首·其一》）⑤ 三次化用"不得君王丈二殳"句，

---

① （清）朱三锡：《东嵒草堂评订唐诗鼓吹》卷六，转引自《杜牧集系年校注》（第1册），第235页。
② （宋）张耒：《送胡考甫》，《全宋诗》（第20册）卷一一六一，第13100页。
③ （宋）陆游：《雪夜有感》，《全宋诗》（第39册）卷二一七七，第24665页。
④ （宋）陆游：《闻鼓角感怀》，《全宋诗》（第39册）卷二一七一，第24669页。
⑤ （宋）陆游：《白露前一日已如深秋有感二首·其一》，《全宋诗》（第40册）卷二二〇〇，第25140页。

流露出"中原烟尘一扫除"的豪情。刘克庄亦是慷慨有大节,生平志向兼有恢复之志,其有《病中杂兴五言十首·其四》怀念欧阳守道,颇多感慨,诗云:"李广飞将军,世南行秘书。乃知数寸管,不及丈二殳。"① 此诗用反语,称文臣未若武将。

其实,对于一些作者而言,虽未必皆如杜牧一般自负才识、喜论兵事,但世事艰危之际,他们常愿摒弃书生意气,期待投笔从戎。如刘克庄的《哭左次魏二首·其一》:

> 少日一编书,中年丈二殳。乃知杜预智,谁谓狄山愚。小试飞箝策,方为进筑图。到头麟阁上,终不著腥儒。②

左薯,字元规,永新人,开禧乙丑(1205)进士,为人豪迈负志气,使金不辱于狄,教国学能振士风。嘉定己巳年(1209),金人南侵,以黄冈为沿江要冲,举薯任廉察,留黄十年。后以淮西提刑、朝散大夫、直宝文阁卒,赠徽猷阁。民思其遗爱,至祠而望奠焉③。刘克庄诗后自注:"君与何立可皆江淮同幕,相继殁于齐安。"刘克庄集中复有二诗与何立可,其一《寄何立可提刑》为赠寄之作,其云:"故人握节守齐安,闻说边头事愈难。赤手募丁修险隘,白头擐甲御风寒。半腰城甫包围毕,一把兵皆点摘残。收得去年书在架,忆君灯下展来看。"写书生为将守城之艰。其二是闻听何立可讣告而作的《闻何立可李茂钦讣二首》④,诗歌悲怆不已,其云:

> 初闻边报暗吞声,想见登谯与虏争。世俗今犹疑许远,君王元

---

① (宋)刘克庄:《病中杂兴五言十首·其四》,《全宋诗》(第58册)卷三〇六七,第36597页。
② (宋)刘克庄:《哭左次魏二首·其一》,《全宋诗》(第58册)卷三〇三九,第36236页。
③ 《吉安府志》卷一八,明万历十三年刻本。
④ (宋)刘克庄:《闻何立可李茂钦讣二首》,《全宋诗》(第58册)卷三〇三六,第36183页。

未识真卿。伤心百口同临穴，极目孤城绝救兵。多少虎臣提将印，谁知战死是书生。（其一）

何老长身李白须，传闻死尚握州符。战场便合营双庙，太学今方出二儒。史馆何人征逸事，羽林无日访遗孤。病夫畴昔曾同幕，西望关山涕自濡。（其二）

何、李二君与刘克庄是旧日同官，如今刘克庄自己老大卧病，而二君死国。一句"多少虎臣提将印，谁知战死是书生"道出诗人的悲怆与愤怒。由刘克庄与左誉、何立可的诗歌可以见出诗人对书生抗敌的激赏，对"虎臣"误国的愤恨，但这之后却又是一种无奈。终宋一世，崇文抑武，武臣多不被信，功臣还常被怀疑而夺权，重内轻外的军事布局在供卫京畿的同时，也将漫长边境虚以示人。再加上统治阶层的战和摇摆不定，即使是"书生亦有中原志"，却往往"那得君王丈二殳"①。长此以往，便深深伤了士人之心。

吴则礼有《减字木兰花》词，所表达的正是欲报效国家，却不为君用的无奈之情：

梅花未彻。付与团团沙塞月。端欲捐书。去乞君王丈二殳。
貂裘锦帽。盘马不甘青鬓老。底事偏奇。细草平沙看打围。

上片写词人端欲捐书不读，"去乞君王丈二殳"奔赴沙场，下片笔锋突转，"貂裘锦帽"不去静胡沙，却去"细草平沙看打围"。家国势急，不去戍边，反而围猎，怎不令人齿冷心寒？我们历来不乏有心属国之士，远如屈原，近如杜牧、陆游，却往往无地输忠，这不能不令人遗憾与愤懑。

---

① （宋）乐雷发：《题钟尚书北征诗稿》，《全宋诗》（第66册）卷三四七〇，第41315页。

（四）苏武争禁十九年

杜牧还有《边上闻笳三首》①，写边境闻笳兴思，亦当为时事而发，以游人与苏武相提相对，其一诗云：

> 何处吹笳薄暮天，塞垣高鸟没狼烟。游人一听头堪白，苏武争禁十九年。（《边上闻笳三首·其一》）

唐人胡曾有《咏史诗·居延》："漠漠平沙际碧天，问人云此是居延。停骖一顾犹魂断，苏武争禁十九年。"全用杜牧诗意。

宋时，洪迈使金，还归之后，绍兴太学生多所非议，作《南乡子》词以嘲。中间即用了杜牧"苏武争禁十九年"成句。《南乡子》词云：

> 洪迈被拘留。稽首垂哀告彼酋。七日忍饥犹不耐，堪羞。苏武争禁十九秋。　厥父既无谋。厥子安能解国忧。万里归来夸舌辨，村牛。好摆头时便摆头。

这首词为洪迈使金之事而发，将其描绘成"稽首垂哀"之辈，称昔日"苏武争禁十九秋"，而洪迈"七日忍饥犹不耐"，二人相较，高下立判。《宋史》记洪迈出使之事甚详："初，迈之接伴也，既持旧礼折伏金使，至是，慨然请行。于是假翰林学士，充贺登位使，欲令金称兄弟敌国而归河南地。夏四月戊子，迈辞行，书用敌国礼，高宗亲札赐迈等曰：'祖宗陵寝，隔阔三十年不得以时洒扫祭祀，心实痛之。若彼能以河南地见归，必欲居尊如故，正复屈己，亦何所惜。'迈奏言：'山东之兵未解，则两国之好不成。'至燕，金阁门见国书，呼曰：'不如式。'抑令使人于表中改'陪臣'二字，朝见之仪必欲用旧礼。迈初执不可，既而金锁使馆，自旦及暮水浆不通。三日乃得见。金人语极不逊，大都督怀忠议欲

---

① 此诗未系年，但亦为时事而发，与本节所论的"感时诗"为同一类型，故而置入本节并论。

质留，左丞相张浩持不可，乃遣还。七月，迈回朝，则孝宗已即位矣。"①可知洪迈使金，确实未完成行前所期待之三事。

但洪迈使金，慷慨忠烈、正义无屈，虽未实现三项目标，这是两国国力使然，弱国无外交，谅再有口辩之才，又能如何？普通民众往往将舆论矛头指向使臣，不解其中的两国实力对比等复杂政治形势，反而议论汹汹，甚至还以洪氏因患风疾、头常微掉而作《南乡子》词以"好摆头时便摆头"嘲笑。可以说，杜牧的苏武典是正用，而宋词之中的点化，是以苏武与洪迈对比，从诗词技法上讲，大抵得当，但若考校史实，则于洪氏未公。

下片"厥父既无谋。厥子安能解国忧"将亦曾出使过金国的其父洪皓一并羞辱，其父"无谋"，其子自然不能解国忧了。《宋史》称："当建炎、绍兴之际，凡使金者，如探虎口，能全节而归，若朱弁、张邵、洪皓其庶几乎，望之不足议也。皓留北十五年，忠节尤著，高宗谓苏武不能过，诚哉。然竟以忤秦桧谪死，悲夫。其子适、遵、迈相继登词科，文名满天下，适位极台辅，而迈文学尤高，立朝议论最多，所谓忠义之报，讵不信夫。"② 可知洪皓使金，亦见大节。

杜牧的"苏武争禁十九年"是其感慨边事，特别是为"游人一听头堪白"之事而发，在杜牧看来，当世之人不敢与闻边事，闻听边筊竟然忧愁白头，而汉之苏武竟能争禁十九年，其中的对照不言自明。

从大的视角来看，宋词亦为边事而发，是将洪迈与苏武并提，称扬苏氏高节而洪氏低卑，以苏氏之"十九年"与洪氏之"七日"对参，凸显出洪氏的"丑态"。如上所述，从艺术创作的角度来看，宋词此用大抵得当，既有人物之对，又有时间之对。若从史实考校，则于洪氏未公。当然，这种公与不公，也只得留与后人评说了。

杜牧集中的感时之作很多，但为宋词所采的却不多，仅从上举的几

---

① （元）脱脱等撰：《宋史》（第33册）卷三七三《洪迈传》，第11571页。
② 同上书，第11574页。

首诗歌来看，大抵涵盖了伤悼流民（《早雁》），期待为国效力（《郡斋独酌》《闻庆州赵纵使君与党项战中箭身死辄书长句》）以及感慨边事（《边上闻笳三首》）等主题，这也与杜牧文章中时时关注边患、藩镇、流民等主题相吻合。

宋词中对杜牧此类诗歌的接受，基本不出感时伤世和希冀为国效力的樊篱。换言之，即大抵不出杜诗原意。只是在具体接受过程中，略有不同。如苏轼对《早雁》诗的继承，未若杜牧一般将"早雁"放置在战争带来流民迁徙的大背景下，而仅取其"早雁"孤立之意，将己身喻指孤雁——这是由大处、由群体、由宏观而至小处、至个人、至微观的化用。虽有小大之别，却无高下之分。

古代士子几乎都有为国效力的宏愿，从"致君尧舜上，再使风俗淳"到"平生五色线，愿补舜衣裳"再到"看试手，补天裂"等，可以说，儒家入世情怀内化在了士子们的血液当中，宋词对杜牧《郡斋独酌》《闻庆州赵纵使君与党项战中箭身死辄书长句》诸诗的点化，基本上依杜诗原意而下，道出了异代相似的经世之心。

二 江涵秋影雁初飞：写景诗对宋词的影响

缪钺先生曾论杜牧"独能于拗折峭健之中，有风华流美之致，气势豪宕而又情韵缠绵，把两种相反的好处结合起来"①，如果说《郡斋独酌》《赤壁》，是战乱之际杜牧志不得伸的"气势豪宕"之作，那么《齐安郡后池绝句》《齐安郡中偶题二首·其一》《秋浦途中》等则为"风华流美"之诗，而《早雁》等则是"把两种相反的好处结合起来"的典范，其中虽有抑郁之情，但却以高旷之思排解，整首诗的格调是健拔昂扬的。

杜牧的绝句能做到精警、婉曲、深折，"用旁敲侧击之法，表达丰

---

① 缪钺：《杜牧研究》，《缪钺全集》（第5卷），河北教育出版社2004年版，第280页。

富的情思,摹写生动的景象,以少许胜多许,耐人寻味"①。《齐安郡后池绝句》《齐安郡中偶题二首·其一》《秋浦途中》这几首对宋词影响较大的写景诗,皆为会昌二年至四年,杜牧在黄州期间所作。

(一)鸳鸯对浴

《齐安郡后池绝句》写夏景:

> 菱透浮萍绿锦池,夏莺千啭弄蔷薇。尽日无人看微雨,鸳鸯相对浴红衣。

诗歌写夏日郡斋后池之景:菱角从水面透出,浮萍点染绿了整座池塘,远处是流莺鸣叫着飞掠蔷薇。一个"透"字,一个"啭"字,看似要将静谧之境打破,却将环境衬托得更加幽静。微雨徐来,鸳鸯相对,在池塘中嬉戏。宋诗偏爱"相对浴红衣"之意象,或以之写鸳鸯对浴,或写潇鹕对浴。黄庭坚《题惠崇画扇》为题画诗,其云:

> 惠崇笔下开江面,万里晴波向落晖。梅影横斜人不见,鸳鸯相对浴红衣。②

惠崇长于将寒汀烟渚潇洒虚旷之状形诸画中,黄庭坚、苏轼诸公皆有题写其画作之诗。惠崇将万里江面铺展在尺寸间的扇面上,其间竟然还有"万里晴波向落晖",真可谓善画者矣。然而画与诗歌相通,展现无边无际的放,终究要有收束,一放一收,方能见得出画家与诗人之胸襟。惠崇点染几笔,没有人烟,只有几枝疏梅,几对鸳鸯,瞬间将扇面收住。故而黄庭坚诗云"梅影横斜人不见,鸳鸯相对浴红衣",分用林逋与杜牧诗歌,将旷达的意境与具体的物象结合,未设重彩,却入人心。

---

① 缪钺:《杜牧研究》,《缪钺全集》(第5卷),河北教育出版社2004年版,第280页。
② (宋)黄庭坚:《题惠崇画扇》,《全宋诗》(第17册)卷九八五,第11366页。

再如葛天民"鸳鸯对浴红衣扑，菡萏相亲翠盖笼"（《夏日池上》）① 以及刘安上"相将芰荷畔，看汝浴红衣"（《忆鸂鶒二首·其二》）②、王炎"拍岸晴波蘸柳丝，一双鸂鶒浴红衣"（《春日有感》）③ 皆取杜牧诗句"相对浴红衣"之意，有轻巧细腻之致。

僧祖可有《菩萨蛮》一首，颇有画面感，词云：

  谁能画取沙边雨。和烟澹扫蒹葭渚。别岸却斜晖。采莲人未归。　鸳鸯如解语。对浴红衣去。去了更回头。教侬特地愁。

这似乎也是一首题画之作，开篇即问"谁能画取沙边雨"，言外之意即是词人所面对的这幅画卷将沙边细雨、淡淡轻烟、蒹葭小渚与别岸斜晖一一入画，如此空寂景色不免单调，于是词人便想到何不加上一笔，故而便有了"采莲人未归"，不是未归，是画中唯有景色，未见人痕，故有"不归"之说。下片点化杜牧诗歌写鸳鸯相对，呢喃低语，游开之时，竟还回首，至此皆为实写。末句转虚，以"教侬特地愁"的、期待与"采莲人"相遇的他者与上片未归的"采莲人"相呼应，凸显出寻觅而不遇的惋惜之情——这里面若隐若现有几分"所谓伊人，在水一方"的缥缈感蕴含其中。

廖世美《好事近·夕景》营造出清新喜人、夕照水边的美丽景象，词云：

  落日水熔金，天淡暮烟凝碧。楼上谁家红袖，靠阑干无力。鸳鸯相对浴红衣，短棹弄长笛。惊起一双飞去，听波声拍拍。

---

① （宋）葛天民：《夏日池上》，《全宋诗》（第51册）卷二七二五，第32070页。
② （宋）刘安上：《忆鸂鶒二首·其二》，《全宋诗》（第22册）卷一三一六，第14947页。
③ （宋）王炎：《春日有感》，《全宋诗》（第48册）卷二五六七，第29811页。

落日熔金，暮烟渐起，水面氤氲着淡淡的雾气。一位孤单的女子倚靠在阑干上，眺望远方。水中的鸳鸯三三两两，嬉戏着、追逐着，短棹划过水面，和着长笛声，惊起了鸳鸯，拍着水，急急飞去。词作明白如话，清新自然，只是"红袖"在鸳鸯的映衬下，显得更为形单影只，约略透露出几分闺怨的意味来。

相较于以上词人都将"鸳鸯相对浴红衣"视为成双成对的意象，向滈的《南乡子·白石铺》则将男女离别比作鸳鸯各自飞，流露出更为浓烈的闺情相思之意：

> 临水窗儿。与卷珠帘看画眉。雨浴红衣惊起后，争知。水远山长各自飞。　　受尽孤凄。极目风烟说与谁。直是为他憔悴损，寻思。怎得心肠一似伊。

向滈之词多浅直通俗，却往往意味深长，此首亦不例外。此词写一位伫立楼头、空待归人的女子，中间点化杜牧诗句，写风雨袭来，惊起了正在浴红衣的鸳鸯，使得它们"水远山长各自飞"，由下片的"受尽孤凄。极目风烟说与谁"来看，这分明就是女子的移情——自己忍受孤独，故而看到的鸳鸯也定要各自飞散。女子感情激烈，浑然不似宋代婉约小词的风调——"直是为他憔悴损"，这种直白真有几分晚唐五代词的大胆、率真与热辣的气息。末句甚至还有些娇嗔的埋怨，为什么我不能像你一样心肠硬、像你一样不记得挂念人家呢。此词以眼前景写心中事、胸中情，虽直却深，颇有韵味。

若论更有怨意者，则推无名氏之《四张机》，词云：

> 鸳鸯织就欲双飞。可怜未老头先白，春波碧草，晓寒深处，相对浴红衣。

《九张机》之缘起云:"《醉留客》者,乐府之旧名。《九张机》者,才子之新调。凭夏玉之清歌,写掷梭之春怨。章章寄恨,句句言情。恭对华筵,敢陈口号:'一掷梭心一缕丝,连连织成九张机。从来巧思知多少,苦恨春风久不归。'"① 诚然,其中的凄凉怨慕,确易令人潸然泪下,故而前人称其"高处不减《风》《骚》,次亦《子夜》怨歌之匹"②,堪称千年绝调。《四张机》中女子担心自己"未老头先白",故而希望能与男子结成姻缘,如同自己织就的成双的鸳鸯一样,"晓寒深处,相对浴红衣",永不分离。

"鸳鸯相对浴红衣"中的点睛之笔是"浴"字与"红"字,前者捕捉到了戏水的动态感,后者带来强烈的色彩冲击。宋人对此的点化,大抵不出写景、咏鸳鸯、咏闺思乃至感慨分离等主题,这些都是以杜诗为本源的延伸,未离杜诗原意。

(二)秋日绿荷

与上首写夏日鸳鸯不同的是,《齐安郡中偶题二首·其一》写秋日绿荷,其云:

> 两竿落日溪桥上,半缕轻烟柳影中。多少绿荷相倚恨,一时回首背西风。

落日溪桥,轻烟柳影,西风乍起,吹翻荷叶。诗人正是捕捉到了荷叶被风吹起时相互依偎的瞬间,将这种细腻的场面用简洁的语言呈现出来。看似浑然写景,实则在景语中满蕴着别样情感,或许一个"恨"字能透露出更多的信息——好端端的荷叶被西风吹得翻覆不堪,如《唐诗绝句类选》所称:"末二句风刺婉然,似指世变淡靡,不能自振者。"③

---

① 唐圭璋编:《全宋词》(第5册),中华书局1965年版,第3649页。
② (清)陈廷焯撰,孙克强等辑校:《白雨斋词话全编》(中册),中华书局2013年版,第759页。
③ 陈伯海主编:《唐诗汇评》(下册),浙江教育出版社1995年版,第2360页。

想到回鹘南犯，诗人有心报国却被外放僻州的处境，根本无法掌握自己的命运，是说亦较为公允。

秦观《虞美人》一首写自己信马冶游，偶遇红妆而兴起愁思，故有此作，词云：

> 行行信马横塘畔。烟水秋平岸。绿荷多少夕阳中。知为阿谁凝恨、背西风。　红妆艇子来何处。荡桨偷相顾。鸳鸯惊起不无愁。柳外一双飞去、却回头。

上片是信马横塘路，烟水秋平岸，绿荷在夕照中摇曳，这本是点化杜牧诗句，而词人却平添疑问，"知为阿谁凝恨"，问荷叶因何凝恨呢？此处预留一悬念。下片写令人惊艳的红妆女子摇着艇子经过，且在荡桨之际"偷相顾"，四目相望，无言以对，词人心里定然起了波涛……末二句写荡桨惊起了鸳鸯，相伴飞去柳外，却还回头来看，这不正像"偷回顾"的红妆女子吗？词至此处，我们不由会意，原来荷叶是因鸳鸯而凝恨，而词人则因红妆而起愁。

晁补之于绍圣二年（1095）坐修《神宗实录》失实而通判应天府，是年九月改判亳州。《临江仙·用韵和韩求仁南都留别》正是此年离开亳州之际与韩求仁的唱和之作，其间多用前人诗句，却显得浑然一体、几无痕迹，词云：

> 曾唱牡丹留客饮，明年何处相逢。忽惊鹊起落梧桐。绿荷多少恨，回首背西风。　莫叹今宵身是客，一尊未晓犹同。此身应似去来鸿。江湖春水阔，归梦故园中。

是年秋，晁补之改通判亳州，韩氏相送，晁氏相和，故有此作。"篇中慨叹别易会难，重见之日犹遥遥无期，而故园渺邈，唯有托之梦中而已。一片深情挚意流溢于字里行间，融化古人诗句浑化无迹，呈现出厚重诚朴的风貌。"① 晁补之《离亭宴·忆吴兴寄金陵怀古声中》为回忆吴兴之诗，其中点化杜句写西风、荷叶与采莲人，营造出清新优美的意境：

  忆向吴兴假守。双溪四垂高柳。仪凤桥边兰舟过，映水雕甍华牖。烛下小红妆，争看史君归后。 携手松亭难又。题诗水轩依旧。多少绿荷相倚恨，背立西风回首。怅望采莲人，烟波万重吴岫。

崇宁元年（1102），晁补之五十岁，出知河中府，修河桥以便民，民画其像而祠。三月，改知湖州，四月二十九日抵任所。当时政局再变，朝廷重治元祐党人。其年秋，晁补之罢湖州任。宰相蔡京籍司马光、苏轼等一百二十人罪状，谓之奸党，请御书刻石于端礼门，晁补之亦在籍②。这首词正是晁补之离开湖州（吴兴），北上途中所作，整首回忆吴兴风光，下片点化杜牧诗句，以西风绿荷渲染怅望的"采莲人"形象，凸显出词人的落寞心境，与作者当时的心境相结合，词中多少亦能见出隐含的意味。

  与杜牧及秦观、晁补之等人在诗词中寄予了较多的其他情思相较，还有一些作品点化杜句纯粹咏写荷花，如康与之《洞仙歌令》便为此类，词云：

  若耶溪路。别岸花无数。欲敛娇红向人语。与绿荷、相倚恨，回首西风，波淼淼、三十六陂烟雨。 新妆明照水，汀渚生香，不嫁东风被谁误。遣踟蹰、骚客意，千里绵绵，仙浪远、何处凌波微步。想南浦、潮生画桡归，正月晓风清，断肠凝伫。

---

① （宋）晁补之著，乔力校注：《晁补之词编年笺注》，第47页。
② 同上书，第262页。

这首词多用与荷相关之典故，却较为浑然，不落窠臼。夏承焘先生指出此词与姜夔《念奴娇·予客武陵，湖北宪治在焉。古城野水，乔木参天。予与二三友日荡舟其间，薄荷花而饮。意象幽闲，不类人境。秋水且涸，荷叶出地寻丈，因列坐其下。上不见日，清风徐来，绿云自动。间于疏处窥见游人画船，亦一乐也。㞦来吴兴，数得相羊荷花中。又夜泛西湖，光景奇绝。故以此句写之》词"措辞意度皆相近"①，姑列姜词如下：

> 闹红一舸，记来时、尝与鸳鸯为侣。三十六陂人未到，水佩风裳无数。翠叶吹凉，玉容销酒，更洒菰蒲雨。嫣然摇动，冷香飞上诗句。 日暮。青盖亭亭，情人不见，争忍凌波去。只恐舞衣寒易落，愁入西风南浦。高柳垂阴，老鱼吹浪，留我花间住。田田多少，几回沙际归路。

细细读来，亦正如罗忼烈先生所称："白石后伯可五六十年，大抵熟记其所作荷词，故下笔不觉入其彀中也。论纤丽蕴藉，康胜于姜；言明净空灵，白石胜于伯可。各自擅场，未易轩轾。"② 罗先生此说确然。

"背西风""相倚恨"，杜牧笔下的秋日荷花似乎有了抒情主人公的情绪，宋人在点化时，或多或少注意到了杜牧诗歌中暗蕴的玄机。只是宋人的情绪，有些自出机杼，在一定程度上与杜意有所背离。

（三）杜陵新雁

会昌四年秋，杜牧作《秋浦途中》诗，流露出思乡之情，诗云：

> 萧萧山路穷秋雨，淅淅溪风一岸蒲。为问寒沙新到雁，来时还下杜陵无。

---

① 夏承焘笺校：《姜白石词编年笺校》，上海古籍出版社1981年版，第31页。
② 罗忼烈：《词学杂俎》，巴蜀书社1990年版，第134—135页。

会昌四年九月，杜牧迁池州刺史，代李方玄任。池州治所秋浦县，故而《秋蒲途中》当作于由黄州赴池州路上。杜牧诗歌中喜欢写雁，本篇与《早雁》都塑造出较为典型的"雁"意象。诗歌以萧萧山路、秋雨淅淅切入，写秋风、溪水与岸蒲，以问询新雁作结，韵味无穷。钱锺书先生认为《思美人》"因归鸟而致辞兮，羌宿高而难构"的"因鸟致辞"的模式多被后人取法，用以"嘱去鸟寄声"，发展变化亦可"向来鸟问询"，并举了杜牧此诗的末句为例①。钱先生可谓目光如炬，此说诚然。若从架构上看，确实先有了"因鸟致辞"而后衍生出了"来鸟问询"，这中间的脉络是不容忽视的，但杜牧此句也确为"来鸟问询"的典型例句，宋人对此多有师法。

先看陆游点化此诗而成的诗词，《秋晚登城北门》诗云：

> 幅巾藜杖北城头，卷地西风满眼愁。一点烽传散关信，两行雁带杜陵秋。山河兴废供搔首，身世安危入倚楼。横槊赋诗非复昔，梦魂犹绕古梁州。②

此首当为淳熙四年（1177）九月作于成都。面对着内忧外患，却不得大展宏图，诗人的焦灼情绪似乎难以抑制。不禁登上成都北门，眺望远方，此中情怀不减老杜半分。颔联用杜牧诗句，写归雁自故乡而来；山河破碎，只堪搔首，尾联更透露出诗人的忧愤与激昂。《秋思二首·其二》于开禧元年闰八月作于山阴，诗云：

> 十日秋阴满径苔，蓬门那有客敲推。水边丹叶已如许，篱下黄花犹未开。空见游僧衡岳去，难逢新雁杜陵来。溪云一片闲舒卷，

---

① 钱锺书：《管锥编》（第2册），生活·读书·新知三联书店2007年版，第947—949页。
② （宋）陆游：《秋晚登城北门》，《全宋诗》（第39册）卷二一六一，第24434页。

>　　恋着渔矶不肯回。①

此年陆游已经八十一岁，退居山阴，虽贫甚，但仍时时关注着时局。颈联反用杜牧诗句，称难逢自杜陵而来的新雁，言外之意即是再无故国消息。拳拳赤诚之心，于尾联"溪云一片闲舒卷，恋着渔矶不肯回"亦可见出。

陆游又有《感皇恩》词，亦用杜牧诗句，词云：

>　　小阁倚秋空，下临江渚。漠漠孤云未成雨。数声新雁，回首杜陵何处。壮心空万里，人谁许。　黄阁紫枢，筑坛开府。莫怕功名欠人做。如今熟计，只有故乡归路。石帆山脚下，菱三亩。

这首词与上举诗歌并观，更能见出陆游的忠悃之心。上片以漠漠孤云、数声新雁渲染出凄清的气氛，空有壮心万里，却不得驰骋疆场；下片以"黄阁紫枢，筑坛开府"与"故乡归路"相对，以赫赫的当朝文武与意欲归老的词人相对，以尸位素餐与满腔热血相对，然而词人却是不得时用的，只好归去"石帆山脚下"，守着三亩菱田。我们再看北宋张舜民的一首同样化用杜牧诗句的词作《卖花声》：

>　　楼上久踟躇。地远身孤。拟将憔悴吊三闾。自是长安日下影，流落江湖。　烂醉且消除。不醉何如。又看暝色满平芜。试问寒沙新到雁，应有来书。

张舜民存词四首，词作都描写了自己贬谪之情，风格近乎豪放劲健。元丰六年（1083），张舜民贬官郴州，是年秋冬之际，路过湖南岳阳楼，

---

①（宋）陆游：《秋思二首·其二》，《全宋诗》（第 40 册）卷二二一六，第 25398 页。

作《卖花声》两首①，其二便是我们上引之词。周煇《清波杂志》称："放臣逐客，一旦弃置远外，其忧悲憔悴之叹，发于诗什，特为酸楚，极有不能自遣者。滕子京守巴陵，修岳阳楼，或赞其落成，答以：'落甚成，只待凭栏大恸数场！'闵己伤志，固君子所不免，亦岂至是哉！张芸叟元丰间从高遵裕辟，环庆出师失律，且为转运使李察评其诗语，谪监郴州酒。舟行，以二小词题岳阳楼：'木叶下君山，空水漫漫。十分斟酒敛芳颜。不是渭城西去客，休唱阳关。醉袖抚危栏，天淡云闲。何人此路得生还？回首夕阳红尽处，应是长安。''楼上久踟蹰，地远身孤。拟将憔悴吊三闾。自是长安日下影，流落江湖。烂醉且消除，不醉何如？又看暝色满平芜。试问寒沙新到雁，应有来书。'亦岂无去国流离之思，殊觉婉而不伤也。"②周煇所言极是，今观此首，虽有迁谪之意，却无辛酸之态，只付烂醉而已。

"新雁""杜陵"，杜牧将此二者打并起来，将思乡怀归之意表达得含蓄蕴藉。陆游诗词之中凡三次使用，流露出来的亦是思乡之意。杜牧诗歌与陆游诗词在感情基调的表达上是别无二致的。从抒情范式上看，张舜民书写贬谪的《卖花声》师法了杜诗中的"因鸟问询"模式，从而在结构上与杜诗相类。

（四）齐山九日

会昌五年（845），杜牧时任池州刺史。是年秋，张祜来池州，九月九日二人同游齐山，故有《九日齐山登高》，诗云：

> 江涵秋影雁初飞，与客携壶上翠微。尘世难逢开口笑，菊花须插满头归。但将酩酊酬佳节，不用登临恨落晖。古往今来只如此，牛山何必泪沾衣。

---

① 杨海明：《唐宋词论稿》，浙江古籍出版社1988年版，第145页。
② （宋）周煇撰，刘永翔校注：《清波杂志校注》，中华书局1994年版，第138—139页。

此诗起笔赋景,次叙事,下六皆为议论,俊爽朗练,绝无半点前人登临之感慨哀愁,纯是一派豪迈洒脱气象。

首联起便不凡,"'江涵秋影',俯有所思也,'新雁初飞',仰有所见也,此七字中已具无限神理,无限感慨。提壶登高,正所谓及时行乐也"①。宋词中对首联二句颇为喜好,数次点化。张炎《新雁过妆楼·乙巳菊日,寓溧阳,闻雁声,因动脊令之感》词将闻雁而思念兄弟投射在重九的大背景下,流露出人与雁似、万里飘零的羁旅之情,其云:

> 遍插茱萸。人何处、客里顿懒携壶。雁影涵秋,绝似暮雨相呼。料得曾留堤上月,旧家伴侣有书无。谩嗟吁。数声怨抑,翻致无书。　谁识飘零万里,更可怜倦翼,同此江湖。饮啄关心,知是近日何如。陶潜尚存菊径,且休羡松风陶隐居。沙汀冷,拣寒枝、不似烟水黄芦。

首句直袭王维诗歌成句而隐去"少一人"之语,起便突兀,不容些许寒暄。接下来发问"人在何处",词人自答"客里顿懒携壶"。是"懒携壶"还是形单影只而不愿携壶?此处不言自明。百无聊赖之际,突闻雁声相呼,群雁翱翔,呼朋引伴,更加反衬出自己的孤寂。下阕人雁同赋,感慨万里羁旅,同此江湖,颇见语调之悲切。与张炎词中的孤寂不同,周密《声声慢·九日松涧席》以"橙香小院,桂冷闲庭,西风雁影涵秋"写九日宴饮的安闲。橙香弥漫,桂树婆娑,闻听声断长空,雁影涵秋。开篇数语,刻画出清秋的静与动。静的是闲庭与众人,动的是趁西风鸣叫着飞过的秋雁,也许透过桂树,还会漏下雁影……

辛弃疾《木兰花慢·席上呈张仲固帅兴元》、李曾伯《沁园春·饯总干陈公储》皆是赠送之作,均以浓墨点化杜诗景语,一曰"君思我、回首处,正江涵秋影雁初飞",一曰"牙樯喜色津津,正江影涵秋无点

---

① (清)朱三锡:《东喦草堂评订唐诗鼓吹》,转引自《杜牧集系年校注》(第2册),第376页。

尘"，看似疏朗却是略带悲咽，一个是"落日胡尘未断，西风塞马空肥"，一个是"君王问，尽不妨细说，万里戎情"，流露出志在靖边的豪情。

赵臣瑗称杜牧此诗："中二联亦只是自发其一种旷达胸襟，然未必非千秋万世卖菜佣守钱虏之良药也。至其抑扬顿挫、一气卷舒，真能化板为活，洗尽庸腔俗调，在晚唐中岂宜得乎？"① 此评不虚。

宋人对杜牧此诗多所点化。吴潜《水调歌头》（天宇正高爽）为秋日登高赏景抒发感慨之作，上阕用齐景公、杜牧登临典，称美景当前，自当举杯，流露出旷达之意；下阕对黄花、怜白首、伤颓龄，见朱甍画栋，伤物是人非，闻听蟋蟀鸣秋，颇动心绪。从全篇来说，其中虽点化牛山、齐山二典，却并未有太多深意蕴含词中，仅为应景式的点化而已。与之相类的还有刘克庄"犹记臣之少。兴狂时、过陈遵饮，对孙登啸。岁晚登临多感慨，但觉齐山诗妙"（《贺新郎》），写出了少年疏狂，老来"不宜蝉冕宜僧帽。杯中物，直须釂"的旷达。

刘克庄有《贺新郎·答九华叶贤良》二首，其一慷慨悲歌，自伤羁绊。词作笔锋犀利，"请缨系粤，草檄征辽。当年目视云霄，谁信道凄凉今折腰"写出今昔对比，"帽边鬓改，镜里颜凋"更进一步道出年华老大、"燕然未勒，南归草草，长安不见，北望迢迢"的悲愤。其二美赞叶氏并悲其不遇。开篇"我梦见君，戴飞霞冠，著宫锦袍。与牧之高会，齐山诗酒，谪仙同载，采石风涛。万卷星罗，千篇电扫，肯学穷儿事楚骚"以杜牧齐山、太白采石二典写出叶氏的诗酒风流与豪放不羁。过片急转直下，写其英雄失路埋没蒿莱的遭际。结处"相期海上，共摘蟠桃"的自我放逐，是李白、杜牧的命运，是叶贤良的命运，不也更是刘克庄的命运吗？

还有一部分词作，纯是点化杜牧齐山事或咏菊或写重九，其中有"眼前好景真无尽，身外浮名尽可轻"（郭应祥《鹧鸪天·次孚先韵，

---

① 《山满楼笺注唐诗七言律》，转引自陈伯海主编《唐诗汇评》（下册），第2359页。

重阳前两日无尽藏作》）的洒脱，如：

>　　秋易老，莫匆匆。齐山高兴古今同。欲知此地花多少，一眼金英望不穷。（葛胜仲《鹧鸪天·赏菊》）
>　　佳节若为酬。但把清尊断送秋。万事到头都是梦，休休。明日黄花蝶也愁。（苏轼《南乡子·重九涵辉楼呈徐君猷》）
>　　兰委佩，菊堪餐。人情时事半悲欢。但将酩酊酬佳节，更把茱萸仔细看。（黄庭坚《鹧鸪天·重九日集句》）
>　　牛山何必独沾衣，对佳节、惟应欢醉。（杨无咎《惜黄花瘦》）
>　　宜霜开尽秋光老。感节物、愁多少。尘世难逢开口笑。满林风雨，一江烟水，飒爽惊吹帽。（胡铨《青玉案·乙酉重九葛守坐上作》）
>　　老去休惊节物催。菊花端的为君开。携壶幸有齐山客，怀古还如单父台。（韩元吉《鹧鸪天·九日登赤松绝顶》）
>　　穷胜赏，续欢盟。直饶风雨也须晴。满头插菊掀髯笑，笑道齐山浪得名。（郭应祥《鹧鸪天·次孚先韵，重阳前两日无尽藏作》）
>　　一时四美，对重阳、那更无风无雨。尘世难逢开口笑，不饮黄花有语。（赵必瓛《念奴娇·和云谷九日游星岩》）
>　　瘦碧飘萧摇露便，腻黄秀野拂霜枝。忆芳时。翠微唤酒，江雁初飞。（张炎《新雁过妆楼·赋菊》）

还有辛弃疾《木兰花慢·题上饶郡圃翠微楼》为题咏"翠微楼"之作，所谓"翠微"者当自小杜诗句化出，故而以"与客携壶且醉，雁飞秋影江寒"作结自在情理之中。

当然，并不是所有的化用都是高明的，晁补之作于绍圣二年重阳的《临江仙》（自古齐山重九胜）"全篇套用杜牧诗，颇见敷衍痕迹，故觉直质粗率而了无意味"①，此说确然。大抵后人言重九或用王维诗，或用

---

① （宋）晁补之著，乔力校注：《晁补之词编年笺注》，第46页。

小杜诗,除非用心点化,与时事时景紧密结合,否则难出王、杜樊篱。

此外,苏轼《定风波·重阳》则是用一种约略近戏的心态蹈袭杜牧此诗,虽亦见出恬淡之意,却并无艺术性可言,只是对杜诗的尺寸拟则而已。此首出自苏轼,后人称其为"文人偶然游戏",若出自小家之手,恐惹"向樊川集中作贼"①之讥吧。同样是檃栝杜牧之诗,朱熹《水调歌头·檃栝杜牧之齐山诗》则明显用力不少,其云:

江水浸云影,鸿雁欲南飞。携壶结客,何处空翠渺烟霏。尘世难逢一笑,况有紫萸黄菊,堪插满头归。风景今朝是,身世昔人非。
酬佳节,须酩酊,莫相违。人生如寄,何事辛苦怨斜晖。无尽今来古往,多少春花秋月,那更有危机。与问牛山客,何必独沾衣。

《历代词话》引《读书续录》称其:"气骨豪迈,则俯视辛、苏,音韵协和,则仆命秦、柳。洗尽千古头巾俗态。"②张宗橚则称:"东坡亦有《定风波》一阕檃栝牧之九日诗,情味不及远甚。"③窃以为朱氏此首,虽情味过于苏词,但亦非高作,至于"气骨豪迈"之说,则近谀矣。

(五)清溪弄水

杜牧任池州刺史时,曾建亭,取李白"饮弄水中月"诗意取名曰"弄水亭",张祜《题池州杜员外弄水新亭》为会昌五年访池州弄水亭所作,杜牧亦有《题池州弄水亭》诗,写池州风景、风物与风土人情。宋人经行池州弄水亭时,常有题咏之作,如陈舜俞、韦骧、张舜民、孔平仲、李纲、陈师孟以及喻良能诸公皆有诗篇留存,特别是喻良能《弄水亭次李察院韵》为唱和之诗,语短意工,诗云:

---

① (清)王士禛撰:《花草蒙拾·词语从诗出》,《词话丛编》(第1册),第676页。
② (清)王奕清撰:《历代词话》卷七,《词话丛编》(第2册),第1229页。
③ (清)张宗橚编,杨宝霖补正:《词林纪事 词林纪事补正合编》(上册),上海古籍出版社1998年版,第636页。

清溪一曲抱危亭，天水无尘相与明。昔日紫微今御史，两翁诗句一般清。①

清清溪水，环抱着弄水亭，水天一色，潋滟清明，几无尘迹。当年的杜紫微与今天的李御史，两人的诗歌是同样绝妙。末句所谓的"清"，除却诗歌的艺术特色，可能还有美赞李察院为官清廉的意味——因为毕竟是御史台察院的监察御史，执掌弹劾之事，更需清廉。

池州还有一处名胜之地——清溪。宋人张升卿（公翊）曾"以青溪之景，命良笔图之"② 以成《清溪图》，苏轼曾应张氏之邀，作《清溪词》③。苏轼记此事甚详，《与王文玉十二首》之七称：

寓白沙，须接人而行，会合未可期。临书惘惘。见张公翊，出《清溪图》甚佳。谢生殊可赏，想亦由公指示也。曾与公翊作《清溪词》，热甚，文多，未暇录去，后信寄呈也。④

元人吴师道《吴礼部诗话》亦称：

张公翊《清溪图》，画池阳清溪也。郭功甫题五绝句，有"唯欠子瞻诗"之语，遂求东坡为赋《清溪词》。苏公复令某示秦少游，写小杜《弄水亭》诗。其后自元丰以来，诸贤题咏甚多，真迹在金华智者寺草堂，盖宋季王泌元敬使君得之。⑤

---

① （宋）喻良能：《弄水亭次李察院韵》，《全宋诗》（第43册）卷二三五六，第27047页。
② （宋）袁说友：《东塘集》卷一九《跋清溪贴》，《景印文渊阁四库全书》（第1154册），台湾商务印书馆1986年版，第382页。
③ （清）王文诰辑注，孔凡礼点校：《苏轼诗集》（第8册）卷四八，中华书局1982年版，第2644页。
④ （宋）苏轼撰，孔凡礼点校：《苏轼文集》（第6册），中华书局1986年版，第2477页。
⑤ 四川大学中文系唐宋文学研究室编：《苏轼资料汇编》上编（三），中华书局1994年版，第887页。

宋人袁说友《东塘集》卷一九亦称苏轼题写《清溪词》后，又嘱秦观手书杜牧《弄水亭》诗于《清溪图》之后，于是一时名公序跋殆八十余人。此与《吴礼部诗话》之说相合，盖知一时题咏之盛也。此风流及宋词之中，俞紫芝便以《临江仙·题清溪图》咏写《清溪图》，中间亦及弄水亭及杜牧之诗，词云：

弄水亭前千万景，登临不忍空回。水轻墨澹写蓬莱。莫教世眼，容易洗尘埃。 收去雨昏都不见，展时还似云开。先生高趣更多才。人人尽道，小杜却重来。

若是未将小杜《弄水亭》诗、张升卿《清溪图》、苏轼《清溪词》以及秦观题写小杜诗歌和诸贤的题咏梳理清楚，那么俞紫芝之词便较难理解。正因为有了上述如此多的背景铺垫，我们对俞紫芝的这首题画词才有了更透彻的理解。词作开篇便将虚实结合在一起，"弄水亭前千万景，登临不忍空回"是虚写，词人面对着一幅画，怎么见得出"千万景"，又怎知"不忍空回"？"水轻墨澹"是实写，写描画技巧高妙。再次用虚笔议论——莫教世眼，容易洗尘埃。下片先实后虚，称画作"收去雨昏都不见，展时还似云开"，复赞浓淡之间笔法高超。以"先生高趣更多才"美赞画师，称其能得小杜诗法之妙而内化于画卷之中。虚虚实实，虚实相间，在运笔中，将画、画中景、画外实景、画外人等如丝穿插展现，只是对于画外实景——弄水亭与画外人——杜牧、苏轼、张公翊等的点化，词中并未落到实处，而是得靠读者自行揣度。这种预留空间猜想的用笔设色之法，既是绘画技法的高妙处，又是诗词展现无穷可能的高妙所在。

"江山留胜迹，我辈复登临"，前贤经营之亭台楼阁往往与名山大川一道，成为后人经行时咏赞题写的源泉。弄水亭与清溪，一亭一水，皆因杜牧而称名于世，遂成了宋人诗词的摹写对象。

（六）残春中酒

会昌六年底至大中二年秋，杜牧在睦州刺史任，有《睦州四韵》诗，诗中有"残春杜陵客"句，可知乃晚春所作，故当作于大中元年（847）或二年晚春。诗云：

> 州在钓台边，溪山实可怜。有家皆掩映，无处不潺湲。好树鸣幽鸟，晴楼入野烟。残春杜陵客，中酒落花前。

意象纷呈，用笔轻盈。尾联结处突转，残春时节，身在异乡，是身为客的漂泊感油然而生，何以排遣？微醉之际，见落花飘至杯前。诗歌有起有伏，错落有致，正如纪昀所称"结得浅淡有情"①，关注到诗人情绪的小小波动，是说确然，实获我心。

刘过有一首《浣溪沙·春晚书情》词，亦写晚春时的微醉心境：

> 墙外蒙蒙雨湿烟。参差小树绿阴圆。残春中酒落花前。　海燕成巢终是客，鳏鱼入夜几曾眠。人间一段恶因缘。

词作与杜诗的时间相仿，都是晚春时节，作者皆饮酒微醉。杜牧是感慨漂泊"杜陵客"，刘过是以"海燕成巢终是客"作比，亦生出一种为客的漂泊之情。这种漂泊，较之杜牧诗中的难以名状，有了更为具体的情感突破点，那便是"鳏鱼入夜几曾眠"。原来词人感伤的是形单影只，是不得长相陪伴的"恶因缘"。可以说，杜诗、刘词在意境的营造、意象的选择，甚至涉及的季节等方面，都有很大的相似性，不同之处在于诗歌将那种为客的漂泊感淡然付之杯酒，而刘词则在结处吐露心声，直言不讳，而这似乎也正是诗词表现功能的分野之一。

---

① （元）方回撰，（清）纪昀刊误，吴晓峰点校：《〈瀛奎律髓〉刊误》（上册）卷四，武汉出版社2008年版，第93页。

贺铸《减字浣溪沙》中所流露出的情绪与上举诗词相仿，其云：

> 梦想西池辇路边。玉鞍娇马小辎𫐉。春风十里斗婵娟。 临水登山漂泊地，落花中酒寂寥天。个般情味已三年。

贺铸词中表达的辗转反侧、夜不能寐之情并不弱于刘过之词，甚至在一定程度上还更为浓烈一些。三年之前西池辇路边的一次偶然相会，令人即使身处漂泊之地，仍然无法忘却，此中情味，只好托与"落花中酒寂寥天"，希望能在微醉中追续前缘。

除却表达这种真挚感情的作品，还有一些词作，乃酒宴应酬之作点化杜诗以成。如李壁《阮郎归·劝袁制机酒》结处"翻短舞，趁么弦。篆香同夕烟。多情莫惜为留连。落花中酒天"，劝人饮酒，亦化用了杜句。李壁与袁制机自从苏台一别，三年未见，如今在阆江再遇，此中惊喜，正是词中所说"多情莫惜为留连"。一般而言，劝饮之作多无新意，亦无高论，其中的感情，也往往泛泛而言。而此首例外，三年未见，他乡重逢，见出二人之友情。

在杜牧所有的诗歌中，以"三守僻左"期间创作的诗歌对宋词的影响最大，这中间又以写景诗为最。换言之，即是杜牧创作于会昌二年至大中二年七年间的写景诗对宋词的影响最为显著。

如其写夏景时，突出了"鸳鸯相对浴红衣"的旖旎之态，宋人写夏景时，或承继鸳鸯对浴的温馨，或在此基础上有所引申，以鸳鸯双飞喻指成双成对的伴侣，以单飞喻指形单影只的恋人。宋人的点化，是在景语之上的升华，正应和了景中见情、情中有景之意。

写秋景，则能抓住绿荷相倚背秋风的神态，杜牧此诗中并非单纯写绿荷，而是以"相倚""背西风"暗蕴情思。宋人于词中亦明了杜氏用法，故而除了康与之、姜夔诸公化用杜句纯写秋景，晁补之等人则在词中隐含多重意思，颇得杜诗神韵。

《秋蒲途中》一诗，杜牧塑造出不同于"早雁"的"杜陵新雁"意象，这是故土与家乡的使者，带来的是家的消息。宋人中尤以陆游为代表，其诗词中数用杜牧此诗，道出思乡念远的怀归之情。

杜牧《九日齐山登高》，与王维的《九月九日忆山东兄弟》一道，成为后世重九登临作品的典范。宋代诗词化用，基本不出重九、怀乡、羁旅、赏菊等樊篱。

"清溪"本为池州名胜，宋人好事者作《清溪图》，并邀约苏轼作《清溪词》，东坡又请秦观书写"小杜《弄水亭》诗"于图后。至此，弄水亭、清溪便与"弄水亭诗"、《清溪图》联系在了一起。由亭台楼阁而有文思，甚至率而成画、成篇的，在历史上不乏其例，杜牧的《题池州弄水亭》亦与焉。

睦州晚春，中酒微醉，正可消解身处异乡的漂泊感，对这种季节变换之际的微妙情思，刘过、贺铸等词人都把握得比较到位，写出晚春时节微醉时分的微妙情思，皆可谓深婉而动情者矣。

可见，无论是杜牧诗歌自身，还是宋人词作的化用，写景最后往往都以抒情结束，这也与情景交融的抒情达意理念相吻合。

三　流水今日知何处：送别诗对宋词的影响

黯然销魂者，唯别而已。临歧而别，自然伤感。杜牧的悼亡诗与送别诗，长于造境，先营造出来一个迷离伤感之境，让人感觉诗人是在写景，景中流露出怀念之情。或云"一切景语皆情语"，诚不余欺。

（一）连天草树

会昌元年，杜牧三十九岁，在浔阳。四月，从兄杜慥自江州刺史迁蕲州刺史，杜牧与弟随至蕲州。七月，由湖北归京师时路经襄阳，有《重到襄阳哭亡友韦寿朋》诗：

> 故人坟树立秋风，伯道无儿迹更空。重到笙歌分散地，隔江吹笛月明中。

诗人经旧地思亡友，用邓攸无儿、向秀思旧写出独立秋风坟头的孤寂。"隔江吹笛月明中"既有向秀《思旧赋》中对嵇康诸人的怀念，又有景色不殊阴阳相隔的暌违，流露出作者深切的怀念之情。彭元逊《临江仙》结处"何因知我意，吹笛月明中"用杜诗成句，其中表达的虽有"无客同羹莼菜"的落寞，却非向秀与杜牧作品中思念故人的深切悲痛，两下的感情基调并不一致。

同为送别之作，杜牧作于会昌元年十一月的《奉和门下相公送西川相公兼领相印出镇全蜀诗十八韵》与宋人曾觌《忆秦娥·邯郸道上望丛台有感》虽同用"草树连天"意境，但流露出来的感情却大为不同。开成四年（839）年七月，太常卿崔郸同中书门下平章事，会昌元年十一月为剑南西川节度使。门下相公即为李德裕，其于开成五年（840）九月，以淮南节度使、检校尚书左仆射为吏部尚书、同中书门下平章事，寻兼门下侍郎。会昌元年十一月，崔郸入蜀之际，李德裕为崔氏送别，杜诗为奉和李德裕之作。整首诗浑然大雅，多用前人典故，咏赞李崔二人友情深重，并称崔氏善有治绩定会治蜀有方。杜牧诗歌用语颇为雅致，其中"回首峥嵘尽，连天草树芳"写回首向来之处，见草树连天之情形，略有几分萧索之意，但转瞬间就被接下来的"丹心悬魏阙，往事怆甘棠。治化轻诸葛，威声慴夜郎"冲淡。"丹心"指崔氏虽身处边地，仍心念朝堂；"往事"则指李德裕亦曾为西川节度使，故有"怆甘棠"之说；"治化"二句用诸葛亮安蜀事，指崔氏入蜀亦将会安民靖边，言其治功。

曾觌《忆秦娥·邯郸道上望丛台有感》虽点化"草树连天"，纯是一派萧索之境：

风萧瑟。邯郸古道伤行客。伤行客。繁华一瞬,不堪思忆。丛台歌舞无消息。金尊玉管空尘迹。空尘迹。连天草树,暮云凝碧。

这首词为词人途径邯郸游览丛台所作。起篇"风萧瑟"便奠定了此词低婉忧伤的基调,"繁华一瞬,不堪思忆"凄然有故国之思。下片登临丛台,昔日歌舞喧喧、金尊玉管皆化为尘迹。唯有如今"连天草树,暮云凝碧"。整首词仅有末句写景,其他纯是词人的感喟之语,流露出深深的黍离麦秀之悲。

杜牧诗中的"连天草树"是虚指,是诗人于送别之际凭空想象,语浅而情浅;曾词中的"连天草树,暮云凝碧"当是实指,是词人登临之后的喟然长叹。赵武灵王的骑射武功,随着繁华逝去。此地唯余古道、行客、草树与暮云。再与南宋初年的蹙迫国势并观,更见出词人语浅而情深。

(二) 流水何在

会昌二年春夏间,杜牧自京赴黄州刺史任途经安州时,作《题安州浮云寺楼寄湖州张郎中》以寄赠张文规,诗云:

去夏疏雨余,同倚朱阑语。当时楼下水,今日到何处?恨如春草多,事与孤鸿去。楚岸柳何穷,别愁纷若絮。

会昌元年四月,杜牧与堂兄杜慥自江州往蕲州,此行经过安州时,与张文规过从。七月,张文规即自安州刺史迁湖州刺史。本诗为会昌二年春夏间杜牧自京赴黄州任,途经安州,追忆去夏相遇,寄赠张文规之作[①]。首联写去岁安州相遇,疏雨过后,二人倚楼对语。颔联"当时楼下水,今日到何处"用语朴直自然,看似无意,实则满蕴深情。古人多以流水喻指绵绵不断的相思,如"思君如流水,何有穷已时"。而此处,一则用流水喻指相思,二则亦有坐实流水流逝、感叹光阴不再的意

---

① 此处系年据《杜牧集系年校注》(第1册),第126页。

味。颈联进一步强化了作者情思,恨如无边之春草,年年复生;人如孤单之飞鸿,去去不还。尾联景语中再次透露出怀友之情与离愁别绪。

黄亢《临水》颔联"去年昨日水,今日到何处"① 明显蹈袭杜牧"当时楼下水,今日到何处"句。再如刘一止《登看经楼示同游》诗,与杜诗相仿,亦是登临之作,其中点化杜牧"当时楼下水"句,写时光荏苒、年华不再,诗云:

  昔游曾共朱栏语,十换星霜始再来。料得当时楼下水,有情应解作潮回。②

很明显,刘一止此诗是对杜牧诗歌的模仿,无论是"共朱阑语"还是"料得当时楼下水",皆自杜诗而来。不同在于,杜牧为一人登临,寄送李文规,而刘一止是与十年前的老友一起登临,同发感慨。苏轼《减字木兰花·送赵令》词中亦尝用流水借指时光飞逝,词云:

  春光亭下。流水如今何在也。岁月如梭。白首相看拟奈何。故人重见。世事年来千万变。官况阑珊。惭愧青松守岁寒。

此首是熙宁八年(1075)冬,密州送别赵晦之罢诸城令归海州所作③。开篇即点化杜牧诗句,以春光亭下流水起兴,感慨时光荏苒、岁月如梭,如今相对几有白头之感。下片则是感慨世事多变,时变、人变、世道亦变,末句与经岁寒而后凋之青松相对比,再次凸显出时光流逝之后心境的变化。周邦彦《荔枝香近》亦曾化用杜牧"当时楼下水,今日到何处"句,写出了游子思归之情,其云:

---

① (宋)黄亢:《临水》,《全宋诗》(第3册)卷一四四,第1603页。
② (宋)刘一止:《登看经楼示同游》,《全宋诗》(第25册)卷一四五〇,第16714页。
③ 此处系年据邹同庆、王宗堂著《苏轼词编年校注》(上册),第152—153页。

照水残红零乱,风唤去。尽日测测轻寒,帘底吹香雾。黄昏客枕无憀,细响当窗雨。看两两相依燕新乳。 楼下水,渐绿遍、行舟浦。暮往朝来,心逐片帆轻举。何日迎门,小槛朱笼报鹦鹉。共剪西窗蜜炬。

残红、轻寒、细雨、新燕,这分明是一幅晚春图,大好的春光,词人并没有心境游赏,反倒沉浸在自己的世界中有些不能自拔——黄昏客枕无憀,细数当窗雨声。窗外的燕子已经开始飞来飞去忙着哺育乳燕了,而自己仍然留滞他乡。转片见到楼下流水已经绿遍,浦口行舟已备好风帆,词人的心再也无法安放,已经随着片帆轻举、行远。何日能够返归故里,有亲人迎门、报道平安。末句点化李商隐诗,写出对相会的期待之情。总体而言,周邦彦此首意象密丽、纷呈,虽与苏轼同用杜诗,但有不同的效果。苏氏之用,在轻灵、轻巧;周氏之用,偏质实、密丽,皆有过人之处。

廖世美存词仅两首,全都点化杜牧诗歌,其《烛影摇红·题安陆浮云楼》为登临题咏之作,词云:

霭霭春空,画楼森耸凌云渚。紫薇登览最关情,绝妙夸能赋。惆怅相思迟暮。记当日、朱阑共语。塞鸿难问,岸柳何穷,别愁纷絮。 催促年光,旧来流水知何处。断肠何必更残阳,极目伤平楚。晚霁波声带雨。悄无人、舟横野渡。数峰江上,芳草天涯,参差烟树。

安陆,是安州治所所在地。廖世美仅存的两首词作皆曾点化杜牧之诗。此首为其登临安陆浮云楼时,分别点化杜牧《题安州浮云寺楼寄湖州张郎中》《池州春送前进士蒯希逸》和韦应物《滁州西涧》、钱起《省试湘灵鼓瑟》等诗而成。整首作品寄托了对杜牧昔年赋诗的倾慕,同时流露出朦胧迷离之情。上片写登楼感怀,下片写年华迟暮,语淡而情深。特别是残阳、孤舟、野渡、江峰、烟树等意象,凄迷荒凉,道出了词人的无限惆怅。正如况周颐所称:"此等词一再吟诵,辄沁人心脾,毕生不能忘。《花庵绝妙词选》中,真能不愧'绝妙'二字,如世美之作,殊不多见。"①

与苏轼、周邦彦和廖世美点化杜牧"当时楼下水"以写时间不同的是,晏几道《玉楼春》词用杜诗则为另外一种情形,其云:

> 一尊相遇春风里。诗好似君人有几。吴姬十五语如弦,能唱当时楼下水。　良辰易去如弹指。金盏十分须尽意。明朝三丈日高时,共拼醉头扶不起。

这是一首宴饮词,写酒席之上主人殷勤劝酒之事。主人先称客人诗歌高妙,再以自家歌伎能唱"当时楼下水"为才色俱佳之例证,言外之意有三:一是以美女劝饮;二是以能唱才子之诗为炫耀资本;三是歌伎所唱之诗正是感慨时光流逝、怀念友朋之作。三者具陈,词人谅难不饮。果然,下片便有了词人"良辰易去如弹指。金盏十分须尽意"的洒脱②。由晏几道小词我们可以看出,宋代歌伎多以唱曲为能,而杜牧《题安州浮云寺楼寄湖州张郎中》诗亦名列其中,可见此诗在宋代——甚至包括在市井间的——影响之深远。

"恨如春草多,事与孤鸿去"两句,一用谢灵运事,一用卢思道典,写离情别绪。宋代词人常于词中直接化用杜诗,亦写离情,如周邦

---

① (清)况周颐原著,孙克强辑考:《蕙风词话　广蕙风词话》,中州古籍出版社2003年版,第20页。
② 下片的"明朝三丈日高时,共拼醉头扶不起"自杜牧"金镘洗霜鬓,银觥敌露桃。醉头扶不起,三丈日还高"(《醉题》)化来,写烂醉之态。与杜诗的简约相较,晏则透露出更多的信息,一是与能诗的友人相遇饮酒尽欢,二是恰逢善歌之"吴姬",三是感慨良辰易去。友人、佳人、良辰三者并殊,故而"金盏十分须尽意",醉头扶不起,自然也能理解了。

彦《瑞龙吟》：

> 章台路。还见褪粉梅梢，试花桃树。愔愔坊陌人家，定巢燕子，归来旧处。　暗凝伫。因念个人痴小，乍窥门户。侵晨浅约宫黄，障风映袖，盈盈笑语。　前度刘郎重到，访邻寻里，同时歌舞。唯有旧家秋娘，声价如故。吟笺赋笔，犹记燕台句。知谁伴，名园露饮，东城闲步。事与孤鸿去。探春尽是，伤离意绪。官柳低金缕。归骑晚，纤纤池塘飞雨。断肠院落，一帘风絮。

本首可以用词中一句"事与孤鸿去。探春尽是，伤离意绪"概括要旨。大抵写故地重游，却已不见旧日情人而生发出来的忧伤。正如周济在《宋四家词选》中所称，只是崔护《题都城南庄》诗的"旧曲翻新"罢了。但在章法上，却不用直笔，回环往复，兜兜转转，曲折盘旋，层层脱换，足见词人独运之匠心。当然，李攀龙所谓"此词负才抱志，不得于君，流落无聊，故托以自况"，见出其政治隐喻，似亦在情理之中——古人确实惯于在香草美人中寄喻政治韵味。

宣和三年（1121），周邦彦自扬州赴鸿庆宫途中，追忆元丰初时以布衣西上之事，颇多感慨，故作《西平乐》一首，题前小序交代了词作的背景："元丰初，予以布衣西上，过天长道中。后四十余年，辛丑正月，避贼复游故地，感叹岁月，偶成此词。"词云：

> 稚柳苏晴，故溪歇雨，川迥未觉春赊。驼褐寒侵，正怜初日，轻阴抵死须遮。叹事逐孤鸿尽去，身与塘蒲共晚，争知向此，征途迢递，伫立尘沙。追念朱颜翠发，曾到处、故地使人嗟。　道连三楚，天低四野，乔木依前，临路敧斜。重慕想、东陵晦迹，彭泽归来，左右琴书自乐，松菊相依，何况风流鬓未华。多谢故人，亲驰郑驿，时倒融尊，劝此淹留，共过芳时，翻令倦客思家。

辛丑，宋徽宗宣和三年，周邦彦六十六岁，上溯四十二年正是元丰二年（1079）自杭州入都为太学生之时，蹭蹬四十二年，词人旧地重游，叹华岁已逝，正有沧桑之感。"叹事逐孤鸿尽去，身与塘蒲共晚"分用杜牧、李白诗句，叹年华老大，却仍"征途迢递，伫立尘沙"。四十年前"朱颜翠发"之际，可曾想到有一天"曾到处、故地使人嗟"吗？下片仍以景语导引，翻思召平瓜老、彭泽松菊，却已失去大好年华……虽有殷勤故人，却更令"倦客思家"。此词创作不久，周邦彦便卒于鸿庆宫之斋厅，这竟成了周氏绝笔。

此外，舒亶"宝车空辗驻，事逐孤鸿去。搔首立江干，春萝挂暮山"（《菩萨蛮》）、秦观"追思故国繁雄。有迷楼挂斗，月观横空。纹锦制帆，明珠溅雨，宁论爵马鱼龙。往事逐孤鸿。但乱云流水，萦带离宫。最好挥毫万字，一饮拼千钟"（《望海潮》）、刘仙伦"暗伤怀、莺老花残，几番春暮。事逐孤鸿都已往，月落千山杜宇"（《贺新郎·赠建康郑玉脱籍》）、李彭老"谁念病损文园，岁华摇落，事与孤鸿去"（《壶中天》）以及洪瑹"浮生长客路。事逐孤鸿去。又是月黄昏。寒灯人闭门"（《菩萨蛮·舍水口》）等皆化杜牧此句，或写羁旅行役，或伤时光荏苒，不一而足。

古人常以流水喻指一去不返的光阴，杜牧送别诗中亦用此意象，用形象的、可感的流水象征着抽象的光阴，让人在对流水奔逝的观感中，切身体会到日居月诸、白驹过隙的倏忽，将一种难以名状的时间感，形象地呈现了出来。应当说，这虽不是杜牧的原创，在他之后，也有衮衮诸公化而用之。但杜牧所用之妙，妙在将流水、春草、孤鸿、岸柳、飘絮等多种意象打并起来。这些意象，每一种都是表现离愁别绪的典范，杜牧将其糅合起来，更收到一种浓烈的效果，故而给人带来了更为强烈的冲击。

（三）芳草与残阳

会昌四年秋至会昌六年秋，杜牧在池州刺史任上，有《池州春送

前进士蒯希逸》诗一首,据诗题可知诗歌当作于春时,故而《杜牧集系年校注》称此诗当作于会昌五年或六年春①。其云:

芳草复芳草,断肠还断肠。自然堪下泪,何必更残阳。楚岸千万里,燕鸿三两行。有家归不得,况举别君觞。

蒯希逸,字大隐,池州一带人,会昌三年(843)登进士第。此诗首联用重复法,使诗歌既富音乐性,朗朗上口,又增加了延展黏度,使受众感受到离别之苦。宋人对首联、颔联极为喜爱,诗词之中多所化用。淮南小山《招隐士》有"王孙游兮不归,春草生兮萋萋"之句,成为后代以春草怀人之滥觞,如李煜"离恨恰如春草,更行更远还生"(《清平乐》)即不脱淮南小山的樊篱。杜牧"芳草复芳草,断肠还断肠。自然堪下泪,何必更残阳"(《池州春送前进士蒯希逸》)虽亦用春草意象,却有二妙:一者,妙在能以复字之法反复咏叹,别立一途,令宋人服膺;二者,新增了残阳之意象,使断肠的悲痛与"芳草""残阳"多重意象相结合。

从创作手法上讲,"芳草复芳草,断肠还断肠"并非杜牧首创,颇有《古诗十九首》"行行重行行"与韦庄"携手重携手"(《杂体联绵》)回环往复、一唱三叹之余韵。宋代诗歌从体式与内容两方面都表现出对此诗的继承与因袭:如苏泂《咏草》诗云:"芳草复芳草,青似青松树。今年见汝黄,明年复如故。今来古往人,南北东西路。"② 再如《芳草复芳草》云:"芳草复芳草,有人孤倚楼。明月复明月,何处照离洲。相见渺无期,此恨讵相知。日暮天寒吹属玉,蛮江豆蔻重重绿。"③

---

① 吴在庆:《杜牧集系年校注》(第 2 册),第 378 页。
② 《全宋诗》(第 54 册)卷二八四三,第 33882 页。
③ 《江湖小集》《两宋名贤小集》称此诗为张良臣所作,景印本《诗渊》(第 2 册)(书目文献出版社,第 1216 页)称此诗为赵汝淳所作,此诗重出,不论作者为谁,化用杜牧诗歌自是无疑。

无论从体式上,还是从离情别绪的表达上,都能见到杜牧诗歌的痕迹。

"自然堪下泪,何必更残阳"两句,杜牧借之以写草色连天而友朋分离之哀思,再加上夕阳西沉,更见萧索之意。宋人对此诗,特别是此句颇为熟稔,且看宋代的几条记载:

> 丁晋公总章圣陵事,翰林学士李维援其亲识为挽郎,恳请于晋公曰:"更在陶铸。"丁应声曰:"陶铸复陶铸,斋郎又挽郎。自然堪下泪,何必到斜阳。"未几丁败。①

> 丁谓为侍中,尝赋诗云:"千金家累非良宝,一品高官是强名。"未几而籍没资产、削免官爵,果符言志也。其中书时,总领山陵事。李维在翰林,将授其亲职为挽郎,恳请于谓,曰:"更在陶铸。"谓应声曰:"陶铸复陶铸,斋郎又挽郎。"维对曰:"自然堪泪下,何必更残阳?"未几而谓败。至朱崖,撰诗赋、文论数十篇,号《知命集》。其诗有"草解忘忧忧底事,花能含笑笑何人"之句。②

> 真宗国恤,凡荫补子弟有当斋挽之职者。若斋郎止侍斋祭,若挽郎至有执绋翣、导灵仗者,子弟或赧之。王沂公曾在中书,翰林李承旨淮视沂公为侄婿,凡两日诣中堂求免某子挽铎之执。沂公曰:"此末事,请叔丈少候,首台聚厅当白之。"丁晋公出厅,沂公白之。丁遂诺,谓李曰:"何必承旨亲来?"李遂拜谢。拜起,戏谓丁曰:"昨日并今日,斋郎与挽郎。"盖言两日伺之。丁应声曰:"自然堪下泪,何必更残阳。"满座服其敏捷,而事更妥帖。

---

① (宋)阮阅编,周本淳校点:《诗话总龟》前集卷三四《诗谶门下》,人民文学出版社1987年版,第333页。
② (宋)夷门君玉撰,杨倩描、徐立群点校:《国老谈苑》卷二"丁谓诗文"(与《丁晋公谈录》《孙公谈圃》《孔氏丛谈》合刊),中华书局2012年版,第82页。

不数日遂出，未及洛而南迁，下泪之谶也。①

宋人多以诗谶视之，而鲜见其中丁谓对杜牧诗句的烂熟，这也是宋人烂熟唐诗胸中自然流出的明证。

宋词之中，亦能见到对杜牧此诗的点化。范仲淹《苏幕遮》（碧云天）以秋景入手，抒发了浓郁的思归之情，其上片结处"山映斜阳天接水，芳草无情，更在斜阳外"，便点化了杜牧"芳草复芳草，断肠还断肠。自然堪下泪，何必更残阳"句。再如廖世美"断肠何必更残阳，极目伤平楚"（《烛影摇红·题安陆浮云楼》）与上举范仲淹《苏幕遮》情感相似，廖氏用笔更为简省，将小杜两联内化在"断肠何必更残阳"这短短的七字之内。

绿草如茵，茫无涯际，极目之远，是斜阳长挂天边，但是尚可见到。所怀之远人、所思之故乡，却更在斜阳之外……短短几语，道尽了离别之苦。

（四）侵船月与弄袖风

会昌五年春，杜牧在池州刺史任上，有《送刘秀才归江陵》② 诗，为其送别刘韬归江陵之作，诗云：

> 彩服鲜华觐渚宫，鲈鱼新熟别江东。刘郎浦夜侵船月，宋玉亭春弄袖风。落落精神终有立，飘飘才思杳无穷。谁人世上为金口，借取明时一荐雄。

诗歌作于春时，有当秋而归之意。"彩服省觐是纪其事，言思亲而归也。鲈鱼新熟是记其时，言当秋而归也。三、四就到家之景言，俱切江

---

① （宋）释文莹：《湘山野录》，朱易安、傅璇琮等主编：《全宋笔记》（第6册）第一编，大象出版社2003年版，第45—46页。

② 此处系年详参《杜牧集系年校注》（第2册），第456页。

陵。后四句因其归而属望之，言秀才精神才思，正当大用，尚可卜其待诏承明，以冀人之荐引也。"① 我们关注此诗，倒不是诗歌中的"正当大用""冀人荐引"云云，而是"刘郎浦夜侵船月，宋玉亭春弄袖风"两句。此二句不但对仗工稳，如以"刘郎浦"与"宋玉亭"相对，"夜"与"春"时间相对，"侵船月"与"弄袖风"相对，而且其中的"侵船""弄袖"之说，颇为灵动，为宋人所喜。陆游"试问软尘金络马，何如柔橹月侵船"（《舟中戏书》）②、"道士矶边浪蹴天，郎官湖上月侵船"（《秋暑夜起追凉二首》）③ 中的"月侵船"便是直袭杜牧诗句。

此外，"弄袖风"之说颇能见出杜牧苦心孤诣之雕琢，小杜对自己的轻风弄袖之创举甚为得意，除却本诗，五年之后，他于《长安杂题长句六首·其二》中再次使用，诗云：

> 晴云似絮惹低空，紫陌微微弄袖风。韩嫣金丸莎覆绿，许公鞯汗杏粘红。烟生窈窕深东第，轮撼流苏下北宫。自笑苦无楼护智，可怜铅椠竟何功。

《长安杂题长句六首》当作于大中四年④春，时在京都，其二颇能见出作者傲岸不群之意。正如朱三锡所称："一二言长安'晴云'、'紫陌'，景色美丽，正可为富贵家行乐之场。三四句皆承写行乐处也。五写第宅之盛，六写轮舆之美，自足动人之争趋奔赴。七八一结，言外有矫然独立，不为风染之意。"⑤ 何焯则称："'楼护'谓不能从容于牛、李之间

---

① （清）朱三锡：《东岩草堂评订唐诗鼓吹》卷六，转引自《杜牧集系年校注》（第2册），第457页。
② （宋）陆游：《舟中戏书》，《全宋诗》（第40册）卷二一八五，第24897页。
③ （宋）陆游：《秋暑夜起追凉二首》，《全宋诗》（第41册）卷二二三〇，第25606页。
④ 此处系年据《杜牧集系年校注》（第1册），第172—173页。
⑤ （清）朱三锡：《东岩草堂评订唐诗鼓吹》卷六，转引自《杜牧集系年校注》（第1册），第176页。

也。"① 曾国藩称:"'韩嫣'四句,言勋戚豪家之盛。末二句,言不游权贵之门也。"② 诚如诸家所言,诗中自伤的意味较浓,我们暂且不论。且看首联"紫陌微微弄袖风"句对后人的影响如何。这句写微风拂面,轻弄衣袖,有几分轻盈与惬意。

宋人诗词中的"弄袖"更多,皆不出小杜诗句樊篱。宋诗之中:

萦丝早絮轻无着,弄袖和风细可怜。(宋祁《寒食假中作》)③
举头便是长安日,弄袖时飘梦泽风。(滕元发《浮云楼》)④
好风弄袖湖山近,陇亩摇春禾黍香。(曹勋《题扇二十四首·其六》)⑤
弄袖和风拂拂轻,众香迎面酒微醒。(曹勋《题扇二十四首·其一四》)⑥
稍惊风弄袖,真恐雨催诗。(王灼《赵成甫招饭次默夫韵》)⑦
晓暾破霁山云霏,匹马弄袖风翩翩。(李流谦《登无为冠鳌亭分韵得山字》)⑧

上举诸诗皆化杜牧"弄袖"之说,其中又以王灼"稍惊风弄袖,真恐雨催诗"最为灵妙。"风弄袖"用杜牧诗句,"雨催诗"则袭自杜甫"片云头上黑,应是雨催诗"(《陪诸贵公子丈八沟携妓纳凉,晚际遇雨二首》)句,王灼此处化用甚佳。无论是用二杜诗句,还是"风"对

---

① (清)钱牧斋、何义门评注,韩成武、贺严、孙微点校:《唐诗鼓吹评注》卷六,河北大学出版社 2010 年版,第 308 页。
② (清)曾国藩著,陈书良校点:《曾国藩读书录》,上海古籍出版社 2012 年版,第 230 页。
③ (宋)宋祁:《寒食假中作》,《全宋诗》(第 4 册)卷二一六,第 2491 页。
④ (宋)滕元发:《浮云楼》(第 9 册),《全宋诗》卷五一八,第 6301 页。
⑤ (宋)曹勋:《题扇二十四首·其六》,《全宋诗》(第 33 册)卷一八九五,第 21181 页。
⑥ (宋)曹勋:《题扇二十四首·其一四》,《全宋诗》(第 33 册)卷一八九五,第 21182 页。
⑦ (宋)王灼:《赵成甫招饭次默夫韵》,《全宋诗》(第 37 册)卷二〇六八,第 23326 页。
⑧ (宋)李流谦:《登无为冠鳌亭分韵得山字》,《全宋诗》(第 38 册)卷二一一六,第 23920 页。

"雨","弄"对"催","袖"对"诗",皆似浑然而无点化之痕,"偷句""偷意"若能臻此境,亦可谓"善偷"者矣。

宋词之中,苏轼最喜"弄袖"这个表达,词中凡三用:

> 北望平川。野水荒湾。共寻春、飞步屧颜。和风弄袖,香雾萦鬟。正酒酣时,人语笑,白云间。　飞鸿落照,相将归去,澹娟娟、玉宇清闲。何人无事,宴坐空山。望长桥上,灯火乱,使君还。(《行香子·与泗守过南山晚归作》)

> 多病休文都瘦损,不堪金带垂腰。望湖楼上暗香飘。和风春弄袖,明月夜闻箫。　酒醒梦回清漏永,隐床无限更潮。佳人不见董娇饶。徘徊花上月,空度可怜宵。(《临江仙·疾愈登望湖楼赠项长官》)

> 玉房金蕊。宜在玉人纤手里。淡月朦胧。更有微微弄袖风。温香熟美。醉慢云鬟垂两耳。多谢春工。不是花红是玉红。(《减字木兰花·花》)

上引苏词,从元丰七年十二月与泗州太守刘士彦晚归所作的《行香子·与泗守过南山晚归作》到元祐五年二月作于杭州的《临江仙·疾愈登望湖楼赠项长官》词,皆点化杜牧"宋玉亭春弄袖风"句以成"和风弄袖,香雾萦鬟"与"和风春弄袖"二句,这中间横跨了七年时间,苏轼仍未舍弃对杜牧"弄袖"一说的喜好。苏轼还有一首无法系年的《减字木兰花·花》,更是直袭杜牧成句"紫陌微微弄袖风"(《长安杂题长句六首·其二》)以成"更有微微弄袖风"句。苏轼经年未改对杜诗的喜爱,在词中忍不住数用之。

此外,晁端礼的《玉蝴蝶》写清明时节的风光景物,亦用杜牧"弄袖"之说,其云:"乱沾衣、桃花雨闹,微弄袖、杨柳风轻。"写出阳春之际,微雨初晴、风轻弄袖的初春景象。贺铸《簇水近》当为其早年客居京城与侠少冶游之作，开篇"一笛清风弄袖，新月梳云缕"将杜牧"落日楼台一笛风"（《题宣州开元寺水阁阁下宛溪夹溪居人》）与"宋玉亭春弄袖风"（《送刘秀才归江陵》）合二为一，写笛声飞扬、清风弄袖之态。

　　宋代诗词对于杜牧诗歌的点化，有一类情形是不取或少取杜诗中原来要言及的内容，亦不取其中隐含或明示的情绪，而是仅取其中或写景或咏物的细微笔触。例如宋人从杜牧送别诗《奉和门下相公送西川相公兼领相印出镇全蜀诗十八韵》中拈出了"回首峥嵘尽，连天草树芳"，自《题安州浮云寺楼寄湖州张郎中》诗中拈出了"当时楼下水，今日到何处"，自《池州春送前进士蒯希逸》诗中拈出了"自然堪下泪，何必更残阳"，自《送刘秀才归江陵》诗中拈出了"刘郎浦夜侵船月，宋玉亭春弄袖风"……宋人所取基本上与杜牧诗中原有的送别意味关系不大，仅是多取诸如"连天草树""流水与孤鸿""芳草与残阳""侵船月与弄袖风"等景语而已。杜牧长于在诗中展现微茫情思，或以只言片语兼及写景咏物。这些微茫情思与写景咏物的只言片语，赢得了宋人的好感。

四　东风不与周郎便：咏史诗对宋词的影响

　　中国古代有着悠久的咏史传统，班固《咏史》开创了文人咏史诗的先河。左思咏史之作堪称晋代咏史诗的典范，也使咏史诗的水准有了明显提升。

　　唐代咏史诗在前代的基础上，有了较大发展。至晚唐时，咏史诗呈现出繁荣景象，李商隐、温庭筠、许浑、皮日休、胡曾、周昙等一大批诗人都有优秀的咏史作品，杜牧亦厕身咏史大家。其最负盛名的咏史之作，当推《赤壁》与《泊秦淮》二首。

　　（一）赤壁

　　会昌二年至四年，杜牧任黄州刺史，赤壁即在黄州境内，故而

《赤壁》一诗当作于黄州任上。相较于《郡斋独酌》的希冀,《赤壁》中的诗人视角一变,转为翻案。诗云:

> 折戟沉沙铁未销,自将磨洗认前朝。东风不与周郎便,铜雀春深锁二乔。

此诗一出,后人聚讼纷纷,或贬或褒,不一而足。贬之者如许彦周:"意谓赤壁不能纵火,为曹公夺二乔置之铜雀台上也。孙氏霸业,系此一战,社稷存亡,生灵涂炭都不问,只恐捉了二乔,可见措大不识好恶。"① 褒之者如贺裳所谓:"余意诗人之言,何可拘泥至此,若必执此相责,则汨罗之沉,其系心宗国何若!宋玉《招魂》,略不之及,但言饮食宫室,玩好音乐,至于'长发曼鬋'、'蛾眉曼睩',几乎喻之以淫也,将使《风》、《雅》道绝矣!详味诗旨,牧之实有不满公瑾之意。牧尝自负知兵,好作大言,每借题自写胸怀。尺量寸度,岂所以阅神骏于牝牡骊黄之外!"其下黄白山评曰:"唐人妙处,正在随拈一事而诸事俱包括其中。若如许意,必要将'社稷存亡'等字面真真写出,然后赞其议论之纯正。具此诗解,无怪宋诗远隔唐人一尘耳。"② 要之杜牧此诗,确为翻案之作,颇开宋人诗歌好议论之先河。吴乔称:"古人咏史,但叙事而不出己意,则史也,非诗也;出己意,发议论,而斧凿铮铮,又落宋人之病……《赤壁》……用意隐然,最为得体……《赤壁》,谓天意三分也。许彦周乃曰:'此战系社稷存亡,只恐捉了二乔,措大不识好恶。'宋人之不足与言诗如此。"③ 吴氏之说较为公允,看到了真正的咏史诗如何在咏叹之中见出己意而不落痕迹。

宋诗中对小杜此说并未心服,项安世有七绝《黄州赤壁下》,其云:

---

① (宋)许顗:《许顗诗话》,《宋诗话全编》(第2册),第1406页。
② (清)贺裳:《载酒园诗话》卷一,《清诗话续编》(第1册),第254页。
③ (清)吴乔:《围炉诗话》卷三,中华书局1985年版,第73页。

>   杜牧谈兵语未公,都将事业付东风。三江不见刘玄德,已觉曹瞒在掌中。①

仍对杜牧的假使——"东风不与周郎便"一事耿耿于怀。实则解诗,得其大体,不必胶柱鼓瑟。当然,也有诗人认同此说,如金朋说《赤壁鏖兵》:

>   西北楼船烈焰中,周瑜于此破曹公。孙郎不是刘豚犬,百万兵消一阵风。②

此首纯为咏史之作,用语直浅,既无波澜,又无曲直,未见深意,与杜牧之诗不啻天壤之间。但相同之处都在于注意到了东风的助力之功,换言之,强调天意而非人力。至于岳珂七古《赤壁》则以浓墨重彩铺排周郎的英勇善战,甚至下及东坡赤壁怀古之事,其中的"二乔春锁何足言,从此天光遂分耀"③点化杜牧诗句,写正因为有"不以敌勍恨兵少"的周郎,故而才能"盖世功名随一燎""亲提三万走曹瞒",如此一来,哪会有铜雀春深锁二乔之事呢?岳珂之诗,再次为杜牧诗歌翻案,颇有几分新意。

在宋人对赤壁的咏叹和关注中,还应注意的一点是苏轼与赤壁的关系。正因为苏轼曾出任黄州团练副使,并且写下了《前赤壁赋》《后赤壁赋》等名篇,这使得宋人在赤壁凭吊时常将三国时事与苏轼际遇结合起来,打上了鲜明的时代的烙印。如陆文圭《赤壁图二首》④ 即为此类,诗云:

---

① (宋)项安世:《黄州赤壁下》,《全宋诗》(第44册)卷二三七四,第27317页。
② (宋)金朋说:《赤壁鏖兵》,《全宋诗》(第51册)卷二七三五,第32206页。
③ (宋)岳珂:《赤壁》,《全宋诗》(第56册)卷二九六六,第35338页。
④ (宋)陆文圭:《赤壁图二首》,《全宋诗》(第71册)卷三七一二,第44598页。

> 公瑾子瞻二龙,文辞可敌武功。却怪紫烟烈焰,不如白月清风。(其一)
>
> 乌台夜雨伤神,赤壁秋风岸巾。此老眼空四海,舟中二客何人。(其二)

前诗称美苏轼文辞可敌周瑜武功,《赤壁赋》中的白月清风也好过赤壁之战的熊熊烈焰;后诗则感慨苏轼乌台诗案的际遇,有身世之感。这较之唐宋诗人单纯以赤壁咏叹史事更进了一步,开始将本朝士人的遭际打并入诗,从而带上了鲜明的时代印记。如此一来,就为后代的咏怀赤壁诗词加入了新的成分。

反映在宋词中,对杜牧《赤壁》诗的因袭主要体现在如下几处方面。

或借古伤今,如邓剡《摸鱼儿·杨教之齐安任》:

> 笑平生、布帆无恙,堂堂稳送君去。江声悲壮崖殷血,曾是英雄行处。今亦古。甚一点东风,天不周郎与。城幡夜竖。几铜爵春残,战沙秋冷,华发遽如许。　东坡老,千载风流两赋。余音不绝如缕。临皋一笑三生梦,还认岷峨乡语。挥玉麈。尽不碍灯前,痛饮檐花雨。雪堂在否。管驾鹤归来,为君细赏,蝴蝶上阶句。

齐安郡,即是黄州,可知此词当为邓剡送友人赴黄州任所作。通篇多用典故,开篇即用《世说新语》顾恺之"行人安稳,布帆无恙"典祝友人旅途安稳。接下来转入想象,将与黄州相关之景、之事、之人纷纷打并入词。江声悲壮,山崖在太阳的照射下,显出暗红色,如同渗出的鲜血,这里曾是英雄经行之处,仍然流传着英雄们的传说。"甚一点东风,天不周郎与"便是点化小杜诗句,接下来的"城幡夜竖。几铜爵春残,战沙秋冷"似乎又将视角转回三国征战的空隙中……上片结处陡转,以一句"华发遽如许"将思绪拉回现实。下片浓墨写东坡,称其前后《赤壁赋》千古奇绝，到如今仍然"余音不绝如缕"。接下来，词人又有纵横之笔，当老杜"灯前细雨檐花落"时，东坡在否？由黄州跳转至黄州之赤壁，再联想到三国群雄，再到杜牧和杜牧之诗，再到曾知黄州的东坡和前后《赤壁赋》，再到杜甫和杜甫之诗，词人笔调几无定处，思绪急速跳转，将历史典识、历史人物、当朝人物、诸家名篇一一点化入词，流露出浓郁的历史感与沧桑感。在这种几乎令人应接不暇的纷呈意象中，见出词人的感慨之情。

或感慨世事沧桑，如张炎《解连环·拜陈西麓墓》：

> 句章城郭。问千年往事，几回归鹤。叹贞元、朝士无多，又日冷湖阴，柳边门钥。向北来时，无处认、江南花落。纵荷衣未改，病损茂陵，总是离索。　山中故人去却。但碑寒岘首，旧景如昨。怅二乔、空老春深，正歌断帘空，草暗铜雀。楚魄难招，被万叠、闲云迷着。料犹是、听风听雨，朗吟夜壑。

元成宗大德二年（1298）张炎过陈允平墓时作此词。上片"归鹤"用丁令威事，道出沧海桑田、人世变幻。接下来转入对陈允平的怀念，其中"向北来时"指宋亡之后，陈以人才征至大都，渐行渐远南境，故有"无处认、江南花落"之事。然陈氏"荷衣未改"终不受官，后得放归。"叹贞元、朝士无多"一是追念陈氏故去、故人寥落，一是感慨罕见如陈氏一般有民族气节的忠义之士。下片由怀人转入写景，"怅二乔"写出了国破家亡的伤痛之情，并流露出友人凋零之后，自身飘零离索的悲惨处境。整首词深婉动人，颇得风人之旨，还有一个重要的原因是张炎有着与陈允平相似的经历。他们都在宋亡之后被迫北上元大都，又都以与元人不甚合作的态度经受住了考验，短暂羁留之后，得以放归南方。故而，我们可以说，张炎悼念陈允平，未见得其中就没有伤悼昔日的自己、留恋逝去的岁月、感伤"旧景如昨"的旧山河的因素。

还有一些词人,取周郎、二乔入闺词之中,此类词作大多轻婉细腻,极具词之本色。陈师道《洛阳春》写旖旎情事,中间化用杜牧诗句,词云:

> 酒到横波娇满。和香喷面。攀花落雨祝东风,诮不借、周郎便。　背立腰肢挪捻。更须回盼。多生不作好因缘,甚只向、尊前见。

此首以酒领起,以尊前收束,大抵作于宴席之上。先以"横波娇满""和香喷面"从视觉和嗅觉入手,写女子香艳;接下来化用杜牧"东风不与周郎便"句,以周郎自比,叹息未遂心愿。下片仍是对女子的描摹,多情回盼,终有未了缘。再如仇远《声声慢》,亦为此类,词云:

> 藏莺院静,浮鸭池荒。绿阴不减红芳。高卧虚堂。南风时送微凉。游鞯践香未遍,怪青春、别我堂堂。闲里好,有故书盈箧,新酒盈缸。　只怕吴霜侵鬓,叹春深铜雀,空老周郎。弱絮沾泥,如今梦冷平康。翻思旧游踪迹,认断云、低度横塘。离恨满,甚月明、偏照小窗。

这首词一写静,一写闲,最重要的是写时光流长,纯是本色派的笔触。无论是上片用薛能"青春背我堂堂去,白发欺人故故生"(《春日使府寓怀二首·其一》)句以成"怪青春、别我堂堂",还是下片化用杜牧诗句以成的"只怕吴霜侵鬓,叹春深铜雀,空老周郎",都在喟叹时光的飞逝,正因日居月诸、白云苍狗,词人乃至我们才会有"离恨满"的惆怅。

当然,还有一些词人,多从二乔入手,或借以喻花,如赵长卿"二乔姊妹新妆了,照水盈盈笑"(《虞美人·双莲》)与魏了翁"试问伊谁若是班,二乔铜雀锁羼颜,千年痕露尚余渖"(《浣溪沙》)皆咏双头莲花；曹邍"蜂黄间涂蝶粉，疑旧日二乔，各样妆束"（《惜余妍·被召赋二色木香》）用二乔来借指两种颜色的木香；或喻指女性，如高子芳"三虎容仪，二乔态度，争捧金杯劝"（《念奴娇·庆朱察推》）将三子喻作"三虎"，二位宠女喻指二乔；张炎"黯消凝、铜雀深深，忍把小乔轻误"（《瑞鹤仙·赵文升席上代去姬写怀》）则以小乔借指歌姬。

　　后人在诗话中对杜牧《赤壁》诗颇为关注，这些关注或从咏史诗的书写角度，或从唐诗与宋诗的分野入手，褒贬不一。反映在宋代诗词中，少见诗话中常见的褒贬情形。最具时代特色的是将东坡和前后《赤壁赋》与杜牧和杜牧之诗并提，而这中间的桥梁，就是两人皆曾出仕黄州。宋人赤壁诗词的咏叹中，除却涉及杜牧，还囊括了东坡，可以说这是宋人给予赤壁诗词最大的附加意义。

　　（二）秦淮

　　会昌六年九月，杜牧罢池州刺史任，迁为睦州刺史，行经金陵，泊于秦淮河，故有《泊秦淮》一诗，诗云：

> 烟笼寒水月笼沙，夜泊秦淮近酒家。商女不知亡国恨，隔江犹唱后庭花。

此诗语言晓畅，题旨深微，颇得风人之旨。前人评析亦多，徐增《而庵说唐诗》评赏甚妙，其云：

> "烟笼寒水"，水色碧，故云"烟笼"。"月笼沙"，沙色白，故云"月笼"。下字极斟酌。夜泊秦淮，而与酒家相近，酒家临河故也。商女，是以唱曲作生涯者，唱《后庭花》曲，唱而已矣，哪知陈后主以此亡国，有恨于其内哉。杜牧之隔江听去，有无限兴亡之感，故作是诗。①

---

①　（清）徐增著，樊维纲校著：《说唐诗》卷一二，中州古籍出版社1990年版，第283页。

也有评者称此诗一出,后人于秦淮无复措笔矣,可见对此诗评价之高。宋诗、宋词之中对小杜诗中流露出来的兴亡之感深有体认。宋人李龏有集句诗《酬左行之金陵夕游》,诗云:"宫城日晚度寒鸦,新意虽多旧约赊。商女不知亡国恨,恨君嗔折后庭花。"① 分别集刘沧、许浑、杜牧、薛能四位诗句而成。虽亦行至金陵而言及小杜、商女之事,却已无杜诗凝重的历史沧桑感,反而有几分游戏文字的感觉。当然,也有诗人因读杜诗而生出异代同情,如胡仲弓《读杜牧之诗》云:

  风流不减晋诸贤,涌出胸中万斛泉。吟到秦淮商女句,令人忆杀杜樊川。②

这首诗既非登临,亦非怀人,而是读杜牧诗歌有感。"风流"句当指杜牧裘马轻狂的扬州时光,这是最令宋人感兴趣之所在,再加上"胸中万斛泉"的才情,更得宋人之心。如果仅仅这样,也许小杜在宋人心目中仅是一风流才子而已。直到吟起《泊秦淮》诗,才识出小杜的性情与小杜诗的本真所在。

还有诗人因身处秦淮而深味小杜之心,吴龙翰《秦淮·其二》云:

  歇歇陈宫玉树春,可怜商女亦成尘。老成惟有秦淮月,往日曾经照古人。③

这首诗承陈后主、商女、小杜诗而来,更增加了沉重感——小杜诗中,商女是不知,或曰无知,或曰不愿知"亡国恨"的代表。在吴诗中,商女亦成尘,当一切归尘之时,遗忘无疑是最可怕的东西。当历史被有

---

① (宋)李龏:《酬左行之金陵夕游》,《全宋诗》(第59册)卷三一三三,第37461页。
② (宋)胡仲弓:《读杜牧之诗》,《全宋诗》(第63册)卷三三三六,第39839页。
③ (宋)吴龙翰:《秦淮·其二》,《全宋诗》(第68册)卷三五九〇,第42897页。

意或无意,或者被选择性遗忘时,难免不重蹈覆辙。所以,那"老成"的秦淮月,看起来当更添悲凉。

宋代词人对杜牧此诗的化用,大抵不出以下几种类型。

一是将诗歌点化词中以写兴亡之感,当推王安石《桂枝香》、贺铸《台城游》、汪元量《莺啼序·重过金陵》与王奕《贺新郎·秦淮观斗舟有感,追和思远楼》四首。

王安石是历史上有名的政治家,为革弊布新,于神宗朝大力推行新法。这首《桂枝香》当作于其落相退居金陵之后,词云:

登临送目。正故国晚秋,天气初肃。千里澄江似练,翠峰如簇。归帆去棹残阳里,背西风、酒旗斜矗。彩舟云淡,星河鹭起,画图难足。　念往昔、繁华竞逐。叹门外楼头,悲恨相续。千古凭高,对此谩嗟荣辱。六朝旧事随流水,但寒烟、芳草凝绿。至今商女,时时犹唱,后庭遗曲。

王安石与宋代很多文人不同,他首先是一位政治家,其次才是文人,所以他的作品中往往有政治意味暗蕴其中。这首词从高处、大处落笔,写出对历史的反思,其中多化前人诗句却不落痕迹,一方面体现出作者高超的文字驾驭技巧,另一方面也是相似意象的异代共鸣。如其中的"门外楼头"正是杜牧《台城曲》"门外韩擒虎,楼头张丽华"两句的缩写,结处"至今商女,时时犹唱,后庭遗曲"则亦自杜牧诗句而来,这短短两句看似简单,却将兴亡之事说得很透。这首词妙处也不在于檃栝陈亡的故事,或者点化前人诗歌空发兴亡之感,而是在于感慨金陵一地,曾为三国吴、东晋、宋、齐、梁、陈六朝古都,六朝终然覆灭,后之统治者却没能汲取教训,致使后人悲恨相续,千古凭高,只能"谩嗟荣辱"。周邦彦也有一首金陵怀古的词作《西河·金陵》,其间多化刘禹锡等前人诗句,写得极为沉郁,但与王安石的《桂枝香》相较,在情感流露与词心词旨等方面,都显得文人气浓郁,更像是一首纯粹的感慨兴亡更替、抒发文人情怀的作品。可以说,王安石是以词人的身份,但更像是以一位政治家的身份写作了这首作品。

《台城游》为贺铸游访金陵所作,其间多用与金陵相关的典故——特别是杜牧、刘禹锡二人诗歌,其云:

> 南国本潇洒。六代浸豪奢。台城游冶。襞笺能赋属宫娃。云观登临清夏。璧月留连长夜。吟醉送年华。回首飞鸳瓦。却羡井中蛙。 访乌衣,成白社。不容车。旧时王谢。堂前双燕过谁家。楼外河横斗挂。淮上潮平霜下。墙影落寒沙。商女篷窗罅。犹唱后庭花。

重游金陵,流露出浓郁的怀古伤今之情。"商女篷窗罅。犹唱后庭花"正自杜牧"商女不知亡国恨,隔江犹唱后庭花"句化来,提醒统治者殷鉴不远。这种忧心上承王安石的"至今商女,时时犹唱,《后庭》遗曲"(《桂枝香》)而下启汪元量的"慨商女不知兴废。隔江犹唱庭花"(《莺啼序·重过金陵》)。

以上两首词皆作于北宋,当时作者即有"商女犹唱后庭花"之忧虑,发语不可谓不深警,历经靖康之变,再经南宋倾颓,词人们再次面对杜牧这首《泊秦淮》时是不是会有一种虽会意却无奈的苦涩?且看汪元量与王奕的两首作品。

汪元量于宋恭帝德祐二年(1276)随宋王室北上,留滞十二年后方才还归南方,路经金陵,创作了《莺啼序·重过金陵》一词,其中多用金陵典故:

> 金陵故都最好,有朱楼迢递。嗟倦客、又此凭高,槛外已少佳致。更落尽梨花,飞尽杨花,春也成憔悴。问青山、三国英雄,六

朝奇伟。 麦甸葵丘，荒台败垒。鹿豕衔枯荠。正潮打孤城，寂寞斜阳影里。听楼头、哀笳怨角，未把酒、愁心先醉。渐夜深，月满秦淮，烟笼寒水。 凄凄惨惨，冷冷清清，灯火渡头市。慨商女不知兴废。隔江犹唱庭花，余音亹亹。伤心千古，泪痕如洗。乌衣巷口青芜路，认依稀、王谢旧邻里。临春结绮。可怜红粉成灰，萧索白杨风起。 因思畴昔，铁索千寻，谩沉江底。挥羽扇、障西尘，便好角巾私第。清谈到底成何事。回首新亭，风景今如此。楚囚对泣何时已。叹人间、今古真儿戏。东风岁岁还来，吹入钟山，几重苍翠。

此首铺排展演，借古喻今，抒写亡国之痛。整首词多用典故，其中的"慨商女不知兴废。隔江犹唱庭花，余音亹亹"正用杜牧诗歌，流露出风景不殊、山河自异的悲痛。汪元量此词"先从凭高所见实景引出对三国、六朝的疑问，转入咏史怀古；中间檃栝前人诗词，虚实结合、参差错落地把金陵景物和历史兴亡铺排开来作详尽的描写，并从中抒发了深沉的感慨；然后，直接评述历史事件，联系当时现实，总结兴亡教训；最后，照应篇首，以景作结"①。

王奕《贺新郎·秦淮观斗舟有感，追和思远楼》词云：

惆怅秦淮路。慨当年、商女谁家，几多年数。死去方知亡国恨，尚激起、浪花如语，应不为、黍峰蒲缕。花隔青溪胭井湿，又谁省、此时情绪。云盖拥，翠阴午。 汨罗无复灵均楚。到如今、荃蕙椒兰，尽成禾黍。疑是獹龙穿王气，遗恨六朝作古。□留与、浮歌载醑。天外长江浑不管，也无春无夏无晴雨。流岁月、滔滔去。

---

① 唐圭璋、缪钺等：《唐宋词鉴赏辞典·南宋辽金卷》，上海辞书出版社1988年版，第2199—2200页。

这首词作于元至元二十七年（1290）①，距离宋亡（1279）已十多年，为王奕东行过金陵观秦淮斗舟所作。此时，距离陈亡（589）已经过去了七百余年，这期间江山易主、人事更迭，每个时代都有振聋发聩之音，却往往为统治者所忽视，杜牧诗中"商女犹唱"的悲哀，竟然能时时上演。

倒是有些文人墨客，较之统治者更为敏感，黄今是有《渔父词》，其云："蓑衣箬笠更无华，蓼岸苹洲亦有家。风雨满天愁不动，隔江犹唱后庭花。"② 黄氏，字时之，度宗咸淳初召为直讲官，以知制诰、太子正字致仕。宋亡，尽焚其著作，郁郁而卒。这首诗开篇写渔父蓑衣箬笠、蓼岸苹洲的清苦生活，虽如此，但"亦有家"。南宋倾亡，家国沦丧，何以家为？唯觉"风雨满天愁不动"，谁知仍闻《后庭花》。这是怎样的一种悲痛，又何可名状？若不能从历史兴替中汲取教训，那么历史就只能成为后人感伤与哀痛的因子，而非推动社会前行的车轮。

还有一部分宋词借用杜牧"烟笼寒水月笼沙"营造凄清意境，从而烘托离别相思氛围，如蔡伸《苏武慢》词上片开篇"雁落平沙，烟笼寒水，古垒鸣笳声断"即用杜牧"烟笼寒水月笼沙"诗句将大雁、平沙、轻烟、寒水、古垒、鸣笳等意象一一呈现，这是词人眼前所见之景，为下片"忆旧游、邃馆朱扉，小园香径，尚想桃花人面"追忆故人埋下伏笔。蔡伸又有小词《阮郎归》，亦是在开篇即化杜牧此句，词云："烟笼寒水暝禽栖。满庭红叶飞。兰堂寂寂画帘垂。霜浓更漏迟。鸳被冷，麝香微。强欹单枕时。西窗看尽月痕移。此情君怎知。"这首词上片写景，特别是兰堂寂寂、画帘低垂更衬托出孤寂的氛围。下片抒情，纵有麝香轻微，但敌不住鸳被空冷、敌不住单枕独欹，独守空房，望断夜月无痕，此中情愫，问君知否？蔡伸这两首点化杜诗的词

---

① 此词编年据吴熊和主编《唐宋词汇评·两宋卷》（第5册），浙江教育出版社2004年版，第3867页。

② （宋）黄今是：《渔父词》，《全宋诗》（第68册）卷三六〇一，第43125页。

作，写离情别绪，颇具当行本色，但已然离杜牧感慨兴亡的诗歌原意渐行渐远了。

第四节 其他诗歌对宋词的影响

上举三节，分别从"扬州印记"、"杜郎风采"和"三守僻左"三个比较宏观的层面关注杜牧对宋词产生的影响，除却上述三部分，杜牧作品中还有一些类词的元素，也对宋词产生了较为明显的影响，只是这些类词元素较为分散，不宜如前三节一般做成相对独立的专题进行论述。

本节所谓的"类词元素"主要是指杜牧的一些题材绮艳、意境幽隐、格调感伤的诗歌中的或闲适恬淡，或深婉曲折，或轻柔细腻的特质①。

杜牧《秋夕》诗云："红烛秋光冷画屏，轻罗小扇扑流萤。天阶夜色凉如水，坐看牵牛织女星。"曾季狸《艇斋诗话》称杜牧《秋夕》诗："含蓄有思致，星象甚多，而独言牛女，此所以见其为宫词也。"②曾氏此说颇有见地。诗歌从初夜写到夜深，由轻罗小扇扑流萤，写到夜色凉如水，见出夜色已深，虽不明言，却流露出淡淡的哀怨，这与宫词、宫怨的基调是一脉相承的。此类诗歌中的细婉情绪，也是宋词所偏爱的。

再如杜牧《惜春》为怀念春光、珍惜春色之诗，写得颇有情致。诗云：

春半年已除，其余强为有。即此醉残花，便同尝腊酒。怅望送春杯，殷勤扫花帚。谁为驻东流，年年长在手。

---

① 可详参叶帮义、余恕诚《"向着词的意境与词藻移动"——中晚唐诗歌的一种重要走向》，《东方丛刊》2008 年第 1 期。
② 《曾季狸诗话》，《宋诗话全编》（第 3 册），第 2657 页。

李商隐有一首《杜司勋》诗,写杜牧长于伤春伤别,其云:"高楼风雨感斯文,短翼差池不及群。刻意伤春复伤别,人间惟有杜司勋。"诗中所谓的"伤春"大抵就是指杜牧以此首《伤春》为代表的伤春悲秋之作,所谓的"伤别"大抵是指以《赠别二首》为代表的伤别之作。伤春、惜春,归结到底还是对时光流逝、功业无成的反思与焦虑,投射在诗歌中,便常以感伤的形式体现出来。周邦彦"春事能几许,任占地持杯,扫花寻路"(《扫地花》)感伤春事凋零,即化用杜牧诗句。

一 一骑红尘妃子笑:杜诗中的崇高消解

杜牧诗歌,常在不动声色中将历史的瞬间与永恒并置眼前,给人一种惊心动魄的震撼。宋人有时却对诗歌中的这种震撼并不领情,在有意无意间,将诗中的"百炼钢"进行崇高消解,有时竟以"绕指柔"的面目示人。

当然,作为异代接受,后代读者面对这些时,也只能任由接受者去"肆意操作"。我们所能做的,不是评骘这种由"钢"至"柔"正确与否或高明与否,而是梳理这种转变背后的原因所在。

(一)华清宫诸诗中的崇高消解

先看那首脍炙人口的《过华清宫绝句三首·其一》:

> 长安回望绣成堆,山顶千门次第开。一骑红尘妃子笑,无人知是荔枝来。

后人对此诗颇为关注,有人称唐明皇每年十月幸华清宫,至明年三月始还京师。而荔枝在夏秋之间成熟,故而一骑红尘进献荔枝之时,杨贵妃并不在华清宫中。"牧之此诗颇为当时所称赏,而题为《华清宫诗》,

则意不合也。"①《遁斋闲览》亦称："词意虽美，而失事实。"宋长白对此不以为然，称："长至元旦，诸大朝会俱在正衙，必无行宫度岁之理。况有春寒赐浴华清池之事，安知六月不复游骊山乎。程大昌《雍录》云：'十月往岁尽还宫。'此亦一证。"② 无论宋长白的辩驳是否有道理，诗本不必如此解，倒是吴乔的说法正合解诗指归，其云："宋人乃曰：'明皇常以十月幸骊山，至春还宫，未曾过夏。'此与讥薛王、寿王同席者，一等村夫子。"③ 吴氏之说，确为的论，诗非会要，亦非起居注，不必胶柱鼓瑟，泥于字句阐释。

宋诗之中，并不太去计较何日往赴华清宫之事，仅对小杜诗中暗蕴的讽刺，略有继承。如晁说之有《荔枝送郭玄机戏作》④，题为"戏作"，实则亦有暗讽之意，其云：

> 荔枝一骑红尘后，便有渔阳万骑来。郭令诸孙今得味，却同羯鼓逞诗才。

晁诗点化小杜诗歌，但着眼点并不同。杜诗有兴亡的感慨，晁诗是赠送之作，看似有几分戏谑的意味，却有一条明晰的线索蕴含于其中。诗歌短短七言二十八字，将诗人自己视野中安史之乱的起因（荔枝一骑红尘后）、经过（便有渔阳万骑来）、结果（郭令公平叛）乃至延宕至今的态势（郭令诸孙今得味，却同羯鼓逞诗才）——道出。诗人赠送郭玄机荔枝，将其与郭子仪相提，言外之意即是昔日郭令公曾有平定安史之乱、恢复大唐江山的赫赫战功，而今升平，无须征伐，只需伴着羯鼓声声，安享荔枝，一逞诗才即可。将唐代郭子仪与宋代郭玄机二者联系起来的，一是姓氏相同，二是郭子仪定国安邦的英雄事迹，三是正因为

---

① （宋）王观国：《学林》卷八，转引自《杜牧集系年校注》（第1册），第222页。
② （清）宋长白：《柳亭诗话》（下册）卷二六，上海杂志公司1935年版，第590页。
③ （清）吴乔：《围炉诗话》卷三，第69页。
④ （宋）晁说之：《荔枝送郭玄机戏作》，《全宋诗》（第21册）卷一二一一，第13773页。

郭子仪的征伐，才解了安史之乱之围，兴复唐室。如今的芸芸众生，不必如唐时一般从戎勤王，只要伴着羯鼓"逗诗才"即可。总感觉有几分善意的警惕蕴含其中，只是晁说之没有明言罢了。

李纲有恢复之志，诗词之中常见慷慨激昂、磊落不平之气，但他几首写荔枝的诗歌中，皆未见出沧桑感与凝重感。如其《初食荔枝四绝句·其四》诗：

> 南海何年贡荔枝，知音千古有杨妃。华清赐浴娇无力，一骑红尘初到时。①

虽亦点化小杜之诗，却只写了自己初食之时，联想到杨贵妃在华清宫等待荔枝初到之际，今日之初尝与往时之初到，虽皆食用荔枝，但其背后的意味却不相同——当然，这些是我们从诗歌背后所力图推论出来的，就诗歌自身而言，是简单得不能再简单了，甚至还诙谐地将杨贵妃称为同好荔枝的"千古知音"。且看李纲两首写荔枝的《减字木兰花·荔枝二首》，其云：

> 华清赐浴。宝瓮温泉浇腻玉。笑靥开时。一骑红尘献荔枝。
> 明珠乍剖。自擘轻红香满手。锦袜罗囊。犹瘗当年驿路旁。

> 仙姝丽绝。被服红绡肤玉雪。火齐堆盘。常得杨妃带笑看。
> 劳生重马。远贡长为千古话。林下甘芳。却准幽人餍饫尝。

李纲此二首以荔枝为题，点化杨贵妃与荔枝的故事入词，用笔较为轻盈，也几无批评之意，像是历经沧桑的一位长者在娓娓述说那前朝遗事。岂知结处笔调一转，"锦袜罗囊。犹瘗当年驿路旁"，当年风华绝

---

① （宋）李纲：《初食荔枝四绝句·其四》，《全宋诗》（第27册）卷一五六八，第17795页。

代的贵妃因何被处死埋没在驿路之旁？李纲在词中并没有进一步解说，留给了人们无尽的思考。

诚然，是得反思大唐王朝何故由盛而衰，那么是否也在反思自己所处的时代所面临的危机与动荡？如果说李纲在其描写荔枝的诗歌中，并无过多余味流露的话，那么在这两首写荔枝的词中，倒是透露出一些沉重，唤起一些深思。

康与之有一首《西江月》，结处点化小杜之诗，词云：

> 名与牡丹联谱，南珍独比江瑶。闽山入贡冠前朝。露叶风枝袅袅。　香玉满苞仙液，绉红圆戚鲛绡。华清宫殿蜀山遥。一骑红尘失笑。

这首词若从"南珍""闽山入贡冠前朝""华清宫殿蜀山遥。一骑红尘失笑"等处来看，自是用杜诗写荔枝无疑，特别是"香玉满苞仙液，绉红圆戚鲛绡"两句对果实形状、颜色等作了细腻刻画，更让人确信这是写荔枝的词作。但这首词却见于《全芳备祖》后集卷一荔枝所附之龙眼门。龙眼果实与荔枝相仿，称其"香玉满苞仙液，绉红圆戚鲛绡"倒无不可，却与华清宫、红尘失笑之事毫无瓜葛。由此可以推断，这本是康与之写荔枝之词，却为陈景沂误收入《全芳备祖》之龙眼门。再看一首赵以夫咏荔枝的《荔枝香近·乐府有荔枝香调，似因物命题而亡其词，辄为补赋》：

> 翡翠丛中，万点星球小。怪得鼻观香清，凉馆熏风透。冰盘快剥轻红，滑凝水晶皱。风姿，姑射仙人正年少。　红尘一骑，曾博妃子笑。休比葡萄，也尽压江瑶倒。诗情放逸，更判琼浆和月釂。细度冰霜新调。

词作虽用了小杜诗歌，却与政治无涉、与历史无涉，纯是一首咏物词，了无深意。

再如杜牧五言排律《华清宫三十韵》，极力铺写开元盛事、安史之乱、倾覆奔亡之事，将李杨之事用隐婉之笔写了出来，集叙事、抒情、议论、描写于一体。其中寄予着作者深重的反思。但宋人却不取其中的警醒之意，多点化其中的写景咏物之笔，取法颇另类。

诗歌结处"鸟啄摧寒木，蜗涎蠹画梁"刻画细腻，极其生动，特别是"摧""蠹"二字，承"鸟啄""蜗涎"而来，既可理解为宫殿破败，寒木被摧、画梁腐蠹的真实写照，又可以理解为基业被毁的惨状。"蜗涎"，指蜗行所分泌的黏液，"蜗牛爬行时，往往升高，涎枯则自死。故古人以之比喻人的有限生命力，或以之描写屋宇的荒凉破败"①。杜牧此处观察极为精细，在这一点上甚至有杜甫诗歌的影子。

魏野、苏轼、孙觌诸人的诗歌中都曾点化"蜗涎"，多写墙壁或层栋为蜗牛所经行而留下印迹，侧面显示出荒芜之景。如果说杜诗所写还有几分虚笔的话，那么宋诗中的"蜗涎"，则基本上是实写：

蜗涎缘栋有，鹤迹入泉无。（魏野《题鄠县杨氏书楼》）②
秋池对门莲子枯，野壁剥月蜗涎涂。（梅尧臣《奉和寄宣州广教文鉴师》）③
蛛丝网窗户，蜗涎篆墙壁。（文同《访古寺老僧不遇书壁》）④
窗户蜗涎锁，尘埃鼠迹书。（黄庶《和子玉病起游书斋》）⑤
似闻遗墨留汝海，古壁蜗涎可垂涕。（苏轼《子由新修汝州龙

---

① 范之麟主编：《全宋词典故辞典》（下册），湖北辞书出版社1996年版，第1976页。
② （宋）魏野：《题鄠县杨氏书楼》，《全宋诗》（第2册）卷八四，第941页。
③ （宋）梅尧臣：《奉和寄宣州广教文鉴师》，《全宋诗》（第5册）卷二五三，第3048页。
④ （宋）文同：《访古寺老僧不遇书壁》，《全宋诗》（第8册）卷四三四，第5324页。
⑤ （宋）黄庶：《和子玉病起游书斋》，《全宋诗》（第8册）卷四五三，第5483页。

兴寺吴画壁》)①

  青苔生空廊，蜗涎被四壁。(张耒《春雨》)②
  败垣坏壁秘蜗涎，夭矫龙蛇已惊走。(李光《载酒堂》)③
  鸟语迁枝黄叶□，蜗涎粘壁古苔昏。(孙觌《送陈令解印赴阙三首·其三》)④
  篆壁蜗涎细，织檐蛛网圆。(李若水《次韵唐彦英留题学舍》)⑤

  还有一些宋诗，则以"蜗涎"指雨后泥泞的地面，与原意相较，则多了几分新奇，如范成大"汗础经旬未肯干，破窗随处有蜗涎"(《久雨地湿》)⑥便为此类。

  反映在宋词之中，张炎有两首词都使用了"蜗涎"之说，"黏壁蜗涎几许，清风只在樵渔"(《木兰花慢·归隐湖山，书寄陆处梅》)写归隐之处的荒败景象，"近日衰迟，但随分、蜗涎自足"(《满江红》)写自己如同流涎的蜗牛一般，渐趋衰老。与张炎两首词中的肃杀、衰败相较，利登《水调歌头》(日月换飞涧)词从大处着眼，写日月更替、风雨苍黄，高昂激越处有"长剑吼青龙"之豪情，下片结处"却笑人间多事，一壳蜗涎光景，颠倒死英雄"从高处着眼，俯视人间，笑"蜗涎光景"，困老英雄，流露出豪迈不羁的通透之情。

  "蜗涎"，在杜牧的《华清宫三十韵》中，也许只是透露深沉反思之余的精工一笔，却在宋人诗词之中被反复使用。这说明了一点，就是一些在前人看来无足轻重或无关大雅的东西，成了后人取法的武库。而一些前人在作品中试图极力表现的、看似很珍重的东西，后人往往并不重

---

① (宋) 苏轼：《子由新修汝州龙兴寺吴画壁》，《全宋诗》(第14册) 卷八二〇，第9496页。
② (宋) 张耒：《春雨》，《全宋诗》(第20册) 卷一一八〇，第13318页。
③ (宋) 李光：《载酒堂》，《全宋诗》(第25册) 卷一四二二，第16400页。
④ (宋) 孙觌：《送陈令解印赴阙三首·其三》，《全宋诗》(第26册) 卷一四八八，第17011页。
⑤ (宋) 李若水：《次韵唐彦英留题学舍》，《全宋诗》(第31册) 卷一八〇六，第20124页。
⑥ (宋) 范成大：《久雨地湿》，《全宋诗》(第41册) 卷二二五〇，第25821页。

视。这一正一反,不只表现在宋人对杜牧的取法上,在对其他诗人——例如对白居易等人的取法上,也能见到这种现象。

"何意百炼钢,化为绕指柔",杜牧诗歌中的一些凝重、沉着与沉痛,到了宋人的视野中,被消解了许多,一骑红尘飞奔而来的荔枝,或许真是挑动起大唐兴衰细腻神经的重要一环。但在宋人这里,基本上成了被咏赞的美食。彼处崇高,此处消解。

(二)从"有心"之诗到"无意"之集句

辛弃疾曾有词云"有心雄泰华,无意巧玲珑",道出有心、无意的审美希冀。杜牧集中有不少诗歌,是诗人精思之作,或写景,或抒情,或景中抒情,或情中蕴景,不一而足。特别是有些绝句,短短数字之间,以凝练笔触极力刻画,足见出诗人之用心。但不是所有的宋词都能体味到诗人的良苦用心而将这些诗歌化用在苦心孤诣的场景中。相反,有时用在一些游戏笔墨的集句作品中,将杜牧的"有心"之笔,"无意"间用在他处。

开成四年二月,杜牧"自浔阳溯长江、汉水,经南阳、武关、商山而至长安,就左补阙、史馆修撰新职"①,途经汉水时,有《汉江》一诗:

> 溶溶漾漾白鸥飞,绿净春深好染衣。南去北来人自老,夕阳长送钓船归。

这首诗起笔轻灵生动,"绿净春深"极富画面感,特别是一个"染"字,将水天澄绿之态描写得极为真切,结处的"人自老""钓船归"又透露出几分归隐江湖之意。

宋人常于集句诗、集句词中点化杜牧此诗,如刘跂有《翻书见舍弟去年自寿归郓道中诗怅然怀想久不作诗因集句为答用渭城体可歌也·其四》,其云:

---

① 缪钺:《杜牧传·杜牧年谱》,河北教育出版社1999年版,第159页。

荒山野水照斜晖,绿净春深好染衣。请君问取东流水,来岁如今归未归。①

径直标明是集句诗,中间即用了小杜成句。再如王安石《望之将行》、李龏《梅花集句·其一一六》亦皆为集句诗,且化用小杜诗句:

江涵秋景雁初飞,沙尾长樯发渐稀。惆怅无因见范蠡,夕阳长送钓船归。(王安石《望之将行》)②

玉为风骨雪为衣,瘦倚疏篁不解肥。绝涧断桥幽独处,夕阳长送钓船归。(李龏《梅花集句·其一一六》)③

宋词之中,贺铸《钓船归》也是集句之作,其云:

绿净春深好染衣。际柴扉。溶溶漾漾白鸥飞。两忘机。　南去北来徒自老,故人稀。夕阳长送钓船归。鳜鱼肥。

直袭杜牧原诗,了无变化以成新词。除却师法杜牧成句以成集句作品,还有诗人师法小杜的用语体式,如汪元量《西湖旧梦·其五》诗的起笔"溶溶漾漾碧粼粼,船去船来不碍人"④,便有几分杜牧"溶溶漾漾白鸥飞,绿净春深好染衣"(《汉江》)的影子。

关于集句之作,明人叶盛《水东日记》引"翰林典籍迪功佐郎五羊孙蕡仲衍"之说,孙氏将唐人七言集句分为十类,其中将杜牧此诗与王维《与卢员外象过崔处士兴宗林亭》诗一道,归"山林类"中。

---

① (宋)刘跂:《翻书见舍弟去年自寿归郓道中诗怅然怀想久不作诗因集句为答用渭城体可歌也·其四》,《全宋诗》(第18册)卷一〇七三,第12211页。
② (宋)王安石:《望之将行》,《全宋诗》(第10册)卷五七三,第6756页。
③ (宋)李龏:《梅花集句·其一一六》,《全宋诗》(第59册)卷三一三一,第37448页。
④ (宋)汪元量:《西湖旧梦·其五》,《全宋诗》(第70册)卷三六六九,第44044页。

并称:"凡此十类,引而伸之,诗之格律概不越乎此矣。诸体之诗,以此求之,无有出于范围之外者矣。唐诗世有见本,学者按此成例,自加编校可也。七言律诗篇帙尤繁,今择其精粹明白,人所传诵者,亦以十类,括为集句,凡若干首,其未完者,则以同类他诗足之,期于成章而已。"① 此翁称诗之格律不越十类云云,殆可商榷,然其称集句之作"于初学诗者亦不为无补"之说,则为确论。宋人集句之作甚多,如李龏的梅花集句、文天祥的集杜甫诗等亦出于多种创作动机,兹不赘言。

从某种程度上讲,集句也是影响接受的一类方式,后代接受者虽然接受某诗,却未沿着原作者的思路去再现,而是运用自己的眼光做出选择与取舍,将前人之诗放在他们认为适合的场景之中。这一点,在杜甫诗歌的接受中表现得更为明显②。

我们再看一例。会昌五年,张祜与杜牧同游池州之际,又曾一起登州东南九华山之九峰楼,杜牧有《登池州九峰楼寄张祜》诗赠送张祜,诗云:

> 百感中来不自由,角声孤起夕阳楼。碧山终日思无尽,芳草何年恨即休。睫在眼前长不见,道非身外更何求。谁人得似张公子,千首诗轻万户侯。

《云溪友议》与《唐诗纪事》记此诗本事甚详,《云溪友议》卷中《钱塘论》称:

> 后杜舍人之守秋浦,与张生为诗酒之交,酷吟祜《宫词》,亦知钱塘之岁,自有非之之论,怀不平之色,为诗二首以高,曰:"谁

---

① (明)叶盛撰,魏中平校点:《水东日记》卷二六,中华书局1980年版,第253—254页。
② 参见刘克臣著《盛唐中唐诗对宋词影响研究》,中国社会科学出版社2014年版,第139页。

人得似张公子,千首诗轻万户侯。"又云:"如何故国三千里,虚唱歌词满六宫。"①

《唐诗纪事》所记与之相类:

> 杜牧之守秋浦,与祜游,酷吟其《宫词》。亦知乐天有非之论,乃为诗曰:"睫在眼前人不见,道超身外更何求?谁人得似张公子,千首诗轻万户侯。"②

盖白居易守杭州时,张祜与徐凝皆求举荐,白试以《长剑倚天外赋》《余霞散成绮诗》,试讫解送,以徐为元而张次之,张有不平之意。杜牧诗中"睫在眼前"四句当为此而发。再与杜牧"七子论诗谁似公,曹刘须在指挥中"(《酬张祜处士见寄长句四韵》)并观,可见杜牧对张祜诗才还是极为推崇的。

宋人对此诗的关注,少了几分严谨,多了几分戏谑,无论在宋诗还是宋词之中都能见到对此诗,特别是对末两句"谁人得似张公子,千首诗轻万户侯"的直袭。如宋诗之中,王安石《赠张轩民赞善》为集句诗,其云:"潮打空城寂寞回,百年多病独登台。谁人得似张公子,有底忙时不肯来。"③ 分别集刘禹锡、杜甫、杜牧与韩愈诗句。王安石之后,更有洪刍变本加厉,"创作"了长篇诗歌《戏用荆公体呈黄张二君》,称其"创作",实无新意可言,这首诗纯用王安石集句之法,百衲诸多名家诗句而成,姑胪列如下:

> 金华牧羊儿(李白),稳坐思悠哉(杜甫)。谁人得似张公子

---

① (唐)范摅:《云溪友议》,《嘉业堂丛书》本。
② 王仲镛:《唐诗纪事校笺》(下册)卷五二,巴蜀书社1989年版,第1417页。
③ (宋)王安石:《赠张轩民赞善》,《全宋诗》(第10册)卷五七三,第6755页。

（杜牧），鞭笞鸾凤终日相追陪（韩愈）。长夏无所为（杜甫），垒曲便筑糟邱台（李白）。古今同一体（杜甫），吾人甘作心似灰（杜甫）。南方瘴疠地（杜甫），郁蒸何由开（杜甫）。永日不可暮（杜甫），渴心归去生尘埃（卢仝）。人生会合安可常（杜甫），如何不饮令心哀（杜甫）。张公子，时相见，我能拔尔抑塞磊落之奇才（杜甫）。只愿无事常相见（杜甫），有底忙时不肯来（韩愈）。①

可见洪氏之诗大多集杜甫诗句，其中用了杜牧的"谁人得似张公子"与诗题中的"呈黄张二君"中的张君相呼应，与王安石以张公子与张轩民相呼应异曲同工。

宋人韦骧有一首《减字木兰花·望仙词》词，也是集句之作，词云：

> 危楼引望。天气犹寒花未放。远思悠悠。芳草何年恨即休。
> 仙踪何处。此去蓬山多少路。春霭腾腾。更在瑶台十二层。

这首词朦胧迷离，颇有李商隐诗歌的韵味，巧合的是词作三次化用李商隐诗句。上片"天气犹寒花未放"当自李商隐"先知风起月含晕，尚自露寒花未开"（《正月崇让宅》）句化来，下片"此去蓬山多少路""更在瑶台十二层"则为李商隐"蓬山此去无多路，青鸟殷勤为探看"（《无题》）与"如何雪月交光夜，更在瑶台十二层"（《无题》）中的成句。至于"芳草何年恨即休"则源自杜牧"碧山终日思无尽，芳草何年恨即休"（《登池州九峰楼寄张祜》）成句，写离愁别绪。

《登池州九峰楼寄张祜》诗，尤其是"谁人得似张公子，千首诗轻万户侯"两句更能见出杜牧与张祜之间的友情，以及对张祜诗歌的肯定与推崇。在宋代诗词之中，更多是对这两句的率意点化，几次化用皆未如杜诗一般显出真心实意，倒是平添了一份宋人闲适中的生活气息，

---

① （宋）洪刍：《戏用荆公体呈黄张二君》，《全宋诗》（第22册）卷一二八〇，第14478页。

一种游戏文字的淡静与幽默,失却了杜牧诗中本有的那种对于诗美、诗艺乃至更为深广的对于个人遭际的关心,在宋人这里——至少上引几处——纯粹是笔墨游戏而已。

当然,还有部分词作化用"张公子"之事写作寿词,刘克庄有《贺新郎·张倅生日》,为张倅祝寿之作,中间即用杜牧"张公子"之语,词云:

辇路东风里。试回头、金闺昨梦,侵寻三纪。岁晚岿然灵光殿,仆与君侯而已。漫过眼、几番桃李。珠履金钗常满座,问谁人、得似张公子。驰骥骤,佩龟紫。　宿云收尽檐声止。玳筵开、高台风月,后堂罗绮。恰近洛人修禊节,莫惜飞觞临水。怕则怕、追锋征起。此老一生江海客,愿风云、际会从今始。宁郁郁,久居此。

宝祐二年(1254),刘克庄有《别张倅贵朴诗》诗,若与此词相对,张倅或为张贵朴,为汀州连城县尉。据词作上片"辇路东风里。试回头、金闺昨梦,侵寻三纪。岁晚岿然灵光殿,仆与君侯而已"及"同谒金闺觐茂陵"(《别张倅贵朴诗》)句,可"知张贵朴殆与后村同为嘉定十七年春入行在,临轩改秩之一人,自嘉定十七年下至宝祐二年,为时三十一年,故有'侵寻三纪'语。又言同时改秩之人,硕果仅存,则惟后村与张贵朴而已"①。接下来,点化杜牧诗句美赞张贵朴,他人虽有"珠履金钗常满座",却皆未若"张公子"风流蕴藉,他日定能"驰骥骤,佩龟紫"。此词与我们以上所举略有不同,写作此词时,刘克庄与张贵朴二人,一为兴化军通判,一为连城县尉,皆蹭蹬下僚,特别是刘克庄又经《落梅》诗案,沉沦十数年之久,胸中的抑郁之气常见诸笔端。与其说下片的"此老一生江海客,愿风云、际会从今始。宁郁

---

① (宋)刘克庄著,辛更儒笺校:《刘克庄集笺校》(第15册)卷一九〇,中华书局2011年版,第7403—7404页。

郁,久居此"是对张贵朴仕宦显达的祝愿,倒不如说这其中也暗蕴着自己东山再起的希冀。

二 愿为闲客此闲行:"闲"心态对宋词的影响

"闲",是宋词中惯于表现的一种状态,它可以是午后的慵懒闲适,也可以是休沐时的身心闲散,当然也可以是不为时用的投闲置散……但首先,"闲"是一种心态,杜牧几首诗中都透露出"闲"的心态,这些诗歌成为宋代表现"闲"状态的源头之一。

(一)闲酒伴

杜牧五律《独酌》,格局高远,宏大而淡泊,从远端下笔,写至秋毫之间,非有大才涵润胸间,难成此气象,诗云:

> 长空碧杳杳,万古一飞鸟。生前酒伴闲,愁醉闲多少。烟深隋家寺,殿叶暗相照。独佩一壶游,秋毫泰山小。

开篇写时光流逝,如飞鸟、如白驹,颔联紧扣题目写饮酒。此处不避重复,用了两个"闲"字,一写人闲,一写时间闲。颈联转写景,这里的景似乎也是虚化的景——一座可能建于隋朝的寺庙,笼罩在升腾而起的烟雾之中,林叶在透过烟雾的阳光照射下,显得有些暗淡。末联分用刘伶与《庄子·齐物论》典,写出出游的洒脱与淡远。潘德舆称小杜诗并非徒以"绮罗铅粉"擅长者,而是"伉爽有逸气,实出李义山、温飞卿、许丁卯诸公上"[①],此诗便为明证,潘氏此说,实获我心。

汪莘有《浪淘沙·与外甥吴晋良游落石》,颇能见出小杜诗歌意境,其云:

---

① (清)潘德舆著,朱德慈辑校:《养一斋诗话》卷一〇,中华书局2010年版,第161页。

> 天末起凉风。云气匆匆。如今何处有英雄。独佩一壶溪上去，秋水澄空。　绝壁耸云中，倒挂青松。醉歌汉殿与秦宫。日现山西留不住，目送飞鸿。

此首开篇即用杜甫"凉风起天末，君子意如何"句，渲染凄清气氛。接下来，面对着"云气匆匆"的登临之景，词人不禁感慨"如今何处有英雄"。这是在感慨如今缺乏李杜一样的才臣，还是在感伤自己的不遇？我们不得而知，词人似乎也没有计较这些，而是"独佩一壶溪上去"欣赏"秋水澄空"的胜境。下片起笔写景，极目远眺，是高耸的绝壁与倒挂的青松。行至此处，便是饮酒尽兴了，未料醉来便"歌汉殿与秦宫"，千古兴亡事，一时涌心头。汪莘有嘉定间以布衣上书之事，不用而退居，登临之际，难免有不遇之感。词人结处点化"目送归鸿，手挥五弦"作结，既然光阴不驻，何如洒脱行事。此词的基调与小杜《独酌》诗相仿佛，皆看似放达，却都暗蕴着一股淡淡的忧伤。

（二）闲睡足

会昌四年九月杜牧离开黄州刺史任后，有《忆齐安郡》追忆黄州，期盼有朝一日能够"终掉尘中手，潇湘钓漫流"，诗中所写与其"三千里僻守小郡"[①]的自述可相印证。诗云：

> 平生睡足处，云梦泽南州。一夜风欺竹，连江雨送秋。格卑常汩汩，力学强悠悠。终掉尘中手，潇湘钓漫流。

黄州地僻无事，故而杜牧有"平生睡足处，云梦泽南州"之说。

秦观有《睡足轩二首》，当由杜牧此诗而建轩，"此处便令君睡足，何须去梦泽南州"（《睡足轩二首·其二》）[②]？颇能见其安闲自适之意。

---

① （唐）杜牧：《上李中丞书》（第3册），《杜牧集系年校注》，第860—861页。
② （宋）秦观：《睡足轩二首·其二》，《全宋诗》（第18册）卷一〇五八，第12097页。

再如苏轼"平生睡足连江雨,尽日舟横擘岸风"(《与秦太虚参寥会于松江而关彦长徐安中适至分韵得风字二首·其二》)①、周紫芝"借得东轩还宿愿,何须云梦泽南州"(《张老借东轩昼睡》)②等皆自《忆齐安郡》化来,写安睡之乐。

周紫芝偏爱杜牧此诗,除在诗中点化外,还在词中化用,《醉江月·送路使君》词为送别之作,其云:

> 楚山无尽,看西来新拥,石城双斾。立马花边金镫暖,遥想元戎小队。白雪歌成,莫愁去后,往事空千载。一时吟啸,风流不减前辈。 闻道梦泽南州,日高初睡足,雅宜高会。老去愁多谁念我,空对云山苍翠。南雁归时,白头应记得,尊前倾盖。送君南浦,无情空恨江水。

上片"元戎小队"当化杜甫"元戎小队出郊坰,问柳寻花到野亭"(《严中丞枉驾见过》)写路使君的车马仪仗,并赞赏其"风流不减前辈"。下片"闻道梦泽南州,日高初睡足,雅宜高会"用杜牧诗句,写去处适合闲雅生活。接下来笔锋一转,以"归雁""倾盖""南浦"等意象写离愁别绪。总体而言,这是一首较平庸的送别词,无论是遣词用语还是意象的选择,都无过人之处,其对杜句的点化也仅得其皮毛而已——原因就在于此类送别作品多流于形式,往往缺乏真情实感。

(三)爱孤云

大中四年秋,杜牧出为湖州刺史,将赴任时有《将赴吴兴登乐游原一绝》,写登临之景与登临之感:

---

① (宋)苏轼:《与秦太虚参寥会于松江而关彦长徐安中适至分韵得风字二首·其二》,《全宋诗》(第14册)卷八〇一,第9281页。
② (宋)周紫芝:《张老借东轩昼睡》,《全宋诗》(第26册)卷一五〇九,第17197页。

  清时有味是无能，闲爱孤云静爱僧。欲把一麾江海去，乐游原上望昭陵。

杜牧自负才情，而久居下位，心常不怿，故而"乐游原""望昭陵"者，大抵不得汉宣帝、唐太宗之世，有些许怨意。

  贺铸有一首《爱孤云》，纯为檃栝杜诗而成，其云：

  闲爱孤云静爱僧。得良朋。清时有味是无能。矫聋丞。　况复早年豪纵过，病婴仍。如今痴钝似寒蝇。醉懵腾。

贺铸此首《爱孤云》，题名即是从杜牧"闲爱孤云静爱僧"中截取出来的，实为《添声杨柳枝》。上片直袭杜诗成句，下片用欧阳修诗，写今昔对比。大抵而言，这首词亦无甚可观之处。一是单纯点化，二是单纯对比，无论是艺术构思，还是从表达的昔盛今衰的主题上，都与杜牧诗歌相去甚远。

  （四）闲客闲行

  宣宗大中五年（851）秋，杜牧由湖州刺史拜考功郎中、知制诰。八月十二日"得替"后移居乌程县之霅溪馆，有《八月十二日得替后移居霅溪馆因题长句四韵》之诗，此时杜牧在湖州刺史任恰为一年，故而诗中有"一年人住岂无情"之语。正如朱三锡所称，此诗"通篇咏一闲字耳"[①]。诗云：

  万家相庆喜秋成，处处楼台歌板声。千岁鹤归犹有恨，一年人住岂无情。夜凉溪馆留僧话，风定苏潭看月生。景物登临闲始见，愿为闲客此闲行。

---

① （清）朱三锡：《东岩草堂评订唐诗鼓吹》，转引自《杜牧集系年校注》（第2册），第421页。

秋成之际，恰逢量移，小住一载，颇有惜别之情。溪馆、苏潭诸景一一化入笔间，颇见闲适之情。

韦骧《减字木兰花·春词》①写帝城春媚，其间绿杨参天、红花照地，写到歌舞升平景象时便直袭杜诗——"共乐升平。处处楼台歌板声"，接下来续写"香轮玉镫"芳郊争游、"妙舞轻讴。扰乱春风卒未休"的喧嚣与热闹。杜诗虽由"万家相庆""处处楼台"起笔，指归却是书写个人的闲适与安乐，是一种偏于静态的"闲"；韦词通篇书写群体的春日狂欢，由绿杨、红花的春媚，到楼台、歌板的喧闹，再到芳郊游胜、妙舞轻讴，是群体意象的模糊面目，虽热闹，但过后却是很难留下余韵的。

再如杜牧因在湖州任一年刺史，离去之时有"一年人住岂无情"之语，葛胜仲饯别之际，词中亦有此说，其云：

> 两年人住岂无情。别乘辞华四水清。何事千钟勤饮饯，故知一别未能轻。　解龟虽幸樊笼出，挂席还愁海汐平。江草江花都是泪，骊驹休作断肠声。

葛胜仲于宣和四年（1122）至六年（1124）知湖州，九月由湖州知邓州，此首《瑞鹧鸪·和通判送别》当为临别之际与通判唱和之作②。词作开篇即用杜牧离别湖州之诗引起，看似朴拙实则暗化前人成句。如果说杜诗透露出来的是一种闲适与平淡，是感情的自然流动，那么葛词的离别则有些许不忍，无论是"一别未能轻"，还是尾联的点化杜甫诗句都可见出端倪。

---

① 韦词分别袭用杜牧"处处楼台歌板声"（《八月十二日得替后移居雪溪馆因题长句四韵》）与罗隐"扰乱春风卒未休"（《咏柳》）两句，惜朱德才主编《增订注释全宋词》（第1册）（文化艺术出版社1997年版，第176页）并未注出。

② 此处系年据王兆鹏《两宋词人年谱·葛胜仲、葛立方年谱》，文津出版社1994年版，第61页。

"景物登临闲始见,愿为闲客此闲行"一句之中三用闲字,凸显出杜牧量移之时的闲适心境——"闲始见",言外之意就是非有此境非有此心难见此景。宋人李之彦曾有一段颇为精当的"闲"论:

> 造物之于人,不靳于功名富贵而独靳于闲。天地之间,日月之运行,星辰之躔度,寒暑之推移,山川之流峙,草木之生息,机发轮转,无一息停焉。天地且不得闲,而闲岂人之所易得哉……对宾客,方有筑室返耕、高洁自许之清谈;入私室,又作摇尾乞怜、干时求进之尺牍。囊箧锁钥,惴惴于手;收支簿书,介介于怀。一日十二时,无一隙得暇。而好山好水、风清月明,何尝见此风景?纵或见之,又何尝识此旨趣?劳劳扰扰,死而后已。若夫富家翁、守钱虏,抑又不足道也。名曰"享富贵",其实一俗子,孰若安分清闲之野叟哉。故曰"身闲则为富,心闲则为贵",又曰"不是闲人闲不得,闲人不是等闲人"。①

东谷此论,一则道出日居月诸尚不得闲,而况凡人哉?二则退一步,讲世间蝇营狗苟之辈,或求功名,或求富贵,为外物役使,终其一生不得清闲。结处指出唯有身心俱闲,才是真正的"富贵",杜牧诗结处与此段正有暗合处。叶梦得"信步苍苔绕遍,真堪付、闲客闲行"(《满庭芳·三月十七日雨后极目亭寄示张敏叔、程致道》)与苏轼"尽日行桑野,无人与目成。且将新句琢琼英。我是世间闲客、此闲行"(《南歌子》)皆是点化杜牧"愿为闲客此闲行"句。杜诗有景物渲染之后的抒情,是量移之际飘然一身、轻松快意感情的自然流露;叶梦得词与杜牧诗意相仿佛,虽为赠送酬答之作,仍将雨后夕照下的清新之境氤氲其中,甚至对前人诗词中"警语"——如"满川烟草""日脚初平""落

---

① (宋)李之彦撰,(宋)潘音著,(宋)区仕衡撰:《东谷所见 读书录存遗 理学简言》,中华书局1991年版,第12—13页。

絮游丝""闲客闲行"等的点化也格外用心,不见斧凿之痕,也许这种近似天成的努力,正是诗人"闲"中所为,这是否也可以看作词人闲情逸致的自然挥洒呢?苏轼作于嘉祐八年(1063)的《南歌子》① 写身处乱山深处,既"不见彩绳花板、细腰轻",又"无人与目成",只有晴雨相间、桑野闲行。这首描写羁旅行役的《南歌子》以"我是世间闲客、此闲行"作结,道出清冷环境之后的旷达与宁静。

(五)鬓丝几许茶烟里

如果说上举数诗中流露出来的是"闲",那么与"闲"相伴的则定然是心境的淡泊与淡然。我们且看《题禅院》诗,其云:

> 觥船一棹百分空,十岁青春不负公。今日鬓丝禅榻畔,茶烟轻扬落花风。

昔日青春豪纵,如今鬓发斑白,但幸好诗人能平和面对,禅榻品茶,见茶烟轻扬,远处是和着微风飘落的花瓣。看似一幅令人惬意的图景,但若与杜牧"十年为幕府吏,每促束于簿书宴游间"② 的经历结合而观,不难品出其中暗蕴的郁塞,或许诗人用淡然与平和化解了开来。

"觥船一棹百分空,十岁青春不负公"极力摹写年少豪迈,裘马轻狂,醉饮达旦,不负春光。戴复古"白璧一双酬议论,青春十载棹觥船"(《李司直会客吴运干有诗次韵》)③ 即用杜牧诗意。晏殊有《喜迁莺》④ 写离别豪饮,也取杜句,词云:

> 花不尽,柳无穷。应与我情同。觥船一棹百分空。何处不相

---

① 此处系年据薛瑞生《论东坡及其词》,《东坡词编年笺证》"前言",第25页。
② (唐)杜牧:《上刑部崔尚书状》,《杜牧集系年校注》(第3册),第991页。
③ (宋)戴复古:《李司直会客吴运干有诗次韵》,《全宋诗》(第54册)卷二八一八,第33586页。
④ 此首又别作杜安世词。

逢。朱弦悄。知音少。天若有情应老。劝君看取利名场。今古梦茫茫。

这是一首相思离别之词。上片以"花""柳"起兴，借之以写离情别绪。"舣船一棹百分空"化用杜牧诗句，写饮酒尽兴，自我宽慰，虽然别离，但仍有再会之期。下片不再兜转，直接抒情。"欲取鸣琴弹，恨无知音赏"，慨叹一别之后，知音稀少，无意再抚朱弦。续用李贺"衰兰送客咸阳道，天若有情天亦老"（《金铜仙人辞汉歌》）句，写分离催人老。结处"劝君看取利名场。今古梦茫茫"劝慰友人不必汲汲于功名利禄，今古一观，最终都化成了茫茫尘梦。

陆游《渔家傲·寄仲高》怀乡念人，亦化杜诗，词云：

东望山阴何处是。往来一万三千里。写得家书空满纸。流清泪。书回已是明年事。　寄语红桥桥下水。扁舟何日寻兄弟。行遍天涯真老矣。愁无寐。鬓丝几缕茶烟里。

仲高，即陆升之，陆游堂兄。这首词上片写对故乡的怀念，下片写对堂兄的追忆。特别是"行遍天涯真老矣"一句，道出诗人平生辗转，以至年华老大。结处用杜牧诗句，"陆游早岁即以经济自负，又以纵饮自豪，都同于杜牧；如今老大无成，几丝白发，坐对茶烟，也同于杜牧。身世之感相同，自然容易引起共鸣，信手拈用其诗，如同己出，不见用典痕迹"[①]。再如陈师道"笙歌散，风帘月幕，禅榻鬓丝斑"（《满庭芳·咏茶》）、吕渭老"十年禅榻畔，风雨扬茶烟"（《水调歌头·送季修同希文去秀》）、程公许"驼褐倚禅榻，丝鬓扬茶烟"（《水调歌头·和吴秀岩韵》）等皆自杜牧《题禅院》诗而来。

杜牧集中写闲适之诗，虽然未若其写扬州风情、写景送别以及咏史

[①] 夏承焘等撰：《宋词鉴赏辞典》（上册），上海辞书出版社2003年版，第1086页。

咏怀诗那样有名,但也别具格调。整体而言,其咏写闲适的诗歌,无论是《独酌》中的散淡、望昭陵时的移情孤云,还是量移之际的率性闲行,似乎都有一种投闲置散后的疏淡氤氲其中,总是给人一种被理性压抑住的平静与闲散,既没有扬州诸诗中的洒脱,也不见写景咏物诸诗中的精心描摹;既不见志满意得的宽慰,也不见"出门即有碍"的愤懑,纯是一种闲适与闲淡。在有些诗歌中,还有了向佛禅中去寻觅寂静的趋向。

宋人对杜牧诗中流露出来的"闲"心态非常喜好,在诗词中多次点化。其实,从某种意义上看,宋人的这种师法与继承,从字句章法上看,是直袭或点化了杜诗;从思想层面看,其实是对杜牧,也包括一些晚唐士子闲适、闲淡心绪的赞赏。而这也体现出在时代大背景下,由初盛唐时的奋发向中晚唐时的低沉,再向宋时的内敛转化的过程。所以,与其说宋人喜欢杜牧此类诗歌,倒不如说是宋人赏识杜牧的这种闲适心态,这才是真正意义上的攻心之术。

三 倒冠落佩与世疏:杜赋中的归隐情结

仕隐纠葛,往往贯穿着古代士子的一生。他们在进退出处间矛盾、纠结。正因如此,历代都有一大批描写归隐的作品流传了下来,杜牧亦不例外。

除却诗歌而外,杜牧之赋对宋词也有影响,如其《阿房宫赋》脍炙人口,但泰半转入议论,宋词之中对其中的议论之处所取无多,多是偏取其夸饰描摹之笔。如吴文英"粉消莫染,犹是秦宫,绿扰云鬟"(《庆春宫·越中钱得闲园》)用杜牧"绿云扰扰,晓梳鬟也"句,刘克庄"月露晶英,融结做、秦宫块砾"(《满江红》)自"鼎铛玉石,金块珠砾,弃掷逦迤"句化来,至于辛弃疾"珠玉作泥沙,山谷量牛马"(《生查子》)则点化杜牧"奈何取之尽锱铢,用之如泥沙"句,至于化用"流昏涨腻"之词，亦不在少数。

再如其《晚晴赋》亦极尽铺排之能事，写木、松、竹、红芰、白鹭、杂花、闲草，最后是诗人自己，一一展演开来。虽为小赋，却仍具大赋之才思，诸如"松数十株，切切交风，如冠剑大臣，国有急难，庭立而议""竹林外裹兮，十万丈夫，甲刃拟拟，密阵而环侍。岂负军令之不敢嚣兮，何意气之严毅"看似写松、竹雅健，实则深有蕴涵。宋词之中对此所取无多，多取写白鹭与写诗人自己之句。赋中写白鹭潜来"邈风标之公子，窥此美人兮，如慕悦其容媚"，形象地刻画出白鹭如贵族公子一般高风标举，闲野不俗之态。辛弃疾曾在《喜迁莺·晋臣赋芙蓉词见寿，用韵为谢》词中化用杜句以写白鹭，词云：

暑风凉月。爱亭亭无数，绿衣持节。掩冉如羞，参差似妒，拥出芙渠花发。步衬潘娘堪恨，貌比六郎谁洁。添白鹭，晚晴时，公子佳人并列。　休说。搴木末。当日灵均，恨与君王别。心阻媒劳，交疏怨极，恩不甚兮轻绝。千古离骚文字，芳至今犹未歇。都休问，但千杯快饮，露荷翻叶。

这是一首追和赵晋臣词作的咏荷词，全篇多用《离骚》及前人诗句，上片写荷叶、荷花、白鹭；下片"搴木末"始，便有《离骚》之韵，词人又拈出"当日灵均，恨与君王别。心阻媒劳，交疏怨极，恩不甚兮轻绝"，更见出忠贞报国却连遭打击的悲愤之情。辛词上片将荷花比作佳人，将白鹭比作公子，称"公子佳人并列"，是将杜牧诗句点化之后的进一步延伸使用。与之相呼应的是下片继承了《离骚》的芳草美人传统，由写景、写实，转向了虚写与表情达意。

《晚晴赋》在铺陈众生相后，笔锋一转，写作者自己："若予者则为何如？倒冠落佩，与世阔疏。敖敖休休兮，真徇其愚而隐居者乎！"言及自己时，作者并未如前文一般展开，而只用"倒冠落佩"四字点出，至于"与世阔疏""敖敖休休"则是在"倒冠落佩"归隐之后的一种远离官场、遨游休闲的生活态势。"倒冠落佩"四字言简意赅，点出不与世合的高介之态。

宋人诗词中时常点化，或写豪快而不顾世俗之姿，如梅尧臣"醉忆曩同吾永叔，倒冠落佩来西都"（《四月二十七日与王正仲饮》）①；或写闭门醉饮之洒脱，如苏轼"闭门谢客对妻子，倒冠落佩从嘲骂"（《定惠院寓居月夜偶出》）②；或写醉饮夜归的疏阔之态，如毛滂"倒冠落佩郭南门，长庚睒睒山簇簇"（《陪曹使君饮郭别乘舍夜归奉寄》）③；或写暮年远居，既无车马喧，又无案牍劳，如陆游"暮年远屏天所借，落佩倒冠如得谢"（《幽居戏赠邻曲》）④；等等。

我们发现，宋人之中，韩淲最喜用杜牧"倒冠落佩"之说，诗歌之中凡三次点化。《次韵昌甫·其一三》诗云：

> 仅得从容亦素期，意消心慊恨来迟。相将里舍欢言酒，珍重家庭听说诗。落佩倒冠非所籍，毁车杀马尚何思。从来鹏鷃夔蚿耳，不怨人之有佚遗。⑤

这是韩淲次韵赵蕃之作，流露出与世无争、逍遥避世之情。首联、颔联皆如口语，明白晓畅，特别是"相将里舍欢言酒，珍重家庭听说诗"，谆谆之貌，如在目前。行笔至此，诗人唯恐昌甫仍未下定隐居之决心，于是以"落佩倒冠非所籍，毁车杀马尚何思"再论，其中的"落佩倒冠"源自杜牧无疑。尾联用庄子典，宽慰到：鹏与鷃，小大不同，各有

---

① （宋）梅尧臣：《四月二十七日与王正仲饮》，《全宋诗》（第5册）卷二五二，第3010页。
② （宋）苏轼：《定惠院寓居月夜偶出》，《全宋诗》（第14册）卷八○三，第9300页。
③ （宋）毛滂：《陪曹使君饮郭别乘舍夜归奉寄》，《全宋诗》（第21册）卷一二四七，第14095页。
④ （宋）陆游：《幽居戏赠邻曲》，《全宋诗》（第40册）卷二一八三，24869页。
⑤ （宋）韩淲：《次韵昌甫·其一三》，《全宋诗》（第52册）卷二七六四，第32649页。

志趣，不必空争；夔与蚿，各有所长，亦不必徒羡。流露出安贫乐道的闲雅之情。

其他或写听琴而臻虚寂玄妙之境，如"落佩倒冠者，因之得希夷"（《初五日孔野云同酌楼下取琴作白云曲因和周倅所赠韵》）①；或写晚春送别，感慨仕宦，如"落佩倒冠谁避地，垂绅搢笏自知津"（《送孙司户》）②，与杜牧之意相仿佛，大抵不出退居避世的疏阔生活之意。

韩淲在《醉桃源·昌甫有曲，名之濯缨，因和》词中亦曾一用，词云：

> 残春风雨绕檐声。山空分外鸣。闲来落佩倒冠缨。尚余亲旧情。　人不见，句还成。又听求友莺。濯缨一曲可流行。何须观我生。

此首《醉桃源》也是韩淲与赵蕃唱和之作，赵氏今存词二首，皆为赠和之作，惜皆非与韩氏唱和之词。词作上片用"落佩倒冠"写归隐，下片用"濯缨"呼应，再次强调超脱世俗，同时又与赵蕃的"濯缨曲"相暗合。

辛弃疾有《水调歌头·九日游云洞和韩南涧韵》，为唱和韩淲之作，中间亦用杜牧"倒冠落佩"写潇洒归隐之姿，词云：

> 今日复何日，黄菊为谁开。渊明漫爱重九，胸次正崔嵬。酒亦关人何事，正自不能不尔，谁遣白衣来。醉把西风扇，随处障尘埃。　为公饮，须一日，三百杯。此山高处东望，云气见蓬莱。翳凤骖鸾公去，落佩倒冠吾事，抱病且登台。归路有明月，人影共

---

① （宋）韩淲：《初五日孔野云同酌楼下取琴作白云曲因和周倅所赠韵》，《全宋诗》（第52册）卷二七五六，第32483页。

② （宋）韩淲：《送孙司户》，《全宋诗》（第52册）卷二七六三，第32631页。

徘徊。

辛词作于淳熙九年（1182），时在带湖。上片用陶渊明、庾亮典，下片分用李白、韩愈、杜牧、杜甫、李白诸公作品，复写归隐。

乾道三年（1167）三月，张孝祥由芜湖乘船东去镇江，途经采石矶作《菩萨蛮·舣舟采石》①，词云：

> 十年长作江头客。樯竿又挂西风席。白鸟去边明。楚山无数青。　倒冠仍落佩。我醉君须醉。试问识君不。青山与白鸥。

词人创作此词时，正不居官，身处闲散之中。故而词中多挂席、倒冠与落佩之语，以见作者归隐之意。奈何是年五月复起，知潭州，空负了"青山与白鸥"。吴泳有《八声甘州·和季永弟思归》亦是思归主题，中间多用归隐典故，其云：

> 每逢人、都道早归休，何曾猛归来。有邵平瓜圃，渊明菊径，谁肯徘徊。底是无波去处，空弄一竿桅。富贵非吾事，野马浮埃。　况值清和时候，正青梅未熟，煮酒新开。共倒冠落佩，宁使别人猜。满朱檐、残花败絮，欲问君、移取石榴栽。青湖上，低低架屋，浅浅衔杯。

《四库提要》称："（吴）泳当南宋末造，正权奸在位、国势日蹙之时，独能正色昌言，力折史弥远之锋，无所回屈，可谓古之遗直。至当时边防废弛，泳于山川厄塞，筹划瞭如，慷慨敷陈，悉中窾要。"② 此词上

---

① 此处系年据（宋）张孝祥撰，宛敏灏校笺《张孝祥词校笺》，中华书局2010年版，第64页。

② （清）永瑢等撰：《四库全书总目》（下册），第1394页。

片以邵平瓜圃、渊明菊径相示，复称"富贵非吾事，野马浮埃"，表明早有归休之意，奈何久留未去。下片称此时青梅未熟，煮酒新开，正是倒冠落佩的好时节，不如趁机归去，相约青湖之上，低低架屋，衔杯满饮。此中高处，不减前人隐逸之情。

绍兴年间，待制胡铨因上书乞斩秦桧而被贬新州，张元幹作《贺新郎·贺胡邦衡谪新州》词以送之，坐是除名。张词慷慨悲凉，长于悲愤，集中又有清丽婉转之作，可与秦观、周邦彦以肩随。其《水调歌头》一首，正见其用世之心与出处之意的依违纠葛，其云：

放浪形骸外，憔悴山泽癯。倒冠落佩，此心不待白髭须。聊复脱身鹓鹭，未暇先寻水竹，矫首汉庭疏。长夏啖丹荔，两纪傲闲居。　忽风飘，连雨打，向西湖。藕花深处，尚能同载曲生无。听子谈天舌本，浇我书空胸次，醉卧踏冰壶。毕竟凌烟像，何似辋川图。

张元幹绍兴元年（1131）去职返乡，以此下推"两纪"，正是绍兴二十四年（1154）作于家乡。上片以"放浪形骸""憔悴山泽""倒冠落佩"等写出词人安顺委命、与世无争、与人无接的隐居生活，词人还特别庆幸自己及时脱身官场，"此心不待白髭须""聊复脱身鹓鹭"。接下来笔锋一转，"长夏啖丹荔，两纪傲闲居"两句隐然有异，看似闲隐，其中闲居两纪，二十四年弃置不用，隐隐也流露出词人不甘之情。下片起笔写风雨飘摇，久废不用，也只得"不语何事，咄咄书空"，幸有冰心一片，可鉴玉壶。结处以建功立业的凌烟阁与潇洒自若的辋川图对照，再次将感情收束到归隐的主题上来。总体而言，这首词是谈谪居与归隐，但其中也隐含着几分不平与不甘——这种纠葛，几乎是封建时代每位文人士大夫进退出处的心路历程。

四　谁家红袖凭江楼：入画之诗与细腻情思

"宿世谬词客，前身应画师"（《偶然作六首·其六》），这是王维的夫子自道，从中可以见出王维诗画兼善。杜牧虽不以画名家，但有些绝句颇有画意，几可入画——如《南陵道中》等诗歌就被引入画中。这些如画的小诗中往往蕴含着不尽的情思，画面感与细腻情思都成为宋词取法的渊源。

（一）入画之诗

杜牧《南陵道中》云：

> 南陵水面漫悠悠，风紧云轻欲变秋。正是客心孤回处，谁家红袖凭江楼。

南陵，为宣州县属，此诗当作于宣州之时。水漫云轻，渐近秋时。自古逢秋多寂寥，诗人似亦不能免俗，"客心孤回"之时，蓦然回首，见到江楼之上，有佳人凭楼凝望，为这暗淡的秋景，增加了一抹亮色。诗歌就此打住，不再言说，此情此景，为后人留下了无尽的想象空间。

或称杜牧此首诗歌中颇有画意，引而入画。董其昌称："陆瑾、赵千里皆图之。余家有吴兴小册，故临于此。"[①]"江南顾大中尝于南陵逃捕舫子上画杜樊川诗意。时大中未知名，人莫加重，后为过客窃去，乃共叹惋。予曾见文徵仲画此诗意，题曰：'吾家有赵荣禄仿赵伯驹小帧画，妙绝。间一摹之，殊愧不似。今予不复见徵仲笔，去二赵可知矣。'"[②]可见杜牧此诗确可入画。诗中有画意，画中现诗味，诗画互通。换言

[①] （明）董其昌著，屠友祥校注：《画禅室随笔》卷二《题自画》，江苏教育出版社2005年版，第188页。

[②] 《画禅室随笔》卷二《评旧画》，第195页。

之,就是诗中的画面感极强,立体呈现在读者眼中,这种立体感,再辅之以鲜明的色彩,就更容易引起画家的共鸣,引诗入画,也在情理之中了。

蔡伸有《南乡子》词,基本承接杜牧意趣,只是将体裁由诗转换成了词,其云:

> 天外雨初收。风紧云轻已变秋。邂逅故人同一笑,迟留。聚散人生宜自谋。 去路指南州。万顷云涛一叶舟。莫话太湖波浪险,归休。人在溪边正倚楼。

秋雨初收,风紧云轻,正是一派秋景,此时与故人邂逅,一笑而迟留。但人生聚少离多,短暂相遇之后,还得面对久长的离别。欲赴南州,万顷云涛,一叶扁舟,即将道别。劝慰道:太湖风险,还是早早归休。因为溪边的妆楼上,佳人正在凝望。下片的"太湖波浪险,归休"亦可以理解为仕宦险恶,不如早归休。词人不但直袭小杜"风紧云轻已变秋"句渲染秋景与氛围,甚至还将倚楼凝望的佳人一起打并入词。

杜牧的红袖佳人,惹得宋词之中纷纷引入。柳永《八声甘州》下片"不忍登高临远,望故乡渺邈,归思难收。叹年来踪迹,何事苦淹留。想佳人、妆楼颙望,误几回、天际识归舟。争知我、倚阑干处,正恁凝愁"有几分将杜牧诗歌推演开来的意味。特别是妆楼凝望的佳人,与杜诗中凭楼的红袖似乎都在等候归客,而诗人与词人定然不是佳人们所期待与等候的,那么这些游子,是否在某处,也有某位佳人在等待着他们?

贺铸《替人愁》一词直接袭用了杜牧诗歌,词云:

> 风紧云轻欲变秋。雨初收。江城水路漫悠悠。带汀洲。 正是客心孤回处,转归舟。谁家红袖倚津楼。替人愁。

其实贺铸此词纯属游戏之作，乃檃栝杜牧诗句而夹入四组三字句而成，并无太多的意义与价值。此类游戏之作，贺铸在《东山词》中还不是偶一为之，而是再三尝试。如其《晚云高》（秋尽江南叶未凋）檃栝杜牧《寄扬州韩绰判官》、《钓船归》（绿净春深好染衣）檃栝《汉江》等皆为此类。贺铸另外一首《忆仙姿》，较之《替人愁》略见用力之痕，其云：

  彩舫解维官柳。楼上谁家红袖。团扇弄微风，如为行人招手。回首。回首。云断武陵溪口。

这首词将杜牧诗中的"谁家红袖"引入，只是身份发生了转变，由杜牧回望中偶然瞥见的女子，变为一开始即出现在视野中，失却了杜牧诗中那种扑朔迷离的神秘感与不确指性；二者的主题并不相同，杜牧是秋意之中的客居他乡，思乡之情油然而生，情绪正沦入消沉之际，回首见到一抹红袖独凭江楼：也许为诗人带来一丝温暖，也许令他忆起故乡的红袖。而贺词则不然，红袖轻启团扇，凝望着武陵溪口，那里有她要等待的人……

晁补之有一首《醉落魄·用韵和李季良泊山口》词，中间亦关涉杜牧《南陵道中》诗，其云：

  高鸿远鹜。溪山一带人烟簇。知君船近渔矶宿。轻素横溪，天淡挂寒玉。　谁家红袖阑干曲。南陵风软波平绿。幽吟无伴芳尊独。清瘦休文，一夜伤单縠。

这是一首唱和词，为唱和李浩之作。上片先写飞鸿野鸭，溪山远处方有人烟痕迹，也许友人乘坐的船只正在渔矶附近留宿吧。天上挂着一轮明月，照着横斜的渔舟，景色渐趋凄冷。下片"红袖""绿波"相对，写红袖倚楼眺望、南陵绿波荡漾，似乎有了几分亮色调，但转笔却又是"幽吟无伴芳尊独"，孤舟独酌，无人共樽。"清瘦休文，一夜伤单縠"以沈约作比，特别是"一夜伤独縠"，一伤衣着单薄，再伤无人相伴。

(二) 细腻情思

除却入画之诗中的亮色与画面感，杜牧集中时时可见诗人用心之处，其心思之缜密、体察之精微，我们以诗为证。

杜牧《盆池》诗云："凿破苍苔地，偷他一片天。白云生镜里，明月落阶前。"此诗写得极为生动，短短二十字，将盆池所映照出来的世界写得丰富多彩。赵师侠"小亭相对倚，数峰寒。主人寻胜，接竹引清泉。凿破苍苔地，一掬泓澄，六花疑是深渊"（《促拍满路花·信丰黄师尹跳珠亭》）写跳珠亭，言及山前的六花小池和池水可以映照景物时，直袭杜牧"凿破苍苔地，偷他一片天"成句，可见二人思路确有接续。

形容柳条，杜牧说："倚风情态被春迷"（《柳绝句》），柳永化用此句，以"倚风情态，约素腰肢"（《玉蝴蝶》）形容女子婀娜之态、绰约之姿；侯寘"浴雪精神，倚风情态，百端邀勒春还"咏赞浴雪傲霜的寒梅，亦用杜句。杜句道出了柳条随风摇动、似为春色所迷的动态美；柳永取婀娜之意，形容女子风情；侯寘则用以写寒梅迎风，似在邀请春还，可谓独得杜句之韵——二人都注意到了动态的"春"，杜称为春色所迷，侯称主动招邀，甚至还变杜句中的被动为主动了。

再如其用"篱东菊径深，折得自孤吟"（《折菊》）写东篱品菊，虽然"雨中衣半湿"，却"拥鼻自知心"，写出了赏菊的自适、自得、自然之意，这首诗毫无人为之痕，似是篱边漫步，随手采摘，率意而为。无名氏有《临江仙》写梅，下片称"风动霞衣香散漫，酒酽丹脸深沉。妖娆偏称美人簪。一枝无处赠，折得自孤吟"，写其香散漫、其色深沉，娇媚得可供美人上簪，身边却无人可赠，只得空折一枝自孤吟，结处之语，自杜诗化来。相较之下，杜诗自然、洒脱，无名氏的词作略带几分斧凿之痕，高下立判。

除却精微地体察外物，杜牧诗中还有不少篇章摹写旖旎情思。

杜牧自称"十年飘然绳检外，樽前自献自为酬"（《念昔游》），在其浅斟低唱、裘马轻狂之际写作的许多小诗，颇有旖旎情调。如《闺情》诗云："娟娟却月眉，新鬓学鸦飞。暗砌匀檀粉，晴窗画夹衣。袖红垂寂寞，眉黛敛衣稀。还向长陵去，今宵归不归。"将一位闺中女子的热切、急盼，以及闲极无聊之际的落寞刻画得细致生动。宋词之中闺怨情结很难说没有此种风调的影子。黄庭坚"将泪入鸳衾，总不成行步"（《昼夜乐》）写闺思，其中的"将泪入鸳衾"即化用杜牧"和簪抛凤髻，将泪入鸳衾"（《为人题赠》）句。"将泪入鸳衾"写出了和泪入睡的凄婉，最长夜，独眠人，何曾能入眠[①]？

杜牧写与女子缱绻之后，分别之际的相约"不用镜前空有泪，蔷薇花谢即归来"（《留赠》），以花期为信，与《叹花》诗有异曲同工之妙。正如前人所称："大抵纵恣于旗亭北里间，自云'青楼薄幸'，不虚耳。"[②] 周邦彦有《虞美人》词，亦写不忍分离，此中情愫，正与杜诗无二致，词云：

> 灯前欲去仍留恋。肠断朱扉远。未须红雨洗香腮。待得蔷薇花谢、便归来。 舞腰歌版闲时按。一任旁人看。金炉应见旧残煤。莫使恩情容易、似寒灰。

周词的相约归期，不出小杜樊篱。下片借用吴均"玉阶行路生细草，金炉香炭变成灰"（《行路难》）[③] 句以炉灰作喻，喻指恩情易绝，更见新奇。大抵而言，此词不出"依恋"——"恨别离"的窠臼。

[①] "鸳衾"，《山谷词》注释时引唐钱起《长信怨》诗："鸳衾久别难为梦，凤管遥闻更起愁。"若能再注出黄词用杜牧《为人题赠》诗歌成句则更妥帖。参见《山谷词》，第13页。
[②] （清）贺裳：《载酒园诗话》卷一《艳诗》，《清诗话续编》（第1册），第224页。
[③] 逯钦立辑校：《先秦汉魏晋南北朝诗》（中册），中华书局1983年版，第1729页。

余 论

杜牧,是晚唐著名诗人,也是中国历史上有名的才子。

作为文人,他在《上知己文章启》中自称:"伏以元和功德,凡人尽当歌咏纪叙之,故作《燕将录》。往年吊伐之道未甚得所,故作《罪言》。自艰难来始,卒伍佣役辈,多据兵为天子诸侯,故作《原十六卫》。诸侯或恃功不识古道,以至于反侧叛乱,故作《与刘司徒书》。处士之名,即古之巢、由、伊、吕辈,近者往往自名之,故作《送薛处士序》。宝历大起宫室,广声色,故作《阿房宫赋》。有庐终南山下,尝有耕田著书志,故作《望故园赋》。"① 可见杜牧的文章都是联系时事的,希冀志向得伸,为国效力。

作为诗人,其"苦心为诗,本求高绝,不务奇丽,不涉习俗,不今不古,处于中间"②,与李商隐并称"小李杜",能于李白、杜甫之后别开生面。可见其诗不蹈袭古人,又不为时所惑,能于峭拔之中卓然独立。

他的诗歌成为有唐诗歌的经典,被广为传诵。他的风流、率性与痴情在自己的诗歌与后人附会的"诗本事"基础上被放大、被咏叹。由他而来的"杜郎"意象也成为后代文学中的典范,所有这些都成为宋词取法的武库。

当然,宋人对杜牧与其诗歌、诗中论调也不是一味的赞同,在接受影响的同时,也常提出自己的见解。有时,还会与杜牧唱唱反调。

开成五年冬,杜牧乞假至浔阳视病弟,有《冬至日寄小侄阿宜诗》,中云:"经书括根本,史书阅兴亡。高摘屈宋艳,浓熏班马香。"言屈宋班马当为追攀之楷模。而在刘克庄这里,"屈宋班马"却不值一提。咸淳二年(1266),刘克庄和林希逸《沁园春》八首,其七云:

---

① (唐)杜牧:《上知己文章启》,《杜牧集系年校注》(第3册),第998页。
② (唐)杜牧:《献诗启》,《杜牧集系年校注》(第3册),第1002页。

安得奇材，颈系单于，首提子璋。便做些功业，胜穷措大，聚萤武子，吞凤君章。笑杀竖儒，错翻故纸，屈马何曾有艳香。榆塞外，恰枣红时候，想羽书忙。　腰钱骑鹤维扬。分表事谁能预测量。叹防身一剑，壮图濩落，建侯万里，老境相将。读枕函书，宝家藏笏，免使他人笑弗堂。吾衰矣，虽尚存右臂，不解擎苍。

慷慨之词，道出了词人"壮图濩落"的悲慨之情。词作以安得为国效力的奇材起笔，他可以系单于、诛子璋，与那些聚萤、吞凤的读书人相比，是真正在建功立业。"笑杀竖儒，错翻故纸，屈马何曾有艳香"称那些不关心军事、不了解民瘼的腐儒们，只会翻故纸，又何曾能理解事业功名在榆塞外的征战中？下片笔锋一转，"吾衰矣"，封侯万里的壮想，渐趋濩落，唯有遗恨。宋人长于思理，常于前人的成见中突生新意。此为其一。其二，我们还可以将刘克庄的词作理解为反语，是一种不为时用、志不得伸的愤懑，故而词中以反语出之。

"扬州印记"是杜牧对于扬州这座城市最大的贡献，这使得后人在诗词之中言及扬州时，总会自觉不自觉、有意无意地关涉到杜牧及其诗歌。杜牧自身，也因《偶作》《遣怀》《赠别二首》等诗歌和后人的附会，被层层塑造，由最初的风流才子，不断被添加上率性、痴情等世俗民众乐见的特质，从而成为后代作品中较为有趣的"杜郎"。如果说民众对于由刘禹锡而来的"刘郎"更多的是理解与同情，那么对于"杜郎"意象，更多的应当是赏识与艳羡。

如果说"扬州""杜郎"给予宋词的影响仍然较窄的话，那么从文本出发来看，杜郎"三守僻左，七换星霜"期间创作的诗歌是影响宋词最重要的源泉。杜牧高才不遇，久困远郡，发而为诗为文，豪宕之气与高华流丽并兼，其感时诗、写景诗、送别诗、咏史诗中皆有不同于晚唐其他诗人的独特之处，从不同角度影响了宋词。

此外，杜牧其他时间创作的诗歌，特别是诗歌中"类词元素"等，也对宋词产生了影响,故而我们分节论列。

本章重点关注杜牧诗歌对宋词的影响,同时兼及部分宋诗。基本思路如下:先看一首诗歌是否对宋词产生影响,换言之宋词是否接受了某首杜牧诗歌的影响;如果存在这种影响—接受关系,则对该首诗歌进行标注。再看这首杜诗是否对宋诗产生影响。若有,则将这首杜诗对宋词、宋诗的影响一并论述;若无,则只论述杜诗对宋词的影响。

本书以杜牧、许浑、温庭筠与李商隐四位晚唐诗人为中心,主要考察他们的诗歌对宋词的影响。虽然在许浑、温庭筠和李商隐处,也会简单涉及一些各自诗歌与宋诗之间的影响—接受关系,但都不如本章中对杜牧诗歌与宋诗之间的影响—接受研究深入、细致。这一章中的杜牧诗歌与宋诗之关系,可以在一定程度上视为唐诗与宋诗关系研究的初步尝试。

当然,现在的研判模式离纯粹的唐诗与宋诗关系研究还差很远,希望未来有机会再专门从事唐诗与宋诗之间的影响接受研究。

第二章　许浑对宋词影响研究

许浑，字用晦，又字仲晦，润州丹阳人，晚唐诗人，以律绝见长，尤工声律偶对。杜牧称其"江南仲蔚多情调"①，韦庄则称"江南才子许浑诗，字字清新句句奇"（《题许浑诗卷》）。《才调集》中选许浑之诗达二十首，而此集入选二十首以上的另外也仅李白、元稹、杜牧、李商隐、温庭筠、韦庄六人而已。

孙光宪却在《北梦琐言》中说："世谓浑诗远赋，不如不做，言其无才藻，鄙其无教化也。"② 可见世俗鄙薄许浑诗、李远赋，皆是从儒家教化与诗歌风旨的角度着眼，若无关教化，仅有才情，还"不如不做"。这是从儒家诗教的角度入手，到了宋代，人们对待许浑的态度比较复杂。

首先，是对许浑的身份认同问题。终两宋，不少诗人将许浑视为隐士，或曰极富隐逸情怀之人。北宋刘敞曾有一首《澄心堂读许浑以下诸诗》："许浑诗后三百年，长啸空堂览旧篇。落日孤城曾不改，曲池高榭复依然。尘埃暂憩道路客，文雅相追今昔贤。鱼跃鸢飞殊有意，卜居仍欲近湖边。"③ 虽未对许浑之诗进行评点，却流露出追慕前贤、卜

---

① （唐）杜牧：《初春雨中舟次和州横江裴使君见迎李赵二秀才同来因书四韵兼寄江南许浑先辈》，《杜牧集系年校注》（第2册），第532页。
② （宋）孙光宪撰，贾二强点校：《北梦琐言》（卷五），中华书局2002年版，第96页。
③ （宋）刘敞：《澄心堂读许浑以下诸诗》，《全宋诗》（第9册）卷四八三，第5864页。

居湖边的幽思之情。陆游在读许浑诗后也说:"裴相功名冠四朝,许浑身世落渔樵。若论风月江山主,丁卯桥应胜午桥。"① 认为许浑以隐逸为宗,称其为"风月江山主"。周密在《题秋崖小隐图》诗中说:"万壑秋明一径斜,满川霜叶胜春花。何人结屋松风里,丁卯桥边处士家。"② 也将许浑视为隐士。那么,许浑到底是不是一位隐士,或者说隐逸之情在其思想中是否占有主导地位?罗时进先生有过一段很精彩的论述:

> 从其一生经历来看,他的入世之愿、求仕之心从未泯灭过。潇洒江南,高蹈山林,则往往是暂时的,并且总深藏着"避世学相如"的良苦用心。察其深意,是对晚唐黑暗政治的回避与抗拒。综观《丁卯集》,始终深植着积极入世、要求建功立业的思想感情。③

正如罗先生所言,虽然许浑诗歌中时常有高蹈山林的精彩之作,但其主体思想仍然是儒家的积极入世。

其次,是对许浑诗歌的评价问题。虽然晚唐杜牧、韦庄诸公都对许浑之诗评价较高,但是随着宋人诗歌风尚的变化,对许浑诗歌的评价也相应呈现出复杂态势。

宋初,"西昆诸公之拟玉溪,但学其隶事耳,殊滞于句下,都成死语。其余宋初诸贤,亦皆域于许浑、韦庄辈境内"④。很多宋人虽未声明学习许浑,但许氏诗歌中的妙句却在潜移默化地影响着宋人的诗歌创作。例如王安石名句"一水护田将绿绕,两山排闼送青来"盖本自五代沈彬诗"地隈一水巡城转,天约群山附郭来",而沈彬又自许浑"山

---

① (宋)陆游:《读许浑诗》,《全宋诗》(第41册)卷二二三五,第25673页。
② (宋)周密:《题秋崖小隐图》,《全宋诗》(第67册)卷三五五八,第42530页。
③ (唐)许浑撰,罗时进笺证:《丁卯集笺证》(上册)"前言",中华书局2012年版,第6—7页。
④ (清)姚鼐:《五七言今体诗钞》卷首,周中明选注:《姚鼐文选》,苏州大学出版社2001年版,第268页。

形朝阙去,河势抱关来"之句而来①。

陆游闲居遣兴七律之作,时效许浑②,故其对许浑的评价亦较为公允,如称其诗"在大中以后,亦可为杰作",并感叹"自是而后,唐之诗益衰矣"③。言外之意,许浑大中以后诗歌,虽也有"衰"意,但仍有可观。

宋末范晞文看到了许浑工于七律,推其堪当李杜之后:"七言律诗极不易,唐人以诗名家者,集中十仅一二,且未见其可传。盖语长气短者易流于卑,而事实意虚者又几乎塞。用物而不为物所赘,写情而不为情所牵,李杜之后,当学者许浑而已。周伯弼以唐诗自鸣,亦惟以许集谆谆诲人。"④ 周伯弼,即周弼,所选《三体唐诗》七律多选许浑,除七言外,对许浑的五言与绝句评价亦高。

也有一些宋人,持不同论调。北宋陈师道曾说"后世无高学,举俗爱许浑"⑤,对当时崇尚许浑之风不以为然。其实,许浑长于声律俪偶的诗歌特点,宋人是了然于心的。南宋卫宗武对许浑的态度就耐人寻味。在《刘药庄诗集序》中,他说:

> 会稽岩壑之秀,甲于东浙。曩尝登小蓬莱,探禹穴,泛贺湖,知山水之胜,钟为人物,晋宋以来,文英辈出。不暇远引,近世如放翁陆、疏寮高诸人,瑰辞玮句,流光简册,而芳风游尘犹能熏染后进。故今之以诗名者铮铮药庄其一欤。窃窥所作,古体胜五言,五言胜七言,纵未能方驾前修,亦几近之。倘步骤古作,益加刻厉,则追踪于许浑、贾岛,可以及鲍、谢,殆无难者。⑥

---

① (宋)吴开:《优古堂诗话》,《历代诗话续编》(上册),第257页。
② (清)潘德舆:《养一斋诗话》卷五,第74—75页。
③ (宋)陆游:《跋许用晦〈丁卯集〉》,钱钟联、马亚中主编:《渭南文集校注(二)》(第10册)卷二八,《陆游全集校注》,浙江教育出版社2011年版,第201页。
④ (宋)范晞文:《对床夜语》卷二,《历代诗话续编》(上册),第422页。
⑤ (宋)陈师道:《次韵苏公西湖观月听琴》,《全宋诗》(第19册)卷一一一七,第12693页。
⑥ (宋)卫宗武:《刘药庄诗集序》,曾枣庄、刘琳主编:《全宋文》(第352册)卷八一四八,上海辞书出版社、安徽教育出版社2006年版,第235页。

此序中，卫宗武称"今之以诗名者铮铮药庄其一欤"，"铮铮"之语正与胡应麟称许浑为"晚唐铮铮者"① 有同工之妙。在卫氏看来，药庄古体胜五言，五言胜七言，虽然未能踵武前贤，但若"益加刻厉"，则可追踪许浑、贾岛，上及鲍照、谢灵运似亦无难。在这里，许浑、贾岛还是正面的、可供师法者。到了《陈南斋诗序》中，卫宗武的态度发生了转变：

> 南斋，台人也。台山万八千丈之峻拔雄秀，钟于气禀，游于吴而观诸海，茫洋澎湃，不知几千万里。日月风云之吞吐，鼋鼍蛟龙之出没，珠宫贝阙之变衔有无，尽揽而得之眉睫，融之胸次，当肆而为长吟巨篇，卓荦宏伟，如李、杜、欧、苏等作，岂但琐琐局缩于贾岛、许浑声律俪偶之句而已乎？果能扩而充之，进其所未进，不止于其所止，则大书深刻，岂不足以追古耀今而垂后？②

借为南斋作序，卫宗武表达出对李白、杜甫、欧阳修、苏轼等人长吟巨篇、卓荦宏伟诗歌的钦佩，同时也流露出对以晚唐贾岛、许浑为代表的追求声律俪偶之风的创作倾向的极为不屑。

对待许浑的这种看似矛盾的评价，在方回这里似乎也能发现。方回论调与卫宗武相似，两人都注意到了许浑长于声律俪偶的诗歌特点，却都对这一点表示了不满。

方回曾与赵宾旸、仇仁近、曹之才、张仲实以及道士王子由，会于其寓楼，以"西湖客北海樽"各赋五言一首，方回写道："六贤一道士，邂逅及吾门。藉甚西湖客，惭无北海樽。雪堂副团练，石鼎老轩辕。歌杜诗奇绝，谁能效许浑。"③ 诗中将东坡、韩愈与老杜并称，对

---

① （明）胡应麟：《诗薮·外编》卷四，上海古籍出版社1979年版，第187页。
② （宋）卫宗武：《陈南斋诗序》，《全宋文》（第352册）卷八一四八，第244—245页。
③ （宋）方回：《寓楼小饮》，《全宋诗》（第66册）卷三四九〇，第41571页。

此三位极为推崇，"谁能效许浑"一句足见对许浑的鄙薄之意。再如其《过李景安论诗为作长句》一首，自陈师道入手，纵论其诗歌取法宗向。其中"姚合许浑精俪偶，青必对红花对柳。儿童效之易不难，形则肖矣神何有"①虽然旨在谈陈师道诗歌以神似而不以形似，却在无意中点出了姚、许二人之诗长于俪偶的用语特色。许浑集中无古体，纯以律绝体见长，诗歌求对偶，擅技法，继承了老杜字句工琢的特点。但这种工于俪偶的诗歌特点，方回却不以为然，认为儿童效习，等而下之。到了《赠叶宗贵一山》诗中，方回对诗坛举慕许浑的倾向愈加不满，甚至说"近世后生宗许浑，可谓谚云狗尾续"②。

像卫宗武、方回这样，既肯定许浑的诗歌确有特色，又持鄙薄态度的，可谓代不乏人。在明代，杨慎颇有典型性。他一方面将许浑的《秋晚云阳驿西亭莲池》诗视为"晚唐之绝唱"，称此诗"可与盛唐峥嵘，惟具眼者知之"③，另一方面又对江湖诗派极为不满，认为其诗卑，诗卑于何时何人？认为"其卑非自江湖始，宋初九僧已为许洞所困，又上溯于唐，则大历而下，如许浑辈，皆空吟不学，平生镂心呕血，不过五七言短律而已"④，认为许浑诸人空疏不学，平生雕镂，唯五七言短律"形月露而状风云，咏山水而写花木"而已，根本无法与李杜长篇相轩轾。所以，他对于"高棅编《唐诗品汇》，取至百余首""杨仲弘⑤选《唐音》，自谓详于盛唐而略于晚唐，不知浑乃晚唐之尤下者，而取之极多"⑥甚为不满。

大抵而言，宋初之诗濡染晚唐之风，故而当时即有人旁师许浑。待苏黄起，特别是江西诗派声势壮大，最终确立了有宋一代的诗风宗尚。

---

① （宋）方回：《过李景安论诗为作长句》，《全宋诗》（第66册）卷三四九四，第41641页。
② （宋）方回：《赠叶宗贵一山》，《全宋诗》（第66册）卷三五〇七，第41874页。
③ （明）杨慎：《升庵诗话》卷一一《晚唐绝唱》，《历代诗话续编》（中册），第851页。
④ （明）杨慎：《升庵诗话》卷九《假诗》，《历代诗话续编》（中册），第812页。
⑤ 杨仲弘，据《升庵诗话新笺证》考订，当为杨士弘。详参（明）杨慎撰，王大厚笺证《升庵诗话新笺证》（中册）卷一〇，中华书局2008年版，第564页。
⑥ （明）杨慎：《升庵诗话》卷九《许浑》，《历代诗话续编》（中册），第821页。

至南宋，江湖诗人借许浑诸人之诗以矫江西之弊。晚宋，江西殿军方回反击江湖诗风，基本又对许浑之诗持否定态度。

关于许浑在晚唐、五代以及宋代的影响，学界已有相关研究。但仍有一些问题，特别是许浑与杜牧的交往以及二人诗歌之间的影响，有一些误区需要厘清。此外，许浑诗歌对宋词的影响，此前学界未有涉猎，值得我们关注。

第一节 从"榆塞夜孤飞"到"霄汉共高飞"：许杜之交游

正如罗时进先生所称，许浑诗的重出互见现象是极其突出的，先贤时彦对这一点较为关注，对许浑与他人诗歌重出现象也多有考辨。与许浑诗歌重出最多的，当推杜牧，共有五十多首。关于这部分诗的考订，学界已有较为成熟的成果。但许、杜二人交游中的一些作品，有很多相似的元素，这一点值得我们格外关注。

长庆四年（824），许浑北游塞上，有《孤雁》一首：

> 昔年双颉颃，池上霭春晖。霄汉力犹怯，稻粱心已违。芦洲寒独宿，榆塞夜孤飞。不及营巢燕，西风相伴归。①

此诗紧紧围绕着一个"孤"字展开。首联以"双颉颃"起兴，颈联称"夜孤飞"，由双至单，明写孤雁而暗寓感慨。次年，杜牧有《春日寄许浑先辈》，次韵许浑此诗。诗云："蓟北雁初去，湘南春又归。水流沧海急，人到白头稀。塞路尽何处，我愁当落晖。终须接鸳鹭，霄汉共高飞。"许浑诗中塑造了孤雁意象，写其力怯霄汉，孤夜独飞；杜诗几于语语相扣，称当须接鸳鹭，"霄汉共高飞"，由"怯"到"共"，颇能见出浓情厚谊。

---

① （唐）许浑著，罗时进笺证：《丁卯集笺证》（上册），第27页。

开成四年，杜牧将赴京供职，"初春江行赴浔阳，舟次和州"，有《初春雨中舟次和州横江裴使君见迎李赵二秀才同来因书四韵兼寄江南许浑先辈》等，诗云：

> 芳草渡头微雨时，万株杨柳拂波垂。蒲根水暖雁初浴，梅径香寒蜂未知。辞客倚风吟暗淡，使君回马湿旌旗。江南仲蔚多情调，怅望春阴几首诗。①

"仲蔚"，即是汉人张仲蔚，《高士传》卷中称："张仲蔚者，平陵人也。与同郡魏景卿俱修道德，隐身不仕。明天官博物，善属文，好诗赋。常居穷素，所处蓬蒿没人。闭门养性，不治荣名，时人莫识，唯刘龚知之。"可见此诗尾联，杜牧将许浑比作"江南仲蔚"，也是以隐士目之。同年，许浑作《酬杜补阙初春雨中舟次横江喜裴郎中相迎兼见寄之什》以答杜牧殷勤之意，其时，许浑为当涂尉，尾联"郢歌莫问青山吏，鱼在深池鸟在笼"②，逗漏出几分身为官场羁绊，未能自由的幽思。这既是对"江南仲蔚多情调，怅望春阴几首诗"的诗歌应答，也流露出向往处士生活的情思。

有意思的是，杜牧将许浑比作了张仲蔚，许浑也以张仲蔚来比称他人。会昌元年，许浑自当涂移摄太平令后③，曾与张处士寻访李隐士，惜不遇，遂有《与张处士同访李隐君不遇》诗：

> 千岩万壑独携琴，知在陵阳不可寻。去辙已平秋草遍，空斋长掩暮云深。霜寒橡栗留山鼠，月冷菰蒲散水禽。唯有西邻张仲蔚，坐来同怆别离心。④

---

① 吴在庆：《杜牧集系年校注》（第2册），第532页。
② （唐）许浑著，罗时进笺证：《丁卯集笺证》（下册），第542页。
③ 此处系年据《丁卯集笺证》（下册），第533页。
④ （唐）许浑著，罗时进笺证：《丁卯集笺证》（下册），第532页。

颈联一留一散，与一见在、一不见，正构成一组巧妙的对照，足见出许浑偶对之精工。尾联的"西邻张仲蔚"，如同杜牧以仲蔚视己一般，亦视他人。应当说，许浑此诗中将张仲蔚比作他人，可能是受了杜牧诗歌的影响。

许、杜二人交往较多，常有诗歌赠答。例如大中元年，许浑有《酬邢杜二员外并序》诗，小序称："新安邢员外怀洛下旧居，新定杜员外思关中故里，各蒙缄示，因寄是诗以酬。"① 其中的杜员外，便是会昌六年九月由池州移任睦州刺史的杜牧。大中三年（849），杜牧有《许七侍御弃官东归潇洒江南颇闻自适高秋企望题诗寄赠十韵》诗。此年，许浑弃官东归，起为润州司马，历虞部员外郎，睦、郢二州刺史。杜牧此诗，当为许浑弃官而作也。

正因许、杜二人常有交游，且诗歌多重出，所以后人多以为许浑诗歌常沾溉杜牧诗歌。其实，这种看法并不全面。如前文所述，许浑以张仲蔚比作他人可能是受了杜牧的影响，但还有一些诗歌则要具体分析。

例如开成四年，许浑在当涂令上，有《姑熟官舍寄汝洛友人》诗，其云：

> 官静亦无能，平生少面朋。务开唯印吏，公退只棋僧。药鼎初寒火，书龛欲夜灯。安知北溪水，终日送抟鹏。

整首诗歌营造出官闲职散的清静状态，特别是首联出句"官静亦无能"，如罗时进先生所言："与杜牧《将赴吴兴登乐游原一绝》'清时有味是无能'之意思相近。"② 此说确然。若揆之杜诗，则会发现大中四年秋杜牧出为湖州刺史，《将赴吴兴登乐游原一绝》大抵作于此时。若如此，那么杜牧"清时有味是无能"之说则有可能受了许浑"官静亦

---

① （唐）许浑著，罗时进笺证：《丁卯集笺证》（下册），第524页。
② （唐）许浑著，罗时进笺证：《丁卯集笺证》（上册），第167页。

无能"的影响。

其实这种许浑影响杜牧诗歌的情况,在二人的诗歌往还中并不少见。再如会昌二年春夏间,杜牧自京赴黄州刺史任途经安州时,作《题安州浮云寺楼寄湖州张郎中》以寄赠张文规,诗云:

> 去夏疏雨余,同倚朱阑语。当时楼下水,今日到何处?恨如春草多,事与孤鸿去。楚岸柳何穷,别愁纷若絮。

颔联"当时楼下水,今日到何处"用语朴直自然,黄亢、刘一止、苏轼、周邦彦、廖世美等对此句颇为喜爱,纷纷在诗词中点化①。特别是吴子良明确指出黄亢《临水》诗颔联"去年昨日水,今日到何处"蹈袭杜牧诗句,使得杜牧此句似乎成为表达离思的典范。众人热闹喧哗,纷纷效仿,却未曾认真考虑:杜牧此句是否有所依仿呢?

许浑有一首《思归》,罗时进先生认为其"约为开成三、四年在宣州作"②,诗云:

> 叠嶂平芜外,依依识旧邦。气高诗易怨,愁极酒难降。树暗支公院,山寒谢守窗。殷勤楼下水,几日到荆江。

就整首诗歌来看,流露出浓浓的思归之情。这首诗无论是《舆地纪胜》卷七题作《思丁卯村》,还是蜀刻本、书棚本作《思归》,它们在主题的表现上无疑是一致的。尾联"殷勤楼下水,几日到荆江",《方舆胜览》和《舆地纪胜》末二句作"吁嗟楼下水,几日到京江"。实则荆江,亦即京江。大抵京口,先属荆王刘贾之封地,为荆国,《太平寰宇

---

① 第一章《杜牧对宋词影响研究》第三节中"流水今日知何处:送别诗对宋词的影响"对此有详细分析,可参看。
② (唐)许浑著,罗时进笺证:《丁卯集笺证》(上册),第57页。

记》即称:"润州是荆国所都之地。"所以京口之江又称荆江,换言之,尾联对句"几日到荆江"与"几日到京江",诗人所关注的"楼下水"所到之处是一致的。

若依罗时进先生推断,此诗作于开成三、四年(838—839),从时间来看,"楼下水"意象,当先由许浑揭橥,然后才出现在会昌二年春夏间的杜牧《题安州浮云寺楼寄湖州张郎中》诗中。

许、杜二人之用,尚有差异。相同之处在于二人都是以身边的"楼下水"起兴,以流水远去,代自己问询他方;不同之处,在于许浑诗歌写实的意义居多,实际上写出的是一种身在宣州而心在荆江的思归之意。杜牧诗歌则虚化了许多,虽然也以楼下水起兴,却写今日到何处,未确指问询之地,这使得此联略显灵动而不板滞。宋代诗词用"楼下水"意象时,多用杜诗,除与杜牧在诗坛的名气、杜诗在宋代的传播流传相关外,可能也与杜诗不偏执于某地至某地而注重书写内心感受相关。

从整体上看,许浑、杜牧之间交游较多,诗歌也时有赠答,自然也有一些相同或相似的描写对象,甚至是描写手法,再加上二人又有不少重出诗,这些都需要我们在解读许浑与杜牧诗歌时格外关注。之前,我们详细考察了杜牧对宋词的影响,那么许浑对于宋词的影响又表现在哪些方面,有哪些特点呢?

第二节　日暮酒醒人已远:送别诗对宋词的影响

许浑未第之前曾游历塞上,有《别韦处士》,此诗读来情真意切,将别情别思写得极为黯然。诗云:

南北断蓬飞,别多相见稀。更伤今日酒,未换昔年衣。旧友几人在,故乡何处归?秦原向西路,云晚雪霏霏。

诗歌以断蓬起，以云雪结，中间两联把酒话别、问询故旧。首联"别多相见稀"写出的是离别的共性，那就是离别多、相聚少。《全宋词》中有一首无名氏所作的《长相思》，即化用此句写相思离别：

  红满枝。绿满枝。宿雨厌厌睡起迟。闲庭花影移。　忆归期。数归期。梦见虽多相见稀。相逢知几时。

《全唐五代词》将此首录在冯延巳名下，称："洪武本《草堂诗余》所选诸词中，其前后衔接有失词人姓氏者，未必均为同一人之作。如前集卷下秦处度《卜算子》词后，有韦庄《谒金门》'空相忆'词，已见《花间集》，《词学笙蹄》以其未题作者姓名，而在秦词之后，遂题秦作，则误矣。同卷，此词在秦少游词前，冯延巳《谒金门》'风乍起'词后，晚出诸本《草堂诗余》遂以为冯词，而题延巳作。《花草粹编》卷一、《全唐诗》卷八九八、《历代诗余》卷三因仍之，四印斋本据以补入，是可疑也。《全宋词》三七三九页收作无名氏词。姑存此，俟考。"① 虽然此词的归属问题待考，但是词中"梦见虽多相见稀"与许浑"别多相见稀"有异曲同工之妙。诗与词都讲"相见稀"，诗中强调离别多，词中则强调"梦见多"。"相见稀"是相同的，"多"却各有各的不同。许浑诗比较直白，直言离别多；词则更为婉约，更进一步，写梦见多。相较之下，梦中时常相见，带给人们的相思之情往往更为久长，倒真不如不梦见。一浅直，一含蓄；一离别多，一梦见多；一为男子所写的别友朋、别故乡，一为女子口吻的恨离别、思恋人。就中亦能约略体味出诗词之别。

  《别韦处士》虽是别人，却在诗中写到了思念故乡，借离别之际书写思念故乡，这在许浑的诗歌并不少见，《送王总下第归丹阳》亦为此类。诗云：

---

① 曾昭岷等编撰：《全唐五代词》（上册），中华书局1999年版，第706—707页。

秦桥心断楚江湄，系马春风酒一卮。汴水月明东下疾，练塘花发北来迟。青芜定没安贫处，黄叶应催献赋诗。凭寄家书为回报，旧居还有故人知。

金圣叹评点此诗非常到位："'秦桥'二字截，犹言人立秦桥也。人立秦桥而心断楚江湄者，'送王总'意少，'托看故居'意多。故不自觉，方以二字写'送'，反先以五字写'托看'也。系马酌酒，插入'秋风'又妙。虽为此日桥边现景，然而既已托看，便图回报，一去一来，先自屈指，则固不免欲订来期，先记去日也。此即三、四月明下疾、花发来迟之一片心眼也。……五为寄家书，六为问回报也。看他送人诗，乃通首惓惓，只是托看故居，又是一样章法。"[1] "系马春风酒一卮"写得极有画面感，秦桥话别，心断楚江，春风骀荡，系马长杨，聊藉一卮，以消惆怅。其实，像这种作别系马、诗酒淹留的情形，很多唐诗中都有表现。从某种程度上看，"青山历历水悠悠，今日相逢明日秋。系马城边杨柳树，为君沽酒暂淹留"（张籍《别客》）似乎可以视为"系马春风酒一卮"句之注脚。

吴文英有一首《采桑子·瑞香》，借瑞香以写相思，其中即化用了许浑"系马春风酒一卮"句：

茜罗结就丁香颗，颗颗相思。犹记年时。一曲春风酒一卮。
彩鸾依旧乘云到，不负心期。清睡浓时。香趁银屏蝴蝶飞。

瑞香，多于冬春之际开花，其花与丁香相似。所以吴词虽写瑞香，却以丁香起，"青鸟不传云外信，丁香空结雨中愁"，借丁香点出相思之意。追忆昔年，正是花开之良辰，恋人相伴，把酒言欢，"一曲春风酒一卮"。

---

[1] （清）金圣叹著，陆林辑校整理：《金圣叹全集》（第 1 册）（修订版），凤凰出版社 2016 年版，第 440 页。

下篇笔调一转，今年花开如昔，未负心期。惜恋人未在，蝴蝶空飞。

许浑长于写送别诗，无论所送为何人，他几乎都能在诗中借送别他人抒发自己的思乡之情，也就是借他人之酒杯浇自己之块垒。《送萧处士归缑岭别业》亦为此类：

> 醉斜乌帽发如丝，曾看仙人一局棋。宾馆有鱼为客久，乡书无雁到家迟。缑山住近吹笙庙，湘水行逢鼓瑟祠。今夜月明何处宿，九疑云尽碧参差。

这是送别萧处士还归缑山故里之诗。宾馆有鱼，不必弹铗；乡书无雁，抵家遂迟。一正一反，见出诗人对故乡的怀念。尾联"今夜月明何处宿，九嶷云尽碧参差"乃是诗人自他人着笔，推想今夜明月，萧处士将宿于何处，过了吹笙庙，过了鼓瑟祠，想必当宿于绿意参差的九嶷山下吧。

"月明何处宿"，本是一幅极为优美的画卷，只是与送别、怀归搭配起来，就显得意境有些黯淡、凄清，将原本的静谧、空阔也稀释得淡了许多。

宋词之中，陈克《谒金门》也用到了许浑"今夜月明何处宿"以写怀人相思之苦：

> 春漏促。谁见两人心曲。罨画屏风银蜡烛。泪珠红簌簌。　懊恼欢娱不足。只许梦中相逐。今夜月明何处宿。画桥春水绿。

陈克之词，大多闲雅疏婉，有花间余风。这首词与其他几首《谒金门》可以视为怀人相思的组词。从"花满院"、双飞燕，到"柳丝碧"、花寂寂，到"深院静"、叶满阶，再到本首，皆是借景语诉说相思之苦。春漏声促，离人心曲，红烛垂泪，欢娱不足。恋人何在，只许梦中相追逐。今夜月明，将宿何处？唯有画桥流水，无语自东去。由此看来，"今夜月明何处宿"一句，无论是许浑还是陈克，皆为作者代人，自所怀念之对方着笔，正与老杜"今夜鄜州月，闺中只独看"（《月夜》）的写法有异曲同工之妙。

开成四年至会昌元年，许浑仕宣州，有《谢亭送别》一诗，此诗立意颇新，未落送别诗文之窠臼：

劳歌一曲解行舟，红树青山水急流。日暮酒醒人已远，满天风雨下西楼。

"相送劳劳渚，长江不应满，是侬泪成许"，自此劳歌成为送别之离歌。虽然不知许浑此诗所送为何人，但离别之际，却也忍不住唱起离歌。红树、青山，无论景色如何美好，总也掩不住水急、舟速。待到酒醒，发现行人已远，只有满天风雨，凄凉西楼。唐人长于送别，《阳关曲》堪称送别诗之典范。"劝君更尽一杯酒，西出阳关无故人"，是离别时的浓情，是远行者的羁牵，伴着烈酒，一饮而尽；"日暮酒醒人已远，满天风雨下西楼"，是离别后的伤感，是送行者的落寞，和着风雨，独自凄然。应当说，许浑"日暮酒醒人已远，满天风雨下西楼"一句，特别是其中的"已"与"下"二字，将分别之易与惆怅之切，拿捏得极为到位。无怪俞陛云先生说："唐人送别诗，每情文兼至，凄音动人。如'君向潇湘我向秦'、'明朝相忆路漫漫'、'西出阳关无故人'、'不及汪伦送我情'及此诗皆是也。曲终人远，江上峰青，倘令柳枝娘凤鞋点拍，曼声歌之，当怨人落花深处矣。"①

"日暮酒醒人已远"将送行者与远行者打并在一句之内，以送行者的独留反衬远行者的离去，最终凸显出来的是两人的寂寞。宋代诗词中多喜化用此句以写落寞与离别。晏殊曾写道："一霎好风生翠幕，几回

---

① 俞陛云：《诗境浅说》，北京出版社2003年版，第279—280页。

疏雨滴圆荷。酒醒人散得愁多。"① 风动翠幕,雨滴圆荷,当此时,酒恰醒,人早散,得愁多。所愁何事,晏殊没有明说。且不论深层所愁为何事,从表面上来看,是因酒醒之后,发现人皆散去,面对着杯盘狼藉,面对着晚花纷落,留下的只是孤单的自己。这首词虽然不是送别,却写出了与许浑相似的孤独感与落寞感:这是一种前一秒还是觥筹交错的喧嚣,后一秒就变成了曲终人不见、酒醒得愁多的落寞了。

黄庭坚有一首《南乡子》,多点化前人成句,词云:

> 黄菊满东篱。与客携壶上翠微。已是有花兼有酒,良期。不用登临恨落晖。 满酌不须辞。莫待无花空折枝。寂寞酒醒人散后,堪悲。节去蜂愁蝶不知。

山谷此词,分别点化了杜牧、白居易、杜秋娘、郑谷诸人之诗句,其中"寂寞酒醒人散后"与许浑"日暮酒醒人已远"皆写酒醒后的落寞,与整首词的基调相吻合。山谷此词有逞才的集句意味,所选用之诗句,大抵皆与登临、送别相关,特别是下片的"寂寞酒醒人散后"凸显出酒醒后的孤单与惆怅,正用了许浑之意。酒醒后的落寞与许浑诗、晏殊词别无二致。这些词作的重心,主要在于铺展酒醒前的喧嚣,多以寥寥数字写酒醒后,正是通过极力铺展的热闹与落寞的对比,凸显形单影只。向滈的《武陵春·滕州江月楼》词在写法上却是反其意而行:

> 长记酒醒人散后,风月满江楼。楼外烟波万顷秋。高槛冷飕飕。想见云鬟香雾湿,斜坠玉搔头。两处相思一样愁。休更照郦州。

这首词开篇便是"长记酒醒人散后",上片几乎全是景物描写,从风月江楼,到烟波万顷,再到高秋凄冷。但我们需要注意的是"长记"两

---

① (宋)晏殊:《浣溪沙》,《全宋词》(第1册),第89页。

字,正是这两个字提起了整个上片。所以,可以见出这些景物,不仅仅是酒醒人散后的景物,更是回忆中的酒醒人散后的景物。在许浑诗以及上引诸词中,酒醒人散后,作者叙述时,至少是面对着离别的现场,而在这首词里,连酒醒人散的寂寞,都是在回忆中的,这又将落寞之情推向更深一层。下片以"想见"起笔,接续上片的"长忆","云鬟香雾湿,斜坠玉搔头"正是别前的场景。整首词至此,全是在回忆中腾挪,只有结处的"两处相思一样愁,休更照鄜州"当是词人回忆后的感慨。从写法上看,许浑及晏殊、黄庭坚、蔡伸诸公多写当下,略写酒醒后的落寞,目的在对比中凸显落寞;而向滈则反其道而行,多写回忆,略写当下,以回忆中的美景为主,也能凸显当下的落寞。结合上下片,我们大多能看出其沾溉杜诗良多,但借酒醒人散写落寞、写寂寥,却是暗用了许浑诗意,这一点是值得我们特意指出的。

许浑"日暮酒醒人已远"一句,不但能在宋词中找到相似的表达,在诗歌中也不乏其例。例如中和、光启年间①,韦庄客浙西周宝幕时,曾有一首诗《江亭酒醒却寄维扬饯客》,这首七绝写道:"别筵人散酒初醒,江步黄昏雨雪零。满座绮罗皆不见,觉来红树背银屏。"韦庄诗中所写的酒醒人散后,江滨黄昏、雨雪飘零,与许诗极为相似。

熙宁五年,欧阳修退居颍州,逢赵概来访,遂模拟韩愈诗歌而有《拟剥啄行寄赵少师》一首,诗歌"酒醒初不戒徒驭,归思瞥起如飞鸿。车马阒然人已去,荷锄却向野田中"正表达了"客来心欣喜、客去心怅然"②之情,与许浑诗歌略微不同,欧阳修的"荷锄却向野田中"流露出的是平静与淡定,而不是孤寂与落寞。

晚唐诗人中,许浑长于咏史、怀古、纪行等,他的送别诗也极富特色。通过梳理我们发现,在许浑的诸种诗歌中,送别之作对于宋词的影

---

① 韦庄此诗系年从聂安福先生之说,参见(五代)韦庄著,聂安福笺注《韦庄集笺注》,上海古籍出版社 2002 年版,第 171 页。

② (宋)欧阳修撰,刘德清等笺注:《欧阳修诗编年笺注》(第 4 册)卷一六,中华书局 2012 年版,第 1926 页。

响较为明显。不少宋代词人化用许浑的送别诗，特别是其中的"别多相见稀"、"系马春风酒一卮"、"今夜月明何处宿"以及"日暮酒醒人已远"等诗句以写离别、相思之情。这些诗句，注重的或是送别的共性，如"别多相见稀"，这本是一种很正常很自然的现象，与欢聚比起来，离别给人的感觉就是聚少相见稀，诗人将习见现象抓住并形之于笔端，在宋人的诗词中常被点化。当然，若从艺术层面看，这一句似乎并不能代表许浑诗歌的艺术成就。像"系马春风酒一卮"，这种集春风、骏马、美酒于一体，本是多么美好的场景，却被许浑用来写离别，正给人们带来了较为强烈的冲击感。至于"今夜月明何处宿"则如老杜《鄜州月》一般，从对方视域着眼，想象离别之后，远行者的行程，这种缜密的情思，与宋人在词中的细微感情波动真有相似之处。

再看"日暮酒醒人已远"，这是许浑送别诗中最为宋词所关注的一句。以往的送别，多写远行者，此句却转写送别者，写孤单落寞的自己，这种巧妙的技巧也多为宋人所取法。元人写离别也常用此句，如萨都剌"枫林湛湛草斑斑，御史青骢响玉环。日暮酒醒人已去，不堪回首见青山"（《送武侍御朝章》）[①] 等即为此类。即使不是送别怀人之作，诗人们也爱用此句。刘因"霜落清江一夜秋，觉来明月满江楼。酒醒人散夜将半，花上鸟啼空自愁"（《霜落》）[②] 写霜落，用"酒醒人散夜将半"既写霜落的凄冷，又写人散的孤寂；既是天冷，又是人寂。

第三节　万里归心独上来：登临诗对宋词的影响

"溪云初起日沉阁，山雨欲来风满楼"，可以说是许浑集中传诵最广的诗句之一，出自《咸阳西门城楼晚眺》，此诗当为许浑登临咸阳城

[①]（元）萨都剌：《送武侍御朝章》，杨镰主编：《全元诗》（第30册），中华书局2013年版，第280页。
[②]（元）刘因：《霜落》，《全元诗》（第15册），第179页。

楼而作：

> 一上高城万里愁，蒹葭杨柳似汀洲。溪云初起日沉阁，山雨欲来风满楼。鸟下绿芜秦苑夕，蝉鸣黄叶汉宫秋。行人莫问前朝事，渭水寒声昼夜流。

前人对此诗评价颇多①，如称"此等诗是最上乘"②"如此凭吊，亦何可少"③！盖此诗"首言上高城而望蒹葭杨柳，似乎汀洲。日沉阁而溪云起，风满楼而山雨来，复见秦苑汉宫，鸟下蝉鸣而已。今行路者莫问前朝盛事，唯闻渭水之声，昼夜长流耳，其事业复安在哉"④！

历来诗评家多关注颔联"溪云初起日沉阁，山雨欲来风满楼"句，或以其工于写景，却无板重之嫌；或从韵律角度，以此句为例指出其出句拗第几字，则偶句亦拗第几字。从整体上，在宋词之中，关注化用此句的不很明显，宋诗中倒是有几首点化过此句：

> 横为步障看未收，山雨一来风满耳。（梅尧臣《和张簿宁国山门六题·紫云岩》）⑤
> 山雨欲来淮树立，潮风初起海云飞。（汪元量《多景楼》）⑥

诗歌尾联"行人莫问前朝事，渭水寒声昼夜流"写行路者莫问前朝盛事，秦苑夕阳、汉宫秋柳，虽在如何？昔日荣华，莫不萧条。唯有渭水，日夜东流。诗中的"莫问前朝事"，有怀古之意，到了黄人杰

---

① 可详参（唐）许浑著，罗时进笺证《丁卯集笺证》（上册），第312—316页。
② 《五朝诗善鸣集》，转引自《丁卯集笺证》（上册），第314页。
③ 《唐诗快》卷一二，转引自《丁卯集笺证》（上册），第314页。
④ 《唐诗鼓吹注解》卷一，转引自《丁卯集笺证》（上册），第313页。
⑤ （宋）梅尧臣：《和张簿宁国山门六题·紫云岩》，《全宋诗》（第5册）卷二五六，第3152页。
⑥ （宋）汪元量：《多景楼》，《全宋诗》（第70册）卷三六六五，第44000页。

《鹧鸪天》中，却是别样的格调：

> 挺挺君家有祖风。諲任余庆尚无穷。钓鳌莫问当年事，汗马须收第一功。 何日是，梦维熊。麦光摇翠浪花红。一尊敬为祈难老，要作人间矍铄翁。

上篇"祖风""余庆""钓鳌""第一功"等都是在称扬家族既有积善，又有功名，可谓道德事业两成功。下片以梦熊起，贺人生子，结处"一尊敬为祈难老，要作人间矍铄翁"颂扬长者长寿，词中所写皆是人间幸事。其中的"钓鳌"大抵用《列子·汤问》典故，喻指抱负远大，"莫问当年事"有几分居功不傲的洒脱与淡然。

开成二年秋（837）①，许浑受弘农公辟请入南海幕府，有《冬日登越王台怀归》：

> 月沉高岫宿云开，万里归心独上来。河畔雪飞扬子宅，海边花盛越王台。泷分桂岭鱼难过，瘴近衡峰雁却回。乡信渐稀人渐老，只应频看一枝梅。

许浑此诗借登临寄托思乡怀归之情，"万里归心独上来"，既是思归，又有登临之感。苏轼有一首《南乡子·集句》即直用许浑此句：

> 怅望送春杯。渐老逢春能几回。花满楚城愁远别，伤怀。何况清丝急管催。 吟断望乡台。万里归心独上来。景物登临闲始见，徘徊。一寸相思一寸灰。

上片写送春伤春怀古，下片写望乡怀乡思乡，纯用前人成句，其中就有

---

① 此诗系年，据（唐）许浑著，罗时进笺证《丁卯集笺证》（上册），第319—320页。

许浑"万里归心独上来"句。

淳熙二年（1175），陆游在荣州有《沁园春·三荣横溪阁小宴》词，结处也抒发了登临时的万里思归之情，词中虽然并未直用许浑之诗，但与其"万里归心独上来"的诗境却是相吻合的，词云：

> 粉破梅梢，绿动萱丛，春意已深。渐珠帘低卷，筇枝微步，冰开跃鲤，林暖鸣禽。荔子扶疏，竹枝哀怨，浊酒一尊和泪斟。凭栏久，叹山川冉冉，岁月骎骎。　当时岂料如今。漫一事无成霜鬓侵。看故人强半，沙堤黄阁，鱼悬带玉，貂映蝉金。许国虽坚，朝天无路，万里凄凉谁寄音。东风里，有灞桥烟柳，知我归心。

横溪阁，在荣州城北，此词当作于陆游于阁上饮宴之时。上片开篇先写春景，以"粉破梅梢，绿动萱丛"凸显春意已浓。当此时，正冰开跃鲤、林暖鸣禽，本应是一幅优美的游春图。岂料词人笔调一转，"竹枝哀怨，浊酒一尊和泪斟"。伤心何事？一因"山川冉冉"，再因"岁月骎骎"。下片先写"一事无成霜鬓侵"，再写国事艰难，虽如此却是有心许国、朝天无路。"万里凄凉谁寄音"中的"万里"，正是自荣州到朝堂之路，却无人能寄音信，此心此意难达天听。"结尾重申对中原故土的怀想之情，不说'灞桥烟柳'待我到来，却说其'知我归心'，尤觉凄婉感人。"①

开成年间，许浑仕当涂时，曾登临当涂之凌歊台，有《凌歊台》诗。《乌丝栏诗真迹》此诗题下原注："台在当涂县北五里，宋高祖所筑。"诗云：

> 宋祖凌歊乐未回，三千歌舞宿层台。湘潭云尽暮山出，巴蜀雪消春水来。行殿有基荒荟合，寝园无主野棠开。百年便作万年计，

---

① 刘扬忠注评：《陆游诗词选评》，三秦出版社2008年版，第237页。

岩畔古碑空绿苔。

历来对宋祖是宋武帝刘裕还是孝武帝刘骏颇有争议，如杨慎称："此宋祖乃刘裕也。《南史》称宋祖清简寡欲，俭于布素，嫔御至少，尝得姚兴从女，有盛宠，颇废事，谢晦微谏，即时遣出，安得有三千歌舞之事也。审如此，则是石勒之节宫，炀帝之江都矣。浑非有意于诬前代，但胸中无学，目不观书，徒弄声律以侥幸一第，机关用之既熟，不觉于怀古之作亦发之，而后之浅学如杨仲弘、高棅、郝天挺之徒，选以为警策，而村学究又诵以教蒙童，是以流传至此不废耳。"① 认为许浑不习史事，胸中无学，错用典故。胡震亨却不以为然，认为："用修又袭方回之说，以宋祖裕节俭，浑'三千歌舞'句为诬，讥浑无史学，不知宋二武皆称祖（武帝高祖，孝武帝世祖）。地志称孝武登此台置离宫，而本纪亦载其幸南豫州者再，校猎姑熟者一，与地志合。是尝嗤高祖裕为田舍翁者，三千歌舞宜有之，无史学竟属何人耶？'百年便作万年计'，又似约略孝武后人借南苑三百年痴想，概入之以尽宋事，要使宽展耳。古作者使事，别有深会在，未可轻议。"② 胡震亨认为许浑所谓"宋祖"当为孝武帝，揆之史事，与许诗相合，而杨慎不知"宋二武皆称祖"径有讥讽之语，未会作者深意。且不论宋祖确指何人，首联借南朝刘宋之事以讽唐却是不争的。

李之仪登临过此台，有《临江仙·登凌歊台感怀》，如许浑一般也是借登临以抒怀：

偶向凌歊台上望，春光已过三分。江山重叠倍销魂。风花飞有态，烟絮坠无痕。　已是年来伤感甚，那堪旧恨仍存。清愁满眼共谁论。却应台下草，不解忆王孙。

---

① （明）杨慎：《升庵诗话》，《历代诗话续编》（中册），第646页。
② （明）胡震亨：《唐音癸签》，上海古籍出版社1981年版，第244页。

上片叙事写景，下片抒怀，是"伤感"、是"旧恨"、是"清愁"，结处一句"却应台下草，不解忆王孙"点题，"又送王孙去，凄凄满别情"，原来此词的主旨是怀归。这首词可谓是淡语、景语、情语的巧妙组合。当然，还有一点我们是要承认的，虽然这首词也是写登临凌歊台，但却并未化用许浑之诗。倒是刘克庄《贺新郎·寄题聂侍郎郁孤台》词，暗用了许浑诗句：

绝顶规危榭。跨高寒、鸟飞不过，云生其下。斤劇无声人按堵，奄忽青红变化。览城郭、山川如画。阁老凤楼修造手，笑谈间、突出凌云厦。台上景，买无价。　唾壶麈尾登临暇。似当年、滁阳太守，欧阳公也。倾倒赣江供砚滴，判断雪天月夜。更唤取、邹枚司马。铜雀凌歊歌舞散，访残砖、断甓无存者。余翰墨，被风雅。

聂侍郎，即聂子述，尝知赣州，曾重建郁孤台。重建之事，也就是上片所说的"斤劇无声人按堵，奄忽青红变化"。"览城郭、山川如画"，盖指郁孤台重建好之后登台所见。上片基本上是围绕着郁孤台展开。下片先将聂侍郎比作当年修建醉翁亭的滁州太守欧阳修，再以梁王与邹衍、枚乘、司马相如等在平台游乐作比。虽然都是写亭台，在提及铜雀台、凌歊台时，刘克庄暗用许浑诗歌写道："铜雀凌歊歌舞散，访残砖、断甓无存者"，可以说刘克庄用此一句将许浑《凌歊台》整首诗的意思涵盖了起来。

我们说许浑长于写登临诗，主要在于他的这类诗歌多能借登临写出感慨。不论是"行人莫问前朝事""万里归心独上来"，还是《凌歊台》诗，为宋词所关注的，皆是其中的沧桑感、沉积感。

第四节　莫将年少轻时节：酬赠诗对宋词的影响

许浑交游较为广泛，集中有许多与他人的酬赠之作，有些篇章多为

宋词所关注。开成元年,许浑初至韶州,有《韶州韶阳楼夜宴》诗:

> 待月西楼卷翠罗,玉杯瑶瑟近星河。帘前碧树穷秋密,窗外青山薄暮多。鸲鹆未知狂客醉,鹧鸪先让美人歌。使君莫惜通宵饮,刀笔初从马伏波。

这首诗写韶阳楼夜宴。前两联写景,烘托气氛;颈联以"狂客醉"与"美人歌"为对,渲染宴乐的氛围,星河在天,碧树摇曳,青山已暮,美人歌舞。当此际,"莫惜通宵饮",有何理由不酣畅淋漓尽兴,拼得一醉?宋人宴乐之时,常点化许浑"使君莫惜通宵饮"句以写宴饮。如廖行之《点绛唇·送人归新城》即为此类,其云:

> 音信西来,匆匆思作东归计。别怀萦系。为个人留滞。 尊酒团栾,莫惜通宵醉。还来未。满期君至。只在初三四。

这是一首送别词,音书自西来,便要做东归计。故而词人劝说"尊酒团栾,莫惜通宵醉",劝说行者一定饮宴尽兴。虽说是送别,廖行之的这首《点绛唇》却能一改以往送别诗词那种酸辛苦楚,情绪较为冷静。

再如许浑大中年间以病东归,有《余谢病东归王秀才见寄今潘秀才南棹奉酬》一首:

> 酷似牢之玉不如,落星山下白云居。春耕旋构金门客,夜学兼修玉府书。风扫碧云迎鹭鸟,水还沧海养嘉鱼。莫将年少轻时节,王氏家风在石渠。

此诗见出情谊之深,尾联对句以"王氏家风在石渠"对王秀才寄予了厚望,对句"莫将年少轻时节"则是劝勉,劝其珍惜光阴。宋人张榘

有一首《木兰花慢·次韵孙霁窗赋牡丹》词专写牡丹,即化用了许浑"莫将年少轻时节"句:

> 渐稠红飞尽,早秾绿、遍林梢。正池馆轻寒,杨花飘絮,草色萦袍。天香夜浮院宇,看亭亭、雨槛渍春膏。趁取芳时胜赏,莫将年少轻抛。 鞭鞘。驱放马蹄高。世事一秋毫。便飞书倥偬,运筹闲暇,何害推敲。花前效颦著句,悄干镆、侧畔奏铅刀。何日重携樽酒,浮瓯细剪香苞。

上片主体是描写牡丹,从初开一直写到盛开,结处"趁取芳时胜赏,莫将年少轻抛"言外之意是劝及时赏玩,莫待光阴转移,牡丹凋落空嗟叹。应当说"趁时胜赏"是上片的主旨,这与许浑诗中以"家风在石渠"相劝相似。只是二者所劝勉的对象不同,一是及时赏花,一是多亲书卷。但二者所表达的都是要珍惜光阴,把握当下。从这个意义上看,张词还是化用了许浑诗意。叶大庆在《考古质疑》中记载了宋人的部分集句诗,其中林震的《樽前》诗便直袭许浑此句:

> 大庆丁卯年抵豫章,因见林介翁(震)、葛司成(次仲)皆有集句诗,观其所集,机杼真若己出,但其混然天成,初无牵强之态,往往有胜如本诗者,诚足使人击节也。试举其警联,附见于此。林公所集,如《樽前》诗:"莫将年少轻时节,老去还能痛饮无?"(上许浑、下居易)①

林、葛二公确为有宋一代专力于集句者,皆有集句诗专集。叶大庆称二人集句之诗,"往往有胜如本诗者"。李弥逊也说:"介翁深于诗,不自

---

① (宋)叶大庆撰,李伟国点校:《考古质疑·佚文》[与(宋)袁文撰,李伟国点校《瓮牖闲评》合刊],中华书局2007年版,第269页。

立户牖，其欣于所遇，悲于所感，赋事体物，酬饯赞赠，一取它人语而檃栝之。章成，千态万状，贯穿妥帖，不见罅隙，皆足以发难显之情。至其奔放曲折，莫可排障，浩浩汩汩，行于地中，是岂章句士所能为哉？"① 可见叶、李二人对林震集句诗评价之高。如叶大庆所说，林震诗分别使用许浑、白居易二人诗句以成联，所要表达的也正与《樽前》的饮酒主题相吻合。

一般而言，酬赠宴饮之作，多有套语，许浑的这两首影响了宋词的诗歌，也有套语的现象。诸如"莫惜通宵饮""莫将年少轻时节"这样的套语，抑或可以称之为劝辞，可以用在很多场合。像"莫惜通宵饮"，既可以用来写宴饮之欢快，如许浑本诗，也可以用来写送别，如廖行之词。再如"莫将年少轻时节"，所要表达的是珍惜时光，至于珍惜时光来从事何事，则有了多样的可能。既可以如许浑诗歌一样用来劝勉多亲书卷，也可以如张榘词作一样用来劝人把握当下、及时赏花，还可以像林震一样，与白居易诗句合为一联，劝人饮酒及时、行乐及时。从这句诗的本意来看，是惜时，它有很多的解读可能，故而也容易成为宋代诗人、词人所师法的典范。

第五节　座中唯有许飞琼：记梦诗对宋词的影响

许浑有一首《记梦》诗，被附会上梦中见仙人的本事，后世广为流传。诗前小序交代了此诗之渊源："余尝梦登山，有宫室凌云。人云：'此昆仑也！'既入，见数人方饮，招之。至暮而罢，因赋是诗以记焉。"诗云：

晓入瑶台露气清，座中唯有许飞琼。尘心未尽俗缘在，十里下山空月明。

---

① （宋）李弥逊：《舍人林公时甹集句后序》，《全宋文》（第180册）卷三九五二，第276页。

此诗亦见录于《全唐诗》卷五四二,作许瀍诗,题作《纪梦》。罗时进先生对此诗的归属问题有过精当考论,认为此诗"互见之源,盖出于《太平广记》"①,《太平广记》卷七○女仙"许飞琼"条下云:

> 唐开成初,进士许瀍游河中。忽得大病,不知人事。亲友数人,环坐守之。至三日,蹶然而起,取笔大书于壁曰:"晓入瑶台露气清,座中唯有许飞琼。尘心未尽俗缘在,十里下山空月明。"书毕复寐。及明日,又惊起,取笔改其第二句曰:"天风飞下步虚声。"书讫,兀然如醉,不复寐矣。良久,渐言曰:"昨梦到瑶台,有仙女三百余人,皆处大屋。内一人云是许飞琼,遣赋诗。及成,又令改曰:'不欲世间人知有我也。'既毕。甚被赏叹,令诸仙皆和。曰:'君终至此。且归。'若有人导引者,遂得回耳。"(出《逸史》)②

《本事诗》认为此事发生在许浑身上:

> 诗人许浑,尝梦登山,有宫室凌云,人云:"此昆仑也。"既入,见数人方饮酒,招之,至暮而罢。诗云:"晓入瑶台露气清,座中唯有许飞琼。尘心未断俗缘在,十里下山空月明。"他日复至其梦,飞琼曰:"子何故显余姓名于人间?"座上即改为"天风吹下步虚声",曰:"善。"③

罗时进先生称:"洪迈《万首唐人绝句》卷四三又据以收录。然许瀍为何人,甚为可疑。《全唐诗》存其诗止此一首,其人除《逸史》之外,

---

① (唐)许浑著,罗时进笺证:《丁卯集笺证》(下册),第766页。
② (宋)李昉、扈蒙等:《太平广记》(第2册)卷七○,第433页。
③ (唐)孟启:《本事诗·事感第二》,《历代诗话续编》(上册),第13页。

更无事迹。所称'进士',徐松《登科记考》及各有关文献均未见载录。'游河中'亦毫无佐证。因疑唐无许瀍其人。许浑为大和六年登科,且确有客游河中事迹,《逸史》'许瀍'盖为'许浑'之误。原刊《逸史》久佚,后人有关文字尽据《太平广记》。或《逸史》原本不误,而《广记》误植。五代孟棨《本事诗》记载此诗,云为许浑梦而赋诗。《唐诗纪事》卷五六、蜀刻本《丁卯集》《诗话总龟·纪梦门》《唐才子传》卷七皆同《本事诗》而不从'许瀍'一说,可信据。据蜀刻本录校。"①

这首被附会在许浑身上、显得格外朦胧迷离的诗歌,引起了宋人的极大兴趣。张继先有一首《江神子》,多用道家典故,其中便点化了许浑此诗:

> 彩云楼阁瑞烟平。雨初晴。月胧明。夜静天风,吹下步虚声。何处朝元归去晚,双凤小,五云轻。 落花流水两关情。恨无凭。梦难成。倚遍阑干,依旧楚风清。露滴松梢人静也,开宝篆,诵黄庭。

张继先,字嘉闻,嗣汉三十代天师,其诗词多写修道生活。这首《江神子》虽亦有景物描写,却"又具有道教特定的内涵……上阕写上天'朝元',归来听见'彩云楼阁'中飘下仙人的步虚声。下阕写在夜深人静时读道经。上阕写虚,下阕写实,虚实俱佳"②,应当说杨建波先生对此词的评介较为允当,不足之处在于失察张词"夜静天风,吹下步虚声"暗用许浑《记梦》诗。若是从用典渊源的角度看,被附会上本事的许浑诗与张词一样,都与道教相关,所以以张继先这样的身份创作的与修道相关的作品中,借用许诗也在情理之中。

---

① (唐)许浑著,罗时进笺证:《丁卯集笺证》(下册),第766页。
② 杨建波:《道教文学史论稿》,武汉出版社2001年版,第334—335页。

与张词相似的，还有李纲《江城子·再游武夷，至晞真馆，与道士泛月而归》词：

> 武夷山里一溪横。晚风清。断霞明。行至晞真、馆下月华生。仙迹灵踪知几许，云缥缈，石峥嵘。　羽人同载小舟轻。玉壶倾。荐芳馨。酣饮高歌，时作步虚声。一梦游仙非偶尔，回棹远，翠烟凝。

这首词是宣和二年（1120），李纲重游武夷山时，与观妙法师泛舟仙溪时所作①。与法师同游，故而这首词中也多用与道教相关之典故。下片的"一梦游仙非偶尔"与"时作步虚声"似乎用的就是许浑梦中游仙，"时作步虚声"之事，也正与许浑《记梦》诗之本事相合。

与张继先、李纲等不同，晁补之《紫玉箫·过尧民金部四叔位见韩相家姬轻盈所留题》、刘一止《浣溪沙》虽然也点化许浑此诗，却是从显露飞琼仙子姓名的角度入手：

> 罗绮丛中，笙歌丛里，眼狂初认轻盈。无花解比，似一钩新月，云际初生。算不虚得，都古与、第一佳名。轻归去，那知有人，别后牵情。　襄王自是春梦，休谩说东墙，事晚难凭。谁教慕宋，要题诗曾倚，宝柱低声。似瑶台晓，空暗想、众里飞琼。余香冷、犹在小窗，一到魂惊。（晁补之《紫玉箫·过尧民金部四叔位见韩相家姬轻盈所留题》）

> 曾向蓬莱得姓名。座中省识是飞琼。琵琶翻作步虚声。　一自当时收拨后，世间弦索不堪听。梦回凄断月胧明。（刘一止《浣溪沙》）

---

① 吴熊和：《唐宋词汇评·两宋卷》（第2册），第1365页。

晁补之词中的"似瑶台晓,空暗想、众里飞琼",正与许浑"晓入瑶台露气清,座中唯有许飞琼"句相对应;刘一止词的上片很明显也是自许浑诗化来。只是晁、刘二位词人都将许飞琼看作长于乐舞的歌姬,逢迎之间,"暗想"抑或"省识"姓名,旖旎香艳之态毕现,毫无许浑诗中的肃穆与清幽。

李觏《和天庆观瑞香花》是一首题天庆观瑞香花的诗歌,本是一首比较简单的咏物诗,却因诗人将许浑梦游仙界之事打并在诗中,从而使得整首诗迥然异于一般的咏花之作:

> 闻说仙花玉染红,别留春色在壶中。瑶台若见飞琼面,不与人间梦寐同。①

开篇即将瑞香花视作玉染红的"仙花",仙花定然是凡间罕见而别留在"壶中"。既然是仙人所处的壶中,就不是一般凡俗之人所能到达的,所以能去到那里的,可能就是像许浑一样梦入仙界者。"瑶台若见飞琼面,不与人间梦寐同"正自许浑"晓入瑶台露气清,座中唯有许飞琼"句点化而来。这是由花到仙界,到仙女,再联想到许浑梦入仙界见仙女之事,于是点化许浑诗句便成了自然而然之事。

一些诗人在诗歌中甚至还用了"天风吹下步虚声"成句:

> 危墙烟际耸层城,潮落沙头眼更明。不觉归舟犯牛斗,天风吹下步虚声。(李之仪《登山未还范景仁以诗见促次韵二首·其二》)②
> 仙宫金碧照清漪,圣主忧民事祷祈。五福正临吴分野,百年敢惜御园池。云浮蕊殿春来早,香冷梅邻月到迟。清夜绿章陈露醮,

---

① (宋)李觏:《和天庆观瑞香花》,《全宋诗》(第7册)卷三四九,第4331页。
② (宋)李之仪:《登山未还范景仁以诗见促次韵二首·其二》,《全宋诗》(第17册)卷九五八,第11195页。

天风吹下步虚词。(周密《太乙西宫》)①

仙人何代此翻经,叠石成台掌面平。好是松风明月夜,恍然吹下步虚声。(易士达《古翻经台》)②

李之仪登山未还,范景仁以诗相促,李氏次韵。其中"不觉归舟犯牛斗,天风吹下步虚声"句,一用张骞"客星犯牛斗"典,一用许浑梦入仙界"天风吹下步虚声"事。周、易二诗皆与道教相关,直用"吹下步虚声"也在情理之中。

在许浑集中,《记梦》并不属于极其出彩之作,却屡为宋词、宋诗所点化,最重要的原因是许浑身上被附加的本事,使得后人在写梦、写仙女、写道教时经常化用。元人也有不少诗歌化用了此诗,例如段克己"天仙邀我醉瑶台,春向飞琼笑里回。为报梨花缘已断,休将云雨下山来"(《梅花十咏·梦》)③、袁华"客散瑶台风露冷,梦中时见许飞琼"(《李五峰伯雨廉夫希仲夜集来鹤亭》)④ 等皆为此类。

第六节　百年身世似飘蓬：语词字句对宋词的影响

相较于送别、登临、酬赠以及记梦类诗歌,许浑其他诗歌中的语词字句等也多为宋人,特别是宋代词人所点化,体现出与唐诗中不一样的风采。我们之所以称其为"不一样的风采",这主要是因为许浑诗歌中的一些极为有名的警句,在宋词中出现的频率并不非常高,相反是一些在整首诗歌中并不起眼的字句反倒引逗起词人的点化之心。例如许浑说"沧江归去老渔樵",其实这句诗非常浅显,说的就是要归老渔樵,要去归隐。归

---

① （宋）周密：《太乙西宫》，《全宋诗》（第67册）卷三五五六，第42505页。
② （宋）易士达：《古翻经台》，《全宋诗》（第72册）卷三七五二，第45246页。
③ （元）段克己：《梅花十咏·梦》，《全元诗》（第2册），第293页。
④ （元）袁华：《李五峰伯雨廉夫希仲夜集来鹤亭》，《全元诗》（第57册），第399页。此诗《来鹤亭集》卷一又作吕诚诗，两存。

隐之情，自诗骚而下，代不乏人、代不乏诗，许浑此句与其他表达相似感情的诗句相较，并没有高深或高明之处，却为宋代词人多次点化。

再如"河桥"与"酒"，本是唐人生活中习见之事，唐诗中写到河桥与酒幔、与酒旆，还写到为酒所滞行，许浑则写酒熟。应当说，许浑所用与其他唐人的诗歌并无二致，宋词中出现的"河桥酒熟"，可能有许浑诗歌的影子，也有可能只是暗合而已。

一　沧江归去老渔樵

大中三年，许浑再莅察院，有《秋日早朝》诗：

> 宵衣应待绝更筹，环佩锵锵月下楼。井转辘轳千树晓，锁开阊阖万山秋。龙旗转列趋金殿，雉扇才分见玉旒。虚戴铁冠无一事，沧江归去老渔舟。

唐人有不少诗歌写早朝之事，如贾至有《早朝大明宫呈两省僚友》诗，王维、杜甫分别有《和贾舍人早朝大明宫之作》《奉和贾至舍人早朝大明宫》以和，在这些早朝诗中，所表达的多为"共沐恩波凤池上，朝朝染翰侍君王"之意。许浑此诗，正如题目所示，也是秋日清晨候朝所作。前三联基本以写景叙事为主，"铁冠"，御史所戴的法冠。以铁为柱卷，故名。后用以借指御史。尾联"虚戴铁冠无一事，沧江归去老渔舟"写恭逢盛世，海晏河清，谏官无用武之地，遂有归老渔樵之思，这与传统的写早朝的诗歌略有不同。

柳永有一首《凤归云》，"上片写景，由总到分，由远及近，层次分明，将夜景写得逼真如画，可感可触。下片抒情，为奔走利益者作惊醒语，亦含有作者的自赎"①，词云：

---

① （宋）柳永著，薛瑞生校注：《乐章集校注》，中华书局2012年版，第302页。

> 向深秋，雨余爽气肃西郊。陌上夜阑，襟袖起凉飙。天末残星，流电未灭，闪闪隔林梢。又是晓鸡声断，阳乌光动，渐分山路迢迢。　驱驱行役，苒苒光阴，绳头利禄，蜗角功名，毕竟成何事，漫相高。抛掷云泉，狎玩尘土，壮节等闲消。幸有五湖烟浪，一船风月，会须归去老渔樵。

正如薛瑞生先生所说柳永此词下片确有"惊醒语"，特别是末句"幸有五湖烟浪，一船风月，会须归去老渔樵"与许浑"沧江归去老渔舟"真有几分相似的味道。

宋词中还有一首题为无名氏的《水调歌头》，中有"拟把匣中长剑，换取扁舟一叶，归去老渔蓑"之语，整首词写得光英朗练，几有金石之声：

> 平生太湖上，短棹几经过。如今重到何事，愁与水云多。拟把匣中长剑，换取扁舟一叶，归去老渔蓑。银艾非吾事，丘壑已蹉跎。　脍新鲈，斟美酒，起悲歌。太平生长，岂谓今日识兵戈。欲泻三江雪浪，净洗胡尘千里，不用挽天河。回首望霄汉，双泪堕清波。

这首《水调歌头》开篇以短棹太湖上、愁与水云多兴起，劈首即是一个"愁"字，所愁何事？词人开始并没有直说，只是说要将匣中长剑，换取一叶扁舟，"归去老渔樵"，并进一步说道："银艾非吾事，丘壑已蹉跎。""银艾"指银印和绿绶。依汉制，吏秩比二千石以上皆银印绿绶，借指高官。读至此处，方才知道词人是要远离官场，归老渔樵。那么，他是否也像许浑《秋日早朝》诗中所写的一样，因海晏河清、天下太平而归隐，还是因未曾入第而落寞归隐，还是因投闲置散、不被重用而求归隐呢？转到下片，"太平生长，岂谓今日识兵戈"，自在太平盛世，遭逢兵戈，不正当腰间三尺剑、谈笑静胡沙来建功立业吗？为何要将剑换舟，归老渔樵？想到有宋一代面对强敌的屡屡退让，我们约略也能联想到凡是抗战派、北上派、北伐派的处境，他们所能做的，也许真的只有"回首望霄汉，双泪堕清波"了。

再来看宋诗中是如何写归老渔樵之事的。彭汝砺有一首《滩上》，其云：

> 片帆逆水过溪山，吾贱能谙世路难。小雨作云迷涧谷，急风吹雪上波澜。草根已定春来意，梅蕊犹含腊后寒。渐老岂能支道路，扁舟欲去老渔竿。①

这首诗写逆水而行，虚、实相并，由实入虚。诗人由片帆逆水感慨世路艰难，为整首诗歌定下了基调。颔联、颈联纯以景语出之，却又不拘泥于静态的景物描写。写云，是小雨"作"云；写雪，是急风"吹"雪。"作""吹"二字使得整联灵动起来，但这并未完结。诗人接着写小雨作云"迷"涧谷、急风吹雪"上"波澜，"迷""上"二字再次将环境刻画得更加逼真生动。颈联更能见出诗人刻画之功，"已定""犹含"将春意已然与寒意料峭的对峙表现了出来。尾联伤老，"扁舟欲去老渔竿"。滩上有感，彭汝砺虽也写到了归老渔樵，但此诗中并没有许浑诗、柳永词以及无名氏词中那种被附加了很多其他因素的感慨，如果非说这首诗也有感慨的话，这种感慨也很弱，毕竟一句"世路难"传递出来的信息量有限。

杨冠卿曾在《寄别友生马千里·其一》中写道："秋鸿社燕几时休，万里无家天尽头。青蒻绿蓑今已办，江湖归去老渔舟。"② 这是一首送别诗，以秋鸿、社燕各有归属反衬万里无家只身漂泊。归向何处？

---

① （宋）彭汝砺：《滩上》，《全宋诗》（第16册）卷八九七，第10503页。
② （宋）杨冠卿：《寄别友生马千里·其一》，《全宋诗》（第47册）卷二五五六，第29636页。

青箬笠、绿蓑衣"今已办",只待江湖一去,归老渔舟。张志和的"青箬笠、绿蓑衣,斜风细雨不须归",写得闲静、淡雅,是高山流水,是溪边浅唱,是斜风细雨中的洒脱,因为诗人本身即在归隐之中。而此诗中,青箬笠、绿蓑衣是江湖归去的前奏,目的是归老渔舟,较之张志和则略下一筹。

我们认为,许浑在早朝诗中写道:"虚戴铁冠无一事,沧江归去老渔舟",可能包含着比较复杂的情思。其中未免没有天下日清、虚戴铁冠的颂圣之意。若如此,"沧江归去老渔舟"则更多是应景之语。在柳永词中,"五湖烟浪,一船风月,会须归去老渔樵"则有惊醒与自赎之意。到了无名氏词中,"拟把匣中长剑,换取扁舟一叶,归去老渔蓑"则是有心报国、无地输忠,是不得不去归隐。到了宋诗中的归老渔樵,写实的成分要更多一些。

二 翠萝深处遍青苔

许浑有一首《钱塘青山李隐居西斋》,与《全唐诗》中李郢集《钱塘青山题李隐居西斋》诗重出,据罗时进先生考证:"《乌丝栏诗真迹》录有此诗,蜀刻本、书棚本、祝德子订正本亦收之,且日人大江维时在醍醐天皇至村上天皇间(897—966)编选的《千载佳句》收录此诗之'林间'和'兰叶'二联,署名许浑,则为许浑诗绝无疑义。"① 诗云:

小隐西亭为客开,翠萝深处遍青苔。林间扫石安棋局,岩下分泉递酒杯。兰叶露光秋月上,芦花风起夜潮来。云山绕屋犹嫌浅,欲棹渔舟近钓台。

诚如《千载佳句》所选,这首诗的颔联、颈联"幽鲜森秀,若无此便

---

① (唐)许浑著,罗时进笺证:《丁卯集笺证》(上册),第377页。

只是题隐居恒语耳"①。其实,这首诗的首联、尾联写景也极为生动,并不逊色于颔联、颈联二联。首联对句"翠萝深处遍青苔"将无人所到之处幽深只用了"遍青苔"三字点出,便收到了极好的效果。

宋人林仰《少年游·早行》写晨起远行,其中有句与许浑"翠萝深处遍青苔"有几分相似,词云:

> 霁霞散晓月犹明。疏木挂残星。山径人稀,翠萝深处,啼鸟两三声。 霜华重迫驼裘冷,心共马蹄轻。十里青山,一溪流水,都做许多情。

同样写人迹罕至,许浑说"翠萝深处遍青苔",而林仰却说"山径人稀,翠萝深处,啼鸟两三声"。在诗人与词人笔下,"翠萝深处"似乎就是幽深之源,若称其"遍青苔",这说明许浑还曾踏足,而林仰却说"啼鸟两三声",言外之意只是从其旁经过,并未曾踏入。诗从视觉入手,词从听觉着笔,二者在描写刻画幽深上各有千秋,难分伯仲。

三 山断水茫茫

许浑曾作一首《霅上宴别》诗,写风雨笙歌,与人话别,诗云:

> 山断水茫茫,洛人西路长。笙歌留远棹,风雨寄华堂。红壁耿秋烛,翠帘凝晓香。谁堪从此去,云树满陵阳。

首联以"山断水茫茫"来反衬西路之长,更见出离别之伤。山断处,疑无路,复见云水茫茫。短短五字,将山水相间,水接断山的绵绵之态刻画得极为真切。丘崈在《水调歌头·鄂渚忆浮远》中曾用与"山断

---

① (唐)许浑著,罗时进笺证:《丁卯集笺证》(上册),第378页。

水茫茫"极为相似的说法"云断水茫茫",我们先看该词:

> 彩舰驾飞鹢,帆影漾江乡。肥梅天气,一声横玉换新阳。惊起沙汀鸥鹭,点破暮天寒碧,极目楚天长。一抹残霞外,云断水茫茫。
> 溯清风,歌白雪,和沧浪。枕流亭馆,昔年行处半荒凉。我欲骖风游戏,收拾烟波佳景,一一付词章。闻说洞天好,何处水中央。

丘崈,江阴人。浮远堂,正在其故乡江阴,所以这首词是丘崈在鄂湘怀念故乡之作。上片写景,江中是飞鹢、帆影,江边是鸥鹭、沙汀。极目远眺,楚天开阔,残霞外,"云断水茫茫"。江边写景,见江水汤汤,与"水茫茫"之语正相合。天无际,何言"云断"?盖因鸥鸟没处,目力不及,却正是故乡。其实,丘崈还有一首《水调歌头·秋日登浮远堂作》专门写登临浮远堂之事,其中有云:"叹吾生,天地里,一秋毫。江山如传,古来阅尽几英豪。回首只今何在,举目依然风景,此意属吾曹。欲去重惆怅,松径冷萧骚。"江山如传舍,人生如秋毫,秋风萧瑟,无限惆怅。等他远行鄂渚,开始怀念故乡时,浮远堂第一时间便浮现在脑海中,只是远隔着大江,所能看见的也许只有"云断水茫茫"了。

四 河桥酒熟

古之酒家,常在河梁津渡。所以送别之际,常将河桥、酒肆并置诗中。如唐人窦叔向"明朝又是孤舟别,愁见河桥酒幔青"(《夏夜宿表兄话旧》)写夏夜与表兄相聚,想到"去日儿童已皆长大,昔年亲友半凋零",故而"远书珍重何曾达,旧事凄凉不可听",再想到明日津渡,河桥、酒幔,又是一别。出现在这首诗中的,是"河桥"与"酒幔"。河,以渡行舟;桥,以济远人;酒,以送远别。当这三种意象同时出现时,是一种怎样的离别场景?

姚合《别李余》诗,也用到了"河桥"与"酒":

> 病童随瘦马,难算往来程。野寺僧相送,河桥酒滞行。足愁无道性,久客会人情。何计羁穷尽,同居不出城。

此诗颔联写僧人相送,至河桥边,为酒淹滞了归程。一个"滞"字,深得武功诗歌之精髓。在唐诗中惯写"河桥"与"酒"的,还有杜牧。大和六年(832),杜牧在沈传师宣歙幕时有《赠沈学士张歌人》,中有"吴苑春风起,河桥酒斾悬"句。杜牧又有《代人寄远六言二首》,其一云:"河桥酒斾风软,候馆梅花雪娇。宛陵楼上瞪目,我郎何处情饶。"这都是河桥边有酒肆的明证。

当然,这些唐诗所表明的大都是河桥与酒肆的关系,到了许浑诗中,则更进一步,他写道:

> 曾醉笙歌日正迟,醉中相送易前期。橘花满地人亡后,菰叶连天雁过时。琴倚旧窗尘漠漠,剑横新冢草离离。河桥酒熟平生事,更向东流奠一卮。

这首诗题作《伤李秀才》,《全唐诗稿本》原作《伤李秀才居》,编臣用墨笔圈改为《题故李秀才居》。罗时进《丁卯集笺证》"据蜀刻本、书棚本录"为《伤李秀才》。无论诗题为何,诗歌写对于李秀才的怀念与回忆是无疑的。金圣叹评点此诗极为到位,他说此诗前四句:"'日正迟',则是暮春也。乃'橘花满地'、'菰叶连天',自夏徂秋,为日曾几?而人生变故,遂有此极,是为极大惊痛也。'易',容易也。犹言今虽暂别,后当即晤,岂言未毕耳,而人已速化。'人亡'是李故,'雁过'是许来。"于"琴倚"后四句评曰:"此'琴倚'、'剑横',用王猷、季札事,最精当。然诗意乃谓:古今人各自有其平生,如弹琴自是二王平生,赠剑自是徐季平生;今我与李,则自以痛饮为平生者。然则何必步趋古人,又欲弹琴赠剑?只今河桥酒熟,便可更尽一卮。与一、二两'醉'字成章法也。"① 尾联的"河桥酒熟平生事,更向东流奠一卮"以今昔对比,反衬出昔日河桥酒熟与今日之流水东去,故人不在,唯有一卮奠之。

许浑不但写河桥、写酒,还写到了酒熟。宋人朱敦儒在《蓦山溪》中也写到了"河桥酒熟":

> 琼蔬玉蕊。久寄清虚里。春到碧溪东,下白云、寻桃问李。弹簧吹叶,懒傍少年场,遗楚佩,觅秦箫,踏破青鞋底。 河桥酒熟,谁解留侬醉。两袖拂飞花,空一春、凄凉憔悴。东风误我,满帽洛阳尘,唤飞鸿,遮落日,归去烟霞外。

这首词上片写久寄清虚的潇洒身姿,下片笔锋一转,"河桥酒熟,谁解留侬醉",既可以认为是词人实写河桥酒熟、饮酒尽兴,也可以看作词人步入仕途的象征,奈何志不得伸,空惹"洛阳尘",故而欲唤取飞鸿,复归落日烟霞之外。

既然我们说许浑的这些语词字句与其"山雨欲来风满楼"之类的名句相较,在诗歌批评史与接受史上并不显眼,为何能为宋人所关注、为宋词所点化?大抵除却语词字句表面的相似、相合外,许诗与宋词所要表达的情感相似或一致应当是二者之间建立起关联的关键。

余 论

许浑,是晚唐诗坛较为有名的诗人。宋代词人对其送别诗、登临诗、酬赠诗、记梦诗以及部分诗歌中的语词字句等较为关注,时常点化。

---

① (清)金圣叹著,陆林辑校整理:《金圣叹全集》(第1册)(修订版),第429页。

其实，除却上述作品，许浑集中还有一些精心刻画的诗句也屡为后人所关注。例如元和初年，许浑移家嵩洛，曾有一首《春泊弋阳》诗，首联"江行春欲半，孤枕弋阳堤"以"春欲半"表明春天已过半，一个"欲"字、一个"半"字，用得极为巧妙。大和八年，时在洛阳的白乐天创作了一首《南池早春有怀》诗，其中一联称："洛下日初长，江南春欲半。"几与许浑之句相同，那么乐天此诗是从许浑诗句中取法的吗？我们很难下这样的结论。因为早在许浑之前，杜甫便有"季秋时欲半，九日意兼悲"（《九日曲江》）之说，只是杜甫称秋欲半，而许浑、白居易称春欲半，虽季节不同，但表达方式却是一致的。所以，当叶梦得在《满江红》词中以"雪后郊原，烟林静、梅花初坼。春欲半，犹自探春消息。一眼平芜看不尽，夜来小雨催新碧"写春雪、梅花、小雨、新碧时；当洪适在《满庭芳·再间叶宪》词中以"未到斜川见雪，春欲半、尚压铜池"表明季节时；当徐玑在《谒金门》中以"春欲半。重到寂寥山馆。修竹连山青不断。谁家门可款"点出春已过半、修竹连山、青色绵绵时，我们能否说这些词中的"春欲半"是从许浑"江行春欲半"点化而来？从字面上看，似乎确实如此，但许浑的"春欲半"是否又有杜甫"秋欲半"的影子呢？

与之相似的，还有许浑的"月转碧梧移鹊影，露低红草湿萤光"（《宿松江驿却寄苏州一二同志》），此句中的"湿萤"极其精警，刘镇"干鹊收声，湿萤度影，庭院秋香"（《柳梢青·七夕》）、刘辰翁"夜深白露纷下，谁见湿萤流"（《水调歌头·丙申中秋，两道人出示四十年前濯缨楼赏月水调，臞仙和，意已尽，明日又续之》）都用了"湿萤"之语。在宋诗中用"湿萤"的更多，其中尤以陆游为最，凡先后八用此语，从而见出宋代词人、诗人对"湿萤"二字的喜爱。那么，我们能否说宋人就是从许浑"露低红草湿萤光"句中师得此语？似乎仍然未敢轻下此结论。李白在《代秋情》诗中称："白露湿萤火，清霜凌兔丝。"李白之用，远早于许浑，所以，若将宋人的师法推至许浑，则有些枉顾先贤的味道。

这是影响—接受链条中很有意思的一环。一些诗句或提法并非由许浑首创，却为许浑所师法、所点化，成为其诗歌中极有特色的组成部分——我们说成为许浑"诗歌中极有特色的组成部分"，主要是与原创者相较而言。例如原创者为杜甫、李白的，因其诗歌几乎无篇不佳，所以像"秋欲半""湿萤"之类，在杜、李各自的诗集中，显得并不十分出色。而许浑无论是格局，还是才气，皆远逊杜、李二公，所以当"秋欲半""湿萤"等呈现在许浑集中时，则显得迥异于众篇。

还有一类现象也是值得我们注意的。许浑曾写道："水晚云秋山不穷，自疑身在画屏中。"(《夜归驿楼》)"身在画屏中"一说极为宋人所喜爱，在诗词中屡屡出现。徐积"管得江湖占得山。白云同散学云闲。清旦出，夕阳还。不知身在画屏间"(《君看取》)、范成大"罨画屏中客住，水色山光无数"(《如梦令》)、苏轼"人在画屏中住，客依明月边游"(《忆江南寄纯如五首·其一》)[①]、彭汝砺"鸥飞锦城外，人立画屏中"(《江花四首·其三》)[②]、李纲"只向画中求好景，不知身在画中游"(《自西津乘泛碧斋归邑小雨》)[③]、杨万里"只言游舫浑如画，身在画中元不知"(《上巳同沈虞卿尤延之王顺伯林景思游湖上得十绝句呈同社·其一〇》)[④]、苏泂"万里平生无此梦，却疑身在画图中"(《十二峰》)[⑤]、许月卿"人行杨柳外，身在画图中"(《明月》)[⑥]以及释行海"小桥独倚红阑上，不觉闲身在画图"(《晚兴·其一》)[⑦]等皆为此类。同样，我们也不敢断言宋人就是师法许浑的，因为与许浑

[①] (宋)苏轼：《忆江南寄纯如五首·其一》，《全宋诗》(第14册)卷八一九，第9475页。
[②] (宋)彭汝砺：《江花四首·其三》，《全宋诗》(第16册)卷九〇五，第10643页。
[③] (宋)李纲：《自西津乘泛碧斋归邑小雨》，《全宋诗》(第27册)卷一五五一，第17612页。
[④] (宋)杨万里：《上巳同沈虞卿尤延之王顺伯林景思游湖上得十绝句呈同社·其一〇》，《全宋诗》(第42册)卷二二九六，第26364页。
[⑤] (宋)苏泂：《十二峰》，《全宋诗》(第54册)卷二八四九，第33954页。
[⑥] (宋)许月卿：《明月》，《全宋诗》(第65册)卷三四一〇，第40532页。
[⑦] (宋)释行海：《晚兴·其一》，《全宋诗》(第66册)卷三四七五，第41375页。

时代相仿的施肩吾，在其《长安早春》诗中描写早春长安景象时，便说道："报花消息是春风，未见先教何处红。想得芳园十余日，万家身在画屏中。"这个很形象的说法"万家身在画屏中"与许浑"自疑身在画屏中"几无二致。

所以，我们面临的第一个问题就是施肩吾与许浑诗歌谁先谁后；第二个问题，后出者是否一定参考学习了前者之诗，是否有坚实的证据；第三个问题才是关于宋人学习唐人的问题，当然这里面也存着需要考察的是否学习、向谁学习以及如何学习等具体的细节。

像"身在画屏中"这种，在异代的诗词影响—接受中可能不成问题，因为一般而言都是后代受前代作品的影响，而一旦是同一朝代，两人时代相近，且作品无法准确系年时，就会出现类似施肩吾与许浑这样的问题。这类问题并不少见，我们特意在许浑部分拈出予以讨论。

第三章 温庭筠对宋词影响研究

温庭筠，本名岐，字飞卿，宰相温彦博裔孙。"奕世参周禄，承家学鲁儒"①，家世颇为显赫，然其父声名不彰，家道式微。昔盛今衰的对比，更使其有较为强烈的功名意识。然终其一生，却是困顿坎坷，落落不遇。

《剑桥中国文学史》称："除了杜牧之外，温庭筠是李商隐同时代最有天赋的诗人。"② 此说大抵不谬。温氏才思敏捷，才情甚高，其诗、词、骈文、小说在晚唐之际皆有可观。正如刘学锴先生所说："温庭筠不但是花间鼻祖、婉约词风的创立者和词的类型风格的奠定者，在诗歌、骈文、小说创作等方面，也都取得了不同程度的成就。这一点，不但在晚唐前期的著名作家中是唯一的，在整个文学史上也不多见。"③

但同时我们不应忽略的是《旧唐书》《新唐书》以及一些其他文献中对温庭筠几乎都有过相似的记载：

---

① 《开成五年秋，以抱疾郊野，不得与乡计偕至王府。将议遐适，隆冬自伤，因书怀奉寄殿院徐侍御，察院陈、李二侍御，回中苏端公，鄠县韦少府，兼呈袁郊、苗绅、李逸三友人一百韵》，（唐）温庭筠著，刘学锴撰：《温庭筠全集校注》（中册），中华书局2007年版，第501页。

② 孙康宜、宇文所安主编：《剑桥中国文学史》（上卷），生活·读书·新知三联书店2013年版，第400页。

③ 刘学锴：《温庭筠传论》，安徽大学出版社2008年版，第347页。

第三章 温庭筠对宋词影响研究

温庭筠……苦心砚席，尤长于诗赋。初至京师，人士翕然推重。然士行尘杂，不修边幅，能逐弦吹之音，为侧艳之词，公卿家无赖子弟裴诚、令狐缟之徒，相与蒲饮，酣醉终日，由是累年不第……与新进少年狂游狭邪，久不刺谒……污行闻于京师。①

薄于行，无检幅。又多作侧辞艳曲，与贵胄裴諴、令狐滈等蒲饮狎昵。数举进士不中第……②

温氏品行也被与其屡第不中、久不擢用的遭际联系在一起。那么，这是否影响到宋人对温庭筠诗词的接受，温词、温诗对宋词产生了怎样的影响？这正是本章所要解决的问题。

第一节 温词对宋词的影响

唐至温庭筠，始专力于词，故而吴梅先生说："大抵初唐诸作，不过破五七言诗为之。中盛以后，词式始定。迨温庭筠出，而体格大备，此唐词之大概也。"③ 认为温庭筠出，唐词体格大备，且称："唐至温飞卿，始专力于词。其词全祖风骚，不仅在瑰丽见长。陈亦峰曰：'所谓沉郁者，意在笔先，神余言外。写怨夫思妇之怀，寓孽子孤臣之感。凡交情之冷淡、身世之飘零，皆可于一草一木发之。而发之又必若隐若现，欲露不露，反复缠绵，终不许一语道破。匪独体格之高，亦见性情之厚。'此数语惟飞卿足以当之。"④ 对温庭筠词评价甚高。刘扬忠先生也认为"从艺术创新的角度看，温庭筠主要的文学成就显然在词的领域"⑤。

温庭筠的词风并不单一，既有一些"境界阔大的描写"，"也有一

---

① （五代）刘昫：《旧唐书》（第15册）卷一九〇下，中华书局1975年版，第5078—5079页。
② （宋）欧阳修、宋祁等：《新唐书》（第12册）卷九一，第3787页。
③ 吴梅：《词学通论》，商务印书馆1932年版，第50页。
④ 《词学通论》，第53—54页。
⑤ 刘扬忠：《唐宋词流派史》，中国社会科学出版社2007年版，第52页。

些较为清新疏朗，甚至通俗明快之作……但就总体而言，温词主人公的活动范围一般不出闺阁，作品风貌多数表现为浓艳细腻，绵密隐约"①。黄拔荆先生认为："温庭筠的词，自以《菩萨蛮》《更漏子》等辞藻密丽、气韵悠然的作品，最足代表其独特的风格面貌，但亦有风格清新淡远的，如《梦江南》二首……温庭筠另有一类词，风格是秾丽与清新兼而有之。虽然辞藻仍极艳丽，但读之却有新鲜感。"② 在黄先生看来，温氏词风有辞藻密丽、清新淡远两类，最足代表其风格面貌的是前者。刘学锴先生也对温庭筠词风进行了细化，认为以"浓艳密丽"与"清疏明丽"两大类型为主，"浓艳密丽虽是温词的主要风格，却未必能代表其艺术成就；真正能体现其艺术成就的反倒是清疏明丽型的风格"③。在我们看来，"浓艳密丽"与"清疏明丽"这两种风格的词作都对宋词产生了较大的影响。

一 花面交相映

温庭筠被称为"花间鼻祖"，《花间集》的开篇之作，便是《菩萨蛮》（小山重叠金明灭），词云：

> 小山重叠金明灭，鬓云欲度香腮雪。懒起画蛾眉，弄妆梳洗迟。　照花前后镜，花面交相映。新帖绣罗襦，双双金鹧鸪。

这首词用较为浓丽的笔触描写了一位闺中无聊、懒起弄妆的女子形象。历来对此词评价较高，特别到了清代常州词派，为推尊词体，更以香草美人之不遇寄托。如张惠言即称："此感士不遇也。篇法仿佛《长门

---

① 袁行霈主编：《中国文学史》（第2卷），高等教育出版社2003年版，第483页。
② 黄拔荆：《中国词史》（上卷），福建人民出版社2003年版，第66—67页。
③ 刘学锴：《温庭筠传论》，安徽大学出版社2008年版，第279页。

赋》，而用节节逆叙。此章从梦晓后，领起'懒起'二字，含后文情事，'照花'四句，《离骚》初服之意。"① 陈廷焯亦称："飞卿词，全祖《离骚》，所以独绝千古。《菩萨蛮》《更漏子》诸阕，已臻绝诣，后来无能为继。所谓沉郁者，意在笔先，神余言外。写怨夫思妇之怀，寓孽子孤臣之感。凡交情之冷淡，身世之飘零，皆可于一草一木发之。而发之又必若隐若现，欲露不露，反复缠绵，终不许一语道破。匪独体格之高，亦见性情之厚。"②

任中敏先生对常州派"《离骚》初服"之说不以为然，认为："常州词派谓温庭筠之《菩萨蛮》与《离骚》同一宗旨，但考温氏并无屈原之身世，而此词又无切实之本事，则'新帖绣罗襦，双双金鹧鸪'，绝非《离骚》初服之意，仅不过因鹧鸪之双飞，制襦之人乃兴起自身孤独之感耳，与上文弄妆迟懒、花面交映之旨实一贯，此就全词之措辞，可以定其意境者也。"③ 就整首词来看，常州派求之过深，任先生之说当为至论。

下片"照花前后镜，花面交相映"一句，写女子簪花、照镜之动作，其中"花面交相映"颇有几分"人面桃花相映红"的意味，但崔诗是人与桃花相映衬，温词却以镜为载体，交相映的是女子自己。宋词之中对此句较为欣赏，屡屡化用。

元祐六、七年间（1091—1092），晁补之通判扬州，有《望海潮·扬州芍药会作》一首④，词云：

> 人间花老，天涯春去，扬州别是风光。红药万株，佳名千种，天然浩态狂香。尊贵御衣黄。未便教西洛，独占花王。困倚东风，汉宫谁敢斗新妆。　年年高会维阳。看家夸绝艳，人诧奇芳。结蕊

---

① 唐圭璋：《词话丛编》（第2册），第1609页。
② （清）陈廷焯撰，孙克强主编：《白雨斋词话全编》（下册），第1165页。
③ 任中敏：《词曲通义》，商务印书馆1931年版，第27页。
④ 此处系年据《晁补之词编年笺注》，第29页。

当屏，联葩就幄，红遮绿绕华堂。花面映交相。更秉营观洧，幽意难忘。罢酒风亭，梦魂惊恐在仙乡。

此首"铺写芍药盛事，排比典故，连类描摹，多用'赋'的手法"，下片"花面映交相"仅变动温庭筠"花面交相映"句字序，写出人花相辉映的神情。从用语来看，晁词确用温词。但是若从参照物来看，此句亦如乔力先生所云："化用崔护《游城南》'去年今日此门中，人面桃花相映红'句意。"① 如果说晁补之此词中的"花面映交相"有用崔诗之意、温词之语的意味的话，那么晁补之另有一首《下水船·廖明略妓田氏》②，则纯用温词：

上客骊驹系。惊唤银瓶睡起。困倚妆台，盈盈正解罗髻。凤钗垂，缭绕金盘玉指。巫山一段云委。　半窥镜、向我横秋水。斜额花枝交镜里。淡拂铅华，匆匆自整罗绮。敛眉翠。虽有惜惜密意，空作江边解佩。情何寄？

关于这首词的本事，《清波杂志》记载了一个美丽的故事："元丰己未，明略、无咎同登科。明略所游田氏，姝丽也。一日，明略邀无咎晨过田氏。田氏遽起，对鉴理发，且盼且语，草草妆掠，以与客对。无咎以明略故，有意而莫传也，因为《下水船》一阕。"③ 晁补之与廖明略同登己未元丰二年榜，元祐朝又俱在馆阁，相友善。但此词"不载于《晁氏琴趣外编》……当为现存晁词中的最早篇章了。词即缘事而发，不作回旋跌宕之笔，只顺序铺写田氏睡起匆匆装扮的情态，过片亦不换意，迤逦拖下，直至结拍始就'惜惜密意'点出含意未吐、满腔幽怨

---

① （宋）晁补之著，乔力校注：《晁补之词编年笺注》，第30页。
② 同上书，第3页。
③ 周煇撰，刘永翔校注：《清波杂志校注》，中华书局1994年版，第414页。

的本旨。全篇精丽密致，使人联想到《花间集》里那些着力描摹女子梳妆起居的作品"①。了解过这首词的本事，我们再转回看下片"半窥镜、向我横秋水。斜额花枝交镜里"句，此句写田氏对镜梳妆之态，其中的"斜额花枝交镜里"自温词"照花前后镜，花面交相映"脱略而来。

谢懋有一首写七夕的《鹊桥仙》，被视为"借天上多情，破人间薄幸，题外意妙"②，其云：

> 钩帘借月，染云为幌，花面玉枝交映。凉生河汉一天秋，问此会、今宵孰胜。　铜壶尚滴，烛龙已驾，泪泡西风不尽。明朝乌鹊到人间，试说向、青楼薄幸。

上片"钩帘借月，染云为幌，花面玉枝交映"借用温庭筠"花面交相映"句，写女子七夕独立窗前，仰望着云与月，孤影自怜的凄清场景。赵善扛《喜迁莺·春宴》词上片写春景，下片写春宴。其中的"佳赏。辉艳冶，笑语盈盈，花面交相向"亦是借用温词写女子。由此可见，温庭筠用来写女子簪花、照镜、花面交相辉映的词句，除晁补之一例外，其余三例皆用来描写了与温词相似的场景，约略有几分花间的意味。

二　社前双燕回

除借"花面交相映"刻画了一位孤独的懒起的女子形象外，温庭筠还有不少词营造出人我分离的相思意境。在这些为数众多的词中，词人所塑造的大多是闺中独处的女子，她们所涉足之处，只有闺房、庭

---

① （宋）晁补之著，乔力校注：《晁补之词编年笺注》，第5页。
② （清）黄氏：《蓼园词评》，《词话丛编》（第4册），第3045页。

院、画楼。春风秋草、夏雨祁寒，四季轮转，仍然等不到意中人，与自己相伴的只有鸂鶒、双燕、娇燕与归雁……这些词中，虽然出场的只有女子，却总有只言片语逗漏出"他者"的存在。我们不妨将这视为词人为相思的女子留下的念想，或许又能视为温庭筠为此类闺怨相思词树起的大纛。

《菩萨蛮》（翠翘金缕双鸂鶒）开篇浓艳，以"翠翘""金缕"的"双鸂鶒"起笔，以春池中悠闲的一双鸂鶒与形单影只的自己相对照，特别是下片"绣衫遮笑靥，烟草粘飞蝶"的喧嚣，几乎使读者相信这是一幅欢快的游春图景，岂料结处"青琐对芳菲，玉关音信稀"点出春恨闺怨之意，以如今之凄冷与上六句喧嚣对比，芳菲有时而音信全无。

"鸂鶒"，是一种比鸳鸯略大的水鸟，常并游。唐人诗中常见题咏，如孟浩然"洲势逶迤绕碧流，鸳鸯鸂鶒满滩头"（《鹦鹉洲送王九之江左》）、包佶"寒江鸂鶒思俦侣，岁岁临流刷羽毛"（《酬顾况见寄》）诗中所说的皆为此鸟。可以说，在唐诗中，言及鸂鶒最多的当推杜甫与温庭筠。老杜分别在"雀啄江头黄柳花，鸂鶒鸂鶒满晴沙"（《曲江陪郑八丈南史饮》）、"无数蜻蜓齐上下，一双鸂鶒对沉浮"（《卜居》）、"鸬鹚鸂鶒莫漫喜，吾与汝曹俱眼明"（《春水生二绝·其一》）、"自古稻粱多不足，至今鸂鶒乱为群"（《官池春雁二首·其一》）以及"鸂鶒双双舞，猕猿垒垒悬"（《秋日夔府咏怀奉寄郑监李宾客一百韵》）等诗句中都写到了此鸟；温庭筠集中数次写到鸂鶒，特别是其《江南曲》中称"避郎郎不见，鸂鶒自浮沉"，分明自杜甫"无数蜻蜓齐上下，一双鸂鶒对沉浮"（《卜居》）句点化而来，除此之外还有《张静婉采莲歌》《黄昙子歌》《罩鱼歌》《西州词》《题友人池亭》《秘书省有贺监知章草题诗笔力遒健风尚高远拂尘寻玩因有此作》《病中书怀呈友人》等诗皆曾言及。

历来注家对"翠翘金缕双鸂鶒"句颇有不同见解。如俞平伯先生认为："鸂鶒，鸳鸯之属，金雀钗也。上两首皆以妆为结束，此则以妆为起笔,可悟文格变化之方。"① 认为㶉鶒乃是钗饰。浦江清先生则不以为然,认为:"此章赋美女游园,而以春日园池之美起笔。首句托物起兴。㶉鶒,鸳鸯之属,水鸟也。翘,鸟尾长毛。吴融《咏鸳鸯》诗:'翠翘红颈复金衣,滩上双双去又归。'此言金缕,亦即金衣也。……俞平伯释此词,以钗饰立说……按俞说殆误。飞卿此处实写㶉鶒,下句实写春池,非由钗饰而联想过渡也。俞先生因连读前数章均言妆饰,心理上遂受影响,又'翠翘'一词藻,诗人用以指钗饰者多,鸟尾的意义反为所掩,今证之以吴融之诗,知飞卿原意所在,实指鸳鸯之类,不必由假借立说矣。……上半阕写景,乃是美人游园所见,譬如画仕女画者,先画园亭池沼,然后著笔写人。"② 浦先生之说似乎更接近温词原旨,"通首即写一闺中少妇凭窗览眺春日之'芳菲',忽忆远戍玉关之良人近来音信渐稀而有所怅触也"③。再加上结处所称的"青琐对芳菲,玉关音信稀",我们更有理由相信,这位女子是一位思念远人的闺中少妇,并且"思绪变化确与王昌龄《闺怨》有相似处"④。

厘清了这首词的大意,我们再转回头看开篇这句"翠翘金缕双㶉鶒"。这一句无论是写水鸟,还是写钗饰,都极富错彩镂金之感。宋人李莱老有一首《点绛唇》,即点化此句,词云:

> 绿染春波,袖罗金缕双㶉鶒。小桃匀碧。香衬蝉云湿。　舞带歌钿,闲傍秋千立。情何极。燕莺尘迹。芳草斜阳笛。

此词亦写女子闺情,上片写妆束,下片写心绪。其中"袖罗金缕双㶉鶒"大抵指绣着成双㶉鶒的衫袖。下片"闲傍秋千立"点出题旨,词中虽然也有歌舞,却同样也有落寞之人,同样有此情何极的情绪。从温词

---

① 俞平伯:《读词偶得》,《俞平伯全集》(第4卷),花山文艺出版社1997年版,第17页。
② 浦江清:《词的讲解》,《浦江清文录》,人民文学出版社1958年版,第152—153页。
③ (唐)温庭筠著,刘学锴撰:《温庭筠全集校注》(下册),第913页。
④ 同上。

中的水鸟，到李莱老词中的㶉𫛶图案，有变有不变，变的是词人的视角，由水鸟到服饰；不变的是词人们笔下相似的女子心绪，景物越芳菲，芳草斜阳越明媚，就越反衬出闺中女子的孤寂与落寞，这是乐景写哀事的典范之作。

再看一首借双燕写相思的《菩萨蛮》：

> 凤凰相对盘金缕，牡丹一夜经微雨。明镜照新妆，鬓轻双脸长。　画楼相望久，栏外垂丝柳。音信不归来，社前双燕回。

这首《菩萨蛮》与上首相似，皆自女子入手，写别后忆人，特别是结处"音信不归来，社前双燕回"更凸显出人与我的分离。"下片写女子画楼相望，盼所思之人归来，但见杨柳又垂丝缕，双燕又复归来，而对方则音书不归，天涯远隔。如此似花美眷，岂堪在'相望久'中度此似水流年乎？上片写女子明镜新妆之美艳，正所以反衬下片音信不归、画楼相望之惆怅。"① 这种以归燕与远人相对的写法，温庭筠词中不一而足，如其"杨柳色依依，燕归君不归"（《菩萨蛮》）、"万枝香雪开已遍，细雨双燕。钿蝉筝，金雀扇，画梁相见。雁门消息不归来，又飞回"（《蕃女怨》）等皆为此类。

赵长卿《长相思·春浓》词也是女子回忆昔日之作，也点化了温庭筠"音信不归来，社前双燕回"句，其云：

> 花飞飞。柳依依。帘掷东风日正迟。社前双燕归。　药栏东，药栏西。记得当时素手携。弯弯月似眉。

赵词上片写景，以花飞、柳依、东风、日迟写昔日时光，下片再忆当时携手同行的情形。社前双燕再度归来，可是意中人却没有出现。可以

---

① （唐）温庭筠著，刘学锴撰：《温庭筠全集校注》（下册），第925页。

说，从表情达意上看，这首词与温词有极大的相似处：借双燕写伴侣，借燕归反衬行人不归。

除了"社前双燕归"，温庭筠还在《酒泉子》中写过"语雕梁"的"一双娇燕"：

> 罗带惹香，犹系别时红豆。泪痕新，金缕旧，断离肠。　一双娇燕语雕梁，还是去年时节。绿杨浓，芳草歇，柳花狂。

今昔对比在这首词中表现得格外明显。罗带有旧日两人缱绻的余香，还系着分别时的相思红豆。如今日日以泪洗面，肝肠寸断。去年的成双娇燕，呢喃着飞绕雕梁。绿杨阴里，芳草消歇，柳花飞舞，暮春将逝，又是一年，远人却仍无消息。昔日燕归来，远人久淹滞。刘几虽用温氏"一双娇燕语雕梁"句，却不写离别相思。其《花发状元红慢》词有句云"巧莺喧翠管，娇燕语雕梁留客。武陵人，念梦役意浓，堪遣情溺"，称武陵人已为美景美人所沉醉，几溺于其中。徐釚《词苑丛谈》引《花草粹编》卷一一对此词的本事有所记载："刘几，在神宗时与范蜀公重定大乐。洛阳花品曰状元红，为一时之冠，乐工花日新，能为新声。汴妓郜懿以色著，秘监致仕刘伯寿，尤精音律。熙宁中，几携花日新就郜懿欢饮，填词以赠之。"① 同样是"语雕梁"的"一双娇燕"，温庭筠用来抒发今昔之感，刘几却说这是在"留客"，心境不同，同样的意象表达的意思自然也有分别。

以上三首温词皆自春景切入来写女子思春怀人，温庭筠还有写清秋怀人的《玉蝴蝶》：

> 秋风凄切伤离，行客未归时。塞外草先衰，江南雁到迟。　芙蓉凋嫩脸，杨柳堕新眉。摇落使人悲，断肠谁得知。

---

① （清）徐釚撰，唐圭璋校注：《词苑丛谈》卷七，中华书局2008年版，第183页。

从词史上看,小令《玉蝴蝶》始于此首,故而本词有创调之功。秋风凄紧,关河冷落,行客未归。料想征人远在的塞外草木已衰,女子身处江南苦苦等候归雁捎来家书。下片"写女子因伤离而憔悴瘦损,巧合秋风凄切之景物。末结出'秋风''伤离'之意,而叹断肠之情无人得知,倍感凄切。词风清丽,境界亦较阔远"①。塞外草衰,当是女子想象之语,而"江南雁到迟"则是实指,未收到家书,转而嗔怪"雁到迟"。刘辰翁有一首《临江仙》,写边塞事,其中即用了"塞外草先衰,江南雁到迟"成句,词云:

过眼纷纷遥集,来归往往羝儿。草间塞口裤间啼。提携都不是,何似未生时。 城上胡笳自怨,楼头画角休吹。谁人不动故乡思。江南秋尚可,塞外草先衰。

遥集,用晋人阮孚典,阮孚字遥集。《世说新语·任诞》记载了阮孚得名之由来:

阮仲容先幸姑家鲜卑婢,及居母丧,姑当远移,初云当留婢,既发,定将去。仲容借客驴,着重服,自追之,累骑而返,曰:"人种不可失!"即遥集之母也。(《竹林七贤论》曰:"咸既追婢,于是世议纷然。自魏末沉沦闾巷,逮晋咸宁中始登王途。"《阮孚别传》曰:"咸与姑书曰:'胡婢遂生胡儿。'姑答书曰:'《鲁灵光殿赋》曰:"胡人遥集于上楹。"可字曰遥集也。'故孚字遥集。")②

---

① (唐)温庭筠著,刘学锴撰:《温庭筠全集校注》(下册),第1005页。
② (南朝宋)刘义庆撰,徐震堮校笺:《世说新语校笺》(下册),中华书局1984年版,第395页。

故而词人借开篇之"遥集"与"羝儿"渲染身处胡人之中。"提携都不是,何似未生时",深感生不逢时。此种"不自我先,不自我后"(《小雅·正月》)的困境,真有几分"我生之初,尚无为;我生之后,逢此百罹"(《王风·兔爰》)的意味。下片从听觉着笔,胡笳、画角声声搅动起故乡之思。结处半是想象,半是即景。温词中"塞外草先衰"是想象,"江南雁到迟"是即景;刘词中恰好相反,因作者身在塞外,故而"江南秋尚可"是想象,"塞外草先衰"是即景。

从温庭筠的"塞外草先衰,江南雁到迟"到刘辰翁的"江南秋尚可,塞外草先衰",词人都注意到了空间与时间的二维对比:身处一地,设想他地之景。此地萧衰,彼地繁华,此为其一;此日离散,昔日欢聚,此为其二。正是从这种时空二维的对照中,凸显出人与我分离的惆怅,反衬出欢聚的难得。

三 独倚望江楼

除了借鹧鸪、双燕、娇燕与归雁之类寄托离别相思之情,温庭筠还长于在词中营造出"烟浦花桥路遥""独倚望江楼""空阶滴到明"等意境,借以表达人我分离的相思。

例如温庭筠有一首《河传》,写荡子久不归、谢娘愁不销,词云:

> 湖上,闲望,雨萧萧。烟浦花桥路遥。谢娘翠蛾愁不销,终朝,梦魂迷晚潮。 荡子天涯归棹远,春已晚,莺语空肠断。若耶溪,溪水西,柳堤,不闻郎马嘶。

这首词表达的主题仍然是人与我的分离,作者故意荡开两笔来写。上片是女子视角,"湖上,闲望,雨萧萧",以短促句式刻画出女子雨中眺望的神情,放眼望去是"烟浦花桥路遥",烟雨朦胧中的溪桥,连接着去往远方的路，或许这就是当年荡子远离所经行之路。眺望终日，"梦魂迷晚潮"。在上片中，"烟浦花桥路遥"可谓是望中之景，"梦魂迷晚潮"可谓是望中之情。换头即言荡子天涯远，转瞬又是女子视角：春已晚，韶华易逝；若耶溪，不闻郎至。复从时间、空间双重维度凸显人与我之分离。上片"烟浦花桥路遥"是女子所见，是大好春色中朦胧迷离之景。赵汝迕在《清平乐》中曾点化此句写春景：

初莺细雨。杨柳低愁缕。烟浦花桥如梦里。犹记倚楼别语。
小屏依旧围香。恨抛薄醉残妆。判却寸心双泪，为他花月凄凉。

赵汝迕的这首词，仍是传统闺怨词的路数。其中有人与我的分离，有今与昔的对比，还有痴情的女子与不归的游子……上片的"烟浦花桥如梦里"便是借温词以写离别。

如果说上一首《河传》中的女子是"湖上闲望"，那么温庭筠《梦江南》中的女子则是终日凝望：

梳洗罢，独倚望江楼。过尽千帆皆不是，斜晖脉脉水悠悠。肠断白苹洲。

历来注家对此词评价极高。例如汤显祖认为这首词与刘采春"朝朝江口望，错认几人船"（《啰唝曲六首·其三》）同一结想，沈际飞则称"痴迷、摇荡、惊悸、惑溺，尽此二十余字"（《草堂诗余别集》卷一）；李冰若认为这首词的意境近《楚辞》，且其"声情绵渺，亦使人徒唤奈何也"，并认为柳永的"妆楼颙望，误几回，天际识归舟"自温词化出，却露出了勾勒之痕迹。近人俞平伯先生也说，这首词与《西洲曲》的"楼高望不见，尽日阑干头"意境相同，不同之处仅在于诗简远而词婉转。

这首词道出了女子终日倚楼凝望的惆怅。赵善括《好事近·春暮》中便化用了"独倚望江楼"句,其词云:

> 风雨做春愁,桃杏一时零落。是处绿肥红瘦,怨东君情薄。
> 行藏独倚望江楼,双燕度帘幕。回首故园应在,误秋千人约。

赵善括乃宗室之后,杨万里在为其《应斋杂著》所作序中说:"其文大抵平淡夷易,不为追琢,不立崖险,要归于适用,而非簌非浮也。至其诗,皆感物而发,触兴而作,使古今百家、万象景物皆不能役我而役于我。"[①] 对其诗文评价甚高,四库馆臣也说其"诗词多与洪迈、章甫唱和,而与辛弃疾酬唱尤多。其词气骏迈,亦复相似。观其《金陵有感》诗有'谢安王导亦可罪,至今遂使南北分'句,其不满湖山歌舞,文恬武嬉,意趣盖与弃疾等,固宜其相契也"[②]。这首词中多点化前人诗词,上片写景,换头开始写人,"行藏独倚望江楼"一句,既用老杜"勋业频看镜,行藏独倚楼"(《江上》)句,又用温庭筠"独倚望江楼"(《梦江南》)句,将杜诗、温词打并在了一起。老杜《江上》诗主要流露出"时危思报主,衰谢不能休"功名未立、年华老大的急迫。温词则是写相思离别。统观赵善括整首《好事近》,特别与末句"回首故园应在,误秋千人约"结合起来看,这分明是游子远离故乡、辜负故乡的女子而生发出来的惆怅,它的情绪更接近于温词,更像是一首思归念归词。

温庭筠还有一首写秋夜离思的《更漏子》,营造出梧桐夜雨的凄清氛围,对宋代诗词也产生了一定的影响,其云:

---

① (宋)杨万里撰,辛更儒笺校:《杨万里集笺校》(第6册)卷八三,中华书局2007年版,第3340页。
② (清)永瑢等撰:《四库全书总目》(下册),第1379页。

>   玉炉香，红蜡泪，偏照画堂秋思。眉翠薄，鬓云残，夜长衾枕寒。　梧桐树，三更雨，不道离情正苦。一叶叶，一声声，空阶滴到明。

李冰若将温庭筠此词推为"集中之冠"，并称："寻常情景，写来凄婉动人，全由秋思离情为其骨干。宋人'枕前泪共窗前雨，隔个窗儿滴到明'，本此而转淡薄。温词如此凄丽有情致不为设色所累者，寥寥可数也。温韦并称，赖有此耳。"① 对这首词评价甚高。

当然，也有人并不认同此说法，如陈廷焯称："飞卿《更漏子》三章，自是绝唱，而后人独赏其末章'梧桐树'数语。胡元任云：'庭筠工于造语，极为奇丽，此词尤佳。'即指'梧桐树'数语也，不知'梧桐树'数语，用笔较快，而意味无上二章之厚。胡氏不知词，故以'奇丽'目飞卿，且以此章为飞卿之冠，浅视飞卿者也。后人从而和之，颠倒是非，千年梦梦。"② 叶嘉莹先生虽然对陈廷焯以比兴寄托解词不以为然，却也对其称"梧桐树"数句非飞卿佳处所在深有同感，并说："盖飞卿之为词，似原不以主观热烈真率之抒写见长，此自其词作中，不难概见者也。惟是飞卿词极善以其纯美之意象触发人之想象及感情，故读者亦颇可自其词中得较深之会意。至若其直抒怀感之词，则常不免于言浅而意尽矣。此词'梧桐树'数语，实非飞卿词佳处所在。《栩庄漫记》以为'温韦并称，赖有此耳'，则既不足以知飞卿，更不足以知端己者也。夫端己之长处固在'不为设色所累，直抒胸臆'，然端己之感情，实有达而能曲之妙，故其语虽浅直，而其情则沉郁。即以同为写雨夜离情之作相较，端己《应天长》'绿槐阴里'一首，结尾之'夜夜绿窗风雨，断肠君信否'二句，其恳挚深厚真乃直入人心，无可

---

① 李冰若：《栩庄漫记》，张璋等编纂：《历代词话续编》（下册），大象出版社2005年版，第868—869页。
② （清）陈廷焯撰，孙克强等辑校：《白雨斋词话全编》（下册），第1166页。

抗拒，且不仅直入人心而已，更且盘旋郁结久久而不去。以视飞卿此词之'梧桐树，三更雨，不道离情正苦。一叶叶，一声声，空阶滴到明'数句，则此数句不免辞浮于情，有欠沉郁。"① 叶先生对温、韦各自短处、长处进行了较为精到的研判，故而其结论也较能令人信服。虽如此，温庭筠"梧桐树"数句也引起了宋人的较大兴趣，宋诗、宋词中屡屡点化。

例如万俟咏有一首《长相思·雨》，只是将温词梧桐夜雨置换成了雨打芭蕉：

> 一声声。一更更。窗外芭蕉窗里灯。此时无限情。　梦难成。恨难平。不道愁人不喜听。空阶滴到明。

这首词虽题为写雨，却通篇不着一个"雨"字。上片"一声声"，实指雨声；"一更更"，则是任时光流转，闻雨声而无眠。下片转而写人，先写自己，既然无眠，自然是"梦难成"，再进一步想到雨夜孤凄，于是恨意难平。是恨，也是怜，更是念。结处再次紧扣主题，"不道愁人不喜听。空阶滴到明"，还是与雨声相合。从某种意义上看，这首词更像是从温词下片脱略而来、敷衍展开，不同之处仅在于将梧桐夜雨换成了芭蕉听雨，但其中的心境、意境却是相差无几的。

如果说温庭筠、万俟咏借听雨来写离别相思，那么蒋捷的《虞美人·听雨》则以三个不同时段的听雨经历，道出人生的悲欢离合：

> 少年听雨歌楼上。红烛昏罗帐。壮年听雨客舟中。江阔云低、断雁叫西风。　而今听雨僧庐下。鬓已星星也。悲欢离合总无情。一任阶前、点滴到天明。

---

① 《温庭筠词概说》，叶嘉莹著：《迦陵谈词》，生活·读书·新知三联书店2015年版，第48—49页。

蒋捷生当宋元易代之际，身经乱离，这首词可以视为其生涯的真实写照。下片结处的"一任阶前、点滴到天明"隐约有温词的影子。

温庭筠以梧桐夜雨的意境寄予相思离别之情，到了宋诗之中，诗人多以借"滴到明"一语以写听雨之事，以下诸句皆为此类：

> 黯黯阴连月，萧萧滴到明。（陆游《春雨二首·其二》）①
> 夜雨空阶滴到明，山云忽敛作新晴。（陆游《新晴》）②
> 雨入秋宵滴到明，不知有意复无情。（杨万里《秋雨叹十解·其一》）③
> 风从窗眼空中入，雨在檐前滴到明。（白玉蟾《春雨》）④
> 何时断得闲烦恼，一任芭蕉滴到明。（胡仲参《听雨》）⑤
> 漠漠春阴未肯晴，空阶滴点到平明。（吴锡畴《夜雨》）⑥

诗词之间虽用语相近，意境却大不相同。温词表面上写无眠听雨打梧桐，反衬孤寂；宋诗则多写实，坐实雨声。

四 征马几时归

浦江清先生曾指出温庭筠《菩萨蛮》（翠翘金缕双鸂鶒）词之结处"青琐对芳菲，玉关音信稀"乃是"以一人独处思念玉关征戍作结，此为唐人诗歌中陈套的说法，犹之'忽见陌头杨柳色，悔教夫婿觅封侯'之类"⑦。众所周知，温庭筠长于在词中写闺情相思，词中所怀念的对象，

---

① （宋）陆游：《春雨二首·其二》，《全宋诗》（第39册）卷二一七四，第24723页。
② （宋）陆游：《新晴》，《全宋诗》（第40册）卷二二一八，第25427页。
③ （宋）杨万里：《秋雨叹十解·其一》，《全宋诗》（第42册）卷二二八一，第26167页。
④ （宋）白玉蟾：《春雨》，《全宋诗》（第60册）卷三一三八，第37623页。
⑤ （宋）胡仲参：《听雨》，《全宋诗》（第63册）卷三三三七，第39844页。
⑥ （宋）吴锡畴：《夜雨》，《全宋诗》（第64册）卷三三九六，第40414页。
⑦ 浦江清：《词的讲解》，《浦江清文录》，第153页。

也包含着戍边的征人。这一类作品,例如《蕃女怨》二首、《定西番》三首、《遐方怨》二首等皆为此类,在其词作中占有一席之地。

我们先看《蕃女怨》。《蕃女怨》单调三十一字,此系温庭筠之创调。据调名,当为咏番女之怨恨相思之情。但其两首皆咏思妇怀念征人,主角为思妇,所怀念的对象是戍边的征人。《蕃女怨·其一》词云:

> 万枝香雪开已遍,细雨双燕。钿蝉筝,金雀扇,画梁相见。雁门消息不归来,又飞回。

这一首词以燕子与征人相对比。梨花开遍,细雨微风,双燕绕梁间,一派柔美轻松的春景图。转念身边,雁门久无消息,征人仍在戍边。结处的"雁门消息不归来,又飞回",凄婉特绝,几开两宋先声,正与《菩萨蛮》之七"音信不归来,社前双燕回"以及《定西番》之三"肠断塞门消息,雁来稀"相呼应。

《蕃女怨·其一》主要是从女子所处的中原视角入手,仅在结处关涉远在塞外的征人,《蕃女怨·其二》的写法刚好与第一首相反,它主要展现的是塞外,而仅在结处言及思妇:

> 碛南沙上惊雁起,飞雪千里。玉连环,金镞箭,年年征战。画楼离恨锦屏空,杏花红。

开篇即以碛南起笔,写其飞雪千里的恶劣环境。"玉连环,金镞箭,年年征战",这是征人的宿命,也是思妇的心病。结处"画楼离恨锦屏空,杏花红"与顾敻"锦屏寂寞思无穷。还是不知消息"(《酒泉子》)皆写锦屏空寂、闺房寂寞,真有异曲同工之妙。这首词中,温庭筠在短短三十一字之中,由飞雪千里转到画楼锦屏,由年年征战转到了杏花染红,由征人转到了思妇。可以说,正是在这种强烈的对比中,凸显出离恨相思之情。

晏小山有一首《临江仙》，曾点化温庭筠"画楼离恨锦屏空"句，亦写离别相思，其中风味与温氏又有不同：

> 斗草阶前初见，穿针楼上曾逢。罗裙香露玉钗风。靓妆眉沁绿，羞脸粉生红。　流水便随春远，行云终与谁同。酒醒长恨锦屏空。相寻梦里路，飞雨落花中。

这是一首非常典型的小山词。上片简述了二人的相识相恋，由五月初五的斗草相识，到七月初七的穿针乞巧熟稔。下片自男子视角切入。"流水便随春远，行云终与谁同"，以水、云为喻，借指时光流逝，二人离散。"酒醒长恨锦屏空"点化"画楼离恨锦屏空"一句，写锦屏空寂、佳人不在，只有从睡梦中才能依稀寻觅到旧日的温情。

温庭筠还有一首《遐方怨》，与《蕃女怨》相似，都是写戍边而导致的男女离散相思，两个词调词旨皆可用一个"怨"字来概括。其云：

> 凭绣槛，解罗帏。未得君书，断肠潇湘春雁飞。不知征马几时归。海棠花谢也，雨霏霏。

《遐方怨》，唐教坊曲名，后用作词调。有单调、双调二体。单调始于温庭筠，刘学锴先生称："此曲原当为反映边地战争征戍造成夫妇分离的谣歌，庭筠此首犹咏调名本意。"① 据本词来看，刘先生此说确然。词先写女子凭槛，望见南雁北归，故而问道："征马几时归？"已是暮春时节，海棠花谢，风雨霏霏。唐圭璋先生对此词结处评价极高，如称："词中有以情语结者，有以景语结者。景语含蓄，较情语尤有意味。唐五代词中，温飞卿多用景语结。韦端己多用情语结。温词如《遐方怨》结云：'不知

---

① （唐）温庭筠著，刘学锴撰：《温庭筠全集校注》（下册），第1010页。

征马几时归？海棠花谢也，雨霏霏。'韦词如《更漏子》结云：'红烛背，绣帘垂，梦长君不知。'虽各极其妙，然温更有余韵。"①

温词以海棠花谢与征马未归对举，道出了离别之苦涩。晁冲之曾在《感皇恩》词中以一句"海棠花谢也，君知否"书写离愁别绪，也有几分温词的韵味：

> 蝴蝶满西园，啼莺无数。水阁桥南路。凝伫。两行烟柳，吹落一池飞絮。秋千斜挂起，人何处。　把酒劝君，闲愁莫诉。留取笙歌住。休去。几多春色，禁得许多风雨。海棠花谢也，君知否。

这是一首送别词。上片由写景切入，先写蝴蝶、啼莺以及周遭景色，如此美景中，不是欣喜而是"凝伫"。词人并没有急于交代因何"凝伫"，而是说"秋千斜挂起，人何处"。行笔至此，连刚才在水阁桥南路上凝伫之人也弃秋千不顾不知去向。何事惹得女子由凝伫到"人何处"呢？换头处是一幅送别场景。把酒劝君，"留取笙歌住。休去"，休去，休要离去。君不见，如许春色，一经风雨，海棠花谢，落英无数。花如此，人亦相似。不如休去，不如休去。温庭筠与晁冲之两首词皆以"海棠花谢"借指光阴易逝，一是怀念，一是惜别。

温庭筠的这种以征人、思妇为主角来写离别相思的词作，之所以动人，一个很重要的原因在于他长于将情寓于景中，本是情语，却以景语出之。例如他还有一首《杨柳枝》，写道："织锦机边莺语频，停梭垂泪忆征人。塞门三月犹萧索，纵有垂杨未觉春。""织锦""停梭"两个动词引出女子，"忆征人"是本首的主旨所在。但若是就此打住，则会显得格外唐突生涩，于是作者接着说："塞门三月犹萧索，纵有垂杨未觉春"，此句宕开一笔，视角由闺房转向征人所在的塞外，时至三月，春已到来，却仍是萧索之境，正与"春风不度玉门关"有异曲同工之妙。

---

① 唐圭璋：《论词之作法》，张璋等编纂：《历代词话续编》（下册），第912页。

五 画楼残点声

行文至此，我们发现，温庭筠对宋词产生影响最为明显的词作，皆以离别相思为主题。无论是"花面交相映"的孤独女子，还是燕和雁等飞鸟意象、"独倚"之意境，以及为其特意拈出的征人、思妇等，大抵皆紧扣离别相思，皆注重视觉感官和心理感受。

其实，温庭筠还长于从听觉着笔，将不易为人所察觉的细节通过听觉表现出来。例如他在词中写过"画楼残点声"，写过"花外漏声"，写过"城上角声呜咽"，还写过"羌笛一声愁绝"等。

先看写更漏声的《菩萨蛮》与《更漏子》，前词云：

> 竹风轻动庭除冷，珠帘月上玲珑影。山枕隐秾妆，绿檀金凤凰。　两蛾愁黛浅，故国吴宫远。春恨正关情，画楼残点声。

此词是温庭筠十四首《菩萨蛮》的最后一首，写月夜情思。"竹风轻动庭除冷，珠帘月上玲珑影"先以景语出之，风轻竹摇庭除清冷，珠帘扰月疏影玲珑，一幅极为幽清的夜景。女子秾妆倚枕愁卧，所愁何事？是因身在吴宫而遥思故国故人吗？"春恨正关情，画楼残点声"，特别是其曾中的"春恨"二字可视为此词的关捩。"春"点出时间，"恨"点染情绪，因何生恨？正如浦江清先生所说："春恨者，春闺遥怨也。画楼残点，天将明矣，见其心事翻腾，一夜未睡，故乡既远，彼人又遥，身世萍飘，一无着落，不胜凄凉之感。飞卿特以此章作结，不但画楼残点，结语悠远，而且自首章言晨起理妆，中间多少时日风物之美，欢笑离别之情，直至末章写夜深入睡，是由动而返静也。"①

晏殊在《喜迁莺》中点化过温庭筠"画楼残点声"句亦写更漏之

---

① 浦江清：《词的讲解》，《浦江清文录》，第167页。

声，其词云：

> 烛飘花，香掩烬。中夜酒初醒。画楼残点两三声。窗外月胧明。　晓帘垂，惊鹊去。好梦不知何处。南园春色已归来。庭树有寒梅。

上片写中夜酒醒，月色朦胧，忽闻画楼更漏之声。下片以"晓帘垂"起，写时光流转，天已破晓，好梦无处，春色归来，寒梅已着枝。应当说，这首词一如晏殊词典雅清丽之风，不疾不徐。上片"残点"二字，《四库全书》本《珠玉词》作"残笛"，《唐宋名贤百家词》本、毛晋《汲古阁》本以及《历代诗余》本皆作"残照"。就语意论，"残点""残笛"皆与声音相关，一是更漏声，一是笛声，也正与"两三声"相吻合，但半夜吹笛略显唐突，未若更漏之声熨帖。至于"残照"则与"两三声"较为隔阂，故而我们此处依《全宋词》本，取"残点"而不取"残笛""残照"。

温庭筠《更漏子》词云：

> 柳丝长，春雨细，花外漏声迢递。惊塞雁，起城乌，画屏金鹧鸪。香雾薄，透帘幕，惆怅谢家池阁。红烛背，绣帘垂，梦长君不知。

刘学锴先生称："本篇抒写女子春夜闻更漏声所触发之相思与惆怅。上片均围绕'漏声'来写。起三句以细长袅娜之柳丝、迷蒙淅沥之雨丝，烘托漏声之悠远，以表现女子长夜不寐、愁听更漏时深长幽细而迷惘的情思。'惊塞雁，起城乌'二句，写女子在夜听更漏的过程中，听到雁鸣、乌啼而想象其为漏声所惊起，透露出寂寥、凄清和骚屑不宁的心绪。"①钱锺书先生也对"惊塞雁，起城乌，画屏金鹧鸪"句给予了较多关

---

① （唐）温庭筠著，刘学锴撰：《温庭筠全集校注》（下册），第955页。

注,他说:"雁飞乌噪,骚离不安,而画屏上之鹧鸪宁静悠闲,萧然事外。……陈廷焯《白雨斋词话》卷一说温词云:'此言苦者自苦、乐者自乐。'中肯破的。"① 这首词的上片重听觉,下片重视觉,下片承接"画屏金鹧鸪"句意而下,写女子居处。结处的"梦长君不知"再次点出春思的主题。

柳永在《少年游》中写过"花外漏声遥",此句与温庭筠"花外漏声迢递"皆注重从听觉入手,写更漏之声:

> 帘垂深院冷萧萧。花外漏声遥。青灯未灭,红窗闲卧,魂梦去迢迢。 薄情漫有归消息,鸳鸯被、半香消。试问伊家,阿谁心绪,禁得恁无憀。

这首《少年游》柳永纯以弃妇的口吻出之。上片写居处之景,"首句中的'冷萧萧'明写'帘垂深院'的环境氛围,暗写主人公心中的清冷寂寞。次句中的'漏声遥',明写夜静更深,暗写主人公夜不能寐;'漏声遥'前冠以'花外'二字,既补足了首句的院落之深,更表明此刻是为开花季节,则首句中的'冷'就更突出乃内心的冷寂,而非自然界的严寒"②。将柳永笔下的明暗两条线索分析得极为透彻,真可谓的论。下片写女子心绪,以魂梦离身写出其思念之深、怀念之切。

从温、柳二词来看,无论是"花外漏声迢递"还是"花外漏声遥",皆注重了至少三个要素:一是花外,表明已是花开时节;二是更漏声,将时间段细化至夜间;三是"迢递"与"遥",皆是无眠的女子百无聊赖之中对连绵、邈远的更漏之声的体味。一则反衬出夜之静,一则反衬出人之醒。

上举的《菩萨蛮》与《更漏子》,自女子听觉入手,场景是在闺阁

---

① 钱锺书:《管锥编》(第4册),第2286页。
② 顾之京等编著:《柳永词新释辑评》,中国书店2005年版,第291页。

之内。温庭筠还有一首写羁旅行役的《更漏子》，场景由闺阁转向城楼，其云：

> 背江楼，临海月，城上角声呜咽。堤柳动，岛烟昏，两行征雁分。　京口路，归帆渡，正是芳菲欲度。银烛尽，玉绳低，一声村落鸡。

俞陛云称温庭筠此词："就行役昏晓之景，由城内而堤边，而渡口，而村落，次第写来，不言愁而离愁自见。其'征雁'句寓分手之感。唐人七岁女子诗'所嗟人异雁，不作一行飞'，亦即此意。结句与飞卿《过潼关》诗'十里晓鸡关树暗，一行寒雁陇云愁'、清真词'露寒人远鸡相应'，皆善写晓行光景。"① 俞氏所言极为精当，整首词写羁旅行役者黎明之际的所见所闻所思所感，远近相间，动静相间。刘学锴先生认为此首"当是会昌三年暮春自吴中归长安途中作"，且称其："全篇境界开阔，格调清新，与其闺情词之局限于闺阁庭院，风格偏于密艳迥然不同。观此，可知飞卿词虽绝大部分为应歌之作，但亦偶有佚出此范围以外者。此篇就性质而言，与其《商山早行》等行旅诗并无二致，风格亦近，纯为基于个人行旅生活体验的自我抒情之作，而非类型化的代言体。文人行役词，此当为现存作品中时代最早者（前此刘长卿有《谪仙怨》，性质近似，系贬谪途中作，内容亦抒'谪去'之恨，或当视为贬谪词）。"② 对该词评价甚高。

赵长卿《醉落魄·初夜感怀》亦曾写道："边城画角声呜咽"，与温庭筠"城上角声呜咽"之语有异曲同工之妙：

> 伤离恨别。愁肠又似丁香结。不应斗顿音书绝。烟水连天，何

---

① 俞陛云：《唐五代两宋词选释》（上册），上海古籍出版社2011年版，第23页。
② （唐）温庭筠著，刘学锴撰：《温庭筠全集校注》（下册），第964页。

处认红叶。　残更数尽银缸灭。边城画角声呜咽。罗衾泪滴相思血。花影移来，摇碎半窗月。

上片以"丁香结"与"红叶"两个典故串并起来，凸显"伤离恨别"的主题。下片起笔便是"残更数尽银缸灭"，"数尽"残更包含了多少无聊与落寞。当此际，无所事事，只有默默静数更漏之声，谁知随着时间推移，银缸亦悄然熄灭。惆怅之际，复听到"边城画角声呜咽"，角声呜咽，使其一直紧绷的情绪有些失控，罗衾滴泪，心头滴血。帘外花影婆娑，被风摇碎的，不只有月影、花影，怕是还有"伤离恨别"之心。

我们回过来再看温庭筠的这首《更漏子》，此词除了写城上的角声，还在煞尾处宕开一笔，写道"银烛尽，玉绳低，一声村落鸡"，将眼前的银烛、举首所见的晨星，以及耳闻的远村的鸡鸣声，打并在一起，这一场景，画面感极强。周邦彦有一首《蝶恋花·早行》，下片结处所写之情形，正与"银烛尽，玉绳低，一声村落鸡"句相仿佛：

月皎惊乌栖不定。更漏将残，辘轳牵金井。唤起两眸清炯炯。泪花落枕红绵泠。　执手霜风吹鬓影。去意徊徨，别语愁难听。楼上阑干横斗柄。露寒人远鸡相应。

正如卓人月所称，这首词将夜色晨光将断将续之际，写得黯然欲绝。沈际飞对末句"鸡相应"极为称道，"妙在想不到，又晓行时所必到"[①]。其实，周邦彦此词结处"楼上阑干横斗柄。露寒人远鸡相应"句，正是点化温庭筠而来。"阑干横斗柄"与"玉绳低"相对应，"鸡相应"与"一声村落鸡"相对应。不同之处在于周邦彦变换了句式，最为关

[①] （明）沈际飞：《草堂诗余正集》，转引自（宋）周邦彦著，孙虹校注，薛瑞生订补《清真集校注》（上册），中华书局2007年版，第168页。

键的是他增加了方位词"楼上",增加了主观感受"露寒人远",这样一来,就使得化用的痕迹几近消弭。

除此而外,温庭筠还在《定西番》中写到了羌笛声:"汉使昔年离别,攀弱柳,折寒梅,上高台。　千里玉关春雪,雁来人不来。羌笛一声愁绝,月裴回。"这首词所反映的内容,正与《定西番》的词调相关,是对边塞生活的反映。上片以攀柳、折梅典写离别相思;下片以人与雁相对比,雁归人不归,反衬出征人久不还乡的苦闷之情。"戍楼之上,羌笛声悲,月光徘徊,令人无限哀愁。上片从回忆中写昔之伤别,下片从想象中写今之伤离。意境开阔,风格清迥。文人之边塞词,中唐韦应物《调笑》(胡马)外,此当为时代较早者。"① 在宋词之中,如无名氏亦在《临江仙》词中写过:"别有玲珑潇洒处,月梢淡影笼遮。休教羌笛一声嗟。宫妆犹未似,留取意无涯。"或以为温氏此词中的"羌笛"云云,乃用王之涣"羌笛何须怨杨柳,春风不度玉门关"(《凉州词》)句,从整首词的下片来看,此说不谬。我们认为,温词的"玉关""羌笛"并举,确有脱胎自王诗的意味,但其能将笛声坐实,营造出月下闻笛之境,较之王诗则更进了一步。

见过温庭筠对更漏声、对角声、对笛声的体会与表达,我们再看一首他写寂静的《菩萨蛮》:

> 夜来皓月才当午,重帘悄悄无人语。深处麝烟长,卧时留薄妆。　当年还自惜,往事那堪忆。花露月明残,锦衾知晓寒。

这首词写女子春夜独睡,自始卧一直写到破晓。"夜来皓月才当午"表明女子准备入睡时已经午夜,但仍用一个"才"字写自觉时间尚早,凸显出其百无聊赖迟迟不愿入睡。"重帘悄悄无人语",虽未如上面几首点出声响,却也以"悄悄"二字写出了孤寂之情。正因无人,故而

---

① (唐)温庭筠著,刘学锴撰:《温庭筠全集校注》(下册),第981页。

"悄悄"，故而孤寂。下片转忆昔时，却又感觉旧境难回，旧人难追。待到夜已深，月已残，深闺之人，一夜辗转，虽有锦衾，犹觉晓寒。

晁端礼有一首《踏莎行》，其中"悄无人语重帘卷"句便自温庭筠"重帘悄悄无人语"句来，其词云：

> 萱草栏干，榴花庭院。悄无人语重帘卷。屏山掩梦不多时，斜风雨细江南岸。　昼漏初传，林莺百啭。日长暗记残香篆。洞房消息有谁知，几回欲问梁间燕。

晁词上片由栏干、庭院写到重帘深卷的闺房。"重帘悄悄无人语"，写深闺中的女子春夜辗转反侧难以入眠，而"悄无人语重帘卷"则写独处闺房的女子白天卷起重帘，无声无息"悄无人语"，一写夜之静，一写昼之静。不同之处在于，温庭筠是女子视角，写女子春夜之孤寂；晁词偏男性视角，特别是下片"洞房消息有谁知，几回欲问梁间燕"一句，更逗漏出对身处闺房重帘之中的女子的向往与怀念。

王国维曾在《人间词话》中以"画屏金鹧鸪"评价温庭筠之词品，可能有感于温氏擅长铺排精美名物而发。若是转换角度，从听觉入手，我们会发现，温庭筠还长于把握细微的声音变化，举凡更漏声、号角声、羌笛声等等皆被容纳到相关的作品中，或者说正是依靠对这些声音的掌控，使得这些词作呈现出与"画屏金鹧鸪"之类作品不同的面貌来。

浦江清先生曾指出温庭筠的一些词得力于南朝乐府，去古未远，"南朝乐府中多谐音双关语，如莲借为怜，藕借为耦，棋借为期，碑借为悲之类，飞卿亦偶用此，而自然高雅，不落俚俗。'满宫明月梨花白'，梨借为离别之离，所以下面紧接'故人万里关山隔'，有这谐音的联想，更觉语妙。'心事竟谁知，月明花满枝'，'鸾镜与花枝，此情谁得知'，枝、知亦是谐音双关语……这种诗词的特殊的语言是直接从民歌里来的，飞卿熟悉这一类乐府歌曲中的用语，不期然而然地用了出来，意味非常深厚。陈廷焯《白雨斋词话》曾指出'鸾镜与花枝，此情谁得知'，谓含有深意，却不曾说明深意究竟何在。……换言之，即这一类的句法的脉络，不在思想因素上，也不在境界上，而在于语言本身的关联上"①。浦先生注意到温词用语与南朝乐府民歌的关系，真可谓目光如炬。除却他所举的这些例子，温庭筠还有两首词《新添声杨柳枝词》亦曾使谐音双关语，对宋词也产生了一定的影响，其一云：

  一尺深红胜曲尘，天生旧物不如新。合欢桃核终堪恨，里许元来别有人。（其一）

这两首作品见于《云溪友议》卷下《温裴黜》，使用了谐音双关等手法。其一"一尺深红"当指荷花，"曲尘"原为酒曲上所生之菌，因色淡黄如尘，亦用以指淡黄色。后亦有人因淡黄色而借指柳条，例如唐杨巨源"水边杨柳曲尘丝，立马烦君折一枝"（《折杨柳》）、刘禹锡"凤阙轻遮翡翠帏，龙池遥望曲尘丝"（《杨柳枝词》之三）、司空图"笑问江头醉公子，饶君满把曲尘丝"（《杨柳枝词》之十一）等皆以之代指柳条、柳丝。那么，这短短七字之句，要表达什么意思？何谓"胜"曲尘？对句交代得很清楚，那便是"天生旧物不如新"，柳条是旧物，一尺深红的荷花是新生长出来的，是新物，旧不如新。接下来说"合欢桃核终堪恨"，桃核因由两半组成，故曰"合欢桃核"，因何而恨？"里许元来别有人"句中的"人"为谐音双关，既指桃核里面的桃仁，又指"对方心中另有情人。承第二句'旧物不如新'之意"②。皇甫松《竹枝》也有"筵中蜡烛泪珠红，合欢桃核两人同"的说法，只是皇甫松所写的是男女情真意切，未若温词中的喜新厌旧而已。

---

  ① 浦江清：《词的讲解》，《浦江清文录》，第146页。
  ② （唐）温庭筠著，刘学锴撰：《温庭筠全集校注》（中册），第876页。

到了宋人诗词中，桃核、桃仁成了较多出现的谐音双关意象。例如黄庭坚便有一首《少年心》袭用此法：

> 对景惹起愁闷。染相思、病成方寸。是阿谁先有意，阿谁薄幸。斗顿恁、少喜多瞋。　合下休传音问。你有我、我无你分。似合欢桃核，真堪人恨。心儿里、有两个人人。

山谷此首用诙谐的笔调描写了热恋中的男女猜疑、埋怨、嗔怒、依恋、相思的细节。下片以桃核作喻，称道："你有我、我无你分"，未若"合欢桃核"，因为桃核心里，"有两个人人"。清人贺裳在《皱水轩词筌》中曾明确指出山谷此首自温庭筠推演而来，但称其"拙矣"。刘熙载却不以为然，称："黄山谷词用意深至，自非小才所能辨。惟故以生字俚语，侮弄世俗，若为金元曲家滥觞。"① 其说较为公允。

当然，宋诗中也有不少以桃核、桃仁谐音双关的作品。赵令畤《侯鲭录》卷八记载："东坡在黄冈，与张从惠吉老同一州。吉老妻，予从姑也。遇生日，请坡夫妇饮。适有新桃，食之见双仁。坡戏作《献寿》诗云：'终须跨个玉麒麟，方丈蓬莱走一巡。敢献些儿长寿物，蟠桃核里有双仁。'"② 苏轼以此双仁谐音为张从惠祝寿。再有一些就是僧人偈颂，以下皆为此类：

> 千年桃核里，元是旧时仁。（释宗杲《偈颂一百六十首·其四七》）③

> 拶破多年桃核里，分明只是旧时人。（释崇岳《偈颂一百二十

---

① 唐圭璋：《词话丛编》（第4册），第3691页。
② （宋）赵令畤撰，孔凡礼点校：《侯鲭录》卷八（与彭□撰，孔凡礼点校《墨客挥犀》《续墨客挥犀》合刊），中华书局2002年版，第197页。
③ （宋）释宗杲：《偈颂一百六十首·其四七》，《全宋诗》（第30册）卷一七二〇，第19367页。

三首·其三七》)①

八两还他是半斤,陈年桃核旧时仁。(释慧开《偈颂八十七首·其五四》)②

觅一毫旧相,了不可得,千年桃核里,元是旧时仁。(释惟一《偈颂一百三十六首·其八九》)③

这些宋僧偈颂,皆以"千年桃核"与"旧时仁"相对。在"桃核"前面加上"千年"这一定语,再与"旧时仁"对称,这一写作方法,当源自释宗杲。释宗杲的语录,由弟子编纂汇集在《大慧普觉禅师语录》中,卷三便有此说,"新鞭法鼓,岁旦上堂:'新岁击新鼓,普施新法雨。万物尽从新,一一就规矩。普贤大士欣欢,乘时打开门户,放出白象王,遍地无寻处。'拈起拄杖云:'唯有这个不属故新,等闲开口吞却法身。'掷下云:'是甚么?千年桃核里,元是旧时仁。'"④ 温词、黄词与偈颂虽皆是用桃核、桃仁的谐音双关之法,但偈颂偏重强调虽然时间久长,仍为旧物;温、黄二词则偏重写男女之情。着眼点虽同,表情立意却绝不相类。

当然,这一部分借谐音双关手法表情达意的词作,在温庭筠集中属于偶出。温庭筠最擅长的词作,大抵以表现女性的生活、感情(特别是离愁别绪)为主,风格则体现出"浓艳密丽"与"清疏明丽"两种类型。就其对宋词产生影响最为明显的词作来看,也基本上是以描写女性,表达相思离别的作品为主,这一点正与温氏的主体词风与词作特点相吻合。

---

① (宋)释崇岳:《偈颂一百二十三首·其三七》,《全宋诗》(第45册)卷二四一〇,第27817页。
② (宋)释慧开:《偈颂八十七首·其五四》,《全宋诗》(第57册)卷二九九七,第35662页。
③ (宋)释惟一:《偈颂一百三十六首·其八九》,《全宋诗》(第62册)卷三二七二,第39007页。
④ CBETA, T47, no.1998A, p.821c18-23。

第二节 温诗对宋词的影响

闻一多先生在论贾岛时，曾偶然提到："由晚唐到五代，学贾岛的诗人不是数字可以计算的，除极少数鲜明的例外，是向着词的意境与词藻移动的，其余一般的诗人大众，也就是大众的诗人，则全属于贾岛。从这观点看，我们不妨称晚唐五代为贾岛时代。"① 且先不论晚唐五代是否真的可以被称为"贾岛时代"，闻先生提及的当时"除极少数鲜明的例外，是向着词的意境与词藻移动的"观点颇为振聋发聩，晚唐五代确实有一些诗人是"向着词的意境与词藻移动的"。那么，问题是，哪些诗人属于"向着词的意境与词藻移动的"？

陈伯海先生在论及曲子词与晚唐诗歌的关系时，恰好也有过一段很精当的评价："曲子词的艺术风格，与晚唐诗可谓桴鼓相应。由于温李诗派的开创者温庭筠同时也是花间词的鼻祖，这两种文学形式在晚唐基本上是同步行进的，很难说是谁先影响了谁，只能看作为一种同感共振、交互渗透的关系。从总体上看，晚唐诗所反映的生活面，当然要比曲子词开阔得多，决不限于咏写绮情怨思。但正是这方面题材所开辟的深美闳约的艺术境界，构成了晚唐诗歌创新上的重要特色，这显然与曲子词的广泛流行分不开。就具体作家的创作实践来看，温庭筠写诗亦写词，诗风与词风常有相通之处。……那种秾丽的色泽和幽怨的情味，跟他的大部分词篇颇为接近。同时的李商隐有诗无词，而脍炙人口的无题诸章，善于用精美的物象传达出要眇的意境，其神似于词甚且超过了温庭筠。如果说，温、李抒写爱情生活的诗章，比之于词，尚不免有矜持刻炼之处，多少显示出'诗庄词媚'（王又华《古今词论》引李东琪语）的分界，那么，到了韩偓《香奁集》里的小诗，就完全打破了这个限界，把诗境与词境溶成了一片。像'娇娆意绪不胜羞，愿倚郎肩

---

① 闻一多：《唐诗杂论》，上海古籍出版社2006年版，第36页。

永相著'(《意绪》)……之类描写,绘声绘影,酣畅淋漓,活脱是词的口吻。至如《懒卸头》一诗别题作《生查子》词,《六言三首》考断为《谪仙怨》的变体,而《三忆》、《玉合》、《金陵》诸长短句则被视作曲子词的创调(见林大椿《唐五代词校记》引王国维语),那就更是连诗词体制也沟通莫辨了。由此看来,从温、李以至韩偓,诗的词化现象愈来愈明显,终于到达诗词合流的地步,这应该说是晚唐诗演变中的一大关键。"①

陈先生特意拈出温庭筠、李商隐和韩偓,敏锐而又准确地勾勒出晚唐诗歌的词化现象,若与闻先生之说并观,我们至少可以认定温、李、韩三位身上体现出"向着词的意境与词藻移动"的迹象。

一 "尽入诗余"

如果温庭筠诗中真有"向着词的意境与词藻移动"的作品,那么,是哪些作品呢?

许学夷在《诗源辩体》中透露出一些线索:

> 庭筠七言古,声调婉媚,尽入诗余(与李商隐上源于李贺,下流至韩偓诸体)。如"家临长信往来道"一篇,本集作《春晓曲》,而诗余作《玉楼春》,盖其语本相近而调又相合,编者遂采入诗余耳。其他调略摘以见。如"四方倾动烟尘起,犹在浓团梦魂里。后主荒宫有晓莺,飞来只隔西江水。""为君裁破合欢被,星斗迢迢共千里。象尺熏炉未觉秋,碧池已有新莲子。""回輈笑语西窗客,星斗寥寥波脉脉。不逐秦王卷象床,满楼明月梨花白。""玉墀暗接昆仑井,井上无人金索冷。画壁阴森九子堂,阶前细月铺花影。""百舌问花花不语,低回似恨横塘雨。蜂争粉蕊

---

① 陈伯海:《唐诗学引论》(增订本),上海古籍出版社2015年版,第88—89页。

蝶分香，不似垂杨惜金缕"等句，皆诗余之调也。①

许学夷所列数句，分别源自《春晓曲》《春江花月夜词》《织锦词》《舞衣曲》《生祆屏风歌》以及《惜春词》。下面我们一一考察，许氏列出的这些作品是否如其所言"尽入诗余"。

胡仔在《苕溪渔隐丛话》中称温氏《春晓曲》"殊有富贵佳致也"，大抵是从"油壁车轻金犊肥，流苏帐晓春鸡早。笼中娇鸟暖犹睡，帘外落花闲不扫"诸句着眼。王世贞也注意到这几句尤具词意："'油壁车轻金犊肥，流苏帐晓春鸡报'，非歌行丽对乎？……然是天成一段词也，著诗不得。"②贺裳在《皱水轩词筌》中先引王世贞之说，之后笔锋一转，复称："按温集作《春晓曲》，不列之诗。《花间》采温词最多，此亦不载，仅《草堂》收之耳。然细观全阕，惟中联浓媚，如'笼中娇鸟暖犹睡'，亦不愧前语。至'帘外落花闲不扫'，已觉其劲。至'衰桃一树临前池，似惜红颜镜中老'，尤不旖旎也。作歌行为当。"③贺裳认为此首不当入词而具歌行之本色。许学夷称此首"本集作《春晓曲》，而诗余作《玉楼春》，盖其语本相近而调又相合，编者遂采入诗余耳"。《草堂诗余》将这首《春晓曲》题为《玉楼春·春暮》置于卷一之中，《花草粹编》卷一一同样也以《玉楼春·春暮》为题收录了此首。到了清代的《御选历代诗余》，也将这首题为《玉楼春》收录在卷三二中。刘学锴先生在校注温集时，称"又《木兰花》（家临长信往来道）即诗集卷三《春晓曲》，非词。词集中均不再录"④。由此见出，《春晓曲》确因有近词之处，遂成为前人以词目之的

---

① （明）许学夷著，杜维沫校点：《诗源辩体》卷三〇，人民文学出版社1987年版，第290页。
② （明）王世贞：《弇州山人词评》，张璋等编纂：《历代词话》（上册），大象出版社2002年版，第343页。
③ （清）贺裳：《皱水轩词筌》，《历代词话》（下册），第1021页。
④ （唐）温庭筠著，刘学锴撰：《温庭筠全集校注》（下册），第1036页。

重要原因。

再看《春江花月夜词》，温氏之作与之前的同题之诗并不相似，而是专讽陈、隋之亡。其中部分用语深婉精微，沾溉宋词良多。例如开篇"玉树歌阑海云黑，花庭忽作青芜国"写《玉树后庭花》歌罢，陈代倏忽而亡。满目疮痍，"华美的宫苑转眼间已成青绿色的平芜"[①]。昨天尚是花庭，今朝即已青芜，这种场景的转变，既给人以突兀感，又有强烈的画面感与震撼力。如周邦彦即在《大酺·春雨》词中袭用过"青芜国"之语以写春去花残、百般萧索之景，词云：

> 对宿烟收，春禽静，飞雨时鸣高屋。墙头青玉旆，洗铅霜都尽，嫩梢相触。润逼琴丝，寒侵枕障，虫网吹黏帘竹。邮亭无人处，听檐声不断，困眠初熟。奈愁极顿惊，梦轻难记，自怜幽独。
>   行人归意速。最先念、流潦妨车毂。怎奈向、兰成憔悴，卫玠清羸，等闲时、易伤心目。未怪平阳客，双泪落、笛中哀曲。况萧索、青芜国。红糁铺地，门外荆桃如菽。夜游共谁秉烛。

这首词通篇写雨景。上片起句便点出"春雨"，之后不断变换位置，从屋外，到室内，再到邮亭，总写风雨之中难以入梦。下片转写为雨所困之行人心境。结处"况萧索、青芜国。红糁铺地，门外荆桃如菽"化用温庭筠"青芜国"之语转写风雨之中萧索之景，与全篇的主题相呼应。

刘克庄《满江红》词，也点化"青芜国"之说写残春之景：

> 糁径红茵，莫要放、儿童抛砾。知渠是、仙家变幻，佛家空色。青女无端工翦彩，紫姑有祟曾迷赤。但双双、戏蝶绕空枝，飞还息。　鲸量减，驹阴急。芳事过，余情惜。漫新腔窈渺，奏云和

---

① （唐）温庭筠著，刘学锴撰：《温庭筠全集校注》（上册），第173页。

瑟。飘荡随他红叶水,萧条化作青芜国。忆桥边、池上共攀翻,空留迹。

这首词与刘克庄集中之前的五首《满江红》一样,同调同韵,皆为咏丹桂之作。上片写丹桂花谢、"戏蝶绕空枝",流露出惜花之情;下片写因花谢而使人情绪低落,酒量邃减。结处"飘荡随他红叶水"写丹桂坠入水中,随红叶飘零,"萧条化作青芜国",一派春去无归的萧索景象。应当说,无论是周邦彦还是刘克庄,对于温庭筠"青芜国"的化用基本上能承袭温诗原意而略有新意。

再如《春江花月夜词》"百幅锦帆风力满"句状写出隋炀帝锦帆彩缆御江都之事。其中的"百幅"形容锦帆规模之大,"风力满"则描写出乘风破浪的恢宏气势。蔡伸《满江红》词化用过温庭筠此句,词云:

人倚金铺,颦翠黛、盈盈堕睫。话别处、留连无计,语娇声咽。十幅云帆风力满,一川烟暝波光阔。但回首、极目望高城,弹清血。　并兰舟,停画楫。曾共醉,津亭月。销魂处,今夜月圆人缺。楚岫云归空怅望,汉皋佩解成轻别。最苦是、拍塞满怀愁,无人说。

蔡伸此词写离别。其中"十幅云帆风力满,一川烟暝波光阔"显然自"百幅锦帆风力满"句脱略而出,借风起将行、烟波暝曚之景抒写离愁别绪。再如萧允之《蝶恋花》写怀人,亦用温诗:

十幅归帆风力满。记得来时,买酒朱桥畔。远树平芜空目断。乱山惟见斜阳半。　谁把新声翻玉管。吹过沧洲,多少伤春怨。已是客怀如絮乱。画楼人更回头看。

开篇"十幅归帆风力满"自是从温庭筠诗句而来。上片以女子视角切入，写所怀念之人昔日乘船来时，曾于桥畔沽酒。而今望去，只有远树平芜、斜阳乱山，当年的云帆与归人皆已不见影踪。上片写女子怀念男子，下片转从男子视角入笔，写远行为客，心绪紊乱，忍不住忆起佳人。可惜的是画楼中屡屡回头凝望的佳人，却不是自己所长久怀念的。对当前景，有眼前人，却未排遣得了心中事。卓人月在《古今词统》卷九中称萧允之此词："本王昌龄诗：'寥寥浦溆寒，响尽惟幽林。不知谁家子，复奏邯郸音。'"① 此说颇有见地。

再如写织锦女子相思离别的《织锦词》因用语低婉、感情细腻亦具诗余之风，多为宋词所关注。开篇"丁东细漏侵琼瑟，影转高梧月初出"写叮咚的夜漏声与琼瑟声相混杂，时光流转，明月初升而树影渐移，使得静夜织锦之事极富画面感。

宋理宗淳祐六年（1246）元旦，吴文英追忆去姬，创作的《塞垣春·丙午岁旦》一词即化用温庭筠诗句，词云：

> 漏瑟侵琼管。润鼓借、烘炉暖。藏钩怯冷，画鸡临晓，怜语莺啭。瘗绿窗、细咒浮梅盏。换蜜炬、花心短。梦惊回，林鸦起，曲屏春事天远。　迎路柳丝裙，看争拜东风，盈灞桥岸。鬓落宝钗寒，恨花胜迟燕。渐街帘影转。还似新年，过邮亭、一相见。南陌又灯火，绣囊尘香浅。

上片"漏瑟侵琼管"自温庭筠"丁东细漏侵琼瑟"（《织绵词》）化来，写夜漏叮咚，与瑟管之声相杂。这首词虽题为岁旦，上片却是全写除夕，下片方始转入写春事，写追忆，借今昔对比流露思念之情。除却此首，吴文英还在《秋思·荷塘为括苍名姝求赋其听雨小阁》一词化用

---

① （明）卓人月汇选，徐士俊参评，谷辉之校点：《古今词统》（下册）卷九，辽宁教育出版社2000年版，第341页。

过温庭筠"丁东细漏侵琼瑟"句,词云:

> 堆枕香鬟侧。骤夜声、偏称画屏秋色。风碎串珠,润侵歌板,愁压眉窄。动罗箑清商,寸心低诉叙怨抑。映梦窗,零乱碧。待涨绿春深,落花香泛,料有断红流处,暗题相忆。 欢酌。檐花细滴。送故人、粉黛重饰。漏侵琼瑟。丁东敲断,弄晴月白。怕一曲、霓裳未终,催去骖凤翼。叹谢客、犹未识。漫瘦却东阳,灯前无梦到得。路隔重云雁北。

此是吴文英应荷塘先生之请,为其括苍名姝之听雨阁所作之词。整首词紧紧围绕着"听雨"二字展开。下片"欢酌。檐花细滴"自老杜"清夜沉沉动春酌,灯前细雨檐花落"(《醉时歌》)句化出,而"漏侵琼瑟。丁东敲断"则自温诗脱略无疑。整首作品正如杨铁夫所称:"题是应荷塘之求而赋素未亲到之括苍听雨阁者。彼姝既未谋面,阁外风景亦不便虚拟,如《瑞鹤仙》之严陵然,但止可就'听雨'二字发挥。韩昌黎应王仲舒之请而作《新修滕王阁记》,亦是未经到过者,篇中以屡次可到而卒不能到为线索,一语不及风景。此词颇得其意。词中换头,从彼姝送荷塘行时作开,以取活局,是虚构,亦是纪实也。"① 极为精到地概括出吴文英既未临阁,又未睹人情形下"凭空结撰",却又能密切相关、字字不蹈空的艺术技巧,梦窗真可谓善布局者也。

《织锦词》结处以"象尺熏炉未觉秋"句道出时节尚未至秋,故而取暖的熏炉、拨火的象尺也都没有使用。宋词之中,也多将"象尺"与"熏炉"连用:

> 象尺熏炉,拂晓停针线。(寇准《点绛唇》)

---

① (清)杨铁夫笺释,陈邦炎、张奇慧校点:《吴梦窗词笺释》,广东人民出版社1992年版,第175页。

宝幄香缨，熏炉象尺，夜寒灯晕。（周邦彦《丁香结》）

象尺熏炉移永昼。粉涩浥浥蔷薇透。晚景看来浑似旧。沉吟久。个侬争得知人瘦。（陈克《渔家傲》）

相对熏炉象尺。新睡觉来无力。几日郎边无信息。闲拈双六掷。（袁去华《谒金门》）

象尺熏炉，翠针金缕，记倚床同绣。（吴文英《醉蓬莱·七夕和方南山》）

良宵谁念哽咽。对熏炉象尺、闲伴凄切。（张炎《绮罗香·席间代人赋情》）

上述几例自闺房着笔，皆将"象尺""熏炉"放置在闺房中，使之与寇莱公写女子彻夜未眠、周邦彦写羁旅怀人、陈克借"郎去后"的永昼和晚景抒写相思、吴文英写七夕怀人，以及与张炎写感伤离别等相契合。

被视作"丽而不妖，妖而不淫，依然得情之正"[①]的《舞衣曲》描写了富贵公子夜雨中观赏歌舞一事，诗人铺采摛文，用语既华美又淡雅，可谓浓淡相间，恰到佳处。诗云：

藕肠纤缕抽轻春，烟机漠漠娇蛾颦。金梭淅沥透空薄，剪落交刀吹断云。张家公子夜闻雨，夜向兰堂思楚舞。蝉衫麟带压愁香，偷得莺簧锁金缕。管含兰气娇语悲，胡槽雪腕鸳鸯丝。芙蓉力弱应难定，杨柳风多不自持。回鞶笑语西窗客，星斗寥寥波脉脉。不逐秦王卷象床，满楼明月梨花白。

《舞衣曲》"前四句写织机上织成空薄透明的丝绢，见舞衣材质之精良。中八句写贵显子弟夜间兰堂歌舞，既状女子舞衣之轻薄，又咏其歌喉之

[①]（清）黄周星：《唐诗快》，转引自《温庭筠全集校注》（上册），第41页。

婉转，舞姿之婀娜，以及堂上管弦齐奏之情景。末四句写舞罢歌歇，夜阑星稀，女子脉脉含情，然彼此终未欢洽，唯见满楼明月映照梨花如雪而已"①，刘先生对诗歌的表现及主旨概括得极为精当。"蝉衫麟带压愁香"一句，"形容舞者姣美香艳的面容脉脉含愁，似不胜轻薄衣衫腰带的重压"，为吴文英所关注，直接袭用在《珍珠帘·春日客龟溪，过贵人家，隔墙闻箫鼓声，疑是按舞，伫立久之》一词中，其云：

> 蜜沉烬暖萸烟袅。层帘卷、伫立行人官道。麟带压愁香，听舞箫云渺。恨缕情丝春絮远，怅梦隔、银屏难到。寒峭。有东风嫩柳，学得腰小。　还近绿水清明，叹孤身如燕，将花频绕。细雨湿黄昏，半醉归怀抱。蠹损歌纨人去久，漫泪沾、香兰如笑。书杳。念客枕幽单，看看春老。

这是吴文英闻听隔墙箫鼓之声有所感怀而作。其中的"麟带压愁香，听舞箫云渺"自温庭筠"蝉衫麟带压愁香"而来，写旧日之乐，正与今朝之惆怅相成对照。

再如《舞衣曲》末句"满楼明月梨花白"，写明月清光辉映，梨花如白雪一般。整首诗歌用语较为浓艳，此句转入写景，以疏淡之笔将浓艳化开，在某种程度上提升了整首诗的品格。温庭筠本人对此句也极为珍赏，不独诗中，在《菩萨蛮》词中也曾使用：

> 满宫明月梨花白，故人万里关山隔。金雁一双飞，泪痕沾绣衣。　小园芳草绿，家住越溪曲。杨柳色依依，燕归君不归。

浦江清先生称此首开篇乃是托物起兴，"见梨花而忽忆故人者，'梨'字借作离别之'离'，乐府中之谐音双关语也。夫明月之下，若梅若

---

① （唐）温庭筠著，刘学锴撰：《温庭筠全集校注》（上册），第41页。

杏，若桃若李，芳菲满园，何必独言梨花，此词人之剪裁，从梨花而触起离绪，乃由语言之本身引起联想也"①。浦先生从谐音双关的角度切入，颇有道理。其实，无论是单纯写明月、写梨花，还是从谐音双关角度来看，温庭筠都非常喜欢和重视"明月""梨花"意象的组合搭配，所以才在自己的诗词之中两次使用。

宋人也常于诗词之中化用温庭筠此句。例如沈括任翰林学士时，曾有《开元乐词》，深受神宗赏爱。其二云："楼上正临宫外，人间不见仙家。寒食轻烟薄雾，满城明月梨花。"② 其中的"满城明月梨花"句很明显自温庭筠而来。吕渭老《思佳客》也化用过温句，词云：

> 微点胭脂晕泪痕。更衣整鬓立黄昏。春风搅树花如雨，夕霭迷空燕趁门。　题往事，锦回纹。春心无定似行云。深屏绣幌空愁独，明月梨花殢一尊。

这首词与吕渭老惯于写闺情的整体词风相吻合，将一位面带泪痕、伫立于黄昏的女子放置在春风乍起、落花如雨、劳燕晚归的氛围中，行云无定，一如牵挂着行人的漂泊之心。结处"深屏绣幌空愁独，明月梨花殢一尊"转入写实，明月皎皎，梨花灿灿，而罗帷独空，唯将怨愁付与一樽。

至于宋诗中点化温句，或者同时使用"明月""梨花"意象的亦不在少数。

《容斋随笔》记载了一位能诗的吴僧法具，其有诗云："烧灯过了客思家，独立衡门数暝鸦。燕子未归梅落尽，小窗明月属梨花。""小窗明月属梨花"句也有几分温诗的味道。《全宋诗》将此诗并置于法具③、蕴

---

① 浦江清：《词的讲解》，《浦江清文录》，第161页。
② （宋）沈括：《开元乐词·其二》，《全宋诗》（第12册）卷六八六，第8011页。
③ （宋）法具：《春日》，《全宋诗》（第27册）卷一五三七，第17452页。

常①二人名下。《中国文学家大辞典·宋代卷》"法具""蕴常"二人条目称：

> 释法具，生卒年不详。字圆复，吴兴（今浙江湖州）人。北宋末、南宋初，游士大夫间，后圆寂于毗陵。长于诗，其现存诗如……"燕子未归梅落尽，小窗明月属梨花"诸篇，都清新可喜，不类僧人之作。著有《化庵湖海集》，今已佚。《全宋诗》卷一五三七录其诗十七首。事迹见《容斋三笔》卷一二、《宋诗纪事》卷九二。②

> 释蕴常，生卒年不详。字不轻（《舆地纪胜》卷五）。居丹徒山，与苏庠有诗歌唱酬。后苏庠弟祖可为僧，遂与之偕往庐山。擅长作诗，存留诗篇虽少，但多佳句，如……"燕子未归梅落尽，小窗明月属梨花"（《春日》），景象清丽，诗语流畅，颇类苏庠诗风，而绝无僧人之气。著有《荷屋集》（《天台续集别编》卷五），今已佚。《全宋诗》录其诗十首。事迹见陈起《增广圣宋高僧诗选》续集、《天台续集》别编卷五。③

据《全宋诗》《中国文学家大辞典·宋代卷》以及其他现在文献，此诗未可遽断作者为谁。虽如此，却颇为引人关注。后人还有题画之作将此诗录入画中。清初王鉴极为推崇元人倪瓒画作，曾遍访倪氏画作并加以临摹。故宫博物院现藏王鉴《仿倪云林溪亭山色图轴》一幅，纸本、墨笔，纵81.3厘米、横51.2厘米，该幅自题：

---

① （宋）蕴常：《春日》，《全宋诗》（第22册）卷一二八八，第14617页。
② 曾枣庄主编：《中国文学家大辞典·宋代卷》，中华书局2004年版，第884页。
③ 《中国文学家大辞典·宋代卷》，第904页。

烧灯过了客思家，寂寂衡门数暝鸦。燕子未归梅落尽，小窗明月属梨花。

燕子低飞不动尘，黄莺娇小未禁春。东风绿遍门前柳，细雨含烟愁路人。

春风春雨满眼花，梦中千里客还家，白鸥飞去烟波绿，谁采西园谷雨茶？

云林《溪亭山色》，乃其生平得意之作，向藏吴门王文恪家，今为王长安所收。此图上有云林书此三绝。余雨坐染香庵，绿梅初放，兴与境合，因涤砚漫仿其意，并录三诗于左。时庚戌二月朔，王鉴识。①

庚戌为康熙九年（1670），王鉴时年七十三岁。据王鉴题录可知，上引三绝，最初是元人倪瓒自题于《溪亭山色》图上。"燕子"一首，当为延祐七年庚申（1320）年倪瓒所作②。"春风"一首，见于倪瓒《清閟阁遗稿》卷八，题作《二月十九夜风雨凄然南渚旅寓篝灯与端叔共坐因念兵戈满地深动故山之思赋一绝》。至于"烧灯"一首，虽与后二首一同为倪氏题于画中，却非倪氏之诗，仅是过录而已。不过，由此亦能见出倪瓒对此诗的喜爱。

再如孔平仲"梨花带明月，银汉淡疏星"（《清夜》）③写夜行至小亭，见明月梨花、银河疏星、渔歌唱远、鬼火荧荧。此诗中的"明月"与"梨花"当是写实；李处权"得句幽人方起舞，夜寒明月在梨花"（《和怀英雪诗·其一》）④营造出明月夜雪的景象，诗中虽也写到了"梨花"，但应当是挂在枝头的落雪而非真梨花，以雪喻花而已；至于

---

① 聂卉主编：《故宫书画馆》（第9编），紫禁城出版社2010年版，第108页。
② 黄苗子、郝家林编著：《倪瓒年谱》，人民美术出版社2009年版，第12页。
③ （宋）孔平仲：《清夜》，《全宋诗》（第16册）卷九二八，第10932页。
④ （宋）李处权：《和怀英雪诗·其一》，《全宋诗》（第32册）卷一八三四，第20428页。

宋白"梨花明月皆如雪,时送清香到酒前"(《宫词·其七八》)①则写寒食时节,梨花、明月皆如春雪一般。应当说,这些将"明月""梨花"等意象容纳其中的诗词,或许多少都有几分温诗的影子。

二 俨然词境

温庭筠诗中有许多近词之处,还有一些作品"俨然花间词境"。例如刘学锴先生在校注《春愁曲》时,即有过关于温诗近词的论述,兹转引如下:

> 庭筠为文人词鼻祖,晚唐五代香艳词风与词史上婉约词风之开拓者,又为晚唐绮艳诗风代表人物之一。一身二任。故其诗风与词风之间的联系,颇值得探讨。其五七言古体乐府,辞藻丽密,色泽秾艳,风格颇近其词。《春愁曲》即其中较为典型之诗例。诗写闺中春愁,对女主人公之外貌、心理、行动均不作正面描绘刻画,完全借环境气氛之烘托渲染与自然景物之映衬暗示透露,写法细腻婉曲,俨然花间词境。其中若干诗句,使人自然联想起其《菩萨蛮》词中的句子。如"远翠"二句之与"小山重叠金明灭,鬓云欲度香腮雪","玉兔"句之与"江上柳如烟,雁飞残月天","觉后"二句之与"雨后却斜阳,杏花零落香"、"花落子规啼,绿窗残梦迷",取象造境,均极相似。但其此类作品由于刻意追摹李贺,不仅意境较为隐晦,语言亦时有生硬拗涩之处,与其词之圆融自然有别。表现亦稍嫌繁尽,不如其词之含蓄蕴藉。《春愁曲》亦不免有此弊。②

---

① (宋)宋白:《宫词·其七八》,《全宋诗》(第1册)卷二○,第285页。
② (唐)温庭筠著,刘学锴撰:《温庭筠全集校注》(上册),第170页。

刘先生此论，至少包含了如下信息：一，温氏五七言古体乐府中，有风格近词的作品；二，细腻婉曲之写法，更使其俨然花间词境；三，这类作品因上追李贺，故而有生涩处，未若词之圆融。应当说刘先生的这些判断都极为精准，正如他所揭示的，温氏近词之诗，多因其写法"细腻婉曲"；温庭筠除了取法李贺，还极力追摹前贤时彦，取法广博，同时也以这些作品启示后昆。

如《惜春词》一首，风韵流动，声调婉媚，刻画细腻，不但"尽入诗余"，亦颇具花间词境：

百舌问花花不语，低回似恨横塘雨。蜂争粉蕊蝶分香，不似垂杨惜金缕。愿君留得长妖韶，莫逐东风还荡摇。秦女含颦向烟月，愁红带露空迢迢。

此首"起二句有韵致，似小词"①，刘学锴先生注称欧阳修词"泪眼问花花不语"从此句化出②，注意到了诗人与词人在"问花花不语"使用上的承袭。其实，若从渊源来看，唐人严恽有一首《落花》③，诗中便有"问花花不语"之说。严恽，吴兴人，举进士不第，尝与杜牧游，今存诗唯此首《落花》诗。杜牧集中恰有《和严恽秀才落花》："共惜流年留不得，且环流水醉流杯。无情红艳年年盛，不恨凋零却恨开。"《杜牧年谱》将杜牧和诗系于大中五年，时杜氏正在湖州刺史任上，则严恽之诗当作于大中五年或之前。对于温庭筠《惜春词》作于何时，温诗与严诗之间是否有借鉴、师法，囿于文献，我们不得而知。

韦庄有一首《归国谣》，其云："春欲暮，满地落花红带雨。惆怅玉笼鹦鹉，单栖无伴侣。　南望去程何许，问花花不语。早晚得同归

---

① （唐）温庭筠著，刘学锴撰：《温庭筠全集校注》（上册），第167页。
② 同上书，第166页。
③ （唐）严恽：《落花》诗云："春光冉冉归何处，更向花前把一杯。尽日问花花不语，为谁零落为谁开。"［《全唐诗》（第16册）卷五四六，第6308页］

去，恨无双翠羽。"中间直袭"问花花不语"之说。

到了宋代，晁补之亦在《江神子·集句惜春》词中袭用过"问花花不语"，词云：

双鸳池沼水融融。桂堂东。又春风。今日看花，花胜去年红。把酒问花花不语，携手处，遍芳丛。　留春且住莫匆匆。秉金笼。夜寒浓。沉醉插花，走马月明中。待得醒时君不见，不随水，即随风。

这首词借集句的形式写惜春怀人之情，分别集张先、李商隐、李煜、欧阳修、晏殊、张泌等人作品。关于"把酒问花花不语"句，乔力先生认为："此句写对花的爱抚流连之情。原见冯延巳《蝶恋花》：'泪眼问花花不语，乱红飞过秋千云。'"①

其实这就涉及《蝶恋花》（庭院深深深几许）②的归属问题，或主张其为冯延巳词，或认为此乃欧阳修词。胡可先先生在《欧阳修词校注》中对此公案进行了颇为详尽的梳理分析③，认为该首当为欧词，我们认同此说。但同时，《欧阳修词校注》又认为"泪眼问花花不语"乃是袭用严恽《落花》诗意④。其实，张宗橚早在《词林纪事》卷四中即对欧公此句有过考论："《南部新书》记严恽诗：'尽日问花花不语，为谁零落为谁开。'此阕结二句似本此。"⑤俞平伯先生则在《唐宋词选释》中指出严诗、温诗与欧词三者之间颇有渊源："花既不语，故说'问花'，问字是虚用，只不过泪眼相看而已。温庭筠《惜春词》'百舌问花花不语'，句法相似。《词林纪事》卷四：'《南部新书》记严恽诗：

---

① （宋）晁补之著，乔力校注：《晁补之词编年笺注》，第186页。
② 词云："庭院深深深几许。杨柳堆烟，帘幕无重数。玉勒雕鞍游冶处。楼高不见章台路。　雨横风狂三月暮。门掩黄昏，无计留春住。泪眼问花花不语。乱红飞过秋千去。"
③ 胡可先、徐迈校注：《欧阳修词校注》，上海古籍出版社2015年版，第129—132页。
④ 《欧阳修词校注》，第133页。
⑤ （清）张宗橚：《词林纪事　词林纪事补正合编》（上册），第204页。

"尽日问花花不语,为谁零落为谁开。"此阕结二语似本此。'按严作乃《落花》诗。"① 在俞先生看来,温诗与欧词句法相似,欧词似本严诗,我们有理由相信这三者确有联系,但到底严恽与温庭筠孰先孰后,尚不得而知。宋代诗词中,还有一些袭用、点化"问花花不语"的作品:

依依愁翠沁双颦。爱莺声。怕鹃声。人自多情,春去自无情。把酒问花花不语,花外梦,梦中云。(周密《江城子·拟浦江》)

把酒问花花不语,微吟空伴小蛮吟。(袁说友《迓金国聘使舟中逢玉簪花》)②

孤根何事在柴荆,苕水相逢眼便青。尽日问花花不语,穷途阮籍几时醒。(李龏《梅花集句·其八六》)③

游人自游春自暮,从翁问花花不语。(戴表元《飞花行赠马衢州》)④

再看颔联"蜂争"句,此二句写蜂采花蕊,蝶分花香,亦具词境。宋人万俟咏在其《恋芳春慢·寒食前进》一词,开篇即称"蜂蕊分香,燕泥破润,暂寒天气清新",以"蜂蕊分香"四字将温庭筠"蜂争粉蕊蝶分香"七字檃栝词中,写出了寒食节前蜜蜂争香的动态美。

在宋诗中,李龏《梅花集句·其四一》分别集得李商隐、温庭筠、韦庄、唐彦谦四人诗句以成诗:"隔得卢家白玉堂,蜂争粉蕊蝶分香。不随残雪埋芳草,若个伤春向路傍。"⑤

再如"蝶分香"之说,首见温庭筠诗中。宋人钱选在写春暮时,

---

① 俞平伯:《唐宋词选释》,《俞平伯全集》(第4卷),第217页。
② (宋)袁说友:《迓金国聘使舟中逢玉簪花》,《全宋诗》(第48册)卷二五七七,第29939页。
③ (宋)李龏:《梅花集句·其八六》,《全宋诗》(第59册)卷三一三一,第37446页。
④ (宋)戴表元:《飞花行赠马衢州》,《全宋诗》(第69册)卷三六四二,第43661页。
⑤ (宋)李龏:《梅花集句·其四一》,《全宋诗》(第59册)卷三一三一,第37443页。

即写道:"一水澄清鱼避影,万红狼藉蝶分香。"(《春暮》)① 黄庚写春日之景时,也说:"柳疏莺占影,花杂蝶分香。"(《春日》)② 钱、黄二人之诗,未免没有温氏影响的因素。

与《惜春词》一样,《和道溪居别业》一首亦颇有词境。此诗写雨后别业之景,诗人将草、日、柳、梅、露、蝶一一呈现,虽用细琐之笔,却勾勒出一幅意态闲雅的图景,其诗云:

积润初销碧草新,凤阳晴日带雕轮。风飘弱柳平桥晚,雪点寒梅小宛春。屏上楼台陈后主,镜中金翠李夫人。花房透露红珠落,蛱蝶双飞护粉尘。

这首诗写得轻倩流美、婉转可爱。赵臣瑗评曰:"一,宿雨初收;二,新阳载道;此写其出游之日也。三,溪边之柳色舒黄;四,墙角之梅梢破白:此写其经行之路也,犹未到别业也。五六写别业中全景:轩窗高下,如楼台画于屏中;花木参差,似金翠照于镜里。陈后主、李夫人,却牵合得甚妙。自来诗人不敢如此想头也。七八再一小景,不过是闲闲着笔,有意无意,便成绝妙好辞。人言温、李诗体轻浮,吾则但见其妩媚也。"③ "妩媚"一说可谓的论,特别是七八两句,虽是小景,虽是闲闲着笔,却是风味绝佳,宛然词境。"蛱蝶双飞护粉尘"句,真可与老杜"花蕊上蜂须"(《徐步》)、"仰蜂黏落絮"(《独酌》)二句争美。

温庭筠还有一首《春日野行》,其中的颔联"蝶翎朝粉尽,鸦背夕阳多"分写蝶、鸦,可谓曲尽形容之妙。诗云:

骑马踏烟莎,青春奈怨何。蝶翎朝粉尽,鸦背夕阳多。柳艳欺

---

① (宋)钱选:《春暮》,《全宋诗》(第68册)卷三五八二,第42806页。
② (宋)黄庚:《春日》,《全宋诗》(第69册)卷三六三六,第43562页。
③ (清)赵臣瑗:《山满楼笺注唐诗七言律》,转引自《温庭筠全集校注》(上册),第356页。

芳带，山愁萦翠蛾。别情无处说，方寸是星河。

我们发现，温庭筠特别长于在诗中写蜂、蝶。除上述诸诗外，还有"蜂喧蝶驻俱悠扬，柳拂赤栏纤草长"（《春愁曲》）、"蝶繁经粉住，蜂重抱香归"（《牡丹二首·其一》）、"门静人归晚，墙高蝶过迟"（《春日》）、"院里莺歌歇，墙头蝶舞孤"（《苦楝花》）、"静应留得蝶，繁欲不胜莺"（《二月十五日樱桃盛开自所居蹑履吟玩竞召王泽章洋才》）、"蜜官金翼使，花贼玉腰奴"（《蜂蝶》）等。此诗中所谓"朝粉尽"盖指"时已向晚，早晨蝴蝶翅上的蝶粉已渐次褪尽"①，姚宽"蜜房羽客寻芳歇，蝶翅粉尽金翠灭"（《西湖醉归作》）②句大抵即是袭用了温庭筠诗意。

"鸦背夕阳多"句，则刻画出夕阳余晖下乌鸦飞过的动态美，特别是一个"背"字，若单纯从诗歌的格律对仗等体式方面着眼，那便是脊背之意，即夕阳的余晖洒落在乌鸦脊背上。但是若从诗歌格律对仗的束缚中跳脱开来，亦可将"背"视为一个动词，即是背负、承载之意。作后者解，似乎更有画面感。《晚归曲》中的"格格水禽飞带波，孤光斜起夕阳多"描写夕阳余晖中单飞斜起的水禽；《开圣寺》中说道："出寺马嘶秋色里，向陵鸦乱夕阳中"，就即视感而言，这两处与"鸦背夕阳多"正有异曲同工之妙。其实，还有不少唐人将"夕阳"与"鸦"同时打并在一联之内：

鸦翻枫叶夕阳动，鹭立芦花秋水明。（陶岘《西塞山下回舟作》）
蝉吟秋色树，鸦噪夕阳沙。（杜牧《秋晚江上遣怀》）
雁来秋水阔，鸦尽夕阳沉。（许浑《寄契盈上人》）
虹随余雨散，鸦带夕阳归。（储嗣宗《秋墅》）
鱼冲骇浪雪鳞健，鸦闪夕阳金背光。（韩偓《秋郊闲望有感》）

---

① （唐）温庭筠著，刘学锴撰：《温庭筠全集校注》（上册），第249页。
② （宋）姚宽：《西湖醉归作》，《全宋诗》（第71册）卷三七二三，第44751页。

古木寒鸦噪夕阳，六朝遗恨草茫茫。（徐凝《苏小小墓》）

可以见出，上述诗人多以晚唐为主，这可能也与时事鼎革，诗人多将视角转向内心、转向收敛、转向细小风物的诗美倾向相关。

到了宋词之中，贺铸《雁后归·想娉婷》开篇便化用了温庭筠"鸦背夕阳多"句：

鸦背夕阳山映断，绿杨风扫津亭。月生河影带疏星。青松巢白鸟，深竹逗流萤。　隔水彩舟然绛蜡，碧窗想见娉婷。浴兰熏麝助芳馨。湘弦弹未半，凄怨不堪听。

钟振振先生在注东山词时，将温庭筠"鸦背夕阳多"与韩偓"鸦闪夕阳金背光"（《秋郊闲望有感》）并置于贺铸"鸦背"句下，颇能见出注家之眼光。再如张纲"疏柳飘零，暮鸦寒集，都门送客，斜阳影里"（《青门饮·京师送王敏求归乡》）、吕渭老"远色连朱阁，寒鸦噪夕阳"（《南歌子》）、赵师侠"风渐沥，景凄凉。乱鸦声里又斜阳。孤帆落处惊鸥鹭，飞映书空雁字行"（《鹧鸪天·揖翠晚望》）、刘镇"归鸦数点带斜阳。谁家砧杵忙"（《阮郎归》）、姚勉"鸦背斜阳初敛影，云淡新凉天宇"（《贺新郎·忆别》），以及吴文英"鸦带斜阳归远树。无人听、数声钟暮"（《夜行船·寓化度寺》）、"池上红衣伴倚阑。栖鸦常带夕阳还"（《鹧鸪天·化度寺作》）等与温句所写意境相近。

到了宋诗之中，点化此句或袭用句意的也不在少数，且在前人所称之鸦背、闪、集、噪、带夕阳等基础上又新增了"栖鸦啼古堞，幽槛倚斜阳"[1]"乱鸦残雪树，荒冢夕阳山"[2]"飞鹭横秋浦，啼鸦满夕阳"[3]

---

[1]（宋）吴可：《次韵曾中父登临川郡楼书事》，《全宋诗》（第19册）卷一一五四，第13020页。

[2]（宋）徐兢：《彭城山》，《全宋诗》（第31册）卷一七六七，第19673页。

[3]（宋）陆游：《野步书触目》，《全宋诗》（第39册）卷二一六八，第24586页。

"孤蝶弄秋色，乱鸦啼夕阳"①"休向寒鸦看日景，只今飞燕侍昭阳"②"烟浦残鸦舞夕阳，风枝病叶似初霜"③"麋冲晓雾游荒苑，鸦立斜阳噪古台"④"雁阵拽如绳，鸦唤斜阳队"⑤"聚落成墟空白烟，乱鸦飞绕夕阳边"⑥"梅开小白添新雪，鸦引童乌弄夕阳"⑦等说法。

其中特别值得我们注意的是范成大"休向寒鸦看日景，只今飞燕侍昭阳"句，可以发现上引的唐诗、宋人诗词中除却范成大此句，基本上属于写实，实写夕阳下的飞鸦。但范成大之诗却与众不同，看似写寒鸦，实际上却是从王昌龄"玉颜不及寒鸦色，犹待昭阳日影来"（《长信秋词》）中点化而来。或许，温庭筠也是受王昌龄《长信秋词》的影响，将王氏虚实相间更偏重于感慨的诗句中的"寒鸦""日影"这两种最主要的要素化为己用，以成就了自己的诗句——当然，这仅仅是一种推测。

再如温庭筠还有一首写秋怨的《瑶瑟怨》，"铺陈一时光景，略无悲怆怨恨之辞，枕冷衾寒，独寐寤叹之意在其中"⑧，其云：

冰簟银床梦不成，碧天如水夜云轻。雁声远过潇湘去，十二楼中月自明。

此诗真可谓神韵独绝，"通首纯写秋闺之景，不着迹象，而自有一种清怨。题为'瑶瑟怨'，以之谱入冰弦，如听阳关凄调也。首句'梦不成'三字，略露闺情。以下由云天而闻雁，而南及潇湘，渐推渐远，怀

---

① （宋）陆游：《即事六首·其四》，《全宋诗》（第40册）卷二二一七，第25411页。
② （宋）范成大：《再赋末利二绝·其一》，《全宋诗》（第41册）卷二二七一，第26035页。
③ （宋）沈说：《烟浦》，《全宋诗》（第56册）卷二九五三，第35187页。
④ （宋）陈郁：《题治平寺壁》，《全宋诗》（第57册）卷三〇〇七，第35815页。
⑤ （宋）释元肇：《拟寒山吴下庵居》，《全宋诗》（第59册）卷三〇九一，第36902页。
⑥ （宋）胡仲弓：《富沙水后次壁间韵》，《全宋诗》（第63册）卷三三三四，第39787页。
⑦ （宋）艾性夫：《人名诗戏效王半山》，《全宋诗》（第70册）卷三七〇〇，第44406页。
⑧ （宋）谢枋得：《注解章泉涧泉二先生选唐诗》卷四，转引自《温庭筠全集校注》（中册），第478页。

人者亦随之神往。四句仍归到秋闺。雁书莫寄,剩有亭亭孤月,留伴妆楼。不言愁而愁与秋宵俱永矣。飞卿以诗人而兼词手,此诗高浑秀丽,作词境论,亦五代冯韦之先河也"。正如俞陛云先生所称,该诗"高浑秀丽,作词境论,亦五代冯韦之先河也"①,特别是结处的"月自明"三字,虽不言怨,怨意却深。《全唐诗》中虽有孟宾于"千家帘幕春空在,几处楼台月自明"(《落花》)②、李中"楚宫梦断云空在,洛浦神归月自明"(《悼怀王丧妃》)等亦用"月自明"之说,但诸位似皆晚于温庭筠。

宋人朱敦儒有一首《鹧鸪天》,下片结处即沿用了"月自明"之说,其云:

画舫东时洛水清。别离心绪若为情。西风挹泪分携后,十夜长亭九梦君。 云背水,雁回汀。只应芳草见离魂。前回共采芙蓉处,风自凄凄月自明。

开篇"画舫"句便点出昔日分别的情景,十年离别,无时不在思念;下片转写如今,感慨当年同行共游之处,"风自凄凄月自明"两个"自"字,凸显出而今的形单影只。朱敦儒"南渡后的爱情词大多抒写对于永远分离的爱人的思恋,这种思情又总是同故国的风物、故国的生活,也就是同对于故国的热爱融合在一起,感情因而特别深长"③,此论亦颇中的。石孝友《阮郎归》写相思离别,也以"月自明"来写孤寂:

烛花吹尽篆烟青。长波拍枕鸣。西风吹断雁鸿声。离人梦暗惊。 乡思动,旅愁生。谁知此夜情。乱山重叠拥孤城。空江月自明。

---

① 俞陛云:《诗境浅说》,北京出版社2003年版,第276页。
② 一作左偃诗。
③ (宋)朱敦儒著,沙灵娜注释:《樵歌注》,贵州人民出版社1985年版,第32页。

这是一首羁旅行役词,以烛花、涛声、孤枕、雁鸣、离人梦兴起,下片转写乡思,慨叹无人领会羁思之情,结处"乱山重叠拥孤城。空江月自明"以重重叠叠的乱山与空江、孤月对比,凸显出只身独处异乡孤寂黑夜的落寞。宋诗中化用"月自明"的也不在少数,但最值得称道是以下两句。其一是陆游《月中归驿舍》诗中的"草深闲院虫相语,人静空廊月自明"[①]句,此诗当为陆游淳熙元年六月十四时作于成都。诗歌描写了诗人晚归驿舍之事,尾联"何时却泛耶溪路,卧听菱歌四面声"正与颔联"草深"句相呼应,流露出诗人思归之情。其二是龙辅的七绝《写怀》,诗云:"初听莺声又燕声,年华不待使人惊。桂花开遍门还掩,风自清时月自明。"[②] 这首诗读来恬淡自然,虽有岁月之惊变,却仍能体悟到"风自清时月自明"的意境,不能不说诗人真乃"夷淡"之辈。

三 承前与启后

就师法渊源来看,除《诗经》《楚辞》外,温庭筠还常自曹植、柳恽、王维、李白、杜甫、刘长卿、元稹,特别是白居易、李贺等人作品中取法。

其实,如果是单纯向前贤取法,就是温庭筠作品师法渊源的问题了。但温庭筠一些师法白居易、李贺诗歌的模式与构思,同时又为宋代词人所取法,这就使得温庭筠成为唐代诗人与宋代词人中间的一座桥梁。或许会有人说,是否存在着宋代词人绕过或不经由温庭筠直接向其他唐人取法的可能性?这种可能当然是存在的,并且这种可能本身就值得我们进一步关注与分析,看能否发现哪些作品是经由温庭筠影响到宋代词人,哪些作品可能是宋代词人直接向白居易、李贺等人取

[①] (宋)陆游:《月中归驿舍》,《全宋诗》(第39册)卷二一五八,第24358页。
[②] (宋)龙辅:《写怀》,《全宋诗》(第72册)卷三七八〇,第45624页。

法的。

我们先看白居易。

温庭筠《送淮阴孙令之官》一诗，大抵作于扬州，为送别友人孙令之官而作。诗云：

> 隋堤杨柳烟，孤棹正悠然。萧寺通淮戍，芜城枕楚堧。鱼盐桥上市，灯火雨中船。故老青荥岸，先知虙子贤。

诗歌颈联"鱼盐桥上市，灯火雨中船"描写沿河市镇景物，特别是对于贩鱼卖盐者聚集桥上，从而自然形成小型市集的刻画极为真切，如刘学锴先生所称，"堪称白描佳联，写生高手"①。如果说出句写白昼或是黄昏，那么对句则是时间渐晚，"灯火雨中船"一句虽无一动词或形容词，而是纯用名词叠加，却能将夜幕中船行雨中的孤寂描写得极为生动。从修辞上看，此联正与温庭筠"鸡声茅店月，人迹板桥霜"的写法一致。

吴文英有一首写羁旅思归的《浪淘沙》，开篇即是"灯火雨中船"，词云：

> 灯火雨中船。客思绵绵。离亭春草又秋烟。似与轻鸥盟未了，来去年年。　往事一潸然。莫过西园。凌波香断绿苔钱。燕子不知春事改，时立秋千。

刘永济先生在《微睇室说词》中称此首为"舟行感旧之词。起五字，述舟中景色"②，此说不谬，然刘先生与俞陛云、吴蓓诸先生一样，皆未注出起五字乃直袭温庭筠"鱼盐桥上市，灯火雨中船"成句，直至

---

① （唐）温庭筠著，刘学锴撰：《温庭筠全集校注》（中册），第687页。
② 刘永济：《微睇室说词》（与《唐五代两宋词简析》合刊），中华书局2010年版，第187页。

《梦窗词集校笺》中方始注出①。

由上可知,"灯火渔中船"是吴文英受温庭筠影响的典型案例,这又与白居易有何相干?其实,"鱼盐桥上市,灯火雨中船"一联有白居易诗歌的影子。长庆三年(823),时在杭州的白居易有一首《东楼南望八韵》诗,中有一联曰"鱼盐聚为市,烟火起成村",此联写鱼盐汇集遂为市集,户户炊烟自然成村。其实,早在元和十四年(819),白居易由江州赴忠州途中写作的《江州赴忠州至江陵已来舟中示舍弟五十韵》诗中就曾写道:"亥市鱼盐聚,神林鼓笛鸣",所谓的"亥市"当指亥日群集于市,进行买卖。张籍"江村亥日长为市,落帆度桥来浦里"(《江南行》)、白居易"亥日饶虾蟹,寅年足虎貙"(《东南行一百韵》)皆可为证。白居易笔下屡屡描绘的市集场景,特别是"鱼盐聚为市"一句,与温庭筠的"鱼盐桥上市"相较皆具备"鱼盐"与市集这两个基本要素。不同之处在于白居易以"聚"字与"起"字相对,强调"为市"与"成村"两种动态,而温庭筠纯以名词堆垛,以"桥上"与"雨中"强调地点与环境,可谓各有所长、各禀特色。

基于此,我们认为温庭筠"鱼盐桥上市"受白居易"鱼盐聚为市"句的影响,当无异议。这是我们会遇到的第一种情况:是由白居易"鱼盐聚为市,烟火起成村"到温庭筠"鱼盐桥上市,灯火雨中船",再到吴文英"灯火雨中船",这三者之间确有关联。但若细究,由白到温,侧重于鱼盐成市;由温到吴,关注点发生了偏移,变成了"灯火雨中船"句的直接袭用。

我们再看第二种情况:由白居易到温庭筠再到宋词,三者的关注点不发生偏移。

长庆四年,时在杭州的白居易有《早春西湖闲游怅然兴怀忆与微之同赏因思在越官重事殷镜湖之游或恐未暇偶成十八韵寄微之》一诗,

---

① (宋)吴文英著,孙虹、谭学纯校笺:《梦窗词集校笺》(第5册),中华书局2014年版,第1717页。

中间写道:"小桥装雁齿,轻浪甃鱼鳞",甃,原意为井壁,又可指砌井壁之意。若与出句对观,"甃"字当作动词用,盖指水面摇动、水波微兴,喻指轻浪在砌池塘之壁,使得水面呈现出鱼鳞之状。白居易此诗描写得极为细腻生动。

十年之后的大和八年,白居易在洛阳写道:"花房红鸟嘴,池浪碧鱼鳞"(《感春》),此联对仗极为工稳,"花房"对"池浪","红"对"碧","鸟嘴"对"鱼鳞",既有鲜明之色泽,又有悠闲之心态。如果说"轻浪甃鱼鳞"更侧重于一个"甃"字,强调轻浪涌动在水面形成鱼鳞一般的縠纹,那么"池浪碧鱼鳞"似乎更偏重于"碧"字,强调水纹的深绿色。可以说,在唐诗中将"浪"与"鱼鳞"两个要素并置于一联之内的,白居易可谓首创。所以,我们说温庭筠"差差小浪吹鱼鳞"(《东郊行》)句有白居易诗句的痕迹。

吴文英有一首《拜星月慢·姜石帚以盆莲数十置中庭,宴客其中》,中间直袭温诗,词云:

绛雪生凉,碧霞笼夜,小立中庭芜地。昨梦西湖,老扁舟身世。叹游荡,暂赏、吟花酌露尊俎,冷玉红香罍洗。眼眩魂迷,古陶洲十里。　翠参差、澹月平芳砌。砖花滉、小浪鱼鳞起。雾盎浅障青罗,洗湘娥春腻。荡兰烟、麝馥浓侵醉。吹不散、绣屋重门闭。又怕便、绿减西风,泣秋檠烛外。

此词开篇紧扣"中庭",由中庭起笔,转忆西湖;下片写眼前景,其中的"砖花滉、小浪鱼鳞起"写砖上的花纹荡漾在水中,小浪如鱼鳞一般轻轻摇荡。很明显"小浪鱼鳞起"是使用了温庭筠的诗句。再如周邦彦"横天云浪鱼鳞小"(《霜叶飞》)、陈允平"云浪缥缈鱼鳞"(《过秦楼》)等句都有白居易、温庭筠二人诗句的影子。

再看李贺。

刘学锴先生曾指出温庭筠、李商隐二人皆学李贺,"温、李的诗中,都有相当数量的追摹李贺诗风之作。温此类诗基本上都是七言古体或杂言体乐府,李则以七言古诗、乐府为主,间有杂言及五言。温、李的这一类长吉体诗,风格总体上都趋于浓艳……温之《织锦词》、《夜宴谣》、《郭处士击瓯歌》、《锦城曲》、《舞衣曲》、《张静婉采莲曲》、《觱篥歌》、《湖阴词》、《汉皇迎春词》、《春洲曲》、《达摩支曲》、《春江花月夜词》等,均为突出之代表"①。

刘先生敏锐地发现温庭筠、李商隐二人皆有"长吉体诗",其实除却刘先生所举的这些整体诗风趋于浓艳的"长吉体诗",温庭筠还学习李贺的遣字造句。以下皆为温学李的例子:

李贺诗句	温庭筠诗句
雄鸡一声天下白。(《致酒行》)	碧树一声天下晓。(《鸡鸣埭曲》)
三十六宫土花碧。(《金铜仙人辞汉歌》)	吾闻三十六宫花离离,软风吹春星斗稀。(《郭处士击瓯歌》)
东关酸风射眸子。(《金铜仙人辞汉歌》)	塞寒如箭伤眸子。(《遐水谣》)
几回天上葬神仙,漏声相将无断绝。(《官街鼓》)	绮阁空传唱漏声,网轩未辨凌云字。(《晓仙谣》)
遥望齐州九点烟,一泓海水杯中泻。(《梦天》)	碧箫曲尽彩霞动,下视九州皆悄然。(《晓仙谣》)
竹香满凄寂,粉节涂生翠。(《昌谷诗·五月二十七日作》)	生绿画罗屏。(《湘宫人歌》)
马蹄隐耳声隆隆,入门下马气如虹。(《高轩过》)	入门下马问谁在,降阶握手登华堂。(《醉歌》)
秋白鲜红死。(《月漉漉篇》)	唯有荷花守红死。(《懊恼曲》)
黄尘清水三山下,更变千年如走马。(《梦天》)	悠悠楚水流如马。(《懊恼曲》)
秋坟鬼唱鲍家诗,恨血千年土中碧。(《秋来》)	野土千年怨不平,至今烧作鸳鸯瓦。(《懊恼曲》)

---

① 刘学锴:《温庭筠传论》,安徽大学出版社 2008 年版,第 338 页。

续表

李贺诗句	温庭筠诗句
楼前流水江陵道，鲤鱼风起芙蓉老。(《江楼曲》)	江南成客心，门外芙蓉老。(《边笳曲》)
男儿何不带吴钩，收取关山五十洲。(《南园十三首其二》)	心气已曾明汉节，功名犹自滞吴钩。(《赠蜀将蛮入成都，颇著功劳》)
……	……

可以发现，宋词中的一些用法，有李贺、温庭筠诗歌的影子。且看周邦彦的《鹊桥仙令》：

浮花浪蕊，人间无数，开遍朱朱白白。瑶池一朵玉芙蓉，秋露洗、丹砂真色。　晚凉拜月，六铢衣动，应被姮娥认得。翩然欲上广寒宫，横玉度、一声天碧。

周邦彦此词多化前人诗句。上片"浮花浪蕊""朱朱白白"，分别自韩愈"浮花浪蕊镇长有，才开还落瘴雾中"(《杏花》)、"晨游百花林，朱朱兼白白"(《感春三首·其三》)化来；"秋露洗"语出王建"昏思愿因秋露洗，幸容阶下礼先生"(《上李益庶子》)。下片结处"翩然欲上广寒宫，横玉度、一声天碧"写秋高月明，笛声清扬，东方欲晓。"横玉度、一声天碧"殆有几分李贺"雄鸡一声天下白"的构思痕迹。

我们说，温庭筠"碧树一声天下晓"可能自李贺"雄鸡一声天下白"句取法，而李贺此句又对周邦彦"横玉度、一声天碧"或有影响，那么能否推导出温诗与周词之间也有影响—接受关系呢？至少在这个案例中，我们无法得出这样的结论。类似这样的例子还有很多，例如李贺说"东关酸风射眸子"(《金铜仙人辞汉歌》)，温庭筠"塞寒如箭伤眸子"(《遐水谣》)、周邦彦"桥上酸风射眸子"(《夜游宫》)、蔡伸"征裘泪痕浥遍，眸子怯酸风"(《水调歌头》)、吴文英

"箭径酸风射眼，腻水染花腥"（《八声甘州·陪庾幕诸公游灵岩》）等诗词皆点化李贺此句——刘将孙《满江红·五日风雨，萧然独坐，偶检康与之伯可顺庵词，见其中檃栝〈金铜仙人辞汉歌〉，自谓缚虎手，殊不佳。因改此调，虽不能如贺方回诸作，然稍觉平妥。长日无所用心，非欲求加昔人也》甚至是檃栝了李贺《金铜仙人辞汉歌》。在这些点化"东关酸风射眸子"的作品中，周、蔡、吴、刘四位似乎都较温庭筠更明显，也更贴近原诗。这种直接由李贺诗歌到宋词的影响模式，正是如前所述的宋代词人不经由温庭筠直接向唐代诗人取法的例证。这就是第三种情况：是宋代词人不经由温庭筠而直接向李贺等唐代诗人取法。

如果单纯探讨温庭筠的师法渊源似乎与本章的主旨不太吻合，我们之所以进行了这样的尝试，主要是因为发现与分析温庭筠深受前贤影响的同时，又影响了宋代诗词，换言之即是以中间桥梁的身份、承前启后的角色来关注温庭筠。

就温庭筠的影响而言，李煜、张先、晏殊、晁端礼、贺铸、周邦彦、李纲、曹勋、张孝祥、赵蕃、吴文英、李曾伯、周密、蒋捷等人多受其沾溉，如果要推受温庭筠影响最大的，则非吴文英莫属。

温庭筠《莲浦谣》开篇以"鸣桡轧轧溪溶溶，废绿平烟吴苑东"既写桨声、水声，又写吴苑荒芜，"废绿平烟"四字写烟笼绿野，一派荒芜萧索之态，真可谓独具只眼。吴文英在《西平乐慢·过西湖先贤堂，伤今感昔，泫然出涕》一词中便袭用过"废绿平烟"之说，词云：

> 岸压邮亭，路敧华表，堤树旧色依依。红索新晴，翠阴寒食，天涯倦客重归。叹废绿平烟带苑，幽渚尘香荡晚，当时燕子，无言对立斜晖。追念吟风赏月，十载事，梦惹绿杨丝。　画船为市，夭妆艳水，日落云沉，人换春移。谁更与、苔根洗石，菊井招魂，漫省连车载酒，立马临花，犹认蔫红傍路枝。歌断宴阑，荣华露草，

> 冷落山丘,到此徘徊,细雨西城,羊昙醉后花飞。

此首先自岸边之景起笔,转写寒食时节,倦客重归。目睹"废绿平烟带苑"之景,更觉萧索颓废。下片在今与昔之间转化,感慨无限。结处用羊昙典,也暗用了自己《经故翰林袁学士居》诗中的"西州城外花千树,尽是羊昙醉后春"之句①。词中所谓"废绿平烟带苑"正是自温庭筠"废绿平烟吴苑东"句中点化而出,仅《梦窗词集校笺》注出。

除却吴文英,周密也在《献仙音·吊雪香亭梅》中化用过温庭筠此句,词云:

> 松雪飘寒,岭云吹冻,红破数椒春浅。衬舞台荒,浣妆池冷,凄凉市朝轻换。叹花与人凋谢,依依岁华晚。共凄黯。 问东风、几番吹梦,应惯识当年,翠屏金辇。一片古今愁,但废绿、平烟空远。无语消魂,对斜阳、衰草泪满。又西泠残笛,低送数声春怨。

这首词乃是周密吊雪香亭之梅而作,通篇暗用与梅相关之典故,却未曾出现一个"梅"字,整首词将元亡之后词人的落寞、"凄黯"之情表现得淋漓尽致。下片"一片古今愁,但废绿、平烟空远"很显然是从温庭筠"废绿平烟吴苑东"句中化出,书写"无语消魂"的沧桑之感。此词出,王沂孙有《献仙音·聚景亭梅次草窗韵》以和周密原韵,亦是借咏梅,写出"近来离思"凄凉之意。

温庭筠《晓仙谣》一首有李贺《天上谣》与《梦天》二诗的影子,开篇"玉妃唤月归海宫,月色澹白涵春空。银河欲转星靥靥,碧浪叠

---

① 温庭筠此句似乎从刘禹锡"玄都观里桃千树,尽是刘郎去后栽"(《元和十一年自朗州召至京戏赠看花诸君子》)句中脱略而来。

山埋早红"二句极为瑰丽,"玉妃"句写月落,"银河"句则写日升,一落一升,气象宏大。诚如刘学锴先生所言:"起句'玉妃唤月归海宫'即写出神仙驱遣日月之神功,颇富童话意趣,'唤'字尤然。"①

吴文英《秋霁·云麓园长桥》一词下片称"玉妃唤月归来",盖反用温庭筠诗意,词云:

  一水盈盈,汉影隔游尘,净洗寒绿。秋沐平烟,日回西照,乍惊饮虹天北。彩阑翠馥。锦云直下花成屋。试纵目。空际、醉乘风露跨黄鹄。　追想缥缈,钓雪松江,恍然烟蓑,秋梦重续。问何如、临池脸玉,扁舟空舣洞庭宿。也胜饮湘然楚竹。夜久人悄,玉妃唤月归来,桂笙声里,水宫六六。

这首是吴文英为史宅之园中长桥而作,上片紧扣长桥来写。下片转入追思。结处"夜久人悄",再次转回现实。"玉妃唤月归来"反用温庭筠"玉妃唤月归海宫"诗意,温写月归海宫,是月落;吴写"月归来",写月初升。

我们且将温庭筠与吴文英之间存在着影响—接受关系的部分作品梳理如下:

序号	唐人诗	温庭筠诗	吴文英词
1		废绿平烟吴苑东。(《莲浦谣》)	叹废绿平烟带苑,幽渚尘香荡晚,当时燕子,无言对立斜晖。(《西平乐慢·过西湖先贤堂,伤今感昔,泫然出涕》)
2		蝉衫麟带压愁香。(《舞衣曲》)	麟带压愁香,听舞箫云渺。(《珍珠帘·春日客龟溪,过贵人家,隔墙闻箫鼓声,疑是按舞,伫立久之》)

---

① (唐)温庭筠著,刘学锴撰:《温庭筠全集校注》(上册),第27页。

续表

序号	唐人诗	温庭筠诗	吴文英词
3		丁东细漏侵琼瑟。(《织锦词》)	漏瑟侵琼管。润鼓借、烘炉暖。(《塞垣春·丙午岁旦》)
4			漏侵琼瑟。丁东敲断,弄晴月白。(《秋思·荷塘为括苍名姝求赋其听雨小阁》)
5		象尺熏炉未觉秋。(《织锦词》)	象尺熏炉,翠针金缕,记倚床同绣。(吴文英《醉蓬莱·七夕和方南山》)
6	鱼盐聚为市,烟火起成村。(白居易《东楼南望八韵》)	鱼盐桥上市,灯火雨中船。(《送淮阴孙令之官》)	灯火雨中船。客思绵绵。离亭春草又秋烟。(《浪淘沙》)
7		玉妃唤月归海宫。(《晓仙谣》)	夜久人悄,玉妃唤月归来,桂笙声里,水宫六六。(《秋霁·云麓园长桥》)
8	小桥装雁齿,轻浪鳖鱼鳞。(白居易《早春西湖闲游怅然兴怀忆与微之同赏因思在越官重事殷镜湖之游或恐未暇偶成十八韵寄微之》) 花房红鸟嘴,池浪碧鱼鳞。(白居易《感春》)	差差小浪吹鱼鳞。(《东郊行》)	砖花滉、小浪鱼鳞起。(《拜星月慢·姜石帚以盆莲数十置中庭,宴客其中》)

我们发现,除了喜欢点化温庭筠诗句,吴文英还常在词中化用温庭筠成句。宋代的蔡伸也喜欢化用温庭筠成句。除却在上面举到的蔡伸《满江红》词中"十幅云帆风力满,一川烟暝波光阔"乃是化用温庭筠"百幅锦帆风力满"(《春江花月夜词》)成句,他还在两首词中点化过温庭筠"欲上香车俱脉脉,清歌响断银屏隔"句。这句诗出自《湘东宴曲》,描写的正是在湖南观察使府参加夜宴所经历之情事,夜宴之上,楚女含情,而诗人对其亦未免无情,"值重城漏断,天色将晓之际,楚女即将乘舟别去。欲上香车,彼此均脉脉含情凝视。一别之后,清歌响断,银屏远隔"①。

---

① (唐)温庭筠著,刘学锴撰:《温庭筠全集校注》(上册),第135页。

先看蔡伸的《定风波·丙寅四月吴门西楼之集》：

> 老去情钟不自持。簪花酌酒送春归。玉貌冰姿人窈窕。一笑。清狂岂减少年时。　欲上香车俱脉脉，半帘花影月平西。待得酒醒人已去。凝伫。断云残雨尽堪悲。

丙寅即是绍兴十六年（1146），时年蔡伸已五十九岁，故而有"老去情钟不自持""清狂岂减少年时"之说。上片写宴集、宴饮，特别是与"玉貌冰姿"的窈窕之女相见甚欢。过片"欲上香车俱脉脉"直袭温庭筠成句，写二人含情脉脉俱上香车，一直流连到花影轻摇、明月西上。"待得酒醒人已去。凝伫。断云残雨尽堪悲"，化用许浑"日暮酒醒人已远，满天风雨下西楼"（《谢亭送别》）句，写巫山云雨之后，人去楼空，只余下无尽的惆怅。再看《醉落魄》：

> 阳关声咽。清歌响断云屏隔。溪山依旧连空碧。昨日主人，今日是行客。　绿窗朱户应如昔。回头往事成陈迹。后期总便无端的。月下风前，应也解相忆。

这是一首相思离别之作。"清歌响断云屏隔"化用温庭筠成句，写离别之际，女子唱起《阳关三叠》，料想一别，便不仅仅是云屏相隔。"昨日主人，今日是行客"一句点出远行的是自己，故而下片"绿窗朱户应如昔"乃是设想分别之后，故处应如旧，只是月下风前，只剩下相思与回忆了。蔡伸这两首写宴集与离别的词作，点化温庭筠诗句融入词中都极为到位，一写温情脉脉，一写唯恐离别，皆贴切地表达出相应的情绪。

在温庭筠的诸多师法对象中，白居易和李贺是既能影响温庭筠，又能通过被影响了的温庭筠作品来影响宋代词人的典型。换言之，温庭筠在有些案例中，是介于其他唐代诗人与宋代词人之间影响—接受的桥梁与纽带。在宋代深受温庭筠作品影响的词人中，又以吴文英为代表。他对温氏的师法，不仅表现在字句模拟、整句化用上，还表现在整个风格的效仿上。这种对温庭筠诗风，也包括词风的效仿，真有几分温庭筠效仿李贺的影子。

四 花与月

在温庭筠诗歌中，既有书写怀才不遇的篇章，又有描写羁旅行役的诗作，还有大量抒发离愁别绪或写景咏物的作品，这几类题材都有非常优秀的诗篇。

温庭筠的记游与写景诗，对宋代产生了较大的影响，刘学锴先生曾在《温庭筠传论》中专门对"记游写景类"诗歌予以讨论，特别指出"诗人对各地的春天景物，怀有特别浓厚的兴趣和热爱的感情。这实际上也是庭筠诗词创作在内容、情调上的一个显著特色"①。并且又在谈到李商隐与温庭筠异同之时，指出："对李商隐的'悲秋'心态及其作品中渗透的'悲秋'意绪、伤感情调，多数读者可能并不陌生。但对温庭筠喜欢写春天，擅长写春天，历代评家及今天的研读者似乎很少注意到这一点。"对于李商隐长于写秋、温庭筠擅长写春的判断，颇能见出刘先生的如炬目力。

对于写景、纪游类的作品而言，除了刘先生所称这一特点，我们发现，温庭筠还喜欢在诗中写花与月。

例如李贺说"天若有情天亦老"，温庭筠却将有情者推为"花"，称"花若有情还怅望"（《李羽处士故里》）。再如，温庭筠有一首从题目到内容再到格调都模仿杜甫《醉时歌》的《醉歌》，诗中以"树色深含台榭情，莺声巧作烟花主"写"流莺巧啭，似成春天美好景色的主

---

① 刘学锴：《温庭筠传论》，安徽大学出版社2008年版，第193页。

人","烟花主"三字将流莺的喜悦与轻快刻画得极为生动,仿佛这百花争艳的春天是由流莺自己做东道主布置安排的一样。李后主也曾在诗中写到"烟花主":"失却烟花主,东君自不知。清香更何用,犹发去年枝。"(《梅花》)从表面上看,李煜此诗从东君失却掌管春天百花盛开的身份却不自知着笔,百花开散,一派萧索之景,此时唯有梅花清香独发。其实,这本是一首悼亡诗。盖李煜曾与周后"移植梅花于瑶光殿之西,及花时而后已殂"①,故而李煜写下了两首《梅花》诗,"失却烟花主"为其二。所以李煜诗中的"烟花主",从深层看,当指已经故去的周后。

到了宋代,题为王仲甫所作的《蓦山溪》写隐逸之思,其中即用了"烟花主"一词,其云:

> 挂冠神武,来作烟花主。千里好江山,都尽是、君恩赐与。风勾月引,催上泛宅时,酒倾玉,脍堆雪,总道神仙侣。 蓑衣箬笠,更着些儿雨。横笛两三声,晚云中、惊鸥来去。欲烦妙手,写入散人图,蜗角名,蝇头利,着甚来由顾。

挂冠神武,用南朝陶弘景挂冠神武门之典,写欲弃官归隐、回归自然,来作大好春色、万般春光的主人。接下来,从风勾月引、浮家泛宅再到蓑衣箬笠、晚云横笛、惊鸥去来,写尽隐士风流。词中虽也用了"烟花主"一词,却又与温庭筠笔下的不同。温诗写流莺婉转、雀跃,似乎安排下整个春天春色;王词风格偏冷偏淡,要亲近山水、回归自然,要与风月、横笛、鸥鹭为伴。词中的"烟花主",隐然与"庙堂主"相对。

大中十一年至咸通元年,温庭筠居襄阳幕期间,曾目睹"山火烧山田"之事,有《烧歌》一首,诗云:

---

① (清)彭定求等编:《全唐诗》(第1册)卷八,第73页。

> 起来望南山，山火烧山田。微红夕如灭，短焰复相连。差差向岩石，冉冉凌青壁。低随回风尽，远照檐茅赤。邻翁能楚言，倚锸欲潸然。自言楚越俗，烧畲为早田。豆苗虫促促，篱上花当屋。废栈豕归栏，广场鸡啄粟。新年春雨晴，处处赛神声。持钱就人卜，敲瓦隔林鸣。卜得山上卦，归来桑枣下。吹火向白茅，腰镰映赪蔗。风驱槲叶烟，槲树连平山。迸星拂霞外，飞烬落阶前。仰面呻复嚏，鸦娘咒丰岁。谁知苍翠容，尽作官家税。

这首诗写百姓烧畲之农俗以及赛神、占卜诸事。刘学锴先生称："'豆苗'四句，宛若素描。末二句点睛，揭出全篇主旨，与前'欲潸然'相应，尤为精彩。全篇语言朴素，纯用白描，切合所写生活内容。"[①]应当说，刘先生能在这首反映农俗的诗歌中敏锐发现其中的两处亮点，确实令人感佩：一是"豆苗虫促促，篱上花当屋。废栈豕归栏，广场鸡啄粟"四句，宛如素描。如果说"豆苗虫促促"一句还暗用王建"草虫促促机下啼，两日催成一匹半"（《当窗织》）、李咸用"虫声促促催归梦，桂影高高挂旅情"（《山中夜坐寄故里友生》）的话，那么"篱上花当屋"则真是自出机杼，一个"当"字呈现出繁花浓密，遮挡住整座房屋的情形。二是结处"谁知苍翠容，尽作官家税"一联，点出题旨，提升了整首诗歌的格调与格局。

"花当屋"之说为宋人彭元逊所关注，其曾在《如梦令》词中予以化用：

> 今夜故人独宿。小雨梨花当屋。犹有未残枝，轻脆不堪人触。休触。休触。憔悴怕惊郎目。

这首《如梦令》写雨后独宿的女子。"小雨梨花当屋"自温庭筠"篱上

---

① （唐）温庭筠著，刘学锴撰：《温庭筠全集校注》（上册），第197页。

花当屋"化来,写雨后的梨花遮覆着房屋。"犹有未残枝"写梨花经雨,挂在枝头似乎"不堪人触",只怕落花"惊郎目"①。词人既写梨花经雨,又写女子落泪,轻脆不堪人触的既是梨花,也是独宿的敏感而脆弱的女子,可谓花即是人,人亦如花。

温庭筠的"花当屋",特别是"当"字用得妙,正在于其避俗,"当"字的遮挡、遮蔽之意既生动贴切而又奇警。宋人或谓"碧鸡坊里花如屋"(范成大《醉落魄》)、"君家玉雪花如屋"(辛弃疾《菩萨蛮·重到云岩戏徐斯远》)、"锦云直下花成屋"(吴文英《秋霁·云麓园长桥》),或谓"乱花绕屋水光动"(郑獬《春日》)②、"湖上石楠花出屋"(晁说之《寄光公》)③、"藕欲作舟花作屋"(释宝昙《荷气》)④、"行春倏喜花围屋"(陈造《复次韵寄程帅二首·其一》)⑤、"芦花走屋前"(林景英《秋风》)⑥,似乎除了林景英的"芦花走屋前"一句较为脱俗,其余皆不如温句。

提及温庭筠写月的诗,当首推那首著名的羁旅行役之作《商山早行》:

> 晨起动征铎,客行悲故乡。鸡声茅店月,人迹板桥霜。槲叶落山路,枳花明驿墙。因思杜陵梦,凫雁满回塘。

诗歌将天寒岁暮、羁旅之苦刻画得如身履之。欧阳修在《六一诗话》中引述过其与梅尧臣关于论诗的一段对话,其间便涉及温庭筠

---

① "惊郎目"语出《襄阳乐》:"朝发襄阳城,暮至大堤宿。大堤诸女儿,花艳惊郎目。"参见《先秦汉魏晋南北朝诗》(中册),第 1348 页。
② (宋)郑獬:《春日》,《全宋诗》(第 10 册)卷五八二,第 6836 页。
③ (宋)晁说之:《寄光公》,《全宋诗》(第 21 册)卷一二〇八,第 13698 页。
④ (宋)释宝昙:《荷气》,《全宋诗》(第 43 册)卷二三六一,第 27099 页。
⑤ (宋)陈造:《复次韵寄程帅二首·其一》,《全宋诗》(第 45 册)卷二四三四,第 28160 页。
⑥ (宋)林景英:《秋风》,《全宋诗》(第 69 册)卷三六三九,第 43616 页。

此诗：

> 圣俞尝语余曰："诗家虽率意，而造语亦难。若意新语工，得前人所未道者，斯为善也。必能状难写之景，如在目前，含不尽之意，见于言外，然后为至矣。贾岛云：'竹笼拾山果，瓦瓶担石泉。'姚合云：'马随山鹿放，鸡逐野禽栖。'等是山邑荒僻，官况萧条，不如'县古槐根出，官清马骨高'为工也。"余曰："语之工者固如是。状难写之景，含不尽之意，何诗为然？"圣俞曰："作者得于心，览者会以意，殆难指陈以言也。虽然，亦可略道其仿佛：若严维'柳塘春水漫，花坞夕阳迟'，则天容时态，融和骀荡，岂不如在目前乎？又若温庭筠'鸡声茅店月，人迹板桥霜'，贾岛'怪禽啼旷野，落日恐行人'，则道路辛苦，羁愁旅思，岂不见于言外乎？"①

自此之后，历代论者甚多，且大多对"鸡声茅店月，人迹板桥霜"一联评价甚高，多以为此联不用一虚字一闲字，却能将晓行景色如画面一般铺展开来。不独梅、欧二人，李纲等皆对此联极为喜爱。如李纲有一首《望江南·池阳道中》便点化此联：

> 归去客，迁骑过江乡。茅店鸡声寒逗月，板桥人迹晓凝霜。一望楚天长。　春信早，山路野梅香。映水酒帘斜扬日，隔林渔艇静鸣榔。杳杳下残阳。

这是李纲途经池阳所作。"归去客"三字，点出同《商山早行》一样，这也是一首羁旅行役之作。"茅店鸡声寒逗月，板桥人迹晓凝霜"

---

① （宋）欧阳修：《六一诗话》，何文焕辑：《历代诗话》（上册），中华书局2004年版，第267页。

句,将"寒逗""晓凝"镶嵌在温诗中,凸显出寒与晓。下片移步换景,景物也随着行程进行转换。由野梅山路,到酒家、渔艇,直至夕阳西下。由凝霜破晓,到残阳杳杳,见出词人的落寞与散淡。再如曹勋使金之际,也曾于《选冠子·宿石门》词中点化温诗,其云:

> 秀木撑空,凝云藏岫,处处群山横翠。霜风冽面,酒力潜消,征辔暂指天际。红叶黄花,水光山色,常爱晓云晴霁。念尘埃眯眼,年华易老,觉远行非易。 常自感、羽客难寻,蓬莱难到,强作林泉活计。鱼依密藻,雁过烟空,家信渐遥千里。还是关河冷落,斜阳衰草,苇村山驿。又鸡声茅店,鸦啼露井重唤起。

这首词当与《选冠子·淮上兀坐,等待取接,因得汉使一词,他日歌之》一样皆为北上使金所作,此首"开篇点出秀木凝云、群山横翠的大环境,此时霜风渐起,冽面酒醒,思欲远行天际;揽辔远望,见黄花红叶、水光山色、晓云晴霁。睹此良景,顿感'年华易老,觉远行非易'。念及仙人难寻、仙境难到,不如改作人间'林泉活计'。看那鱼儿团团依附着密密的水藻私语,雁击长空有没有带来千里之外的家信?低回首,却还是关河冷落,残照当楼。衰草连天,尽头是苇村山驿。早起的词人,是被茅店的鸡声、聒噪的啼鸦,还是被露井旁的汲水声所唤起"[①]?

赵蕃《菩萨蛮·送游季仙归东阳》词不但点化温诗,甚至还将点化之事明示词中:

> 鸡声茅店炊残月。板桥人迹霜如雪。此是古人诗。身经老忘之。 君行当此境。令我昏成醒。乘月犯霜来。诗真误尔哉。

游季仙,即游彬,刘学箕门人,与刘克庄、赵蕃等人相友善。这是赵蕃

[①] 刘京臣著:《盛唐中唐诗对宋词影响研究》,第106页。

送游氏归东阳之作，词分两片，上片以温诗入词，称诗中境遇，尝曾身经而弥老忘之。今日送别，游君远行，复当此境。感慨温诗所描绘之境地，冒月凌霜，今日再临，可谓苦也，不由大呼"诗真误尔哉"。词中虽是呼苦，但是细细品味，也能从中体会到一种送别的真情真意。与游氏之别，词人没有落入"西出阳关无故人"的悲慨，也没有落入"送君南浦，伤如之何"的感伤，更没有"儿女共沾巾"的牵绊，而是将温庭筠《商山早行》檃栝词中，既扣行役的主题，又将送别写得别有风致，不可谓不妙绝。

再如李曾伯《满江红·甲申春侍亲来利州道间》一首，结处亦化温句：

> 衮衮青春，都只恁、堂堂过了。才解得，一分春思，一分春恼。儿态尚眠庭院柳，梦魂已入池塘草。问不知、春意到花梢，深多少。　花正似，人人小。人应似，年年好。奈吴帆望断，秦关声杳。不恨碧云遮雁绝，只愁红雨催莺老。最苦是、茅店月明时，鸡声晓。

考李曾伯（1198—1268）生平，可推知甲申岁当为嘉定十七年（1224）。此年春，词人侍亲来利州。整首词以青春堂堂去起笔，感慨岁华易逝。人人所期待的是花好月圆长相伴，奈何总有吴帆、秦关之别。结处"最苦是、茅店月明时，鸡声晓"再次点题，慨叹离别之痛。李曾伯素知兵，所至皆有治绩，堪称南渡后名臣，其存词二百余首，要皆才气纵横，颇为可观。纵观整首作品，上下片分别以薛能"青春背我堂堂去，白发欺人故故生"（《春日使府寓怀》）和温庭筠诗句为核心进行的扩写，既有庭院柳、池塘草的柔美，又有遮雁绝、催莺老的感伤。

在宋诗之中，也有不少诗人点化此诗。如欧阳修有《过张至秘校庄》一首中有一联曰:"鸟声梅店雨,野色柳桥春。"① 王直方称此联正是"茅店月""板桥霜"之意;《苕溪渔隐丛话前集·温庭筠》引《三山老人语录》亦以为欧公此诗乃效温诗之体。

庆元二年(1196)陆游在山阴写《夜坐》一诗,自淳熙十六年(1189)归里后,放翁四领武夷祠禄。诗中"九曲"云云,放翁自注曰:"时方被命再领武夷祠禄。"可见此诗当为此事而作:

> 杳杳霜钟十里声,娟娟江月半窗明。陈编欲绝犹堪读,微火相依更有情。九曲烟云新散吏,百年铅椠老诸生。颓然待旦君无笑,尚胜闻鸡赋早行。②

尾联"尚胜闻鸡赋早行"正与自注"温岐诗云'鸡声茅店月,人迹板桥霜',盖唐人早行绝唱也"相吻合。再如华岳写早行的《早行述怀》:"归心夜半已飞扬,唤仆吹灯促晓妆。鸡翅拍斜茅店月,马蹄剜破板桥霜。二陵万里埋荆棘,十庙百年生稻粱。安得有臣如祖逖,慨然击楫誓江长。"③亦用温诗。

除了写早行所见的凄冷之月,温庭筠还写多情之月。如其在《送崔郎中赴幕》诗中说"相思休话长安远,江月随人处处圆",所谓的"随人处处圆"暗用太白"我寄愁心与明月,随风直到夜郎西"(《闻王昌龄左迁龙标遥有此寄》)之意,见出月之多情、人之深情。张先曾在《菩萨蛮》中仿温庭筠诗意,写到了多情之月:

> 玉人又是匆匆去。马蹄何处垂杨路。残日倚楼时。断魂郎未知。 阑干移倚遍。薄幸教人怨。明月却多情。随人处处行。

---

① (宋)欧阳修:《过张至秘校庄》,《全宋诗》(第6册)卷二九七,第3740页。
② (宋)陆游:《夜坐》,《全宋诗》(第40册)卷二一八八,第24950页。
③ (宋)华岳:《早行述怀》,《全宋诗》(第55册)卷二八八〇,第34381页。

马蹄嗒嗒，男子远去。阑干倚遍，魂断无人知。懊恼无情之人，未若多情之月，处处伴人行。词人以多情之明月与薄幸之男子相对照，见出闺怨之意。秦少游"念多情但有，当时皓月，向人依旧"（《水龙吟》）正与温诗、张词相仿佛。

其实，不独"烟花主"、"花当屋"、"茅店月"以及"随人月"这四个例子，温庭筠诗中还有其他写花、写月的作品，也对宋词产生了影响，但从总体来看，似乎未若以上四例更具典型性。仅就这四例而言，既有做"烟花主"的阔大气象，又有"花当屋"的刻画细腻；既有"茅店月"的冷落凄清，又有"随人月"的旖旎动人。单单这四例，便能见出温氏诗风之变化多端，而他的这种百变的风格与神奇的想象、细腻的刻画遂成为宋人取法的武库。

五　套语与新语

与其他作家一样，温庭筠的诗中也不可避免地存在着使用套语的现象。

例如他在诗中常常使用的"十二楼"[1]语出《史记》："方士有言'黄帝时为五城十二楼，以候神人于执期，命曰迎年'。上许作之如方，命曰明年。"[2] 唐人王昌龄《放歌行》有云："南渡洛阳津，西望十二楼。明堂坐天子，月朔朝诸侯。"可见所谓十二楼乃是前人习用之语。再如温庭筠诗中所用的"谢家池阁""南楼百尺""隋堤杨柳""金鲸泻酒""织锦机边""露浓烟重""镜照新妆""红深绿暗""筵红烛夜""羊昙醉后""帘卷玉钩""白蘋风起""留得谢公""柳啭黄鹂""两两黄鹂""月照相思""城上角声""上木兰舟""长安路远""镜里芙蓉""晓来微雨""摇曳逐风""五侯门下""万家砧杵""月榭风亭"等，

---

[1] 如"十二楼前花正繁"（《霍篛歌》）、"分明十二楼前月"（《题望苑驿》）。
[2] （汉）司马迁：《史记》（第2册）卷一二，中华书局1982年版，第484页。

皆有套语的痕迹。

对于一些中意的诗句，温庭筠甚至还会反复使用——例如我们在上文中分析过的"明月梨花白"，他便在《舞衣曲》诗与《菩萨蛮》词中两次使用。

至于"×落子规×"句，在《碧涧驿晓思》诗中，为"月落子规歇，满庭山杏花"；到了《菩萨蛮》中，则变成了"花落子规啼，绿窗残梦迷"。虽然温庭筠诗词中出现的"×落子规×"句很有可能源自白居易"今年杜鹃花落子规啼，送春何处西江西"（《送春归》）句，但其能在诗词之中两用，亦足以见出温氏对此句的喜爱。

当然，一位诗人能够成为诗坛名家，除了转益多师掌握一定的套语、熟语之，必不可少的是使用自己的语言和熟悉的表达方式，形成自己的独特特色，例如言及"沉郁顿挫"自然令人想起老杜。温庭筠的诗词也有自己的特色，特色形成的一个很重要的原因就在于他能够发现并创造出不同于他人表达方式的新语。

例如温庭筠诗中两次出现"攒黛"。一见于《锦城曲》，开篇即是"蜀山攒黛留晴雪，簝笋蕨芽萦九折"，所谓"攒黛"即是"青黛色的山峰攒聚"，"诗以杜鹃为中心，将蜀中山水花木、禽鸟人物、故事传说、地名古迹等组成一篇具有典型特征之蜀中风情风物赋"①。又见于《晚归曲》"湖西山浅似相笑，菱刺惹衣攒黛蛾"，此处的"攒黛"盖指晚归的女子因菱刺沾衣而黛眉紧蹙，与《锦城曲》中的山峰攒聚绝然不同。以"攒"字来形容双眉紧蹙，出现得较早，例如假托蔡琰所作的《胡笳十八拍》之五即云：

> 雁南征兮欲寄边声。雁北归兮为得汉音。雁飞高兮邈难寻。空断肠兮思愔愔。攒眉向月兮抚雅琴。五拍泠泠兮意弥深。②

---

① （唐）温庭筠著，刘学锴撰：《温庭筠全集校注》（上册），第32页。
② 《胡笳十八拍·其五》，《汉诗》卷七，《先秦汉魏晋南北朝诗》（上册），第202页。

此中之"攒眉向月兮抚雅琴"描写的正是双眉紧蹙、向月抚琴的情形。所谓的"攒眉"与后世所谓的女子攒黛意思相同。再如王僧孺有一首《春闺有怨诗》，中间也用到"攒眉"：

> 愁来不理鬓，春至更攒眉。悲看蛱蝶粉，泣望蜘蛛丝。月映寒蚕褥，风吹翡翠帷。飞鳞难托意，驶翼不衔辞。①

王僧孺此诗是典型的闺怨之作，对女性姿容、神情、心绪等的拿捏都很到位，首联"攒眉"与"理鬓"相对应，专写女子相思之愁，才下眉头，又上心头。唐人李咸用在《富贵曲》中曾写道："编珠影里醉春庭，团红片下攒歌黛。"此处的"攒歌黛"即是歌女眉毛紧蹙之意。李白在其《拟恨赋》中也曾写道："或有从军永诀，去国长违，天涯迁客，海外思归。此人忽见愁云蔽日，目断心飞，莫不攒眉痛骨，抆血沾衣。"②此处以"攒眉痛骨"表达无尽之恨意，较之前言的女子蹙眉，程度要深得多。相对而言，温氏两用"攒黛"，一用原意，一用新意，颇见其出新之处。

宋人词中也有"攒黛""攒眉"之说，用的大多是双眉紧蹙之意，未若温庭筠精彩：

> 一日不思量，也攒眉千度。（柳永《昼夜乐》）
>
> 屑琼霏玉堆檐雪。雪檐堆玉霏琼屑。山远对眉攒。攒眉对远山。拆梅寒映月。月映寒梅拆。阑倚暂愁宽。宽愁暂倚阑。（刘焘《菩萨蛮·四时四首回文·冬》）
>
> 春尽。敛新冈。暗傍银屏撩绿鬟。攒眉不许旁人问。帘外冷红

---

① （南北朝）王僧孺：《春闺有怨诗》，《梁诗》卷一二，《先秦汉魏晋南北朝诗》（中册），第1767页。

② （唐）李白著，（清）王琦注：《李太白全集》（上册）卷一，中华书局1977年版，第16页。

成阵。银釭挑尽睡未肯。肠断秦郎归信。(李吕《谈笑令·坐》)

柳陌记年时。行云音信杳、与心违。空教攒恨入双眉。人已远，红叶莫题诗。(赵长卿《小重山·残春》)

别来无事不思量。霜日最凄凉。凝想倚栏干处，攒眉应为萧郎。(赵长卿《朝中措·梅》)

梦归期。数归期。想见画楼天四垂。有人攒黛眉。(吴潜《长相思》)

想天涯、沦落杜秋娘，攒眉绿。(陈著《满江红·次吕居仁韵》)

燕飞飞。柳依依。有个人人倚翠扉。深攒双黛眉。(无名氏《长相思》)

上举诸例皆是写女子双眉紧蹙，吴潜还曾以之写男子，如其《念奴娇·咏白莲用宝月韵》其四有云："应念社结庐山，翻嗤靖节，底事攒眉苦。""攒眉苦"的主角不是女子，而是陶渊明。《莲社高贤传·不入社诸贤传》记载道："时远法师与诸贤结莲社，以书招渊明。渊明曰：'若许饮则往。'许之。遂造焉，忽攒眉而去。"① 吴潜词中所用之典，当出自此处。

宋诗中，似未见人有过"攒黛"，"攒眉"倒不少见。或如张咏"拜新月，攒双眉。别部胡茄［笳］声亦悲，低头自叹胡无知"(《孟孟词》)② 写胡地怀归，或如郭祥正"三犬奔来吠欲啮，二人惊顾方攒眉"(《夏公西家藏老高村田乐教学图》)③ 写画中人物遇奔犬而惊骇，或如李之仪"一雨又三日，见者皆攒眉"(《庄居值雨偶得十诗示秦处度·其二》)④ 写时人苦雨伤农，或如释元照"从教靖节攒眉去，却喜刘雷

---

① (晋) 无名氏：《莲社高贤传》，中华书局1991年版，第17页。
② (宋) 张咏：《孟孟词》，《全宋诗》(第1册) 卷四八，第529页。
③ (宋) 郭祥正：《夏公西家藏老高村田乐教学图》，《全宋诗》(第13册) 卷七五二，第8768页。
④ (宋) 李之仪：《庄居值雨偶得十诗示秦处度·其二》，《全宋诗》(第17册) 卷九五一，第11161页。

拄步来"(《咏宁国院》)① 用陶潜事，或如陈棣"湖漾晴波万叠秋，山攒远翠两眉愁"(《题义乌县绣川驿》)② 等皆用了"攒眉"之说。相较之下，宋人在诗歌中以"攒眉"所指称之事，较之温庭筠更为丰富，这也从侧面反映出宋人在诗歌技法等领域的拓展之功。

再如"剪鲛绡"，也是温庭筠的新语。"鲛绡"，语出任昉《述异记》卷上："南海出鲛绡纱，泉先潜织，一名龙纱。其价百余金，以为服，入水不濡。"乃是传说中鲛人所织的绡，在后世诗文中多借指薄绢、轻纱，例如苏轼便有过"闻道双衔凤带，不妨单著鲛绡"(《西江月》)之说。而温庭筠却在《张静婉采莲曲并序》诗中大胆使用了"剪鲛绡"一词，称"掌中无力舞衣轻，剪断鲛绡破春碧"，此句形容张静婉体轻，能于掌中起舞，且其舞衣乃以极轻薄的衣料裁剪而成，既写美人起舞，又写裁剪舞衣。自此，宋代词人多在作品中化用"剪鲛绡"之说。晏殊有两首《睿恩新》，其二云：

> 红丝一曲傍阶砌。珠露下、独呈纤丽。剪鲛绡、碎作香英，分彩线、簇成娇蕊。　向晚群花欲悴。放朵朵、似延秋意。待佳人、插向钗头，更袅袅、低临凤髻。

晏殊的这两首《睿恩新》皆写木芙蓉，此首承上首而来。"红丝一曲傍阶砌"从木芙蓉生长的环境写起，称其虽身覆露珠，依然呈现纤丽之态。"剪鲛绡、碎作香英，分彩线、簇成娇蕊"用温庭筠诗句，称木芙蓉的花瓣就如同裁剪了的鲛绡，花蕊就如同用彩线锦簇而成。下片以欲悴之群花与仍然朵朵开放、似在延续秋意的木芙蓉作对比，再写佳人采摘之后，插向钗头，以花之美反衬美人之美。温庭筠写舞衣乃是裁剪鲛绡而来，当是形容其质地轻柔；晏殊称花瓣是裁剪了的鲛绡，想来是形

---

① （宋）释元照：《咏宁国院》，《全宋诗》（第18册）卷一〇五二，第12053页。
② （宋）陈棣：《题义乌县绣川驿》，《全宋诗》（第35册）卷一九六七，第22037页。

容其色艳、质薄。到了周弼笔下，剪鲛绡则有另外的含意，且看其《二郎神·西施浣沙碛》：

> 浪花皱石，飐夜月、欲移还定。想白苎烘晴，黄蕉摊雨，人整斜巾照领。翦断鲛绡何人续，黯梦想、秋江风冷。空露渍藻铺，云根苔氀，指痕环影。　重省。五湖万里，谁问烟艇。料宝像尘侵，玉瓢珠锁，差对菱花故镜。领略鸦黄，破除螺黛，都付渚蘋汀荇。春醉醒，暮雨朝云何处，柳蹊花径。

这一是首咏怀之作，"立意高远，组织严密，于时空复叠中透发出人生的凄迷伤感。其中如'浪花皱石'、'白苎烘晴，黄蕉摊雨'、'云根苔氀，指痕环影'等句，皆相当精警"①。其实，这首词"精警"之处还在于词人能在不动声色中将浣纱之西施打并入词中，例如上片的"翦断鲛绡何人续"，正与浣纱之事相对，一者剪纱，一者浣纱，读者的关注点首先会落在纱上，但若细细品味，我们会发现词人更深的用意在于"何人续"的追问，正是这个追问让人意识到"浣沙碛"仍在而昔人却无的现状；下片的"五湖万里"，称其写实可，若称其用范蠡西施五湖泛舟之事，亦无不可。

从"鲛绡"到"剪鲛绡"，温庭筠使得"鲛绡"与"剪"这个动词连缀起来，具有了更为鲜活的表现力，从某种程度上看，这也是温庭筠发现和改造的新语。

余　论

现在我们回到本章开头提出的那个问题："温氏品行也被与其屡第不中、久不擢用的遭际联系在一起。那么，这是否会影响宋人对温庭筠

---

① 崔海正：《宋代齐鲁词人概观》，中国文联出版社2000年版，第105页。

诗词的接受，温词、温诗对宋词产生了怎样的影响？"这个问题可以细分为三个层面：一，温氏品行与其遭际相关；二，这是否会影响宋人对温庭筠诗词的接受；三，温诗、温词到底对宋词产生怎样的影响。

自令狐绹奏称温庭筠"有才无行，不宜与第"之说出，"不但阻绝了他的科举之途，也为他的人品定谳。笔记小说偏向于塑造高才敏捷、狂放不羁的形象，新旧《唐书》则围绕着'有才无行'建构温庭筠的传记。史书的权威性，往往使得后代读者无条件地接受史传作者的褒贬，而据以评定温庭筠的人品，甚至评定词品"①。此说极是，甚至到了当代，也还有学者认为温庭筠仅为一潦倒失意、有才无行之文士，由人品而及文品，那么其词作自然也不过是"侧词艳曲"。关于这一点，郭娟玉认为实质上是"才"与"德"的矛盾，"除了史观的偏颇、史实的阙漏外，唐宋以来文人对于词体的价值观也是矛盾的本源。史传的影响，始终存在；矛盾价值观，则与词史相依倚"②。其在大作中以《浮艳与侧艳——〈唐书〉的"侧艳"说》一章的篇幅进行了很好的分析与阐释。如果能够明了这一点，那么我们就可以从所谓才与德的矛盾纠葛中跳出来，将温庭筠视为晚唐时期一位极富才情的文人，承认其词作、诗歌、骈文乃至小说俱佳。

就本章的分析来看，温庭筠其词、其诗都对宋词产生了较为明显的影响。

温词本身及温庭筠在词坛的地位都对宋词产生了极大的影响。温庭筠在词坛被推崇，最主要的原因在于其词的创作。换言之，他的词作，不仅确立了其词坛、词史地位，也令后代词人追羡不已。具体来看，对宋词产生较大影响的作品，主要集中在"浓艳密丽"与"清疏明丽"这两种风格的词作中。

就其诗歌而言，也对宋词影响较大。具体来说，主要有三个方面的

---

① 郭娟玉：《温庭筠接受研究》，万卷楼图书股份有限公司2013年版，第2—3页。
② 同上书，第169页。

原因。首先，他的很多诗歌，写得朦胧迷离，"尽入诗余""俨然词境"。此类诗歌，虽是诗的体制，但呈现出来的纯然是词的态势，故而容易引起宋代词人的关注。其次，对于一些得意的诗句，温庭筠常常在诗中反复使用，而这些诗句往往也是宋人格外关注与喜爱的。再次，温庭筠才思敏捷，有八叉手的美誉。一个很重要的原因在于他常在诗中使用一些套语、宿构，这就使得创作有迹可循。当然，他也擅长发现、改造一些旧语，使之成为新语，这也是吸引宋代词人注意的途径之一。

其实，温庭筠的影响，不仅仅表现在宋词领域，他的一些作品也对宋诗产生了影响。例如《常林欢歌》一诗写尽了荆林道上所见的春晨之景，"浓桑绕舍麦如尾，幽轧鸣机双燕巢"一联写"浓桑绕舍，麦穗如尾；鸣机轧轧，双燕筑巢"[①]，真是一幅盎然春意图。其中的"麦如尾"状写麦苗抽穗如尾，尤其传神。宋人赵蕃在《雨中忆花寄怀曾季永严从礼二首·其一》诗中结处的想象之词"想象田庐中，桑柔麦如尾"[②]，用的正是温庭筠之语。洪朋又对"麦如尾"进行了改进，他在《夜半对雪作》诗中写道："麦如马尾年年在，枵腹鸣雷莫怨嗟。"[③] 既然温庭筠说"麦如尾"，那么像什么动物的尾巴呢？在这个"排檐故作纤纤笋，着树还开万万花"的雪夜，洪朋忍住腹饥，称麦苗抽穗，犹如马尾一般，这就将温氏的比喻进一步坐实。与洪朋想法相仿佛的，还有徐俯"四月麦穗如马尾，汤饼在眼粉可喜"（《句·其一〇》）[④]、钱时"麦如马尾桑如钱，岁饥岁寒繄尔雪"（《三月五日复雨霰》）[⑤]，此二位皆有"麦如马尾"之说。宋人还将麦苗抽穗比作牛尾，例如周紫

---

① （唐）温庭筠著，刘学锴撰：《温庭筠全集校注》（上册），第76页。
② （宋）赵蕃：《雨中忆花寄怀曾季永严从礼二首·其一》，《全宋诗》（第49册）卷二六一八，第30422页。
③ （宋）洪朋：《夜半对雪作》，《全宋诗》（第22册）卷一二七九，第14462页。
④ （宋）徐俯：《句·其一〇》，《全宋诗》（第24册）卷一三八〇，第15839页。
⑤ （宋）钱时：《三月五日复雨霰》，《全宋诗》（第55册）卷二八七六，第34349页。

芝即有"大麦结穗牛尾长,小麦满地秋云黄"(《十六日对雨是日闻得濂溪地》)[1]之说。应当说,宋人在诗中对温庭筠"麦如尾"的效仿,由亦步亦趋到改造变化、自出新意,这一过程可视为宋代词人、诗人向包括温庭筠在内的其他先贤师法的缩影。从中既能看到传承,又能见出新变,正是这种传承基础上的新变,成为每个时期、每位作家凸显时代与自己创作特色的重要契机。

---

[1] (宋)周紫芝:《十六日对雨是日闻得濂溪地》,《全宋诗》(第26册)卷一五三〇,第17387页。

第四章　李商隐对宋词影响研究

李商隐是晚唐时期最为知名的诗人之一，他的无题诗、咏史诗、政治诗、咏物诗等诗歌都在晚唐诗歌史上留下了较为浓重的笔墨。

他高才情深，却个性耿介，一生沉沦下僚。在朝仅任九品的秘书省校书郎、正字，以及六品的太学博士，且时间都不长。自入仕至去世，大部分的时间辗转于各地幕府之中。"虚负凌云万丈才，一生襟抱未曾开"（崔珏《哭李商隐》），可以说是对李商隐一生遭际的最高评价。其实，不独崔珏，陆龟蒙也曾慨叹："长吉夭，东野穷，玉溪生官不挂朝籍而死，正坐是哉！正坐是哉！"①

与崔、陆等人对李商隐遭际给予同情不同，李涪则更多地从作品功用的角度进行评骘："近世尚绮靡，鄙稽古，而商隐词藻奇丽，为一时之最，所著尺题篇咏，少年师之如不及，无一言经国，无纤意奖善，唯逞章句，因以知夫为锦者，纤巧万状，光辉曜目，信其美矣。首出百工，唯是一端得其性也。至于君臣长幼之义，举四隅莫反其一也。彼商隐者，乃一锦工耳，岂妨其愚也哉！"② 李涪所论，虽然也肯

---

① （唐）陆龟蒙：《书李贺小传后》，（清）董诰等编：《全唐文》（第9册）卷八〇一，中华书局1983年版，第8418页。
② （唐）李涪撰：《刊误》卷下《释怪》，（唐）苏鹗撰，吴企明点校：《苏氏演义》（外三种），中华书局2012年版，第247页。

定了李商隐"词藻奇丽，为一时之最"，故其篇章，"少年师之如不及"。但他立刻笔锋一转，指出李商隐所论"无一言经国，无纤意奖善"，这是从社会功用的角度进行的考察，并称李商隐之论"于君臣长幼之义，举四隅莫反其一"，既无益于教化，复无补于纲常，遂仅将李商隐视为"一锦工耳"。更有甚者，是将李商隐的负面评价写入了正史之中。《旧唐书》称："时令狐楚已卒，子绹为员外郎，以商隐背恩，尤恶其无行。俄而茂元卒，来游京师，久之不调。……文思清丽，庭筠过之。而俱无持操，恃才诡激，为当涂者所薄，名宦不进，坎壈终身。"[1]这种认为李商隐作品偏于绮靡、人品上无操持的看法，影响了后世对李商隐其诗、其人的判断，在一定程度上成为一种较为普遍性的观点。

当然，也不是所有的人都持这种观点。到了宋代，杨亿等西昆体诗人便转而师法李商隐之诗，西昆集中的一些诗歌，就是向李商隐诗歌取法而成[2]。刘攽《中山诗话》曾记载：

> 祥符天禧中，杨大年钱文僖晏元献刘子仪以文章立朝，为诗皆宗尚李义山，号"西昆体"，后进多窃义山语句。赐宴，优人有为义山者，衣服败敝，告人曰："我为诸馆职挦撦至此。"闻者欢笑。[3]

晁说之在《邓掾知言再和暮春诗见视过形推奖有意论诗报作三首·其三》诗中也记载过此事，诗云："江左多才士，君诗醉玉红。几篇愁客恨，九畹任春空。便欲倾家酿，谁知出谷风。刘杨名一代，可惜义山穷。西昆体方盛时，梨园伶人作一穷士。云是李商隐，褴褛甚，云近日

---

[1] （后晋）刘昫：《旧唐书》（第15册）卷一九〇下《文苑下·李商隐》，第5078页。
[2] 像杨亿的《无题》（巫阳归梦隔千峰）、钱惟演的《无题》（绛缕初分麝气浓）正是向李商隐《无题》（来是空言去绝踪）取法而成。详见王仲荦注《西昆酬唱集注》，中华书局1982年版。
[3] （宋）刘攽：《中山诗话》，《历代诗话》（上册），第287页。

为人偷尽。"① 可见当时确实存在专门模仿李商隐诗歌的创作倾向，只是有些模仿只学到了李商隐诗华美的外在，却缺乏他那种因仕途、爱情双重失意而自带的深邃之感。

关于李商隐在宋初的起浮升沉，程敦厚在《晏元献公〈紫微集〉序》中有过记载："夫诗至唐律，无遗功矣。而谓该极雅丽，包蕴密致，曲尽万态之变，精索群言之要，昔杨文公论独尊玉溪生焉。自公与杨、刘唱和集出，学者争效之，号西昆体，李、杜之作几废而不行。虽欧阳文忠公尝有是说，至公赋《新蝉》云：'风来玉宇乌先觉，露下金茎鹤未知。'亦莫敢少贬也。近世则皆苏、黄，而以李、杜为初祖，其攻玉溪唯恐不力。……呜呼！诚使效西昆而能骨格具存，纤秾兼备，李、杜果何远哉！"② 在程敦厚为晏殊《紫微集》所作的序中，指出了李商隐"该极雅丽，包蕴密致，曲尽万态之变，精索群言之要"的特点，正是杨亿等人唯其"独尊"的最重要原因。西昆盛行之时，"李、杜之作几废而不行"。之后，梅尧臣、苏舜钦等稍变以平淡豪俊，和者亦寡。待欧、苏、黄诸公出，特别是"近世"以来，"攻玉溪唯恐不力"，这说明西昆及其余绪的影响日渐式微，甚至还成为新的宋诗范式的批判标靶。但朱弁也说过："义山亦自觉，故别立门户成一家。后人挹其余波，号西昆体，句律太严，无自然态度。黄鲁直深悟此理，乃独用昆体工夫，而造老杜浑成之地，今之诗人少有及者。此禅家所谓更高一着也。"③ 在朱弁看来，黄非不弃李，"乃独用昆体工夫，而造老杜浑成之地"，以李商隐为津梁，上达杜甫。连四库馆臣也认为朱氏此说："尤为窥见深际，后来论黄诗者皆所未及。"④

---

① （宋）晁说之：《邓掾知言再和暮春诗见视过形推奖有意论诗报作三首·其三》，《全宋诗》（第21册）卷一二〇九，第13731页。
② （宋）程敦厚：《晏元献公〈紫微集〉序》，《全宋文》（第194册）卷四二八八，第283—284页。
③ （宋）朱弁撰，陈新点校：《风月堂诗话》（与惠洪《冷斋夜话》、吴沆《环溪诗话》合刊），中华书局1988年版，第112页。
④ （清）永瑢等撰：《四库全书总目》（下册），第1784页。

还有不少宋人对李商隐的才情非常推崇。如刘师道赠张泌,称其"久师金马客,勍敌玉溪生"①。洪刍《戏余天申·其一》诗云:"十年不见君如许,一日相逢我便倾。结绶合为金马客,裁诗已至玉溪生。"②除却"金马客"与"玉溪生"对仗的因素之外,刘、洪二人皆将友人之才情与李商隐相对参,也能见出李商隐在部分宋人心目中的地位。与之类似的,还有韩淲贺人登科时,称对方"事业固辉赫,议论时纵横。如君英妙姿,文采玉溪生"(《喜成季登科》)③。

　　再有像晁说之等人,还注意到了李商隐咏史中的深沉之意。他在《欲为金陵之行而未果》诗中写道:"旧有山川旧夕阳,新秋新泪两茫茫。金陵王气知何在,玉树后庭闻已芳。情到义山能发问,事经小杜亦多伤。未须便作扬舲计,即见元戎净八荒。"④晁说之欲为金陵之行而未果,念及金陵一地,颇多感慨,遂联想到李商隐与杜牧的咏史之作,称前者"情深"而后者"多伤"。再如释德洪"君诗秀气终不没,长吉精神义山骨"(《送庆长兼简仲宣》)⑤将李商隐与李贺并提,称道李商隐之诗"骨"。可见宋人从多重视角来关照李商隐其人其作。

　　关于李商隐对后世的影响,早在20世纪80年代,吴调公⑥、刘学锴⑦等先生便予以关注。2004年出版的《李商隐诗歌接受史》,更是李商隐影响—接受史上的集大成之作。刘学锴先生从四个方面对两宋时期的李商隐接受史进行了考察,认为这一时期"对李商隐人品、诗品的贬抑性评论多于赞扬性评论""对商隐诗歌创作的主要成就尚缺乏比较正确的总体认识……商隐忧世伤时、关注国运的精神尚未得到明确的揭示,大

---

① 《全宋诗》(第2册)卷八八,第982页。
② (宋)洪刍:《戏余天申·其一》,《全宋诗》(第22册)卷一二八一,第14497页。
③ (宋)韩淲:《喜成季登科》,《全宋诗》(第52册)卷二七五四,第32440页。
④ (宋)晁说之:《欲为金陵之行而未果》,《全宋诗》(第21册)卷一二一二,第13818页。
⑤ (宋)释德洪:《送庆长兼简仲宣》,《全宋诗》(第23册)卷一三二八,第15076页。
⑥ 吴调公:《李商隐对北宋诗坛的影响》,《晋阳学刊》1981年第2期;吴调公:《李商隐在清代的余波绮丽》,《群众论坛》1981年第3期。
⑦ 刘学锴:《李义山诗与唐宋婉约词》,《安徽师大学报》(哲学社会科学版)1988年第3期。

量政治诗、咏史尚未进入评家的视野。对其咏物诗、无题诗、爱情诗也都缺乏总体把握""对商隐诗'深情绵邈'这一突出特征普遍有所忽略，这和宋诗以议论为诗、以才学为诗、以文为诗，喜言理而不善言情的普遍倾向，特别与宋人的诗学观念密切相关""对商隐诗中的用事发表了许多评论。这和宋人作诗喜欢用典炫博、资书为诗的风尚有关"①。应当说，这些论断虽偶有瑕疵，但大抵公允。除此之外，刘先生还对元明清三代的李商隐接受史进行了详尽考察，认为与元明两代相比，李商隐在清代成了备受关注的研究对象和审美接受对象，"从顺、康、雍到乾、嘉、道，形成了一个长达二百余年的李商隐研究热和其诗歌的阅读接受热"②。再有，米彦青在《清代李商隐诗歌接受史稿》中选择了有清一代对于李商隐诗歌的接受作为考察对象，特别关注了晚近诗人对李商隐的接受。从刘先生到米先生，既体现出两代学人对清代李商隐诗歌大兴这一现象的敏锐把握，又从侧面反映了学界对李商隐诗歌的影响—接受研究已经达到较为成熟且成果丰硕的阶段。上述关于李商隐对后世的影响研究，关注点大多集中在李商隐诗歌对于历代诗歌、诗人、诗派的影响层面。

近代学术史上，关于李商隐诗歌与词体之间的关系研究，可以上推至1943年。缪钺先生在当时便已发现李商隐诗"与词体意脉相同"，他指出："晚唐诗人，温庭筠与李义山齐名，温之诗不及李，而于词则颇努力，建树甚卓。义山虽未尝作词，然其诗实与词有意脉相通之处。盖词之所以异于诗者，非仅表面之体裁不同，而尤在内质及作法之殊异。词之特质，在乎取资精美之事物，而造成要眇之意境。义山之诗，已有极近于词者，如《灯》诗……此作虽为诗体，而论其意境及作法，则极近于词。义山集中类此之作颇多。盖中国诗发展之趋势，至晚唐之时，应产生一种细美幽约之作，故李义山以诗表现之，温庭筠则以词表现之。体裁虽异，意味相同，盖有不知其然而然者。长短句之词体，对

---

① 刘学锴：《李商隐诗歌接受史》，安徽大学出版社2004年版，第43页。
② 同上书，第77页。

于表达此种细美幽约之意境尤为适宜，历五代、北宋，日臻发达，此种意境遂几为词体所专有。义山诗与词体意脉相通之一点，研治中国文学史者亦不可不致意也。"① 之后，万云骏先生从三个方面论述了李商隐诗对婉约词风的形成与发展的影响②。刘扬忠先生以李商隐、温庭筠为例，论证了"时尚之转变与晚唐诗风之渗透"对词体形成的助力③。刘学锴先生在《李商隐诗歌接受史》中设专章探讨"义山诗的词化特征"及"义山诗对唐宋婉约词的影响"④；在《李商隐传论》一书中，以专章形式来探讨李商隐诗与婉约词之间的关系，认为李商隐作品中"词化特征比较显著"的主要有三大类：第一类是"经过改造的'长吉体'艳情诗，如《燕台诗四首》、《河内诗》等"；第二类是"用近体律绝形式写的无题诗、准无题诗（如《重过圣女祠》、《嫦娥》等）、有题的爱情诗（如《春雨》）和风格绮艳的咏物诗"；第三类是"吟咏日常生活情思的小诗"。并且后两类的数量远比第一类要多，词化特征也更为显著⑤。

  本章中，我们依托技术手段，将李商隐诗歌与《全宋词》文本进行比对，通过统计分析，可以发现在李商隐的诗歌中，最为宋代词人们所关注的，乃是《夜雨寄北》一诗，除此之外，他的无题诗系列、艳情诗、咏物诗等亦较受宋词关注。

第一节　西窗剪烛：细腻的生活场景

  从整体上看，李商隐的无题诗、艳情诗（爱情诗、女冠诗）、咏物

---

① 缪钺：《论李义山诗》，《缪钺全集》（第2卷），第136—137页。
② 万云骏：《晚唐诗风和词的特殊风格的形成及发展》，华东师范大学中文系中国古典文学研究室编：《词学论稿》，华东师范大学出版社1986年版，第32页。
③ 刘扬忠：《唐宋词流派史》第二章《初显流派端倪的晚唐五代词》。
④ 刘学锴：《李商隐诗歌接受史》第七章"李商隐诗对唐宋婉约词的影响"，第470—490页。
⑤ 刘学锴：《李商隐传论》（下册），第866页。

诗等诗歌多为宋代词人们所关注。就单篇诗歌而言，对宋词影响最大的当推《夜雨寄北》。在2011年出版的《唐诗排行榜》中，王兆鹏教授团队为了统计唐诗在后代的传播接受情况，采集了"历代选本入选唐诗的数据、历代评点唐诗的数据、20世纪研究唐诗的论文数据和文学史著作选介唐诗的数据"①共四个方面的数据，并对这些数据进行了加权处理、标准化处理，发现崔颢的《黄鹤楼》是唐诗中最具影响力的诗篇，李商隐的《夜雨寄北》在整个"唐诗排行榜"名列第21位，除此之外李商隐尚有《锦瑟》（第34位）、《马嵬》（第42位）、《隋宫》（紫泉宫殿）（第52位）、《无题》（相见时难）（第60位）和《贾生》（第81位）入选"唐诗排行榜"前100位。

兆鹏教授团队设计的排行榜名次，是考虑"古今各项指标综合计算的结果"，与我们利用文本相似性技术提取出来的结果有暗合之处，当然也有不一致的地方。简单地讲，我们与兆鹏教授团队都认为《夜雨寄北》排名居前；不一致之处在于，我们的统计结果显示，名列"唐诗排名榜"中的《马嵬》、《隋宫》（紫泉宫殿）与《贾生》三首，对宋词影响甚微，未若李商隐的无题诗系列、艳情诗以及咏物诸诗。

《夜雨寄北》一诗，据刘学锴、余恕诚先生考证，"当是梓幕思归寄酬京华友人之作，确年不可考，当为在梓幕滞羁已数年之久，尚未归京探望儿女时"，再结合李商隐"大中七年冬至八年春，曾有归京之行"②，故而将此诗系于大中七年（853）秋天，其时正在梓州幕。

"君问归期未有期，巴山夜雨涨秋池。何当共剪西窗烛，却话巴山夜雨时。"首句一问一答；次句写"今夜"，紧扣题目中的"夜"字、"雨"字；三句转想"他日"；结处再转至"今夜"。范晞文在《对床

---

① 王兆鹏等著：《唐诗排行榜》"前言"，中华书局2011年版，第6页。
② 刘学锴、余恕诚：《李商隐诗歌集解》（第3册），中华书局2004年版，第1360页。

夜语》中提到过："唐人绝句，有意相袭者，有句相袭者。……贾岛《渡桑乾》云：'客舍并州已十霜，归心日夜忆咸阳。无端更渡桑乾水，却望并州是故乡。'李商隐《夜雨寄人》云……此皆袭其句而意别者。若定优劣、品高下，则亦昭然矣。"① 认为李商隐"袭其句而意别"。陈永正认为王安石《封舒国公三首·其二》："桐乡山远复川长，紫翠连城碧满隍。今日桐乡谁爱我，当时我自爱桐乡。"② 便仿此诗。姚培谦认为白居易"料得闺中夜深坐，多应说着远行人"一句，"是魂飞到家里去，此诗则又预飞到归家后也"，故而更为"奇绝"③。

这首诗塑造出两个场景，一是"巴山夜雨"，一是"西窗剪烛"，宋代词人对这首诗，对诗中这两个极富画面感的场景，特别是"西窗剪烛"极为欣赏，在词作之中屡屡点化。

北宋晁端礼有一首《清平乐》词，即点化李商隐此诗以写秋夜饮酒之事，词云：

> 清樽泛菊。共剪西窗烛。一抹朱弦新按曲。更遣歌喉细逐。　明朝匹马西风。黄云衰草重重。试问剑歌悲壮，何如玉指轻拢。

晁词化用李诗诗意，分别在上下两片点出"今夜""明朝"，"今夜"是当下，是西窗剪烛，是清樽泛菊，是朱弦新曲，是歌喉细逐；"明朝"是想象，是黄云衰草，是只身天涯。"明朝"何如"今夜"，"剑歌悲壮"何如"玉指轻拢"？

词中"共剪西窗烛"之人，当是相伴在词人身边的佳人，她玉指纤纤、歌喉轻啭，已然从李商隐诗中远方的亲友，转变成了女性形象。其实这也是诗词影响接受中常见的现象，在一定程度上说明还是有不少

---

① 刘学锴、余恕诚：《李商隐诗歌集解》（第3册），第1356页。
② （宋）王安石：《封舒国公三首·其二》，《全宋诗》（第10册）卷五六五，第6693页。
③ 刘学锴、余恕诚：《李商隐诗歌集解》（第3册），第1357页。

人将《夜雨寄北》中的"共剪西窗烛"的人物视为女性①——持这种观点的宋人不在少数。

例如周邦彦有两首词皆曾化用此诗,亦如晁端礼一样,不仅将"共剪西窗"者视为女性,还进一步暗指其妻子:

> 照水残红零乱,风唤去。尽日测测轻寒,帘底吹香雾。黄昏客枕无憀,细响当窗雨。看两两相依燕新乳。 楼下水,渐绿遍、行舟浦。暮往朝来,心逐片帆轻举。何日迎门,小槛朱笼报鹦鹉。共剪西窗蜜炬。(《荔枝香近》)

> 暗柳啼鸦,单衣伫立,小帘朱户。桐花半亩,静锁一庭愁雨。洒空阶、夜阑未休,故人剪烛西窗语。似楚江暝宿,风灯零乱,少年羁旅。 迟暮。嬉游处。正店舍无烟,禁城百五。旗亭唤酒,付与高阳俦侣。想东园、桃李自春,小唇秀靥今在否。到归时、定有残英,待客携尊俎。(《锁窗寒》)

《荔枝香近》作于熙宁六年(1073)春,周邦彦初至荆州之时。上片写春雨声中,残红零乱,黄昏之际,目睹两两相依之燕,更加思亲思乡。下片点化用杜牧"当时楼下水,今日到何处"(《题安州浮云寺楼寄湖州张郎中》)句,以楼下水迎送行舟起兴,心随片帆轻举,感慨自己"新婚燕尔,却远游在外,'客枕无聊',何日才能像李郎一样,有鹦鹉'报道',回到妻子身边呢"②?《锁窗寒》作于政和二年(1112)客居长安之时,恰逢暮春雨夜,更深无寐。据孙虹先生考证,此时周邦彦业

---

① 刘学锴先生指出:"文学古籍刊行社影印明嘉靖刊本《万首唐人绝句》题作'夜雨寄北',冯氏所见当是别本。现存李商隐诗集诸本(包括影宋抄本及明、清刊本及抄本)除明姜道生刊本作'夜雨寄内'外,均题为'夜雨寄北'。……寄北,寄给身居北方(当是长安)的某位亲友。时商隐同年进士、连襟韩瞻在京任职。"(刘学锴撰:《唐诗选注评鉴》,中州古籍出版社2013年版,下卷,第2201—2202页)刘先生虽未明言,但是推测此诗可能是大中七年秋,李商隐身居梓州幕时寄赠韩瞻的。

② (宋)周邦彦著,孙虹校注,薛瑞生订补:《清真集校注》(上册),第14页。

已五十七岁。时隔三十九年,周邦彦再次点化李商隐《夜雨寄北》诗,上片写身居长安思家,"似少年久游思家之旅";下片"想东园"数句,"想象将来回到汴京之景况"①。陈洵《海绡说词》称:

> 此篇机杼,当认定"故人翦烛西窗语"一句。自起句至"愁雨",是从夜阑追溯。由户而庭,乃有此西窗。由昏而夜,乃为此翦烛。用层层赶下。"嬉游"五句,又从"暗柳""单衣"前追溯。旗亭无分,乃来此户庭。俦侣俱谢,乃见此故人。用层层缴足作意,已极圆满。"东园"以下,复从后一步绕出,笔力直破余地。"少年""迟暮",大开大合,是上下片紧凑处。②

海绡翁准确地抓住了"故人剪烛西窗语"一句在本词中的关键与核心地位,正因此句,使得词人情绪在"今夜"与"昔日"、"今夜"与"明日"之间变化。

在宋代词人中,吴文英是多次点化李商隐此诗的词人之一。他有一首《一剪梅·赠友人》,下片即化用《巴山夜雨》诗意以期待友人来归,其云:

> 远目伤心楼上山。愁里长眉,别后峨鬟。暮云低压小阑干。教问孤鸿,因甚先还。 瘦倚溪桥梅夜寒。雪欲消时,泪不禁弹。翦成钗胜待归看。春在西窗,灯火更阑。

这首词意思较为显豁,在吴文英词中算不得是难解之篇,却因"赠友人"三字引起学界的异见。杨铁夫认为:"此非赠友人,实赠去姬

---

① (宋)周邦彦著,孙虹校注,薛瑞生订补:《清真集校注》(上册),第44页。
② 唐圭璋:《词话丛编》(第5册),第4866页。

也。"① 钟振振则不以为然,指出:"此词当以梦窗自题为正,确系'赠友人'之作。其所以辞涉伉俪之情者,盖拟'友人'家室口吻,作相思之语,以望其归耳。词中原有此体,如辛弃疾《江神子·和陈仁和韵》上片……即代友人之闺妇怨其宦游不归也。"② 若依钟先生之解,那么这首词就变成了代言体,代友人之闺妇立论发言,下片"剪成钗胜待归看。春在西窗,灯火更阑"意即冰消雪融,新春在即,友人之闺妇剪成钗胜挂在钗头,只待丈夫(亦即词之人友人)来归。然而夜已深,却迟迟等不到这位能够共同剪烛西窗之人。吴文英的这首词,从字面上易懂,意思却绕了一层。词人本想表达对于友人的思念,期待他早日来归,却不明言,而是改换身份,以友人闺妇的身份发言立论,以闺怨的口吻吐露念归之意。但无论是变换何种身份,"春在西窗,灯火更阑"自是化用《夜雨寄北》无疑。不同之处在于,如果词人不使用友人闺妇的身份,那么这两位"共剪西窗"者,便是词人与友人;正因借用了身份,那么"共剪西窗"者便成了友人与词人设想出来的友人的闺妇。

像《玉烛新》词中的"移灯夜语西窗"一句,"夜语西窗"者无疑便是女性,那么这又是一位什么身份的女性呢?且看词云:

> 花穿帘隙透。向梦里销春,酒中延昼。嫩篁细掐,相思字、堕粉轻黏练袖。章台别后,展绣绤、红蒨香旧。□□□,应数归舟,愁凝画阑眉柳。 移灯夜语西窗,逗晓帐迷香,问何时又。素纨乍试,还忆是、绣懒思酸时候。兰清蕙秀。总未比、蛾眉螓首。谁诉与,惟有金笼,春簧细奏。

杨铁夫因这首词中有"绣懒思酸"一句,认为这是"妇人妊子征候"③,

---

① (清)杨铁夫笺释,陈邦炎、张奇慧校点:《吴梦窗词笺释》,第290页。
② 钟振振:《读梦窗词札记(七)》,《东南大学学报》(哲学社会科学版)2001年第2期。
③ (清)杨铁夫笺释,陈邦炎、张奇慧校点:《吴梦窗词笺释》,第46页。

推断此词乃是忆姬之作。孙虹也因词中有"章台""纨素""金笼""春簟"等语，认为"歌妓亦能有妊娠之事，故定为赠妓词为宜"①。由词作我们也可以品出，其中"夜语西窗"者确为女性，可见在吴文英这里，也将李商隐诗中的"共剪西窗"之亲友变换成了情人。这种身份的变化，必然会对词作的表情达意带来较大的影响。

吴文英还有一首《烛影摇红·毛荷塘生日，留京不归，赋以寄意》，为"留京不归"身在临安的毛荷塘庆寿，词云：

西子西湖，赋情合载鸱夷棹。断桥直去是孤山，应为梅花到。几度吟昏醉晓。背东风、偷闲斗草。乱鸦啼后，解佩归来，春怀多少。　千里婵娟，茂园今夜同清照。樱脂茸唾听吟诗，争似还家好。昵昵西窗语笑。凤云深、琼箫缥缈。顾春如旧，柳带同心，花枝压帽。

"西子西湖"一语化用苏轼"若把西湖比西子，淡妆浓抹总相宜"，点出两点，一是毛荷塘此时身在京城临安西湖边，二是他身边有西子一般的美女相伴。"背东风、偷闲斗草。乱鸦啼后，解佩归来，春怀多少"句，杨铁夫认为东风似指毛荷塘之家眷②。"斗草"云云，即是斗百草，一种竞采花草的游戏，比赛多寡优劣。由"解佩"句可知，流连佳人丛中的毛荷塘过着嬉戏斗草的生活，虽然输掉了玉佩，却"与西湖美女耳鬓厮磨而生情愫"③。上片从多个视角写毛荷塘在京城的冶游生活。下片笔锋一转，写"锦城虽云乐，不如早还家"。"昵昵西窗语笑"一用韩愈"昵昵儿女语，恩怨相尔汝"（《听颖师弹琴》）；二用李商隐《夜雨寄北》诗，想象还家后的乐事："在外载棹斗草，何似还家之红

---

① （宋）吴文英著，孙虹、谭学纯校笺：《梦窗词集校笺》（第1册），第247页。
② （清）杨铁夫笺释，陈邦炎、张奇慧校点：《吴梦窗词笺释》，第222页。
③ （宋）吴文英著，孙虹、谭学纯校笺：《梦窗词集校笺》（第4册），第1140页。

袖添香?"① 这首词,也是沿袭了虚实相间、现实与想象、今日与明朝、他乡与家乡相结合的思路,先实写今日他乡之冶游,再虚写想象中的他日还乡之乐,将最容易流俗的寿词写得一波三折、跌宕起伏。

《烛影摇红·毛荷塘生日,留京不归,赋以寄意》词中,吴文英以他乡与家乡、佳人与妻室相对照,借为毛荷塘庆寿,劝其还家,因为有妻室家人的"昵昵西窗语笑"。在《声声慢·饯魏绣使泊吴江,为友人赋》词中,吴文英再次使用这一套路来规劝友人,词云:

> 旋移轻鹢,浅傍垂虹,还因送客迟留。泪雨横波,遥山眉上新愁。行人倚阑心事,问谁知、只有沙鸥。念聚散,几枫丹霜渚,菰绿春洲。 渐近香菰炊黍,想红丝织字,未远青楼。寂寞渔乡,争如连醉温柔。西窗夜深剪烛,梦频生、不放云收。共怅望,认孤烟、起处是州。

魏绣使,即魏峻,淳祐四年(1244)四月至淳祐六年三月在苏州知府任上。淳祐四年,吴文英曾有《声声慢·寿魏方泉》为其祝寿。据孙虹先生考证,这首词当是淳祐六年闰四月中旬或稍后②,吴文英在吴江饯别魏峻时所作。词作上片所用之地、之景、之事皆与吴江、与送别相关。下片"想红丝织字"用端午五色丝线系腕,以及窦滔妻苏氏织回文锦字典故,暗指魏峻妻室;"寂寞渔乡,争如连醉温柔",写魏氏常沉醉歌儿舞女的温柔乡中。"西窗"一句,无疑是点化李商隐诗意以写女性。只是杨铁夫认为"西窗"指青楼醉梦的温柔乡地,其人乃是让魏氏留连在外的佳人;孙虹则认为此句写出了魏氏归家之后与妻室剪烛共话的情形,其人乃指魏氏妻室。

再如《醉落魄·院姬□主出为戍妇》,因别院姬妾出为戍妇而作。

---

① (清)杨铁夫笺释,陈邦炎、张奇慧校点:《吴梦窗词笺释》,第222页。
② (宋)吴文英著,孙虹、谭学纯校笺:《梦窗词集校笺》(第4册),第1311页。

上片"柔怀难托。老天如水人情薄。烛痕犹刻西窗约。歌断梨云,留梦绕罗幕"数句,纯是怨忿不平之语,道出了人情之淡薄。"'烛痕'句重在'西窗约'三字,暗用李商隐'何当共剪西窗烛'诗句,言旧约犹在"①,音信已辽邈。

除了上述这些作品,吴文英还在登临词《齐天乐·与冯深居登禹陵》中点化过李商隐此诗,词云:

> 三千年事残鸦外,无言倦凭秋树。逝水移川,高陵变谷,那识当时神禹。幽云怪雨。翠萍湿空梁,夜深飞去。雁起青天,数行书似旧藏处。 寂寥西窗久坐,故人悭会遇,同剪灯语。积藓残碑,零圭断璧,重拂人间尘土。霜红罢舞。漫山色青青,雾朝烟暮。岸锁春船,画旗喧赛鼓。

这首词一改吴文英词绮丽之风,以"三千年事"起笔凭吊禹陵,感慨无限。下片"寂寥西窗久坐,故人悭会遇,同剪灯语"一句,若从字面上看,与周邦彦"洒空阶、夜阑未休,故人剪烛西窗语"(《琐窗寒》)用语相似,可见这两首词并用李商隐《夜雨寄北》诗意。不同之处在于,周词中的"故人"乃指妻室,吴词中的"故人"则是与词人同登禹陵的冯深居,"积藓"句则写二人"摩挲禹碑,兼叙别情"②。

晁端礼、周邦彦、吴文英之外,还有以下词作曾点化李商隐此诗:

> 岁华晼晚,念羁怀多感,佳会难卜。草草杯盘聊话旧,同剪西窗寒烛。翠袖笼香,双蛾敛恨,低按新翻曲。无情风雨,断肠更漏催促。(蔡伸《念奴娇》)

> 夜闲剪烛西窗语。怀抱今如许。尊前莫讶两依依。绿鬓朱颜、

---

① 刘永济:《微睇室说词》(与《唐五代两宋词简析》合刊),中华书局2010年版,第200页。
② 同上书,第147页。

不似少年时。(蔡伸《虞美人》)

鸡咽荒郊，梦也无归计。拥绣枕、断魂残魄，清吟无味。想伊睡起，又念远、楼阁横枝对倚。待归去、西窗剪烛，小阁凝香，深翠幕、饶春睡。(吕渭老《情久长》)

都莫问、功名事，白发渐、星星如许。任鸡鸣起舞，乡关何在，凭高目尽孤鸿去。漫留君住。趁醁醹香暖，持杯且醉瑶台露。相思记取，愁绝西窗夜雨。(韩元吉《薄幸·送安伯弟》)

东风吹恨着眉心。金约瘦难任。西窗剪烛浑如梦，最愁处、南陌分襟。香歇绣囊，尘生罗幌，憔悴到如今。(袁去华《一丛花》)

翦烛西窗夜未阑。酒豪诗兴两联绵。香喷瑞兽金三尺，人插云梳玉一弯。(辛弃疾《鹧鸪天·和陈提干》)

曲生风味恶。辜负西窗约。沙岸片帆开。寄书无雁来。(辛弃疾《菩萨蛮·送曹君之庄所》)

夜雨鸣檐声录簌。薄酒浇愁，不那更筹促。感旧伤今难举目。无聊独剪西窗烛。(赵师侠《蝶恋花·戊申秋夜》)

恨凄其。西窗自剪寒花，沉吟暗数归期。最爱深情蜜意，无限当年，往复诗辞。千万纸。甚近日、人来字渐稀。(方千里《四园竹》)

尺素。欲传将，故人远、天涯屡惊回顾。心事只琴知，漫闲相尔汝。甚时江海去。算空负、白蘋鸥侣。更谁与、剪烛西窗，且醉听山雨。(张辑《征招》)

又眉峰碧聚，记得邮亭，人别中宵。翦烛西窗下，听林梢叶坠，雾漠烟潇。彩鸾梦逐云去，环佩入扶摇。但镜裂鸳奁，钗分燕股，粉腻香销。(陈允平《忆旧游》)

秋风燕送鸿迎。最怜堤柳，白露先零。倦倚楼高，恨随天远，桂风和梦俱清。故人千里，记剪烛、西窗赋成。相如憔悴，宋玉凄凉，酒恨花情。(陈允平《庆春宫》)

凄切。去帆浪远江阔。怅顿解连环，西窗下、对烛频哽咽。（陈允平《浪淘沙慢》）

凄断。情何限。料素扇尘深，怨娥碧浅。清宫丽羽，漫有苔笺题满。问低墙、双柳尚存，几时艳烛亲共剪。但凝眸，数点遥峰，春色青如染。（黄廷璹《琐窗寒》）

懒能看、海桑世界，风花过眼如传。月明昨夜庭流水，天色朝来都变。尘石烂。铁衣坏，和衣减尽谁能怨。秦亡楚倦。但蕲烛西窗，秋声入竹，点点已如霰。（刘辰翁《摸鱼儿·和巽吾留别韵》）

客来欲问荆州事，但细语、岳阳楼记。梦故人、剪烛西窗，已隔洞庭烟水。（邓剡《疏影·笋薄之平江》）

我独逍遥，乘虚凭远，天风醒毛发。问西窗停烛，谁吟巴雨，连床鼓瑟，谁弹湘月。消得青鸾下，分明是、绛台紫阙。何时约、姑射仙人，试手回蘄雪。（仇远《一寸金》）

谁共蘄，西窗烛。谁共度，西园曲。甚采香情懒，楚骚谁续。海远休寻双燕信，夜长争忍孤鸾宿。夹缃签、曾有旧题诗，镫前读。（仇远《满江红》）

对江云日暮，又那更、夜如年。见霜满晴空，山衔星斗，月挂城垣。知心故人间阻，几何时、尊酒会多贤。冷落巴山夜雨，凄凉剡水寒船。（陈德武《木兰花慢》）

莫趁江湖鸥鹭。怕太乙炉荒，暗消铅虎。投老心情，未归来何事，共成羁旅。布袜青鞋，休误入、桃源深处。待得重逢却说，巴山夜雨。（张炎《三姝媚·送舒亦山游越》）

尚记得、巴山夜雨，耿无语、共说生平，都付陶诗。休题五朵，莫梦阳台，不赠相思。（张炎《塞翁吟·友云》）

在这些点化《夜雨寄北》的宋词当中，有如蔡伸一般因岁华晼晚、佳会难卜，从而追怀昔年昔日剪烛西窗的，这一类作品与《夜雨寄北》

的诗意非常相似,着重于今昔的对比、空间的对照。像吕渭老的《情久长》似乎更忠于李商隐诗意,"想伊睡起,又念远、楼阁横枝对倚",从对方视角入手;"待归去、西窗剪烛,小阁凝香,深翠幕、饶春睡",则是设想二人相会之后,小阁凝香,共剪西窗,一变下片开篇的"鸡咽荒郊""断魂残魄"萧索之意,由冷色调变为暖色调。

再如方千里"西窗自剪寒花,沉吟暗数归期"(《四园竹》)、张辑"更谁与、剪烛西窗,且醉听山雨"(《征招》)、陈允平"剪烛西窗下,听林梢叶坠,雾漠烟潇"(《忆旧游》)和"故人千里,记剪烛、西窗赋成"(《庆春宫》)、黄廷璹"问低墙、双柳尚存,几时艳烛亲共剪"(《琐窗寒》)以及仇远"谁共剪,西窗烛。谁共度,西园曲"(《满江红》)等,大抵不脱相思、相望之情事。

韩元吉《薄幸·送安伯弟》乃是送别之作,以"相思记取,愁绝西窗夜雨"写兄弟夜雨剪烛之情,情绪较为平淡。同样写送别,陈允平《浪淘沙慢》则是满蕴凄切、悲凉之意,见去帆浪远,翠销粉竭,叹百岁光阴,几度离别,"西窗下、对烛频哽咽"。

赵师侠《蝶恋花·戊申秋夜》则是另外一种情形,以"无聊独剪西窗烛"道出了秋夜独坐的寂寥,在这里既没有妻室,又没有远方,所拥有的只是鸣檐夜雨、浇愁薄酒,也难怪词人达观地说道:"弹指光阴如电速。富贵功名,本自无心逐。粝食粗衣随分足。此身安健他何欲。"

不独在词作中化用《夜雨寄北》,谭宣子还以《西窗烛》为题自度曲词云:

> 春江骤涨,晓陌微干,断云如梦相逐。料应怪我频来去,似千里迢遥,伤心极目。为楚腰、惯舞东风,芳草萋萋衬绿。 燕飞独。知是谁家箫声多事,吹咽寻常怨曲。仅教衿袖香泥涴,君不见、扬州三生杜牧。待泪华、暗落铜盘,甚夜西窗剪烛。

《词律拾遗》卷三称此调名得自其词结句"甚夜西窗剪烛",实则自李商隐《夜雨寄北》而来。这首《西窗烛·雨霁江行自度》双调八十九字,上片八句三仄韵,下片九句四仄韵①。

与宋词相较,宋诗中虽然也有不少点化李商隐此诗的情况,但从比例来看,远不如宋词。就点化的类型与样式来看,主要有如下几种。

第一类是较为明显地用李商隐诗歌本事。例如林希逸的《剪烛话巴雨》,无论是从题目还是从内容看,皆自李诗而来。其云:

不负西窗约,相逢剪烛花。惊心如一梦,对雨话三巴。蜡烬愁频落,关云叹旧遮。昔曾留剑外,今却指天涯。江远谈何剧,风摇影屡斜。从今须惜别,邀月醉流霞。②

这是一首五言古诗,写诗人与友人相逢之时,共话平生。昔时驰骋剑外,而今老去,流落天涯。江远风摇,关云冷落。一会再别,未知相遇何年。诗歌中虽也有"愁",有"叹",却不曾见到李商隐诗中的那种落寞感,相反在结处以一句"邀月醉流霞"将诗中若隐若现的些许惆怅排解开来。

第二类是用《夜雨寄北》诗意写亲友之间的惜别、赠别、奉书赠答、诗文唱和甚至是哀悼等,如朱松"剪烛西窗惊睡梦,对床夜雨话平生"(《留别卓民表》)③、郭忠孝"何时共剪西堂烛,尊酒论文剪野蔬"(《寄张元德秘书》)④、刘一止"会须剪烛西窗语,莫怪长头酒事频"(《次韵邵子非见贻一首》)⑤、朱松"故人剪烛西窗约,知复何时

---

① 马兴荣等主编:《中国词学大辞典》,浙江教育出版社1996年版,第509页。
② (宋)林希逸:《剪烛话巴雨》,《全宋诗》(第59册)卷三一二四,第37328页。
③ (宋)朱松:《留别卓民表》,《全宋诗》(第33册)卷一八五六,第20731页。
④ (宋)郭忠孝:《寄张元德秘书》,《全宋诗》(第22册)卷一三一五,第14929页。
⑤ (宋)刘一止:《次韵邵子非见贻一首》,《全宋诗》(第25册)卷一四四八,第16697页。

话此生"(《书室述怀奉寄民表兄是日得民表书》)①、赵蕃"所期共剪西窗烛,却值移家方借车"(《奉赠子冉议郎老兄》)②、叶福孙"今雨水云来访我,西窗剪烛话辽东"(《题汪水云诗卷》)③、胡仲弓"剪烛西窗听雨声,晓天又弄半阴晴"(《答颐斋诗筒走寄·其二》)④、刘克庄"可怜老病忘昏昼,但记西窗剪烛时"(《挽赵虚斋二首·其二》)⑤等皆为此类。这些诗歌虽然也化用了李商隐诗句,却基本上属于仅取诗"语"而鲜取诗"意",宋诗多是借"西窗剪烛"或"夜雨对谈"这个场景,诗中所写的、所蕴含的也多为朋友间的较为平常的交往、较平淡的感情。应当说,这一类的化用,是宋诗中数量最多的。

第三类是虽然也化用了李商隐诗歌,却将诗中原本的双时间(当下与来日)、双空间(此间与远方)、双人物(我与君)结构变成了单一时间、单一空间与单一人物结构,将诗中原本具有的复杂性变得简单起来。连文凤的《中秋夜坐》是此类诗歌的代表:

>寂寞无如此夜坐,西窗剪烛读离骚。可怜尘世多风雨,天柱峰头月正高。⑥

中秋之夜,独坐西窗之下,剪烛读《骚》,遂有悲悯尘世之心。诗歌中虽然也用了"西窗""剪烛"字样,却与李商隐诗中的共剪西窗烛的诗歌意境无半点关联。李诗是对来日再聚的想象与期许,连诗是对秋夜孤坐的真实写照,一虚写,一实写。最为关键的是连诗将李诗中的双重对照全部变成了单一视角,凸显出孤寂之意。

---

① (宋)朱松:《书室述怀奉寄民表兄是日得民表书》,《全宋诗》(第33册)卷一八五六,第20734页。
② (宋)赵蕃:《奉赠子冉议郎老兄》,《全宋诗》(第49册)卷二六三〇,第30695页。
③ (宋)叶福孙:《题汪水云诗卷》,《全宋诗》(第62册)卷三二六五,第38915页。
④ (宋)胡仲弓:《答颐斋诗筒走寄·其二》,《全宋诗》(第63册)卷三三三四,第39791页。
⑤ (宋)刘克庄:《挽赵虚斋二首·其二》,《全宋诗》(第58册)卷三〇五五,第36452页。
⑥ (宋)连文凤:《中秋夜坐》,《全宋诗》(第69册)卷三六二一,第43365页。

从宋词、宋诗两重视角来看，《夜雨寄北》在宋代影响较大。宋词中多将"共剪西窗烛"者视为女性，而宋诗中则基本上将其视为亲友；宋词多借"剪烛西窗"写绮艳之思，宋诗中的点化，更多倾向将"剪烛西窗"这一意境视为一种套语，借其描绘友朋相聚相会而已。

讲到套语，或可再增加一个事例。文天祥曾有《请前人到任宴启》，其云："虎符新渥，聿来聚轸之辉；雁峤初春，喜接浮关之气。粲梅花之照眼，撷杜若以论心。欲龟告朔之朝，薄燕行春之色。共剪西窗烛，迎桃李之春风；为酌北斗浆，卷潇湘之夜雨。"① 又有《送前人别礼启》，其云："剪烛空凉，喜话巴山之雨；解维浩渺，莫追溟海之风。隃闻传鼓之麾呵，曷究执袪之缱绻。折梅花于岣嵝，愧我骚骚；随云气于蓬莱，为君娓娓。"② 很明显，这两篇启文中的"共剪西窗烛""剪烛空凉，喜话巴山之雨"也是套语。或可由此见出宋人在叙事书写与情感表达时对于作品体裁的选择。

第二节　无题诗对宋词的影响

刘学锴先生在《李商隐传论》中，对李商隐最为知名的政治诗、咏史诗、咏物诗、无题诗、爱情诗以及女冠诗等几类诗歌进行过较为详尽的研究。在这些诗歌中，李商隐的政治诗基本上与宋词关系不大，几乎未被宋词关注。咏史诗中也仅有《瑶池》《北齐二首》等少数几首为宋词所关注。反倒是他的无题诗、艳情诗（包括爱情诗、女冠诗在内的一系列以女性及女性情感描写为主的作品）以及咏物诗（包括一部分写景诗在内）多为宋词所关注，以下我们分别从这三个方面展开讨论。

正如很多研究者所提到的，李商隐在其他类型的诗歌领域，或许可

---

① （宋）文天祥：《请前人到任宴启》，《全宋文》（第359册）卷八三一一，第13页。
② （宋）文天祥：《送前人别礼启》，《全宋文》（第359册）卷八三一二，第41页。

以称为颇具成就，但是在无题诗这一类型领域中，则是"前无古人，一空依傍"①的。所以如果单纯从诗歌的角度看，无题诗是最具有"义山特色"的一种诗歌样式。学界对其无题诗的相关研究，可谓汗牛充栋，不乏真知灼见，但是从整个宋代词学领域考察李商隐无题诗影响的，却不多见。

一 《无题二首》

在李商隐所有的无题诗中，共有七首从不同层面、不同角度对宋词产生过影响。在这七首中，影响较大的，首推《无题二首》：

> 昨夜星辰昨夜风，画楼西畔桂堂东。身无彩凤双飞翼，心有灵犀一点通。隔座送钩春酒暖，分曹射覆蜡灯红。嗟余听鼓应官去，走马兰台类转蓬。（其一）
> 闻到阊门萼绿华，昔年相望抵天涯。岂知一夜秦楼客，偷看吴王苑内花。（其二）

李商隐的无题诗中，有些寄托痕迹明显，借美人以喻君子，"思遇合之所由作也"；有些寄托之意似有似无、若有若无，难以遽断；还有一些则纯是写艳情或是写爱情之事。关于这两首无题诗，历来看法不一。如吴乔将"昨夜"两句坐实，认为写令狐绹宴接之地；姚培谦认为"言得路与失路者之不同也"②；钱良择看法与以上诸公不同，认为"义山《无题》诗直是艳语耳"③；纪昀则更是不以为然，称"二首直是狭邪之作，了无可取"④。那么，这两首诗到底写什么？

---

① 刘学锴：《李商隐传论》（下册），第630页。
② 刘学锴、余恕诚：《李商隐诗歌集解》（第1册），第434页。
③ 同上。
④ 同上书，第437页。

刘学锴先生认为，这两首作品，一为七律，一为七绝，"显为赋体，而非比兴寓言之作。首章'嗟余听鼓应官'、'走马兰台'，已将己之身份地位和盘托出；次章'秦楼客'亦即自指。故二首所述，殆为作者亲身经历之情事，而非托事寓怀、借美人以喻君子之寓言"①。并据"走马兰台"一句，推断诗歌当作于李商隐任职秘书省期间。然开成四年春、会昌二年春、会昌六年春，李商隐皆曾任职秘书省，故而"颇难定编"。在2004年出版的《李商隐诗歌集解》（增订重排本）中，"姑依张笺暂系会昌二年春"②。在2013年出版的《唐诗选注评鉴》中，刘先生修正了前说，认为这两首诗歌"作于会昌六年（846）春重官秘省正字期间的可能性较大"③。

在宋词之中，似乎都没有将这首诗视为有寄托之作，而多将其视为写绮艳之情的作品，故而对于这两首诗歌的接受、化用，也基本上与寄托无涉，而是多写离别、相思等情感。吕渭老有一首《倾杯乐》词，与李商隐《无题二首·其一》所描写的情形非常相似，其云：

> 隔座藏钩，分曹射覆，烛艳渐催三鼓。筝按教坊新谱。楼外月生春浦。　徘徊争忍忙归去。怕明朝、无情风雨。珍花美酒团坐，且作尊前笑侣。

"隔座藏钩，分曹射覆"不正是李商隐诗中所说的"隔座送钩春酒暖，分曹射覆蜡灯红"吗，"烛艳渐催三鼓""徘徊争忍忙归去"不也正是"嗟余听鼓应官去"之意吗？这首《倾杯乐》词构思大抵受到《无题二首·其一》的影响，不同之处在于李诗侧重写惆怅，吕词则以"珍花美酒团坐，且作尊前笑侣"句强调享受当下。再如方千里"密约深期

---

① 刘学锴、余恕诚：《李商隐诗歌集解》（第1册），第439页。
② 同上书，第440页。
③ 刘学锴：《唐诗选注评鉴》（下卷），第2241页。

卒未成。藏钩春酒坐频倾。向人娇艳夜亭亭"(《浣沙溪》)也是从"隔座送钩春酒暖,分曹射覆蜡灯红"句化出。

《无题二首·其一》中的"身无彩凤双飞翼,心有灵犀一点通"一句,写相爱的两人虽然无法在一起,幸好心灵却是相通的。"诗人所要表现的,并不是单纯的爱情间隔的苦闷或心灵契合的欣喜,而是间隔中的契合,苦闷中的欣喜,寂寞中的慰安。尽管这种契合的欣喜中不免带有苦涩的意味,但它却因身受阻隔而显得弥足珍贵。因为它不是消极的叹息,而是对美好情愫的积极肯定。"①

宋祁有一首《鹧鸪天》词,上下片两用李商隐无题诗,其云:

> 画毂雕鞍狭路逢。一声肠断绣帘中。身无彩凤双飞翼,心有灵犀一点通。 金作屋,玉为笼。车如流水马游龙。刘郎已恨蓬山远,更隔蓬山几万重。

上片"身无"句出自《无题二首·其一》,下片"刘郎"句出自《无题四首·其一》,虽用成句,却是浑然天成、合拍无痕。《全宋词》在收录本词之后,复称:"此首又见《花草粹编》卷五,无撰人姓名,题作'辇路闻车中美人呼欧九丑面汉',其前一首为欧阳修词。依《花草粹编》体例,似曾有某书以此首为欧阳修作。"②可见曾有某文献"以此首为欧阳修作",故而《全宋词》著录于宋祁名下时特意标明。

关于这首词的创作、流传,还有一个本事。《唐宋诸贤绝妙词选》卷三记载:

> 子京过繁台街,逢内家车子,中有褰帘者曰:"小宋也。"子京归,遂作此词,都下传唱,达于禁中。仁宗知之,问:"内人第几车

---

① 刘学锴:《唐诗选注评鉴》(下卷),第2244页。
② 唐圭璋:《全宋词》(第1册),第117页。

子、何人呼小宋？"有内人自陈："顷侍御宴，见宣翰林学士，左右内臣曰：'小宋也。'时在车子中偶见之，呼一声耳。"上召子京从容语及，子京惶惧无地。上笑曰："蓬山不远。"因以内人赐之。①

《唐宋诸贤绝妙词选》所记载的关于这首词的本事，与词作本身吻合度非常高。词云"画毂雕鞍狭路逢"，本事说："子京过繁台街，逢内家车子。"词云"一声肠断绣帘中"，本事说："中有褰帘者曰：'小宋也。'"词云："身无彩凤双飞翼，心有灵犀一点通……刘郎已恨蓬山远，更隔蓬山几万重。"这两处化用的诗句，都是写那种可望而不可即的惆怅。"身无"句写虽然身处异地，却是心灵相通，似有一种期许，然而"蓬山"句却将这种期许击碎。词作戛然而止，留给读者无尽的思索空间。本事增加了仁宗这个重要角色，进行了"剧情反转"，使原本不可能产生紧密联系的二人，因这首"都下传唱，达于禁中"的词而有了大团圆的结局。应当说，无论这首《鹧鸪天》的作者是宋祁，还是另有其人所作，其中两用李商隐之诗以写那种可望而不可即的惆怅，以及渐次滑向的失落与绝望，都是不争的事实。而这种惆怅、失落与绝望，是宋词中最为常见的情感之一。

当然，也有宋人就认定这首词乃是宋祁所作，并且也认为上述本事与宋祁有关，他便是仇远。何出此言？盖仇远有一首《西江月》，将佳人呼小宋之事檃栝词中，其云：

> 小立画桥西畔，仙车暮送香风。多情问我太匆匆。疑是当年小宋。　　须识蓬山不远，梨云路杳无踪。觉来斜月隔帘栊。不是相逢是梦。

这首词当由结尾向前来读，"觉来斜月隔帘栊。不是相逢是梦"，原来

---

① （宋）黄昇编：《唐宋诸贤绝妙词选》（卷三），《四部丛刊》初编景明本，第1b—2a页。

这是一首记梦词。在梦中，词人独立桥畔，遇到香车美人经过，词人遂以路逢内家车子的小宋自比。下片"须识蓬山不远，梨云路杳无踪"点化李商隐"刘郎已恨蓬山远"诗句，称既然蓬山不远，为何佳人一见就了无影踪？此处的"蓬山不远"一是点化李商隐诗句，二是暗用宋仁宗笑称"蓬山不远"以内人相赐之事。

因相逢而期待，因期待而惆怅，因惆怅而失落，失落之余而心有不甘，这种微妙的情感变化在宋词中比比皆是。像张孝祥的《减字木兰花》写的也是这种先相逢、后惆怅的情感变化：

阿谁曾见。马上墙阴通半面。玉立娉婷。一点灵犀寄目成。
明朝重去。人在横溪溪畔住。乔木千章。摇落霜风只断肠。

上片写墙阴马上初会面，"一点灵犀寄目成"；下片写明朝重去，霜风断肠。

《定情曲·春愁》乃是贺铸自度曲，以女子的视角与身份，写相思相恋，其中也曾化用"心有灵犀一点通"句，词云：

沉水浓熏，梅粉淡妆，露华鲜映春晓。浅颦轻笑。真物外，一种闲花风调。可待合欢翠被，不见忘忧芳草。拥膝浑忘羞，回身就郎抱。两点灵犀心颠倒。　念乐事稀逢，归期须早。五云闻道。星桥畔、油壁车迎苏小。引领西陵自远，携手东山偕老。殷勤制、《双凤》新声，定情永为好。

汉代繁钦有《定情诗》，这首《定情曲·春愁》当是贺铸仿《定情诗》之题而作。上片以沉香、梅粉起笔，铺写女子妆容，引出了这位"浅颦轻笑"的佳人。"拥膝浑忘羞，回身就郎抱"，此时她正与情人嬉戏。你侬我侬，共展合欢被，哪见忘忧草？"两点灵犀心颠倒"写热恋中的二人心灵相通，颠倒鸾凤。下片笔锋突转，"念乐事稀逢，归期须早"，感慨一别之后相逢相会之日将会稀少，故而希望归去。"携手东山"当用谢安在东山蓄妓典，再与苏小小典并观，可以推知此处的佳人，或是与男子相好的风月场中女子，她期待能被男子带着归隐东山，而自己也愿谱写《双凤》新声，"定情永为好"。

与贺铸的"两点灵犀心颠倒"写颠倒鸾凤相近，秦观的《阮郎归》也曾点化"身无彩凤双飞翼，心有灵犀一点通"以写二人的相逢与缠绵：

> 宫腰袅袅翠鬟松。夜堂深处逢。无端银烛殒秋风。灵犀得暗通。　身有恨，恨无穷。星河沉晓空。陇头流水各西东。佳期如梦中。

很明显，这是一首艳词。在夜堂的深处，逢着一位腰肢纤细的佳人，两人一见如故，"灵犀得暗通"，遂有云雨之事。奈何破晓之后，二人就要如同陇头流水一般各奔西东，后会无期，只能将希望寄予梦中。《绿窗新话》卷上曾引宋杨湜《古今词话》记载了秦观的一段风流韵事：

> 秦少游在扬州，刘太尉家出姬侑觞。中有一姝，善擘箜篌。此乐既古，近时罕有其传，以为绝艺。姝又倾慕少游之才名，偏属意，少游借箜篌观之。既而主人入宅更衣，适值狂风灭烛，姝来且相亲，有仓卒之欢。且云："今日为学士瘦了一半。"少游因作《御街行》以道一时之景。①

《阮郎归》词中的"无端银烛殒秋风。灵犀得暗通"正与本事中的"适值狂风灭烛，姝来且相亲，有仓卒之欢"相合，难怪徐培均先生认为

---

① 唐圭璋：《词话丛编》（第1册），第33页。

这首《阮郎归》当与《御街行》作于同时,即熙宁年间在扬州时。

清人贺裳曾举数例,说明词作能见出世情、世风,其中便有秦观的这首《阮郎归》:

> 南唐主语冯延巳曰:"'风乍起,吹皱一池春水',何与卿事?"冯曰:"未若'细雨梦回鸡塞远,小楼吹彻玉笙寒',不可使闻于邻国。"然细看词意,含蓄尚多。至少游"无端银烛殒秋风。灵犀得暗通""相看有似梦初回。只恐又抛人去,几时来",则竟为《蔓草》之偕臧,《顿丘》之执别,一一自供矣。词虽小技,亦见世风之升降,沿流则易,溯洄实难,一入其中,势不自禁。①

《蔓草》之偕臧,是指《野有蔓草》所云:"有美一人,婉如清扬。邂逅相遇,与子偕臧。"《顿丘》之执别,是指《氓》所云:"送子涉淇,至于顿丘。匪我愆期,子无良媒。"这两处皆与男女恋情有关。贺裳看来,秦观之词,特别是"无端银烛殒秋风。灵犀得暗通"句对于男女之情"一一自供",未若前人"含蓄"。

苏轼有一首《南乡子·沈强辅雯上出文犀、丽玉作胡琴,送元素还朝,同子野各赋一首》,词云:"裙带石榴红。却水殷勤解赠侬。应许逐鸡鸡莫怕,相逢。一点灵犀必暗通。 何处遇良工。琢刻天真半欲空。愿作龙香双凤拨,轻拢。长在环儿白雪胸。"历来对此词的创作时间、创作主旨等有不同见解,例如有的注家认为该词乃是写胡琴的,文犀、丽玉乃是装饰胡琴的器物;有的注家认为该词乃是写二位琴女的,文犀、丽玉乃是她们的名字。但是无论何种主张,诸家对于"一点灵犀必暗通"一句化用李商隐无题诗则是无异议的。此外,像贺铸"认情通、色受缠绵处,似灵犀一点,吴蚕八茧,汉柳三眠"(《绮筵张》)、朱敦儒"通处灵犀一点真。忺随紫橐步红茵,个中自是神仙住,花作

---

① 唐圭璋:《词话丛编》(第 1 册),第 705—706 页。

帘栊玉作人"(《鹧鸪天》)、向子諲"要相逢。得相逢。须信灵犀,中自有心通"(《梅花引》)、陈允平"体态玉精神,惺憁言语。一点灵犀动人处"(《感皇恩》)等词,皆是点化李商隐"身无彩凤双飞翼,心有灵犀一点通"句以写两情相悦、心灵相通。

可见,宋词对《无题二首·其一》的接受,主要表现在两个方面:一是化用整首诗的诗意,以词的形式重新建构一个"类诗"的词学意境,例如吕渭老的《倾杯乐》即是深受李商隐诗歌影响,只是在结尾之处略显不同;二是主要点化"身无彩凤双飞翼,心有心灵犀一点通"句,以写相逢相恋以及随之而来的惆怅与失落。这一类又可以细分为两类:其一是以宋祁、张孝祥为代表的,写一见传情、暗生情愫,此中的感情尚较为纯粹,无非是内心的涌动而已;其二是以贺铸、秦观为代表的,"两点灵犀心颠倒""灵犀得暗通"写颠倒鸾凤、一夜缱绻,较之李商隐诗歌与宋祁、张孝祥之词更为直接、更为浅露,无怪有人称其"摹情过亵"[①]。

与《无题二首·其一》相较,宋词中对其二的关注不多。贺铸在《减字浣溪沙》下片化用过"昔年相望抵天涯"句,称:"弄影西厢侵户月,分香东畔拂墙花。此时相望抵天涯。"此句先化用《莺莺传》中张生赠莺莺之诗:"待月西厢下,迎风户半开。拂墙花影动,疑是玉人来。"后化用李商隐诗歌以写相思、相望。

二 《无题四首》

《无题四首》中的前三首排在《无题二首》之后,亦为宋词所关注。如果我们能将《无题二首》视为描写相逢、相望的组诗的话,那么《无题四首》之间则要松散得多,这四首诗歌所描写的、所传达的内容差异较大,很难以组诗视之,当非一时之所为作也。同时,关于

---

① 葛渭君编:《词话丛编补编》(第1册),中华书局2013年版,第591页。

《无题四首》,历来解读亦多。当然,不外乎君臣遇合、比兴寄托、冶游艳情等①。其实,这些诗歌定然是写男女之情,关键是是否仅写男女之情,它的背后是否仍有隐喻抑或遮蔽。宋词之中对这些作品的接受,基本上没有涉及君臣遇合、比兴寄托等隐喻层面,而是多从爱情、恋情等情感角度着眼。另外,宋词对这些作品的接受,也少见对整首诗歌构思、框架的师法,而是多取其中的诗句、用语等。

《无题四首·其一》诗云:"来是空言去绝踪,月斜楼上五更钟。梦为远别啼难唤,书被催成墨未浓。蜡照半笼金翡翠,麝熏微度绣芙蓉。刘郎已恨蓬山远,更隔蓬山一万重。"其来也固空言,其去也已绝踪。月斜钟动之际,正是黯然魂销之时。"惟其空言,所以梦为远别、啼难唤醒,而裁书作答、催成墨淡也。想君此时蜡烛犹笼、麝香微度,而我不得相亲,比之刘郎之恨不更甚哉?"② 诗中的"刘郎"既可以指汉武帝刘彻,也可以指入天台山遇仙女的刘晨。汉武帝曾派人入海寻蓬莱、方丈、瀛洲三神山,诗中用"蓬山"字面,"似用武帝事,但全篇内容与求仙无涉,系咏爱情间隔,故仍以用刘晨事较切"③。

宋词对这首诗的接受,主要表现在对于诗歌后两联,特别是尾联的点化上。如前已述,宋祁《鹧鸪天》(画毂雕鞍狭路逢)一首的下片直用"刘郎已恨蓬山远,更隔蓬山一万重"成句。用此诗成句的,还有苏轼的《南乡子·集句》,词云:"何处倚阑干。弦管高楼月正圆。蝴蝶梦中家万里,依然。老去愁来强自宽。　明镜借红颜。须著人间比梦间。蜡烛半笼金翡翠,更阑。绣被焚香独自眠。"下片的"明镜借红颜""蜡烛半笼金翡翠""绣被焚香独自眠"三用李商隐成句。此外,贺铸的《江城子》也用此诗成句,其云:

---

① 诸家之说可详参刘学锴、余恕诚《李商隐诗歌集解》(第4册),第1638—1648页。
② (清) 钱牧斋、(清) 何义门评注,韩成武、贺严、孙微点校:《唐诗鼓吹评注》,第362页。
③ 刘学锴:《唐诗选注评鉴》(下卷),第2246页。

> 麝熏微度绣芙蓉。翠衾重。画堂空。前夜偷期,相见却匆匆。心事两知何处问,依约是,梦中逢。 坐疑行听竹窗风。出帘栊。杳无踪。已过黄昏,才动寺楼钟。暮雨不来春又去,花满地,月朦胧。

上片首句"麝熏微度绣芙蓉"便用李商隐诗歌成句来写男女幽会的场景。接下来转忆"前夜偷期",相聚太匆匆,未及交心便已别过。再问心事,只得寄托梦中。下片化用李益"开门复动竹,疑是故人来"(《竹窗闻风寄苗发司空曙》),是风动、竹动、钟动,还是心动?结处感慨时光流逝,韶华不再。

除了直用成句,宋词中更多的是将"刘郎已恨蓬山远,更隔蓬山一万重"句揉碎了来用。其中最爱化用此句的,首推贺铸,他另有三首词皆点化此句以写情人之间的阻隔。《月先圆》词云:

> 才色相怜。难偶当年。屡逢迎、几许缠绵意,记秋千架底,樗蒲局上,袯襫池边。 收贮一春幽恨,细书遍、研绫笺。算蓬山、未抵屏山远,奈碧云易合,彩霞深闭,明月先圆。

上片写才子佳人昔日在"秋千架底,樗蒲局上,袯襫池边"留下了许多缠绵故事。下片写分别之后,将相思与幽恨,写满研绫笺。"算蓬山、未抵屏山远"用"刘郎已恨蓬山远"之语而不用其意,此乃"其室则迩,其人甚远"(《郑风·东门之墠》)之意,意谓"一屏相隔便远如天涯"①。贺铸复有一首《菩萨蛮》,结处暗用"刘郎已恨蓬山远,更隔蓬山一万重"形容二人之间的重重阻隔,词云:

> 芭蕉衬雨秋声动。罗窗恼破鸳鸯梦。愁倚□帘栊。灯花落地

---

① (宋)贺铸著,钟振振校注:《东山词》,上海古籍出版社1989年版,第182页。

红。　枕横衾浪拥。好夜无人共。莫道粉墙东。蓬山千万重。

秋雨点窗惊碎梦，愁睹灯花落地红。何堪最长夜，俱作独眠人？想起之前的"墙头马上"，而今思量，仍是那道粉墙，却似隔着千万重的蓬山。"莫道粉墙东。蓬山千万重"与"算蓬山、未抵屏山远"一正说，一反说：粉墙虽近，却远似蓬山；蓬山虽远，却未如屏山辽远。可见近与远，不在空间，而在心间。再如贺铸《乌啼月》的上片："牛女相望处，星桥不碍东西。重墙未抵蓬山远，却恨画楼低。"大抵亦为此类，写出了间隔与阻隔的苦涩。

以此写间隔与阻隔的，还有杨无咎等词人。杨无咎《齐天乐·和周美成韵》乃是次周邦彦《齐天乐》（绿芜凋尽台城路）而作。周词下片有云："荆江留滞最久，故人相望处，离思何限。"写尽游子思妇无限伤感。杨无咎的和词，与周词意境略似，都是写离别带来的惆怅与伤感，其云：

后堂芳树阴阴见。疏蝉又还催晚。燕守朱门，萤粘翠幕，纹蜡啼红慵剪。纱帏半卷。记云鬟瑶山，粉融珍簟。睡起援毫，戏题新句谩盈卷。　暌离鳞雁顿阻，似闻频念我，愁绪无限。瑞鸭香销，铜壶漏永，谁惜无眠展转。蓬山恨远。想月好风清，酒登琴荐。一曲高歌，为谁眉黛敛。

这首词两用李商隐诗歌。上片首句"后堂芳树阴阴见"出自李商隐《燕台四首·夏》的首联"前阁雨帘愁不卷，后堂芳树阴阴见"，点出女子所居住的环境。阴阴后堂，催晚疏蝉。由外落笔，由高处着眼。接下来视角内转，写燕，写萤，写红烛，写纱帏。再与昔日"睡起援毫，戏题新句"相对照，更凸显出如今的孤寂与落寞。下片情绪有了波动，"暌离鳞雁顿阻，似闻频念我"，将"愁绪"点出。"瑞鸭香销，铜壶漏永",却是长夜无眠。"蓬山恨远",一个"恨"字,一个"远"字,道尽离别阻隔的苦涩酸辛。周邦彦词虽写游子思妇,结处"凭高眺远。正玉液新篘,蟹螯初荐"(《齐天乐》),兜转一笔,不做凄苦之状。杨词的结尾亦如此,虽则"蓬山恨远",却要"想月好风清,酒登琴荐。一曲高歌,为谁眉黛敛",使氛围为之一变。

与之前诸人相较,苏轼笔下的阻隔并非因情而是真正的空间阻隔,他有一首《踏青游》(改火初晴),乃其居外而思念帝都生活所作。下片云:"今困天涯,何限旧情相恼。念摇落、玉京寒早。任刘郎、目断蓬山难到。仙梦杳。良宵又过了。楼台万家清晓。""今困天涯"之际,追念"玉京寒早"。"任刘郎、目断蓬山难到",化用李商隐诗句,写只身在外,难抵京都。词中的"刘郎",无疑是苏轼自称。需要我们注意的是,宋词中的大量"刘郎"句,并非化用李商隐的"刘郎已恨蓬山远,更隔蓬山一万重",而是化用了刘禹锡的"玄都观里桃千树,尽是刘郎去后栽"(《元和十年自朗州承召至京师戏赠看花诸君子》)、"种桃道士归何处,前度刘郎今又来"(《再游玄都观绝句》)等诗句①,所以面对宋词中的"刘郎"意象时,要格外注意辨别。

《无题四首·其二》诗云:"飒飒东风细雨来,芙蓉塘外有轻雷。金蟾啮锁烧香入,玉虎牵丝汲井回。贾氏窥帘韩掾少,宓妃留枕魏王才。春心莫共花争发,一寸相思一寸灰。"其三诗云:"含情春晼晚,暂见夜阑干。楼响将登怯,帘烘欲过难。多羞钗上燕,真愧镜中鸾。归去横塘晓,华星送宝鞍。"与《无题四首·其一》相较,宋词中对其二、其三的关注不如其一多。这些关注基本上是对诗歌中成句的直接使用,虽然也有对诗句用语的点化,但是仅有几例,并不突出。

例如翁元龙有《菩萨蛮》词,开篇便是"春心莫共花争发",词云:

---

① 参见刘克臣著《盛唐中唐诗对宋词影响研究》,第407—410页。

> 春心莫共花争发。花开不管连环缺。梦断小楼空。杜鹃啼晓红。　眼看连理树。纤手移筝柱。调遍错成声。无人知此情。

"春心莫共花争发,一寸相思一寸灰",写春心即便与春花同发,仍将香销成灰,终入绝望,写尽了相思之苦,以至于心如枯木,竟如死灰。翁元龙的《菩萨蛮》亦写相思。"春心"句是喃喃自语,亦是自我宽慰。春心不要随春花萌动,春花径自开放,"不管连环缺"。小楼独空,"不如归去,不如归去",杜鹃啼叫,惊断春梦。树有连理,鸟可比翼,玉筝调起,错落成曲,人却形单影只。词作的末句呼应首句,再次凸显相思之意。中间部分以景语带情语,却也敌不过孤寂。

苏轼《南乡子·集句》词集唐诗句成篇,两用李商隐诗。词云:"怅望送春杯。渐老逢春能几回。花满楚城愁远别,伤怀。何况清丝急管催。　吟断望乡台。万里归心独上来。景物登临闲始见,徘徊。一寸相思一寸灰。"其中的"吟断望乡台"用李商隐"征南予更远,吟断望乡台"(《晋昌晚归马上赠》)句,"一寸相思一寸灰"则是出自《无题四首·其二》。

直用成句的,还有无名氏的《梅花引》直用"华星送宝鞍",词云:

> 清阴陌。狂踪迹。朱门团扇香迎客。牡丹风。数苞红。水香扑蕊,新妆谁为容。　蜡灯春酒风光夕。锦浪龙须花六尺。月波寒。玉琅玕。无情又是,华星送宝鞍。

"华星送宝鞍"一句出自《无题四首·其三》"归去横塘晓,华星送宝鞍",此句写二人相约,却没能会面,"凌晨独自沿横塘路而归,唯明亮之晨星空照归鞍而已"[1],恰与诗歌的首联"含情春晼晚,暂见夜阑干"相呼应,道不尽的咫尺天涯之感与孤寂落寞之情。这首《梅花引》

---

[1] 刘学锴、余恕诚:《李商隐诗歌集解》(第4册),第1637页。

再次使用李商隐诗歌,其一是"蜡灯春酒风光夕"句,其中的"蜡灯""春酒"很显然是化自李商隐"隔座送钩春酒暖,分曹射覆蜡灯红"(《无题二首·其一》),写夜宴的喧哗与热闹。其二便是"无情又是,华星送宝鞍",直用《无题四首·其三》成句。这首词的主题其实可以用词作下片的首句与末句概括,那就是虽有喧嚣,终归落寞。

宋词对于《无题四首》其二、其三的接受,除了直用成句,还有就是点化诗歌用语。例如刘之才《玲珑四犯》便是点化《无题四首·其二》"玉虎牵丝汲井回"句以成"辘轳玉虎牵丝转"。

从整体上看,《无题四首》的后三首不如第一首更为宋词所关注。其一之所以深受宋人瞩目,"刘郎已恨蓬山远,更隔蓬山一万重"一句起了很大的作用。不独此首,李商隐还有一首诗歌也用到了"蓬山"意象,这首诗也叫《无题》。只是这首以"蓬山此去无多路,青鸟殷勤为探看"煞尾的《无题》诗,最为宋词所关注的,并不是此句而是首句"相见时难别亦难,东风无力百花残"。

三　如何雪月交光夜

无题诗系列中,许多诗歌都描绘过那种可望而不可即的期待,《无题》(紫府仙人号宝灯)便是这一类的作品,诗云:

> 紫府仙人号宝灯,云浆未饮结成冰。如何雪月交光夜,更在瑶台十二层。

关于这首诗歌的主旨,同样亦有多种说法。例如程梦星称:"此当为娶王茂元女时作,盖却扇之流也。起句比之如仙。次句待之合卺。三句叙其时景。四句欲引而近之矣。"冯浩则认为此诗与令狐绹有关,"时盖元夕在绹家,候其归而饮宴,故言候之久而酒已成冰,当此寒宵,何尚不即归乎"？张采田认为："此篇寓意亦未详。冯氏谓指令狐，其说太晦。细玩诗意，并无感慨，与令狐诸篇迥不相类，未敢附会也。"① 张氏较之程、冯二说已经较为公允。实则此诗主旨正如刘学锴先生所说："诗写想望中之紫府仙姝。方欲就彼宴饮，而云浆忽已成冰；正欲觅其踪迹，而彼姝杳然不见，值此雪月交光之夜，对方竟又高处十二层瑶台之上矣。全诗着力渲染某种可望而不可即之情景，以及追求、向往而又时感变化迅疾，难以追攀之感。"②

宋人也关注到了这首《无题》诗，例如韦骧《减字木兰花·望仙词》三用李商隐诗歌，结处"更在瑶台十二层"正是《无题》诗之成句，词云：

> 危楼引望。天气犹寒花未放。远思悠悠。芳草何年恨即休。
> 仙踪何处。此去蓬山多少路。春霭腾腾。更在瑶台十二层。

这首词三次点化李商隐诗句敷衍成篇，"天气犹寒花未放"当自李商隐"先知风起月含晕，尚自露寒花未开"（《正月崇让宅》）句化来，"此去蓬山多少路""更在瑶台十二层"则分别是两首《无题》诗中的成句，遂更使整首作品极富李商隐诗歌朦胧迷离的韵味。由人间的"危楼引望"、遍求不得，到下片的"仙踪何处"，欲向仙界探寻，与"望仙词"之主旨相吻合。韦骧的所谓"望仙"，所谓的"蓬山多少路"，所谓的"瑶台十二层"，正与李商隐的《无题》（紫府仙人号宝灯）诗相仿，看似是访求想象中的仙姝，其实未尝不是遍求人间美好感情而不得的仙界投射。从这个角度看，韦词、李诗的主旨是相似的。

除了像韦骧这样整首词与李商隐诗歌相似，其他宋词对于这首《无题》诗的接受，主要体现在对"如何雪月交光夜，更在瑶台十二

---

① 刘学锴、余恕诚：《李商隐诗歌集解》（第 4 册），第 1613 页。
② 同上书，第 1613—1614 页。

层"一句的接受与使用上,这种接受与使用又表现为如下几个方面。

一是以《雪月交光》为词牌名。宋人刘一止将《醉蓬莱》改为《雪月交光》,词牌名正自"如何雪月交光夜"而来,词云:

> 正五云飞仗,缟练褰裳,乱空交舞。拂石归来,向玉阶微步。欲唤冰娥,暂凭风使,为扫氛驱雾。渐见停轮,人间未识,高空真侣。 千里无尘,地连天迥,倦客西来,路迷江树。故国烟深,想溪树何处。云鬟分行,翠眉萦曲,对夜寒尊俎。清影徘徊,端应坐有,风流能赋。

"雪月交光"四字极富画面感,写白雪与月光交相辉映。此词恰好写雪,写月,写雪与月辉映中的孤独的倦客与思妇,主体内容正与"雪""月"二字相扣,故而刘一止称其为《雪月交光》。

二是以"雪月交光"形容梅花之洁白,宋词关注的仅是像雪像月一般的洁白,更为关注的是白色,而非雪、月本身。例如吕胜己《如梦令·催梅雪》写白梅初开:

> 梅雪渐当时候。访问全无消耗。凭仗小阳春,催取南枝先到。然后。然后。雪月交光同照。

"梅雪",语出李商隐"雪中梅下谁与期,梅雪相兼一万枝"(《莫愁》)句,此处是指白梅。本当是白梅绽放之时,探访却全无消息。一经十月小阳春,桃李生华,白梅竟自开放,一片皎洁,就像"雪月交光同照"一般。很明显,这首词借"雪月交光"写梅花之洁白。

使用"雪月交光"且与梅花相关的,还有一首词,那便是胡与可的《百字令·几上凝尘戏画梅一枝》:

> 小斋幽僻，久无人到此，满地狼藉。几案尘生多少憾，把玉指亲传踪迹。画出南枝，正开侧面，花蕊俱端的。可怜风韵，故人难寄消息。　非共雪月交光，这般造化，岂费东君力。只欠清香来扑鼻，亦有天然标格。不上寒窗，不随流水，应不钿宫额。不愁三弄，只愁罗袖轻拂。

胡与可，号惠斋，胡元功之女，尚书黄由之妻。有文章，兼通书画。尝因几上凝尘，戏画梅一枝，题《百字令》一首。上片交代了创作背景，并称其在几案上所画之梅"花蕊俱端的"，遗憾之处在于虽有梅之"风韵"，却"难寄消息"，此处反用陆凯"江南无所有，聊寄一枝春"（《赠范晔诗》）[①]之意。下片续写所画之梅的特点，它无法与雪月之光交相辉映，自然也就不劳东君催着绽放。虽无扑鼻之清香，却有天然之标格。它不上寒窗点缀风景，不与流水随波荡漾，不作梅花妆，不奏三弄曲。它所担忧的，仅是罗袖轻拂而已。虽然仅是尘案上所画之梅，却寄予了作者的些许悲悯之情。同样是咏梅，它与陆游的《卜算子·咏梅》各具风调。与之相似的，还有无名氏的《采桑子》，词云：

> 霜风漏泄春消息，折破孤芳。野兴彷徨。姑射神仙触处藏。新妆不假施朱粉，雪月交光。欲赠东皇。冷淡龙涎点点香。

下片"新妆不假施朱粉，雪月交光"写梅花不施朱粉，凸显其如同白雪、月光交相辉映一样洁白，正用李商隐诗句。再如刘辰翁《摸鱼儿·辛巳冬和中斋梅词》，乃是元世祖至元十八年（1281）冬和邓剡梅词，虽为咏梅实则咏怀，其中"梅花不待元宵好，雪月交光独照"句亦是化用了李商隐诗句[②]。

[①] 逯钦立：《先秦汉魏晋南北朝诗》（中册），第1204页。
[②] 参见刘克臣著《盛唐中唐诗对宋词影响研究》，第419—420页。

三是以"雪月交光"营造高洁之境。

方外之人也关注并化用过"雪月交光"句。《五灯会元》记载了法常禅师圆寂之前,手写《渔父词》于室门,词中便有"雪月交光"之语,其云:

> 此事《楞严》常露布。梅华雪月交光处。一笑寥寥空万古。凤瓯语。迥然银汉横天宇。 蝶梦《南华》方栩栩。斑斑谁跨丰干虎。而今忘却来时路。江山暮。天涯目送鸿飞去。

《五灯会元》记载:"嘉兴府报恩法常首座,开封人也。丞相薛居正之裔。宣和七年,依长沙益阳华严元轼下发,遍依丛林。于《首楞严经》,深入义海。自湖湘至万年谒雪巢,机契,命掌笺翰。后首众报恩。室中唯一矮榻,余无长物。庚子九月中,语寺僧曰:'一月后不复留此。'十月二十一往方丈,谒饭。将晓,书《渔父词》于室门,就榻收足而逝。"① 圆寂前作的这首《渔父词》境界开阔,极为洒脱。"梅华雪月交光处。一笑寥寥空万古",通过梅花、白雪与月光的皎洁,映射出法常的高洁品性。面对世间万事万物,淡然处之,一笑而已。下片是来时与归去的对照,既然已经忘却来时之路,那么不如像飞鸿一般洒脱归去,早日摆脱轮回之苦。雪、月与梅花是代表了高洁品性的圣洁之物,它们之间又交相辉映,营造出银河横空、雪月交光的高洁之境。

四是以"雪月交光"称扬作品高妙。

杨冠卿有一首《西江月·秋晚白菊丛开,有傲视冰霜之兴。李渔社赋长短句云:"若将花卉论行藏。盍在凌烟阁上。"因次其韵》,其云:

> 妙墨龙蛇飞动,新词雪月交光。论文齿颊带冰霜。凤阁从来宫

---

① (宋)普济著,苏渊雷点校:《五灯会元》(下册)卷一八,中华书局1984年版,第1216页。

样。寿菊丛开三径，清姿高压群芳。折花聊尔问行藏。会见横飞直上。

这是一首次韵之作。盖因"秋晚白菊丛开，有傲视冰霜之兴"，李渔社作词称赞白菊"若将花卉论行藏。盍在凌烟阁上"，杨冠卿次韵而成。李渔社即李结，字次山，号渔社，南阳人，"乾道二年（1166），监进奏院。六年（1170），知常州。七年（1171），提举浙西常平。淳熙九年（1182），知秀州。绍熙二年（1191），四川总领"①。在这首《西江月》中，杨冠卿称李结笔墨"龙蛇飞动"，"新词雪月交光"，以"雪月交光"来称赞李结之词，形容其明爽、高味。

辛更儒先生据《建炎以来朝野杂记》甲集卷七考证，淳熙六年，李结知常州，杨冠卿此年依李结。《客亭类稿》卷一二《从李使君假记室吏》可为证："阿婴呕心儿，佩囊有奚奴。杜陵短褐翁，抄诗听小胥。我生味风雅，古人思与俱。家无儋石储，谁其供指呼？主翁居专城，雁鹜纷庭除。记史饱余闲，愿言假一夫。授以乌丝襕，副之玉蟾蜍。晴窗扫桐叶，细字蝇头书。"②李结有诗社曰"渔社"，《诸老先生惠答客亭书启编》有《渔社李度支帖》七篇。其中第二篇也以"雪月交光"来赞美李结的"新词三篇"，其云："结伏蒙宠示新词三篇，真与雪月交光争胜，恐公御风翔寥廓间，第褒拂之甚，岂所敢当？异日门下平步天衢，此景当备享焉。《菩萨蛮》犹胜唐人词语，将使温庭筠辈顺下风而立，膝行而不敢仰视也。容面谢次。"③

《全宋词》仅收李结《浣溪沙》一首和《西江月》残句"若将花卉论行藏。盍在凌烟阁上"。其《浣溪沙》词云："花圃萦回曲径通。

---

① 唐圭璋：《全宋词》（第3册），第1516页。
② （宋）杨冠卿：《客亭类稿》卷一二《从李使君假记室吏》，《景印文渊阁四库全书》（第1165册），台湾商务印书馆1986年版，第524页。
③ 转引自傅璇琮、辛更儒主编《宋才子传笺证》南宋前期卷，辽海出版社2011年版，第605页。

小亭风卷绣帘重。秋千闲倚画桥东。 双蝶舞余红便旋,交莺啼处绿葱茏。远山眉黛晚来浓。"就这首词而言,亦是晚唐轻婉之风,与温庭筠及花间风调相类似。但是若说:"《菩萨蛮》犹胜唐人词语,将使温庭筠辈顺下风而立,膝行而不敢仰视也。"明显是言过其实了。虽如此,杨冠卿两次以"雪月交光"来赞扬李结之词,从语言表达的角度看,确实是一个创举。他将对于一种自然现象与高洁意境的描写,转变为对于词作品质的认可与肯定,开拓了李商隐诗歌,特别是"雪月交光"的应用范围。

四 背面秋千下

历来关于李商隐无题诗主旨的讨论中,"至少有两首,是几乎所有研究者(包括主张无题诗是单纯爱情诗的研究者)都认为有寄托的"①,这两首中首先便是《无题》(八岁偷照镜)一篇:

> 八岁偷照镜,长眉已能画。十岁去踏青,芙蓉作裙衩。十二学弹筝,银甲不曾卸。十四藏六亲,悬知犹未嫁。十五泣春风,背面秋千下。

这首诗语言晓畅,自八岁一直写到十五岁,与《古诗为焦仲卿妻作》"十三能织素,十四学裁衣。十五弹箜篌,十六诵诗书。十七为君妇"的写法颇为相似。刘学锴先生指出:"诗中描绘之少女,美丽早慧,勤于习艺,向往爱情,而幽闺深藏,青春虚耗,无法掌握自身命运。托喻痕迹显然。……义山少年才俊,渴求仕进,然出身寒微,'内无强近,外乏因依'(《祭徐氏姊文》),忧虑前途之心情时或流露于笔端。"②

---

① 刘学锴:《李商隐传论》(下编),第635页。
② 刘学锴、余恕诚:《李商隐诗歌集解》(第1册),第27页。

简单地讲,这首诗就是"以少女怀春之幽怨苦闷,喻才士渴求仕进遇合之心情",那么宋代词人又是如何看待这首诗的呢?

晏几道有一首《生查子》,写游子思妇,其中直用"十五泣春风,背面秋千下"之句,词云:

> 金鞭美少年,去跃青骢马。牵系玉楼人,绣被春寒夜。 消息未归来,寒食梨花谢。无处说相思,背面秋千下。

这首《生查子》,《唐宋诸贤绝妙词》题作"闺思",《草堂诗余》题作"春恨","闺思""春恨"正道出了这首词的主旨。上片先从思妇视角写游子,他是一位跃马扬鞭的翩翩美少年;再从游子视角写思妇,寂寂长夜,绣被独卧。下片写时间推移,"寂寞游人寒食后,夜来风雨送梨花"(温庭筠《鄠杜郊居》),寒食已过,梨花早谢,仍无归来的消息。千种相思、万种柔情,又向何人诉说?只好背对秋千架上嬉戏的同伴,独自哭泣。

李商隐以"十五泣春风,背面秋千下"写幽怨苦闷的怀春少女,晏几道则点化以写空床独守的闺中思妇,人物身份不同,她们的幽怨苦闷之情却是相似的。

贺铸《辨弦声·迎春乐》描写了一位精通音乐的女子,情人与其约会而不至,遂有"久背面、秋千下"之举,词云:

> 琼琼绝艺真无价。指尖纤、态闲暇。几多方寸关情话。都付与、弦声写。 三月十三寒食夜。映花月、絮风台榭。明月待欢来,久背面、秋千下。

琼琼,即薛琼琼,唐明皇时选入宫中为筝长,此处代指同样精通音乐的女子。下片写寒食之夜,女子与情人相约月下,岂知情人却久候未至,

"久背面、秋千下"点化"背面秋千下"一句以写女子的失落。

陈允平有两首词,都曾点化"背面秋千下"之语。其一为《思佳客》,词云:"压鬓钗横翠凤头。玉柔春腻粉香流。红酣醉靥花含笑,碧蹙颦眉柳弄愁。　偏婀娜,太温柔。水情云意两绸缪。佯羞不顾双飞蝶,独背秋千傍画楼。"其二为《迎春乐》,其云:"垂杨影下黄金屋。东风渐、粉香熟。恨当年、有约骖鸾速。误一枕、红云宿。　带眼宽移腰似束。怪何事、褪红销绿。背面立秋千,羞人问、连环玉。"除此之外,还有吕渭老"阑干醉倚,秋千背立,数遍佳期"(《极相思》)、张震"水边朱户。曾记销魂处。小立背秋千,空怅望、娉婷韵度"(《蓦山溪》)等也化用过此句。

李商隐以"背面秋千下"这个极富画面感的语句,写出了一位女子的忧伤烦闷之情,其之所以烦闷是因为许嫁之年,悬而未嫁。宋词之中化用此诗,大抵亦从感情出发,或写相思、离别,或写情人之间的等待、期盼等,情调与李商隐诗歌相仿佛。

第三节　艳情诗对宋词的影响

元稹在《叙诗寄乐天书》中,将自十六岁至元和七年间的共八百余篇诗歌分为古讽、乐讽、古题乐府等十体,共二十卷。其中单列悼亡、艳诗两种:"不幸少有伉俪之悲,抚存感往,成数十诗,取潘子《悼亡》为题。又有以干教化者,近世妇人晕淡眉目,绾约头鬟,衣服修广之度,及匹配色泽,尤剧怪艳,因为艳诗百余首。词有今古,又两体。"[①] 百余首艳诗,在元稹的诗歌中占据了很大的比重。其实,元稹最为知名的作品,亦当推为乐府与艳诗。再如像白居易、王建、张籍等人,也有不少可以称为"艳诗"的诗篇,到了晚唐温庭筠、李商隐、

---

① (唐)元稹撰,冀勤点校:《元稹集》卷三〇《叙诗寄乐天书》(上册),中华书局2010年版,第407页。

韩偓诸公手中，这类诗歌则更为光大。

刘学锴先生曾将李商隐诗歌厘为政治诗、咏史诗、咏物诗、无题诗、爱情诗、女冠诗等几大类，并对各类有代表性的作品进行了研究。其实，李商隐的爱情诗、女冠诗，很多都是以女性，特别是女性的情感为主要描写对象。刘青海曾将李商隐二十余首"齐梁调"诗、"用铺叙的手法表现生活中的一段情感经历"的"长庆体"、以《燕台诗四首》等代表的"长吉体"诗、"传统的闺怨"诗以及"无题诗"等五大类诗歌，一并称为"艳情诗"①。本节也将李商隐的举凡言及女性，特别是女性情感的作品以"艳情诗"视之。

一 辜负香衾事早朝

李商隐有一首《为有》，写闺中少妇畏春宵之孤寂而日有"辜负香衾"之感，诗云：

> 为有云屏无限娇，凤城寒尽怕春宵。无端嫁得金龟婿，辜负香衾事早朝。

纪昀说此诗是"弄笔戏作，不足为佳"，戏作不假，却不是"不足为佳"，相反写得有声有色。这首诗的构思与王昌龄"忽见陌头杨柳色，悔教夫婿觅封侯"出自同一机杼。俞陛云先生称：

> "寒尽怕春宵"句，殆有"春色恼人眠不得"之意。夫婿方金龟贵显，辨色趋朝，古乐府所谓"东方千余骑，夫婿居上头"，正闺人满志之时，乃转怨金阙之晓钟，破锦帷之同梦。人生欲望，安

---

① 刘青海：《晚唐文学变局中的"温李新声"研究》，中华书局2018年版，第253—258页。

有满足之期。以诗而论,绮思妙笔,固《香屑集》中佳选也。①

还有人认为这首诗言外有刺、有怨,如屈复即云:"玉溪以绝世香艳之才,终老幕职,晨入昏出,簿书无暇,与嫁贵婿、负香衾者何异?其怨宜也。"刘学锴先生也认为这首诗不独是闺怨,不独是少妇的私语,而是深有寓意:"王诗于闺中少妇之'悔教夫婿觅封侯',笔端幽默中透露同情;李作则对嫁金龟婿者不无讽意。'无端'二字,揭示贵家少妇事出意料、自怨自艾心理,最宜玩味。盖嫁贵婿,本彼竭力追求之人生目标;乃既嫁之后,反畏春宵之孤而日有'辜负香衾'之憾。'无端'云者,正讽其事与愿违,托青春于富贵反为富贵所误也。"②

宋词中对这首诗的关注,主要集中在诗歌表面所传递出来这种幽怨情感上,对其背后所蕴含的微讽,似无关注。例如贺铸有一首《菩萨蛮》即翻用《为有》一诗:

> 章台游冶金龟婿。归来犹带醺醺醉。花漏怯春宵。云屏无限娇。　绛纱灯影背。玉枕钗声碎。不待宿醒销。马嘶催早朝。

贺铸之词可以视为对李商隐《为有》一诗的扩写。其实,李商隐《镜槛》诗中的"岂能抛断梦,听鼓事朝珂"一句,与《为有》极为相似。

《镜槛》一诗,或谓其写闺情,或谓其写艳情,或谓其写歌伎,或谓其怀女冠,然不论此诗所写所怀为何人,自是女子无疑。程梦星云:"此艳诗也。结语即'辜负香衾事早朝'之意。中间'待乌燕太子,驻马魏东阿'二语,谓羁留之情,如秦约燕丹,归待乌头之白;甄怜曹植,魂来洛水之滨。盖去留眷恋,死生以之,极言其情也。"③目光如炬,点出

---

① 俞陛云:《诗境浅说》,北京出版社 2003 年版,第 269—270 页。
② 刘学锴、余恕诚:《李商隐诗歌集解》(第 5 册),第 2049—2050 页。
③ 刘学锴、余恕诚:《李商隐诗歌集解》(第 2 册),第 448 页。

末句"岂能抛断梦,听鼓事朝珂"即"辜负香衾事早朝"之意。

吴文英《夜行船·赠赵梅壑》曾点化《为有》及《镜槛》两诗末句,写清晓梦断、玉漏催早之事。词云:

> 碧甃清漪方镜小。绮疏净、半尘不到。古鬲香深,宫壶花换,留取四时春好。　楼上眉山云窈窕。香衾梦、镇疏清晓。并蒂莲开,合欢屏暖,玉漏又催朝早。

赵梅壑当为宋宗室,这首词写出赵氏生活中的一个片段。上片写赵氏所居之地,下片写楼上的佳人。"香衾梦、镇疏清晓",镇,镇日,长久之意;疏,指疏于香衾之梦。正是"无端嫁得金龟婿,辜负香衾事早朝"(《为有》)之意。"并蒂莲开,合欢屏暖,玉漏又催朝早",上承"香衾"句而下,用"岂能抛断梦,听鼓事朝珂"(《镜槛》)之意,"以美人怨尤的口吻道出梅壑忙于政务的身份"①。

如果说《为有》乃是从女子视角入手,写对男子的嗔怪与埋怨,那么《夜冷》则是自男子视角切入,以"翠被余香薄"写孤寂与冷落,这两首诗虽然视角不同,但是流露出来的孤寂冷落之意却是相近的,诗云:

> 树绕池宽月影多,村砧坞笛隔风萝。西亭翠被余香薄,一夜将愁向败荷。

诗歌先写月中绕池而行,唯闻风吹砧竹之声。盖"翠被余香",人已久别,故只得彷徨无地,终夜绕池也。崇让宅有东亭、西亭,故而"西亭翠被余香薄"之"西亭"盖指崇让宅,点出地点。"翠被余香薄"一

---

① (宋)吴文英著,吴蓓笺校:《梦窗词汇校笺释集评》,浙江古籍出版社2007年版,第720页。

句,仅从字面上看与何逊"稍闻玉钏远,犹怜翠被香"(《嘲刘咨议》)一句有相似之处,但是两句背后所表达的感情却是明显不同的。刘咨议,即刘孝绰,因其晚朝,何逊遂有《嘲刘咨议》一诗嘲笑其为"雀钗横晓鬓,蛾眉艳宿妆"的"妖女"所羁绊,留恋床笫,误了早朝,所以《嘲刘咨议》本是一首游戏之作。"西亭翠被余香薄"一句,大抵有两层意思。第一层意思,当与"一夜将愁向败荷"句并观,"余香"乃指荷花之余香,"翠被"当为荷叶。"余香薄",指荷花香气渐淡,与对句中的"败荷"一词相呼应。亦即姚培谦所云:"余香已薄,荷败后,并余香亦不可得矣。"① 第二层意思,当与《西亭》诗中的"梧桐莫更翻清露,孤鹤从来不得眠"句并观。"孤鹤从来不得眠",明显是悼亡之意。那么"西亭翠被余香薄"一句当也有悼亡之意,故而"翠被"当实指闺房内的被子,"余香"则指翠被上旧有的妻子气息,以"翠被余香"写悼亡相思之情,亦即纪昀所说:"憔悴欲绝,而不为魇魇之声。"②

宋词之中多点化李商隐"西亭翠被余香薄"之句以写相思、离别之情。例如向子諲《生查子》就化用过此句,其云:

> 春心如杜鹃,日夜思归切。啼尽一川花,愁落千山月。 遥怜白玉人,翠被余香歇。可惯独眠寒,减动丰肌雪。

向氏《酒边词》分为《江南新词》《江北旧词》,这首《生查子》见于《江北旧词》,乃是南渡之前所作,写游子思妇的离别相思。上片"春心如杜鹃"化自李商隐"望帝春心托杜鹃"(《锦瑟》)句,以杜鹃的啼鸣写游子"日夜思归"却不得归的无奈。下片转换视角,写闺中之人。"翠被余香歇"化自"西亭翠被余香薄";"可惯独眠寒",有几分

---

① (清)姚培谦:《李义山诗集笺注》卷一六,转引自《李商隐诗歌集解》(第3册),第1197页。
② (清)纪昀:《玉溪生诗说》卷上,转引自《李商隐诗歌集解》(第3册),第1197页。

白居易"何堪最长夜,俱作独眠人"(《冬至夜怀湘灵》)的味道,写闺中之人对远行在外游子的怀念与相思,"减动丰肌雪",甚至都到了身形消瘦的地步。

石孝友"别来暗减风标。奈碧云暗断,翠被香消"(《望海潮》)与"匆匆睡起。冷落余香栖翠被。何处阳台。雨散云收犹未来"(《减字木兰花》),皆是点化"西亭翠被余香薄"之句以写游子思妇的相思离别之情。

再如吴文英《过秦楼·芙蓉》一首,也曾点化李商隐"西亭翠被余香薄"之句,词云:

> 藻国凄迷,曲澜澄映,怨入粉烟蓝雾。香笼麝水,腻涨红波,一镜万妆争妒。湘女归魂,佩环玉冷无声,凝情谁诉。又江空月堕,凌波尘起,彩鸳愁舞。 还暗忆、钿合兰桡,丝牵琼腕,见的更怜心苦。玲珑翠屋,轻薄冰绡,稳称锦云留住。生怕哀蝉,暗惊秋被红衰,啼珠零露。能西风老尽,羞趁东风嫁与。

这首《过秦楼·芙蓉》为吴文英的咏物词,"写于癸卯即淳祐三年(1243)。词与《庆宫春》(残叶翻浓)同为咏荷兼写虽未遇于时,却未肯俯仰俗流之心志"①。"暗惊秋被红衰"一句,"秋被"指叶,"红衰"指花。郑文焯在《绝妙好词校录》中说:"'暗惊秋被红衰',戈选改'被'作'破',漫无依据。按玉溪诗:'西亭翠被余香薄,一夜将愁入败荷。'梦窗举典本此。'被'字非'破'之讹可证。玉田《词源》云:'如方回、梦窗,皆善于炼字面,多于温庭筠、李长吉诗中来。'沈伯时云'要求字面,当于飞卿、长吉、商隐及唐人诸家诗句好而不俗者,采摘用之','所谓读唐诗多,故语雅淡也'。"②认为吴文英此句当自李商隐

---

① (宋)吴文英著,孙虹、谭学纯校笺:《梦窗词集校笺》(第2册),第458页。
② 转引自《梦窗词集校笺》(第2册),第451页。

"西亭翠被余香薄,一夜将愁向败荷"句而来,此说颇有见地。吴文英又有《凤栖梧·化度寺池莲一花最晚有感》一首,亦用李商隐此句咏荷花,词云:

> 湘水烟中相见早。罗盖低笼,红拂犹娇小。妆镜明星争晚照。西风日送凌波杳。 惆怅来迟羞窈窕。一霎留连,相伴阑干悄。今夜西池明月到。余香翠被空秋晓。

如题目如言,这首词由化度寺晚莲而兴发感慨。结句"今夜西池明月到。余香翠被空秋晓"与《过秦楼·芙蓉》一样,皆是点化李商隐诗歌以"翠被"指代荷叶,只因其他荷花早已凋谢,故而"余香"无多。俞陛云称:"咏花而兼怀人,花与人合写。结句言闹红已过,只余翠盖田田,虽仍咏晚莲,而翠被秋寒,隐有人在,有手挥目送之妙。"吴蓓的解读则更进一步,称此末二句:"回到现实,暴露作意。亦题中'感'之所在。可惜今夜月明,苏州西池之上不曾发生如此动人的故事,余香翠被,空待秋晓而已。作意乃盼归。但愿闺中之人,能如化度寺中之晚花,坚持到最后,等待自己归来。有期盼,有担忧,有怜惜。"[①] 俞、吴二先生隐然将咏荷叶(翠被)、荷花(余香)视为咏闺房内的翠被余香,这样一来,就将咏物与咏人紧密地结合了起来,起津梁作用的,就是李商隐的这句"西亭翠被余香薄,一夜将愁向败荷"。

如前所述,就李商隐《夜冷》诗中的"西亭翠被余香薄,一夜将愁向败荷"一句而言,本身就具有两种解读性,既可以理解为咏荷,写荷花之香气渐消,唯余荷叶,遂成败荷之态,又可以解读为亡妻留在翠被上的气息渐消,唯有独立西亭,愁对败荷,以寄哀思。所以在宋人的词中,我们既能见到点化此句以写花的,像吴文英咏荷花,还有王沂孙"罗浮梦、半蟾挂晓,么凤冷、山中人乍起。又唤取、玉奴归去,余

---

① (宋)吴文英著,吴蓓笺校:《梦窗词汇校笺释集评》,第289—290 页。

香空翠被"(《花犯·苔梅》)在咏梅花时化用过此句。同时,又能见到点化此句以写相思之情,除上举数例外,辛弃疾的"宝钗飞凤鬓惊鸾。望重欢。水云宽。肠断新来,翠被粉香残。待得来时春尽也,梅著子,笋成竿"(《江神子·和陈仁和韵》)亦用"西亭翠被余香薄"句,写久行不归,翠被余香消残,及至归来,则已"梅著子,笋成竿"。

《夜冷》诗中,李商隐以"翠被余香"写孤寂之情。《碧城三首·其二》中,他以"绣被焚香独自眠"来写相似的情绪,如前所述,苏轼将此句直用在《南乡子·集句》一词中。

二 芭蕉不展丁香结

> 撑着油纸伞,独自
> 彷徨在悠长,悠长
> 又寂寥的雨巷,
> 我希望逢着
> 一个丁香一样的
> 结着愁怨的姑娘。
> 她是有
> 丁香一样的颜色,
> 丁香一样的芬芳,
> 丁香一样的忧愁,
> 在雨中哀怨,
> 哀怨又彷徨。
> ……①

---

① 戴望舒著,吴福辉、陈子善主编:《雨巷 我用残损的手掌》,复旦大学出版社2006年版,第24页。

《雨巷》一诗,可以说是戴望舒前期诗作中的代表,它以"迷人的音节、朦胧的色彩和亲切的暗示为特色,又与中国诗歌的古典传统相链接"①,如果更细化一些,我们能够在戴望舒的现代诗歌当中,发现有唐诗,特别是以温庭筠、李商隐等为代表的晚唐诗人诗歌的影子。这首《雨巷》诗中的"丁香一样的忧愁""一个丁香一样的/结着愁怨的姑娘"就有李商隐《代赠二首·其一》的痕迹。

《代赠二首》,是李商隐代女子立言,写离愁别绪,诗云:

> 楼上黄昏欲望休,玉梯横绝月中钩。芭蕉不展丁香结,同向春风各自愁。(其一)
> 东南日出照高楼,楼上离人唱石州。总把春山扫眉黛,不知供得几多愁。(其二)

与无题诗系列比起来,这两首非常通俗晓畅。其一写离别前夕。先写黄昏时节,女子登楼远眺,却以"休"字煞尾,欲望还"休"。"芭蕉"句最称精警,蕉叶之心不展,丁香之结未舒,喻指女子的情绪闷结,不愿敞开心扉。"这不展的芭蕉和缄结的丁香,在春天的晚风中彼此默默相对,正像含愁不解的人面对春风暗自伤神一样。"②

宋人经常化用"芭蕉不展丁香结,同向春风各自愁"以写离愁别绪。例如贺铸有一首《石州引》,乃其赠送女子之作,其云:

> 薄雨初寒,斜照弄晴,春意空阔。长亭柳色才黄,远客一枝先折。烟横水际,映带几点归鸦,东风销尽龙沙雪。还记出关来,恰而今时节。　将发。画楼芳酒,红泪清歌,顿成轻别。已是经年,

---

① 陈子善:《导言》,戴望舒著,吴福辉、陈子善主编:《雨巷　我用残损的手掌》,复旦大学出版社2006年版,第1页。
② 刘学锴:《唐诗选注评鉴》(下卷),第2277页。

杳杳音尘多绝。欲知方寸，共有几许清愁，芭蕉不展丁香结。枉望断天涯，两厌厌风月。

钟振振先生据词中所云"东风销尽龙沙雪"，是北国气象，认为"方回宦游踪迹，实以河北西路赵州临城县为最北，编地于此，似较近是。其出官临城约在熙宁八年春，词曰'已是经年'，故系于到任之次年"①。关于这首词，《能改斋漫录》还记载了一个本事：

贺方回眷一妓，别久，妓寄诗云："独倚危栏泪满襟，小园春色懒追寻。深恩纵似丁香结，难展芭蕉一寸心。"贺得诗，初叙分别之景色，后用所寄诗，成《石州引》云……②

在吴曾的记载中，贺铸之词乃是对妓女来诗的回应。词中的"欲知方寸，共有几许清愁，芭蕉不展丁香结"，也当视为对"深恩纵似丁香结，难展芭蕉一寸心"一句的回应了。如果不考虑这个本事，我们可以说贺铸词中"欲知方寸，共有几许清愁，芭蕉不展丁香结"之句，直用李商隐"芭蕉不展丁香结，同向春风各自愁"成句。如果要将本事考虑在内的话，先有李商隐诗，再有妓女之诗，再有贺铸之词。李商隐诗中将"芭蕉不展"与"丁香结"并提，妓女之诗也说"丁香结"与"芭蕉难展"，从语意上看，也存在着点化李商隐诗歌的可能。之所以称其为可能，是因为本事未必可靠，若不可靠，则是好事者代拟妓女身份作诗，就好事者而言，也是有可能受到李商隐之诗影响的。

"芭蕉不展丁香结"除了出现在贺铸的本事中，还出现在申纯、王娇娘的故事中。申纯，字厚卿，宣和间人。祖汴人，寓居成都。王娇娘，小字莹卿，又号百一姐，眉州王通判女。与申纯相恋，二

---

① （宋）贺铸著，钟振振校注：《东山词》，第448页。
② （宋）吴曾：《能改斋漫录》（下册）卷一六，中华书局1960年版，第484页。

人先后为情而死。这个爱情悲剧于是便在民间流传，元人宋梅洞创作过小说《娇红传》，明初刘东生将其改编为杂剧《金童玉女娇红记》，之后孟称舜改编为传奇《娇红记》，中有申纯《石州引》一首，词云：

懊恨东君，催趱去程，春意牢落。梨花粉泪溶溶，知是为谁轻别。冲寒向晚，特地折取归来，佳人无语从抛掷。瞥见却惊猜，忍使芳尘歇。　收拾。道明窗净几，瓶里一枝，便添风月。因念多才，值此严寒时节。近新消减，料有万斛春愁，芭蕉未展丁香结。甚日把山盟，向枕前同设。

下片"近新消减，料有万斛春愁，芭蕉未展丁香结"明显化自李商隐"芭蕉不展丁香结，同向春风各自愁"句。

化用《代赠二首》成句的，还有王灼《减字木兰花·政和癸丑》下片，其云："双鱼传信。只道横塘消息近。心事悠悠。同向春风各自愁。"上片写黄昏之际，风雨渐停，飞霞横空，远处传来令人断魂的"残角疏钟"之声。下片写久无消息，唯有苦苦等待，"同向春风各自愁"，写尽了身处异地的游子思妇的离愁别绪。

唐宋时期，以"丁香结"写愁，是一种常见现象，例如赵长卿"伤离恨别。愁肠又似丁香结"（《醉落魄·初夜感怀》）、程垓"羡栖梁归燕，入帘双蝶。愁绪多于花絮乱，柔肠过似丁香结"（《满江红·忆别》）等皆为此类。当然，也还有一些词人使用了"芭蕉未展""芭蕉不展"等意象表现愁绪，像高观国"碧梧偷恋小窗阴。恨芭蕉、不展寸心"（《恋绣衾》）、方千里"苦寂寞、离情万绪，似秋后、怯雨芭蕉，不展愁封"（《塞翁吟》）等即为此类。但是，这种只提及丁香或芭蕉的词作，我们未敢遽言他们就是受到过"芭蕉不展丁香结，同向春风各自愁"的影响，只能说这些词作与李商隐诗句表现出来的情绪是相似的。

《代赠二首·其二》写离别之日，"日照高楼，而人唱离歌，春山眉黛，含愁正不知几许也。前首写双方各自含愁，后首则专从女子着笔"①。宋词之中对"总把春山扫眉黛，不知供得几多愁"句关注较多，如晏几道的《菩萨蛮》即点化过此句，词云：

> 哀筝一弄湘江曲。声声写尽湘波绿。纤指十三弦。细将幽恨传。　当筵秋水慢。玉柱斜飞雁。弹到断肠时。春山眉黛低。

这首词之前多被误认为张先词、陈师道词，其中两次点化李商隐诗歌，以筝女弹筝来写幽恨之情。其一是"纤指十三弦""玉柱斜飞雁"当自李商隐"二八月轮蟾影破，十三弦柱雁行斜"（《昨日》）化出；其二是末句"弹到断肠时。春山眉黛低"化自"总把春山扫眉黛，不知供得几多愁"以写凄怨，"意浓而韵远，妙在能蕴藉"②。再如石延年《燕归梁·春愁》，亦为此类：

> 芳草年年惹恨幽。想前事悠悠。伤春伤别几时休。算从古、为风流。　春山总把，深匀翠黛，千叠在眉头。不知供得几多愁。更斜日、凭危楼。

这首词写闺中少妇的春愁，紧扣一个愁字。春色大好，闺中少妇却想起悠悠前事，感慨年年幽恨，恰如春草一般，经年复生。为何？风流一别，"伤春伤别几时休"？下片起笔"春山总把，深匀翠黛，千叠在眉头。不知供得几多愁"乃是化用李商隐"总把春山扫眉黛，不知供得几多愁"句以成，"后段前四句一意相承，说到第四句几无可再说。倘

---

① 刘学锴、余恕诚：《李商隐诗歌集解》（第5册），第2015页。
② 唐圭璋：《词话丛编》（第4册），第3030页。

结句无力，或涉薄、涉纤。得'更斜日、凭危楼'句，便厚、便大，便觉意体空灵，含意无尽。此中消息可参"①。

三 冶叶倡条遍相识

《燕台诗四首》也是李商隐诗歌中比较朦胧迷离的篇章，历来多有笺说。例如程梦星认为这四首诗乃取《子夜四时歌》之意而变其格调，并无深意，"但艳曲耳"②。纪昀观点正自相反，认为以"燕台"为题，"知为幕府托意之作，非艳词也"③。再有姜炳章认为："此托为妇人哀其君子之词，盖哭李赞皇之作也。"④ 除此之外，还有很多不同的见解。大抵而言，《燕台诗四首》如前贤时彦所称，当是记叙了一个悲剧性的爱情故事，刘学锴先生曾据诗中的若干要素，作了大致推断，所论极有见地⑤。

宋词之中对这四首诗的接受，基本上停留在师法字句层面，鲜见对于诗歌整体的化用。先看其一《燕台诗四首·春》：

  风光冉冉东西陌，几日娇魂寻不得。蜜房羽客类芳心，冶叶倡条遍相识。暖蔼辉迟桃树西，高鬟立共桃鬟齐。雄龙雌凤杳何许，絮乱丝繁天亦迷。醉起微阳若初曙，映帘梦断闻残语。愁将铁网罥珊瑚，海阔天翻迷处所。衣带无情有宽窄，春烟自碧秋霜白。研丹擘石天不知，愿得天牢锁冤魄。夹罗委箧单绡起，香肌冷衬琤琤佩。今日东风自不胜，化作幽光入西海。

---

① 葛渭君编：《词话丛编补编》（第6册），第4030页。
② 刘学锴、余恕诚：《李商隐诗歌集解》（第1册），第101页。
③ 同上书，第102页。
④ 同上。
⑤ 可详参刘学锴《唐诗选注评鉴》（下卷），第2312—2317页。

对于这首诗,宋人在词中使用最多的是"冶叶倡条遍相识"句。李商隐诗中的"蜜房羽客类芳心,冶叶倡条遍相识",盖以"蜜房羽客"自比,"冶叶倡条"指婀娜多姿的枝叶。陌上寻春,"遍皆相识,独伊人之芳踪,遍寻而不可得"。

宋人词中多用"冶叶倡条",第一类是依从李商隐诗歌原意,以之指代婀娜多姿的枝叶。例如欧阳修《玉楼春》:

南园粉蝶能无数。度翠穿红来复去。倡条冶叶恣留连,飘荡轻于花上絮。　朱阑夜夜风兼露。宿粉栖香无定所。多情翻却似无情,赢得百花无限妒。

这是一首咏蝶词,上片写蝶穿红度翠,留连于"倡条冶叶"之间。下片写蝶处处留情,"宿粉栖香无定所",看似多情,却是无情。表面上咏蝶,未尝没有对浮浪子弟的讥讽之意。很明显,"倡条冶叶恣留连"用的就是李商隐诗歌的原意。再如侯寘"春风无检束。放倡条冶叶,恣情丹绿"(《瑞鹤仙·咏含笑》)、陆游"城南载酒行歌路。冶叶倡条无数。一朵鞓红凝露。最是关心处"(《桃源忆故人》)、仇远"月香传瘦影,露脸凝清泪。笑倡条冶叶,怕冷尚贪睡"(《早梅芳近》)等词句中的冶叶倡条,都是指婀娜多姿的枝叶,用的也都是李商隐诗歌的原意。

第二类是以"冶叶倡条"指代歌儿舞女等女性。例如晏几道《清平乐》便是此类,词云:

春云绿处。又见归鸿去。侧帽风前花满路。冶叶倡条情绪。　红楼桂酒新开。曾携翠袖同来。醉弄影娥池水,短箫吹落残梅。

这首小令写春日思春,上片写今,下片忆昔。春云春风,惹动了春思。"冶叶倡条情绪",柔软的枝条,令词人想起了昔日那位妩媚的歌伎。

下片转入对昔日的追忆，二人曾桂酒新开，曾携手同来，曾醉舞池边，还曾"短箫吹落残梅"。

周邦彦在其词中两次点化过"冶叶倡条遍相识"句，其一为《尉迟杯·离恨》，词云：

> 隋堤路。渐日晚、密霭生深树。阴阴淡月笼沙，还宿河桥深处。无情画舸，都不管、烟波隔南浦。等行人、醉拥重衾，载将离恨归去。　因念旧客京华，长偎傍、疏林小槛欢聚。冶叶倡条俱相识，仍惯见、珠歌翠舞。如今向、渔村水驿，夜如岁、焚香独自语。有何人、念我无憀，梦魂凝想鸳侣。

如题所示，这首词分别从"隋堤路""京华""渔村水驿"三个纬度着笔，以今昔对比之法写"离恨"。下片"因念旧客京华"转忆往昔，其中的"冶叶倡条俱相识，仍惯见、珠歌翠舞"很明显化自李商隐诗歌，指代旧日熟稔的歌儿舞女。另外，"焚香独自语"还有几分李商隐"绣被焚香独自眠"的意味。其二为《一寸金·江路》，下片有云："情景牵心眼，流连处、利名易薄。回头谢、冶叶倡条，便入渔钓乐。"其中的"冶叶倡条"即自"冶叶倡条遍相识"句而来，此处亦指歌儿舞女。

蔡伸《念奴娇》词也曾以"冶叶倡条"代指温柔的歌儿舞女们，词云：

> 当年豪放，况朋侪俱是，一时英杰。逸气凌云，佳丽地、独占春花秋月。冶叶倡条，寻芳选胜，是处曾攀折。昔游如梦，镜中空叹华发。　邂逅萍梗相逢，十年往事，忍尊前重说。茂绿成阴春又晚，谁解丁香千结。宝瑟弹愁，玉壶敲怨，触目堪愁绝。酒阑人静，为君肠断时节。

这首词写的是故人重逢，樽前重说十年旧事，词作自然分写今昔。上片写十年之前，俱是豪气干云的英杰，"冶叶倡条"，寻芳选胜；佳丽丛中，占尽风月。下片写而今华发已生，绿叶成阴，丁香千结，触目所及，堪称愁绝。《豹隐纪谈》记载了徐清叟的一首赠妓诗和吴潜的赠妓词，这首词中也使用了"冶叶倡条"：

> 徐参政清叟，微官时赠建宁妓唐玉诗云："上国新行巧样花，一枝聊插鬓边斜。娇羞未肯从郎意，故把芳容半面遮。"吴履斋丞相《贺新郎》词云："可意人如玉。小帘栊、轻匀淡伫，道家妆束。长恨春归无寻处，全在波明黛绿。看冶叶、倡条浑俗。比似江海清有韵，更临风、对月斜依竹。看不足，咏不足。　曲屏半掩春山簇。正轻寒、夜永花睡，半敧残烛。缥缈九霞光里梦，香在衣裳剩馥。又只恐、铜壶声促。试问送人归去后，对一奁、花影垂金粟。肠易断，倩谁续？"①

除却晏几道、周邦彦、蔡伸、吴潜，还有杨泽民"冶叶倡条，尚自得、连枝双萼。不成将、异葩艳卉，便教谢落"（《解连环》）、陈允平"念旧游、九陌香尘，倡条冶叶还在否"（《琐窗寒》）、刘天迪"堪叹扬州十里，甚倡条冶叶，不省春残。蔡琰悲笳，昭君怨曲，何预当日悲欢"（《一萼红·夜闻南妇哭北夫》）等皆以"冶叶倡条"指代歌儿舞女。

其实，不独宋词，宋诗中也常见对"冶叶倡条"的使用。只是宋诗中的"冶叶"与"倡条"基本上是用来表现婀娜多姿的枝叶，或用来形容轻柔的春天，以下数句基本上皆为此类：

> 冶叶倡条他自媚，朽株枯木我何心。（释道潜《清明日湖上呈

---

① 程毅中主编：《宋人诗话外编》（下册），国际文化出版公司1996年版，第1572—1573页。

秦少章主簿》)①

冶叶倡条不受羁,翠筠轻束最繁枝。(李质《艮岳百咏·蜡梅屏》)②

倡条冶叶浑无赖,错节盘根颇耐寒。(周紫芝《种德亭》)③

应怜冶叶与倡条,有意凌寒入芳苑。(周紫芝《次韵道卿催梅》)④

倡条冶叶无风味,赖有寒梅醒病颜。(沈与求《次桐庐·其二》)⑤

冶叶倡条过女墙,依然还作故园香。(陈棣《次韵徐庭珍春日杂言十首·其九》)⑥

腻白夭红渐满枝,倡条冶叶竞纷披。(姜特立《偶成》)⑦

娟条冶叶从过眼,魏紫姚黄始是花。(许及之《谢惠牡丹》)⑧

七日崎岖三百里,倡条冶叶故相随。(袁说友《梨花》)⑨

冶叶倡条无意度,黄香千叠最宜春。(苏洞《送黄木香与九兄·其一》)⑩

宋诗中的"冶叶倡条"仅是婀娜多姿的枝叶而已,至多称其"自媚""浑无赖""无风味""无意度"等,这与宋词中常见的将其喻指歌儿舞女还是有很大距离的。

除"冶叶倡条"外,宋词之中对《燕台诗四首》的接受,主要表现在对"絮乱丝繁天亦迷"、"映帘梦断闻残语"、"帘钩鹦鹉夜惊霜"

---

① (宋)释道潜:《清明日湖上呈秦少章主簿》,《全宋诗》(第16册)卷九一八,第10776页。
② (宋)李质:《艮岳百咏·蜡梅屏》,《全宋诗》(第26册)卷一四九〇,第17035页。
③ (宋)周紫芝:《种德亭》,《全宋诗》(第26册)卷一五〇四,第17156页。
④ (宋)周紫芝:《次韵道卿催梅》,《全宋诗》(第26册)卷一五一四,第17239页。
⑤ (宋)沈与求:《次桐庐·其二》,《全宋诗》(第29册)卷一六七七,第18787页。
⑥ (宋)陈棣:《次韵徐庭珍春日杂言十首·其九》,《全宋诗》(第35册)卷一九六七,第22046页。
⑦ (宋)姜特立:《偶成》,《全宋诗》(第38册)卷二一四〇,第24145页。
⑧ (宋)许及之:《谢惠牡丹》,《全宋诗》(第46册)卷二四五四,第28388页。
⑨ (宋)袁说友:《梨花》,《全宋诗》(第48册)卷二五七七,第29936页。
⑩ (宋)苏洞:《送黄木香与九兄·其一》,《全宋诗》(第54册)卷二八五〇,第33981页。

以及"可惜馨香手中故"等诗句的化用上。

"絮乱丝繁天亦迷"一句,语出《燕台诗四首·春》"雄龙雌凤杳何许,絮乱丝繁天亦迷",写男女不再相见,相思之情,如同春色中的飞絮轻丝,拂不清,理还来,纷扰迷乱,天若有情亦当为其迷乱。周邦彦在《蝶恋花》词中化用过此语,词云:

> 美盼低迷情宛转。爱雨怜云,渐觉宽金钏。桃李香苞秋不展。深心黯黯谁能见。　宋玉墙高才一觇。絮乱丝繁,苦隔春风面。歌板未终风色便。梦为蝴蝶留芳甸。

这首词写男女相思相恋。一位巧笑倩兮、美目盼兮的女子,为情所困,情绪低迷,竟至身形消瘦,金钏渐宽。花苞未展,心思亦如同未展的花苞一样,不为人知晓。昔年"一觇",而今虽是大好春光,却是"絮乱丝繁"相阻隔,仍旧无法会面。唯愿梦中化蝶,得以时时流连芳甸。

欧阳修还在《榴花》一诗中使用过"絮乱丝繁"一词写春色,其云:"絮乱丝繁不自持,蜂黄蝶紫燕参差。榴花最恨来时晚,惆怅春期独后期。"① 这首《榴花》处处翻用李商隐诗歌。"絮乱丝繁不自持"化自"絮乱丝繁天亦迷"(《燕台诗四首·春》),"蜂黄蝶紫燕参差"当从李商隐"红露花房白蜜脾,黄蜂紫蝶两参差"(《闺情》)而来,"榴花最恨来时晚,惆怅春期独后期"翻用李商隐"浪笑榴花不及春,先期零落更愁人"(《回中牡丹为雨所败二首·其二》)诗意。

"映帘梦断闻残语"一句,语出"醉起微阳若初曙,映帘梦断闻残语"(《燕台诗四首·春》),指相思至极,酩酊大醉,醒来之后朦胧迷离,时空错乱,将映帘的夕阳错认作初起的朝阳,梦语亦不能全记。郭世模曾有一首《念奴娇》,三用李商隐之诗,其中就包括了"映帘梦断闻残语"句,词云:

---

① (宋)欧阳修:《榴花》,《全宋诗》(第6册)卷三〇〇,第3775页。

光风转蕙，泛崇兰、漠漠满城飞絮。金谷楼危山共远，几点亭亭烟树。枝上残花，胭脂满地，乱落如红雨。青春将暮，玉箫声在何处。　无端天与娉婷，帘钩鹦鹉，梦断闻残语。玉骨瘦来无一把，手把罗衣看取。江北江南，灵均去后，谁采苹花与。香销云散，断魂分付潮去。

"光风转蕙，泛崇兰、漠漠满城飞絮"，出自《楚辞·招魂》"光风转蕙，泛崇兰些"，意为雨霁日明，微风拂动草木，兰蕙芬芳，愈加畅茂，加之满城飞絮，正是一派春日美景。此为乐景。"枝上"两句，出自李贺"况是青春日将暮，桃花乱落如红雨"（《将进酒》）。此为哀景。下片"无端天与娉婷"乃是秦观《八六子》下片"无端天与娉婷。夜月一帘幽梦，春风十里柔情"的成句。接下来的"帘钩鹦鹉"句，出自李商隐"帘钩鹦鹉夜惊霜，唤起南云绕云梦"（《燕台诗四首·秋》），原指鹦鹉惊霜而扰动帘钩，遂惊破高唐之梦，使得梦中的相思亦不能成。"梦断闻残语"显然自"醉起微阳若初曙，映帘梦断闻残语"（《燕台诗四首·春》）而来，与"帘钩鹦鹉"并置一处，意为鹦鹉扰动帘钩，惊醒梦中人。"玉骨瘦来无一把"乃李商隐"天官补吏府中趋，玉骨瘦来无一把"（《偶成转韵七十二句赠四同舍》）成句，"玉骨"自指，形容不与世俗同流合污之高洁品格，此句指以高洁品格而屈居卑职，憔悴潦倒不堪，即"高难饱"之意①。此处与"手把罗衣看取"并观，则是形容为情销得人憔悴而身形消瘦之意②。

　　许学夷认为"醉起微阳若初曙，映帘梦断闻残语"一句乃"诗余

---

① 刘学锴、余恕诚：《李商隐诗歌集解》（第3册），第1089页。
② 宋词中常用"玉骨瘦来无一把"形容消瘦。例如周邦彦"玉骨为多感，瘦来无一把"（《塞垣春》）、王庭珪"可怜玉骨瘦屡屡。谁家长笛口，吹彻玉楼寒"（《临江仙》）、王灼"小研碧霞笺，不见近来消息。玉骨瘦无一把，又不成空忆"（《好事近》）、高观国"玉骨瘦无一把，粉泪愁多千点"（《喜迁莺·代人吊西湖歌者》）等皆自李商隐"天官补吏府中趋，玉骨瘦来无一把"点化而来。

之调":

> 商隐七言古,声调婉媚,太半入诗余矣(与温庭筠上源于李贺七言古,下流至韩偓诸体)。如"柔肠早被秋眸割"、"海阔天翻迷处所"、"衣带无情有宽窄"、"香眠冷衬琤琤佩"、"蜡烛啼红怨天曙"、"蟾蜍夜艳秋河月"、"醉起微阳若初曙,映帘梦断闻残语"、"前阁雨帘愁不卷,后堂芳树阴阴见"、"低楼小径城南道,犹自金鞍对芳草"、"云屏不动掩孤颦,西楼一夜风筝急。欲织相思花寄远,终日相思却相怨"、"瑶瑟愔愔藏楚弄,越罗冷薄金泥重。帘钩鹦鹉夜惊霜,唤起南云绕云梦"等句,皆诗余之调也。①

在许学夷所举的这些诗句中,"海阔天翻迷处所""衣带无情有宽窄""香眠冷衬琤琤佩""醉起微阳若初曙,映帘梦断闻残语"出自《燕台诗四首·春》,"前阁雨帘愁不卷,后堂芳树阴阴见"出自《燕台诗四首·夏》,"云屏不动掩孤颦,西楼一夜风筝急。欲织相思花寄远,终日相思却相怨""瑶瑟愔愔藏楚弄,越罗冷薄金泥重。帘钩鹦鹉夜惊霜,唤起南云绕云梦"出自《燕台诗四首·秋》,"蜡烛啼红怨天曙"出自《燕台诗四首·冬》。可见在许学夷看来,《燕台诗四首》极富"诗余"特征。

其实,就数据分析来看,至少在语词字句层面,除许学夷未尝提及的"冶叶倡条"之外,宋词对包括上述诸句在内的整个《燕台诗四首》的化用都不算多。还有几例,是比较简单的直接化用,姑胪列如下:杨无咎《齐天乐·和周美成韵》开篇"后堂芳树阴阴见。疏蝉又还催晚",用"前阁雨帘愁不卷,后堂芳树阴阴见"(《燕台诗四首·夏》)成句。毛开《玉楼春》"金瓶落井翻相误。可惜馨香随手故"用"歌唇一世衔雨看,可惜馨香手中故"(《燕台诗四首·秋》)而略

---

① (明)许学夷著,杜维沫校点:《诗源辩体》卷三〇,第288页。

加点化。

四 尽日灵风不满旗

在李商隐的艳情诗中,若与其他描写爱情的诗歌比较起来,女冠诗受宋代词人的关注要略弱一些,只有《重过圣女祠》等少数几首中的几句诗歌为宋词所点化。

《重过圣女祠》当是李商隐于大中十年(856)东川幕罢,随柳仲郢还朝时途径陈仓、大散关间的圣女祠所作。因其之前已有《圣女祠》五言排律、七言律诗各一首,故而称为"重过"。关于这首诗的主旨,历来也有多种说法。例如金圣叹认为这是诗人托圣女以摅迁谪之怨,徐德泓认为这是思登第之诗,陆昆曾、冯浩认为通篇以圣女自况,程梦星认为《圣女祠》在诗人集中三见,乃是刺当时之女道士。其实,正如刘学锴先生所说:"圣女、女冠、作者,不妨说是三位而一体:明赋圣女,实咏女冠,而诗人自己的'沦谪归迟'之情也就借圣女形象隐隐传出。"① 此说堪称的论。

诗中"一春梦雨常飘瓦,尽日灵风不满旗"一句,常为人所称道。吕本中《紫薇诗话》称:"东莱公深爱义山'一春梦雨常飘瓦,尽日灵风不满旗'之句,以为有不尽之意。"② 此句确实思入微妙,有《离骚》之韵致。姚莹说:"世以温、李并称,独谓绮缛一种耳。《无题》诸作,虽温集所无,而飞卿亦或能之。如'隔坐送钩春酒暖,分曹射覆蜡灯红',岂八叉之所难乎?至若'一春梦雨常飘瓦,尽日灵风不满旗',则温当却步矣。"③ 认为温庭筠与李商隐各有短长,至若"一春梦雨常飘瓦,尽日灵风不满旗"一句,则非温氏所可匹敌,可见对此句评价之高。

---

① 刘学锴:《唐诗选注评鉴》(下卷),第2188页。
② (宋)吕本中:《紫薇诗话》,《历代诗话》(上册),第367页。
③ (清)姚莹撰,黄季耕点校:《识小录 寸阴丛录》,黄山书社1991年版,第41页。

虽如此，宋词之中深受《重过圣女祠》诗影响的词作却不多，似乎只有陈克《鹧鸪天·阳羡竞渡》开篇化用了"尽日灵风不满旗"句，词云："柳外东风不满旗。青裙白面出疏篱。噷来打鼓侬吹笛，催送儿郎踏浪飞。　　倾两耳，斗双螭。家家春酒泻尖泥。侬今已是沧浪客，莫向尊前唱教池。"一句"柳外东风不满旗"写东风轻拂，吹动着虽未鼓满却高高飘扬的旗帜。整首词洋溢着龙舟竞渡的欢乐，与李商隐诗中的缥缈孤寂之意截然不同。可以说，陈克的点化，仅是用语而未用其意。

相较之下，反倒是宋诗中还有几处化用了"尽日灵风不满旗"之语。例如王安石"山城之西鼓吹悲，水风萧萧不满旗"（《云山诗送正之》）[①]、孙觌"水浅欲平杯，风细不满旗"（《寄题洪巨济中大鄱阳园亭四咏·协趣亭》）[②]、陆游"船尾寒风不满旗，江边丛祠常掩扉"（《初寒》）[③]、范成大"淅淅霜风不满旗，紫烟黄气捧朝曦"（《冬至日天庆观朝拜云日晴丽遥想郊禋庆成作欢喜口号》）[④]、程公许"猎猎霜风不满旗，留连尊酒话襟期"（《送家朝南征君二首·其二》）[⑤] 等皆为此类。

在李商隐一些以女冠为描写对象的诗歌作品中，常常也反映出一些细微、细腻的感情变化，常为后人所称赞。但是这些作品，除《重过圣女祠》《嫦娥》等少数诗歌中少数几句之外，其他作品基本上没有引起过宋词的关注。即使像《重过圣女祠》等被宋词关注过的作品，也往往集中在"尽日灵风不满旗"等语句上。这一类诗歌既有对感情的反映，也有对景物的描写，宋人的关注——包括宋诗在内，主要集中在

[①]（宋）王安石：《云山诗送正之》，《全宋诗》（第10册）卷五四六，第6541页。
[②]（宋）孙觌：《寄题洪巨济中大鄱阳园亭四咏·协趣亭》，《全宋诗》（第26册）卷一四八六，第16981页。
[③]（宋）陆游：《初寒》，《全宋诗》（第39册）卷二一五五，第24282页。
[④]（宋）范成大：《冬至日天庆观朝拜云日晴丽遥想郊禋庆成作欢喜口号》，《全宋诗》（第41册）卷二二五八，第25912页。
[⑤]（宋）程公许：《送家朝南征君二首·其二》，《全宋诗》（第57册）卷二九九一，第35579页。

对其写景咏物技巧的师法上。

第四节 咏物诗对宋词的影响

咏物诗多达百首以上的李商隐,是唐代擅长写作咏物诗的诗人之一。他的咏物诗题材多样,"在继承前人传统的基础上兼具多种类型,其中既有托物寓志、喻人、讽世之作,也有单纯咏物之作……最能体现其咏物诗艺术特征、代表其艺术成就的,则是托物寓怀之作"①。

李商隐的一些咏物诗,多关注自然界和日常生活中的一些"细小纤柔"的事物,这一类作品比较鲜明地体现出他的个性化特点。常为宋词所关注的咏物诗,大抵是描写诸如花、柳、蜂、蝶、夕阳、霜月等内容的诗篇。

一 花须柳眼各无赖

李商隐有一首《牡丹》诗,自首至尾,生气涌动,无怪陆昆称"牡丹名作,唐人不下数十百篇,而无出义山右者"②。诗云:

> 锦帏初卷卫夫人,绣被犹堆越鄂君。垂手乱翻雕玉佩,招腰争舞郁金裙。石家蜡烛何曾剪,荀令香炉可待熏。我是梦中传彩笔,欲书花叶寄朝云。

这首诗歌最大的特点是用典繁富,朱彝尊颇不欣赏,认为此诗"堆而无味,拙而无法,咏物之最下者"③,与陆昆之说恰恰相反。就诗歌本

---

① 刘学锴:《李商隐传论》(下册),第 616 页。
② 刘学锴、余恕诚:《李商隐诗歌集解》(第 4 册),第 1727 页。
③ 同上书,第 1726 页。

身来看，首联写其艳，次联写其态，"石家"句写其光，"荀令"句写其香。屈复的见解更为细腻，认为前六句皆是"比"，"一花二叶三盛四态五色六香。结言花叶之妙丽可并神女也"①。就诗歌主旨而言，或以其为咏花之作，或以其为闲情之作，例如黄侃便称："义山咏物诗，什九皆属闲情，此诗非直咏牡丹，盖借牡丹以喻人也。首句斥所喻者；次句自喻；三四写其状；五句喻其光彩；六句喻其芳馨；末二句显斥所喻矣。"② 其实，这首诗既不能视为简单的咏物诗，也不必故作高深，深文周纳，强行附会，将其视作一首既咏牡丹，又借咏花以喻人之诗较为妥当。

宋词之中写牡丹，点化过此诗。如毛开《念奴娇·追和张巨山牡丹词》为追和张嵲之作，其中便点化过李商隐的《牡丹》诗，词云：

> 倚风含露，似轻颦微笑，盈盈脉脉。染素匀红，知费尽，多少东君心力。国艳酣晴，天香融暖，画手争传得。绿窗朱户，晓妆谁见凝寂。　独占三月芳菲，千花百卉，算难争春色。欲寄朝云无限意，回首京尘犹隔。舞破霓裳，一枝浑似，醉倚香亭北。旧欢如梦，老怀那更追惜。

这首词自开篇至下片"独占三月芳菲，千花百卉，算难争春色"，皆写牡丹堪称国色天香。"欲寄朝云无限意，回首京尘犹隔"可谓承上启下，笔锋陡转。"欲寄朝云无限意"很明显化自"我是梦中传彩笔，欲书花叶寄朝云"（《牡丹》），本欲将牡丹花之无限情意寄赠给神女，"回首京尘犹隔"，却为战尘阻隔。一句"京尘犹隔"，将词作的基调由欢悦变为了低沉。"舞破霓裳"一句，似将安史之乱与靖康之变并提，越见警醒之意。结处"如梦"之语，更凸显出盛衰之感。在这首咏牡

---

① 刘学锴、余恕诚：《李商隐诗歌集解》（第 4 册），第 1728 页。
② 同上书，第 1729 页。

丹的追和之词中,毛开很自然地将李商隐写牡丹的诗句点化到诗中,起到了承上启下的作用。再如李吕谢人惠赠牡丹的《鹧鸪天·谢人送牡丹》词,基本上是自李商隐《牡丹》诗化来,词云:

> 甲帐春风肯见分。夜陪清梦当炉熏。寻香若傍阑干晓,定见堆红越鄂君。　雕玉佩,郁金裙。凭谁书叶寄朝云。兰芽九畹虽清绝,也要芳心伴小醺。

这首词无论从用意,还是从用语上,都不脱《牡丹》诗的樊篱。例如"夜陪清梦当炉熏",化自"荀令香炉可待熏"句写牡丹之香,"定见堆红越鄂君",化自"绣被犹堆越鄂君"句写牡丹之花与叶;下片"雕玉佩,郁金裙",则自"垂手乱翻雕玉佩,招腰争舞郁金裙"而来,写牡丹之盛开,"凭谁书叶寄朝云",自"我是梦中传彩笔,欲书花叶寄朝云"而来,与李诗一样,皆写传书神女。可以说,这首《鹧鸪天》对李商隐《牡丹》一诗极尽模仿之能事。

在李商隐的咏花诗中,咏荷诗也较为出色,且多为宋代词人所关注。《荷花》诗云:

> 都无色可并,不奈此香何。瑶席乘凉设,金羁落晚过。回衾灯照绮,渡袜水沾罗。预想前秋别,离居梦棹歌。

此诗开篇以"都无色可并,不奈此香何"一句写荷花之色与荷花之香,陆鸣皋称此二句乃是"空冒,妙在不说荷而是荷"。颔联写游赏者金羁晚过,设席乘凉,恰好闻到荷香。颈联以灯照绮衾、水沾罗袜来形容荷花之叶与荷花之茎。尾联设想虽有今日之欢聚,他日一别,终是离群索居,而那时荷花逢秋,亦将凋零。故而这首诗歌可能是荷花、美人当前,即席相赠之作,借咏花以抒情。王安石在《甘露歌》中直用过

"都无色可并"一句,其云:

> 尽日含毫难比兴。都无色可并。万里晴天何处来。真是屑琼瑰。

《甘露歌》原不分段,《全宋词》依《花草粹编》卷一分作三首。曹元忠据王安石本集称:"此集句诗,曾慥、黄大舆辈误为词。"《全宋词》认为曾、黄二人去王安石时代未远,当有所据。且龙舒本亦以为词,故而以词目之。这首词乃是集四人之诗而成。"尽日含毫难比兴"出自薛能"娇黄新嫩欲题诗,尽日含毫有所思"(《黄蜀葵》),"都无"用李商隐《荷花》诗成句,"万里晴天何处来"用杜牧"可怜光彩一片玉,万里晴天何处来"(《云》)成句,"真是屑琼瑰"则直用韩愈"定非燖鹄鹭,真是屑琼瑰"(《咏雪赠张籍》)成句。此外,李洪"香满千岩,芳传丛桂,小山曾咏幽菲。仙姿冷淡,不奈此香奇"(《满庭芳·木犀》)在咏木犀香气时,也化用了"不奈此香何"一句。

《赠荷花》一首,以"世间花叶不相伦"起笔,颇寓哲思。诗云:

> 世间花叶不相伦,花入金盆叶作尘。唯有绿荷红菡萏,卷舒开合任天真。此花此叶长相映,翠减红衰愁杀人。

这首诗写世人只重荷花而不重荷叶,花入金盆而叶化为尘。其实只有绿叶与红花互相映衬,才是"卷舒开合任天真"。"翠减红衰愁杀人"一句写花零叶凋,愁其衰落也。

宋词之中鲜见对"此花此叶长相映""卷舒开合任天真"等哲思的接受,更多是使用"翠减红衰"来写花之凋零。其中最知名的,当推柳永的"是处红衰翠减,苒苒物华休"(《八声甘州》)。此外,像柳永"繁华锦烂。已恨归期晚。翠减红稀莺似懒。特地柔肠欲断"(《清平乐》)写暮春之景,黄庭坚"添憔悴,镇花销翠减,玉瘦香肌"(《沁园春》)、田为"教人红销翠减,觉衣宽金缕,都为轻别"(《江神子慢》)写为情所恼而消瘦,都是点化"翠减红衰"而成。

李商隐的很多咏物诗,都有寄托之意。例如他有一首《柳》,以春日的逐风拂筵与秋日的斜阳暮蝉作对比,"比兴先荣后悴难为情之意"①。其云:

> 曾逐东风拂舞筵,乐游春苑断肠天。如何肯到清秋日,已带斜阳又带蝉。

贺铸便曾在《鹧鸪天》词中直用"已带斜阳又带蝉"句以写柳,词云:

> 轰醉王孙玳瑁筵。渴虹垂地吸长川。侧商调里清歌送,破尽穷愁直几钱。 孤棹舣,小江边。爱而不见酒中仙。伤心两岸官杨柳,已带斜阳又带蝉。

这首词上片写昔日的纵情纵饮生活,下片写而今的伤心孤寂。结句"伤心两岸官杨柳,已带斜阳又带蝉"乃是直用李商隐诗句以写岸边之柳。柳者,留也,寄寓了词人的惜别之情与萧索之意。

陈模曾称:"若'带斜阳',人能言之,'带蝉',则无人能言矣。"②如韦庄"僧寻野渡归吴岳,雁带斜阳入渭城"(《汧阳间》)句中便有"带斜阳"之说,但是唐人诗中却未见"带蝉"之说。到了宋代,诗人们开始在诗歌中化用李商隐开创的"带蝉"句。最为典型的,当推周密的《柳枝词》:

> 镜里愁眉怨晓霜,多情犹解拂离觞。西风十里新堤路,半带蝉

---

① 刘学锴、余恕诚:《李商隐诗歌集解》(第3册),第1389页。
② 同上。

声半夕阳。①

这首《柳枝词》与李商隐的《柳》非常相似，二者皆咏柳，皆使用了柳拂筵席、柳带斜阳和柳带暮蝉的场景。其他再如宋祁"芙蕖兼露歇，杨柳带蝉衰"（《赋得新秋似旧秋》）②、林希逸"细柳墙边飞拂拂，随风不住带蝉鸣"（《六月频雨·其三》）③等都是点化李商隐诗句写柳枝带蝉。

除了《牡丹》《荷花》《柳》等这些从题目就能看出咏物题材的诗篇之，李商隐还有一些诗歌，虽然不以咏物的形式出现，但诗中往往有咏物的内容，这一类作品也值得我们重视。例如他有一首《二月二日》，乃是出游所作，当属于写景诗，其云：

> 二月二日江上行，东风日暖闻吹笙。花须柳眼各无赖，紫蝶黄蜂俱有情。万里忆归元亮井，三年从事亚夫营。新滩莫悟游人意，更作风檐夜雨声。

偶行江上，日暖闻笙，花柳蜂蝶，皆呈春色，反而触动了诗人欲归不得的羁旅情思。其中"花须柳眼各无赖，紫蝶黄蜂俱有情"一句涵盖了花、柳、蝶、蜂四种，极富特色，为宋词所关注。周邦彦《荔枝香近》便使用了《二月二日》诗中的"花须柳眼"之语，词云：

> 夜来寒侵酒席，露微泫。鸟履初会，香泽方熏，无端暗雨催人，但怪灯偏帘卷。回顾，始觉惊鸿去云远。　大都世间，最苦唯聚散。到得春残，看即是、开离宴。细思别后，柳眼花须更谁剪。

---

① （宋）周密：《柳枝词》，《全宋诗》（第67册）卷三五五六，第42502页。
② （宋）宋祁：《赋得新秋似旧秋》，《全宋诗》（第4册）卷二一一，第2431页。
③ （宋）林希逸：《六月频雨·其三》，《全宋诗》（第59册）卷三一二〇，第37272页。

此怀何处消遣。

此为周邦彦感慨聚散之作。"柳眼花须更谁剪"当自"花须柳眼各无赖"化出。当然，或云"花须"一词更早见于杜甫"见轻吹鸟毳，随意数花须"（《陪李金吾花下饮》），"柳眼"一词更早见于元稹、白居易诗中。如何能说周邦彦的"柳眼花须更谁剪"是从李商隐而非从杜甫、元稹、白居易处学来？

诚然，在李商隐之前，确有其他诗人在诗歌中分别使用过"花须""柳眼"等说法，但是李商隐是第一位将"花须""柳眼"搭配起来使用的诗人，这就使得"花须柳眼"在一定程度上成为一个既有继承，同时又有创新的"新词"。此外，"花须柳眼各无赖，紫蝶黄蜂俱有情"一句，既有"花须"与"柳眼"、"紫蝶"与"黄蜂"的句内对，又有"各无赖"与"俱有情"、"花须柳眼"与"紫蝶黄蜂"的当句对。考虑到李商隐有一首诗就叫作《当句有对》[①]，所以我们更倾向于"花须柳眼各无赖，紫蝶黄蜂俱有情"并不是李商隐简单地向前人师法，而是满蕴着自己的构思，故而我们说周邦彦的"柳眼花须更谁剪"（《荔枝香近》）、萧允之的"柳眼花须空点缀，莺情蝶思应萧索"（《满江红·雨中有怀》）都是从李商隐诗歌而来。

李商隐不仅在《二月二日》诗中使用了"紫蝶黄蜂"这一意象，在《闺情》一诗中，他还变换"紫蝶""黄蜂"的排列顺序，称"红露花房白蜜脾，黄蜂紫蝶两参差"，可见他对于这个意象确实非常喜

---

① 李商隐有诗曰《当句有对》，其云："密迩平阳接上兰，秦楼鸳瓦汉宫盘。池光不定花光乱，日气初涵露气干。但觉游蜂饶舞蝶，岂知孤凤忆离鸾。三星自转三山远，紫府程遥碧落宽。"洪迈在《容斋随笔》中专门介绍过"诗文当句对"："唐人诗文，或于一句中自成对偶，谓之当句对。盖起于《楚辞》'蕙烝兰藉'、'桂酒椒浆'、'桂棹兰枻'、'斫冰积雪'。自齐、梁以来，江文通、庾子山诸人亦如此。如王勃《宴滕王阁序》一篇皆然。……于公异《破朱泚露布》亦然。……李义山一诗，其题曰《当句有对》……其他诗句中，如青女素娥，对月中霜里；黄叶风雨，对青楼管弦；骨肉书题，对蕙兰蹊径；花须柳眼，对紫蝶黄蜂；重吟细把，对已落犹开；急鼓疏钟，对休灯灭烛；江鱼朔雁，对秦树嵩云；万户千门，对风朝露夜。如是者甚多。"［（宋）洪迈撰，孔凡礼点校：《容斋随笔》（上册），中华书局2005年版，第250—251页］

欢。贺铸在《于飞乐》词中便使用过这个意象，其云：

  日薄云融。满城罗绮芳丛。一枝粉淡香浓。几销魂，偏健羡、紫蝶黄蜂。繁华梦断，酒醒来、扫地春空。　武陵原、回头何处，情随流水无穷。寄两行清泪，想几许残红。惜花人老，年年奈、依旧东风。

这首词写冶游之情事。"几销魂，偏健羡、紫蝶黄蜂"句中的"紫蝶黄蜂"出自李商隐之诗，以蜂蝶代指寻花问柳的冶游之人。相较之下，宋人在诗中使用"紫蝶黄蜂"时比较本色，例如像杨万里"残冬未放春交割，早有黄蜂紫蝶来"（《腊里立春蜂蝶辈出》）①、"骚人词客犹愁冷，紫蝶黄蜂更敢忙"（《和张功父梅诗十绝句·其四》）②、"痴儿犹恨无香在，紫蝶黄蜂政打围"（《海棠四首·其二》）③ 以及俞良能"含情欲开还未开，紫蝶黄蜂亦懒回"（《次韵伯寿兄海棠》）④ 等皆是指蜂蝶而非冶游之人，这与李商隐咏物时的深有寄托已然大有不同了。

二　不放斜阳更向东

  李商隐有三首诗写乐游原，一首七绝，一首五绝，一首五律。七绝、五绝两首《乐游原》都是唐诗中的名篇，都写到了斜阳、夕阳。宋人对这两首诗多有点化。七绝云：

  万树鸣蝉隔岸虹，乐游原上有西风。羲和自趁虞泉宿，不放斜

---

① （宋）杨万里：《腊里立春蜂蝶辈出》，《全宋诗》（第 42 册）卷二二八一，第 26163 页。
② （宋）杨万里：《和张功父梅诗十绝句·其四》，《全宋诗》（第 42 册）卷二二九八，第 26389 页。
③ （宋）杨万里：《海棠四首·其二》，《全宋诗》（第 42 册）卷二三○五，第 26494 页。
④ （宋）俞良能：《次韵伯寿兄海棠》，《全宋诗》（第 43 册）卷二三四四，第 26933 页。

阳更向东。(《乐游原》)

或谓此为文宗所作,或谓此感恩宠之不可恃也,或谓诗歌有时不再来之叹。细味诗意,诗歌当是迟暮自感之作,遂有时不再来之叹。"'自趁''不放',无可奈何之情与五绝正同,而无五绝对夕阳之深情赞美",从内容来看,这首诗与五绝相近,但"不如五绝之浑融概括,触绪多端。不妨将此诗视为五绝之初稿或典型化过程中之一环"①。

《乐游原》诗中"不放斜阳更向东"一句极为精警,为宋人所爱。吴文英有一首《齐天乐》,开篇便点化"不放斜阳更向东"句以成"竹深不放斜阳度",其云:

竹深不放斜阳度,横披澹墨林沼。断荇平烟,残莎剩水,宜得秋深才好。荒亭旋扫。正着酒寒轻,弄花春小。障锦西风,半围歌袖半吟草。　独游清兴易懒,景饶人未胜,乐事长少。柳下交车,尊前岸帻,同抚云根一笑。秋香未老。渐风雨西城,暗攲客帽。背月移舟,乱鸦溪树晓。

李商隐说"不放斜阳更向东",吴文英则说"竹深不放斜阳度"。一写斜阳渐暮,一写竹深翳日,深密到连阳光都无法射入,深密到就像一幅澹墨横披的画卷一样。应当说,吴文英的点化,抓住了李商隐诗句最核心的要素,那便是"不放斜阳"。既可以不放斜阳长挂天际,又可以不放斜阳进入竹林。此处当是师其语而未师其意。相较之下,张矩《梅子黄时雨》化用李商隐此句,倒是师其语且师其意,词云:

云宿江楼,爱留人夜语,频断灯炷。奈倦情如醉,黑甜清午。谩道迎熏何曾是,簟纹成浪衣成雨。茶瓯注。新期竹院,残梦莲渚。

---

① 刘学锴、余恕诚:《李商隐诗歌集解》(第5册),第2168页。

应误。重帘凄伫。记并刀剪翠,秋扇留句。信那回轻道,而今归否。十二曲阑随意凭,楚天不放斜阳暮。沉吟处。池草暗喧蛙鼓。

这首《梅子黄时雨》是传统的相思离别题材。"十二曲阑随意凭,楚天不放斜阳暮"分别点化"阑干十二曲,垂手明如玉"(《西洲曲》)和"羲和自趁虞泉宿,不放斜阳更向东"(《乐游原》)而成,意即佳人阑干凭尽,不放斜阳西沉,不忍长夜独守空闺。

李商隐说"羲和自趁虞泉宿,不放斜阳更向东",张耒却要反着说"长河未放羲和宿,却放斜阳更向东"(《赴官咸平蔡河阻水泊舟宛丘皇华亭下三首·其二》)[①]。杨万里有一首听蝉诗,反用李商隐"不放斜阳"之意,其云:"渠与斜阳有底仇,千冤万恨诉清秋。更从谁子做头抵,只放斜阳不落休。"(《听蝉八绝句·其三》)[②] 再如其"东风似与行人便,吹尽寒云放夕阳"(《丁亥正月新晴晚步二首·其一》)[③]、"若言不被云君误,谁放斜阳作晚晴"(《雨作抵暮复晴五首·其五》)[④] 也都是反用李商隐诗意而各有引申。

五绝《乐游原》与七绝相似,也写到了夕阳,只是较之同题七绝,略见怅惘惋惜之情,诗云:

> 向晚意不适,驱车登古原。夕阳无限好,只是近黄昏。(《乐游原》)

历来诗论家对这首诗的评价甚高。纪昀认为此诗百感茫茫,一时交集,

---

① (宋)张耒:《赴官咸平蔡河阻水泊舟宛丘皇华亭下三首·其二》,《全宋诗》(第20册)卷一一七三,第13250页。
② (宋)杨万里:《听蝉八绝句·其三》,《全宋诗》(第42册)卷二三〇六,第26502页。
③ (宋)杨万里:《丁亥正月新晴晚步二首·其一》,《全宋诗》(第42册)卷二二七八,第26116页。
④ (宋)杨万里:《雨作抵暮复晴五首·其五》,《全宋诗》(第42册)卷二三〇一,第26441页。

称其悲身世可，称其忧时事亦可。管世铭则称此诗"消息甚大，为绝句中所未有"①。苏轼有一首《浣溪沙·春情》即点化"夕阳无限好，只是近黄昏"句以成，词云：

> 桃李溪边驻画轮。鹧鸪声里倒清尊。夕阳虽好近黄昏。　香在衣裳妆在臂，水连芳草月连云。几时归去不销魂。

很明显，这首词乃写男女情事。销魂当此际，夕阳近黄昏。李商隐因夕阳近黄昏而生迟暮之感、沉沦之痛，苏轼则以"夕阳虽好近黄昏"感慨浮生长恨欢娱少，较之李诗更侧重于旖旎情事。再如王质《江城子·席上赋》为即席之作，亦用李诗：

> 细风微揭碧鳞鳞。绣帏深。不闻声。时见推帘，笼袖玉轻轻。不似绮楼高卷幔，相指点，总分明。　斜湾丛柳暗阴阴。且消停。莫催行。只恨夕阳，虽好近黄昏。得到钗梁容略住，无分做，小蜻蜓。

与苏轼《浣溪沙·春情》相似，王质的这首词也写男女情事。下片"斜湾丛柳暗阴阴。且消停。莫催行。只恨夕阳，虽好近黄昏"写二人幽会于斜湾丛柳深处，临近黄昏，仍想厮守在一起，不愿分别。所以既感念这是一个美好的下午，又遗憾时光飞逝，很快就要日暮，遂有"只恨夕阳，虽好近黄昏"之语。如果说我们能在李商隐的诗中读出身世之感、时事之悲的话，那么在苏轼、王质的词中，这些都见不到，能读出的只有情人的不舍之情。

李商隐笔下的斜阳，不是冰冷而是有温度的。它不仅是"无限好"的，还是留恋花间、不忍西沉的。在《写意》诗中，李商隐说："日向

---

① 刘学锴、余恕诚：《李商隐诗歌集解》（第5册），第2171页。

花间留返照,云从城上结层阴。"花间留照,写余晖之无几;城上轻阴,喻愁抱之不开。整首诗虽然起结皆是思乡怀归之意,"然全篇内容则远不止此,举凡羁滞迟暮之痛、世路崎岖之慨、时世阴霾之悲,均见于言外"①。如果从这个角度来看,这首诗便具备了更为普泛的意义,那么其中"向花间留返照"的斜阳,也便成了诗人复杂心绪的折射。

宋祁有一首《玉楼春·春景》就化用了"日向花间留返照"句以劝斜阳,词云:

> 东城渐觉风光好。縠皱波纹迎客棹。绿杨烟外晓寒轻,红杏枝头春意闹。 浮生长恨欢娱少。肯爱千金轻一笑。为君持酒劝斜阳,且向花间留晚照。

宋祁因这首词中的"红杏枝头春意闹"一句而被人呼为"红杏尚书",可见此词影响之大。词写春日欢聚。"为君持酒劝斜阳,且向花间留晚照"正是化用李商隐诗句,持酒劝斜阳慢些西沉,将更多的余晖洒向花间,容我们再畅饮一番。此中意味,既无"思乡怀归之意",亦无"羁滞迟暮之痛、世路崎岖之慨、时世阴霾之悲",只是对酒当歌、及时享乐之意。

三 月中霜里斗婵娟

不独斜阳,李商隐诗中的月也多为宋词所关注。他的诗中,常常同时出现嫦娥与婵娟。例如,他说:"浪乘画舸忆蟾蜍,月娥未必婵娟子。"(《燕台诗四首·冬》)这是对月怀人,以嫦娥比所怀之人。其人已远,再遇时想必已无昔日之美。《秋月》诗云:"姮娥无粉黛,只是逞婵娟。"说嫦娥即使不施粉黛,亦自别有风姿。可见在李商隐的笔

---

① 刘学锴、余恕诚:《李商隐诗歌集解》(第3册),第1339页。

下,婵娟就是姿容美好之意,故而嫦娥可以自己"逗婵娟",还可以与人"斗婵娟",《霜月》诗即云:

> 初闻征雁已无蝉,百尺楼高水接天。青女素娥俱耐冷,月中霜里斗婵娟。

《淮南子》称:"至秋三月……青女乃出,以降霜雪。"① 故而可知青女即主管霜雪之神女。素娥,即嫦娥。诗写秋夜之霜与秋夜之月。先听觉,写秋已无蝉。次视觉,写登高远眺,水天相接。所谓的"水",乃是指皎洁的秋霜、秋月。李商隐曾在《无题》诗中写道:"如何雪月交光夜,更在瑶台十二层",彼处的"雪月交光"与此处的霜月相接,有异曲同工之妙。再感觉,写"青女素娥俱耐冷",如何耐冷?她们不惧严寒,仍然在月中、在霜里争妍斗美。

其实,将月与嫦娥、婵娟联系起来,并不新奇,妙就在妙在"斗婵娟"三字,特别一个"斗"字,盘活了整个意境。宋词之中也常用"斗婵娟"这个说法,例如晁端礼曾于月夜听琵琶,即点化"月中霜里斗婵娟"之句以写中秋月夜:

> 锦堂深,兽炉轻喷沉烟。紫檀槽、金泥花面,美人斜抱当筵。挂罗绶、素肌莹玉,近鸾翅、云鬟梳蝉。玉笋轻拢,龙香细抹,凤凰飞出四条弦。碎牙板、烦襟消尽,秋气满庭轩。今宵月,依稀向人,欲斗婵娟。 变新声、能翻往事,眼前风景依然。路漫漫、汉妃出塞,夜悄悄、商妇移船。马上愁思,江边怨感,分明都向曲中传。因无力、劝人金盏,须要倒垂莲。拼沉醉,身世恍然,一梦游仙。(《绿头鸭》)

---

① (汉)刘安编,何宁撰:《淮南子集释》卷三《天文训》(上册),中华书局1998年版,第231页。

这首《绿头鸭》,当是晁端礼在韩师朴丞相中秋夜宴上闻写琵琶所作①。上片以"今宵月,依稀向人,欲斗婵娟"收束,写中秋之月,正自婵娟妩媚。周邦彦《霜叶飞》写秋夜情思,也化了李商隐诗句,词云:

> 露迷衰草。疏星挂,凉蟾低下林表。素娥青女斗婵娟,正倍添凄悄。渐飒飒、丹枫撼晓。横天云浪鱼鳞小。似故人相看,又透入、清辉半饷,特地留照。 迢递望极关山,波穿千里,度日如岁难到。凤楼今夜听秋风,奈五更愁抱。想玉匣、哀弦闭了。无心重理相思调。见皓月、牵离恨,屏掩孤颦,泪流多少。

《霜叶飞》上片写秋景,下片写秋思。其中的"素娥青女斗婵娟"化用"青女素娥俱耐冷,月中霜里斗婵娟"以写秋霜、秋月,正是凄冷光景,令人"倍添凄情"。

除点化"斗婵娟"写秋霜、秋月之外,苏轼"素娥今夜,故故随人,似斗婵娟"(《诉衷情·琵琶女》)写月光洒满大地,似与琵琶女形影不离,欲与其斗艳一般。吴文英"谁知壶中自乐,正醉围夜玉,浅斗婵娟"(《新雁过妆楼·中秋后一夕,李方庵月庭延客,命小妓过新水令,坐间赋词》)亦写歌女斗艳。至于刘均国"短墙边。矮窗前。横斜峭影,重叠斗婵娟"(《梅花引》)则笔锋一转,以其写横斜在短墙边、矮窗前争艳的梅花。

李商隐爱用"斗"字,除了"斗婵娟",他还写过"日日春光斗日光,山城斜路杏花香"(《春光》)。"斗日光"与"斗婵娟"境界异而写法同,皆将两物捉置一处进行比对,从比对中见出真章。宋人除了在词中化用,也常在诗中点化。例如张耒"斜映清淮一梳月,晚妆相对斗婵娟"(《泊楚州锁外六首·其六》)②写莫愁与月"相对斗婵娟",

---

① (宋)蔡絛撰,冯惠民、沈锡麟点校:《铁围山丛谈》卷二,中华书局1983年版,第28页。
② (宋)张耒:《泊楚州锁外六首·其六》,《全宋诗》(第20册)卷一一七七,第13288页。

晁说之"十日狂风不偶然，未教桃李斗婵娟"（《狂风》）①写狂风连吹十日遂令桃李无法盛开，叶善夫"最好夜深明月上，素娥滕六斗婵娟"（《芹溪八咏·其六》）②是最接近李商隐诗歌意境的，写嫦娥与雪神（滕六）相斗妍。

如前所述，李商隐是咏物诗的大家，他的很多咏物诗为宋人所关注。此外，他的一些写景诗中的咏物部分，也与其咏物诗一道为宋人所瞩目。当然，他也有一些在后世名气很大的作品，对宋词的影响却很平平。例如《锦瑟》一诗，仅向子諲《生查子》（春心如杜鹃）等几首点化过。大抵这类作品用典过于繁富，且诗意晦涩。就诗歌而言，或可形成陌生化的效果。就词而言，用典繁富尚可，但是所用之典或所用之事过于晦涩、歧义，往往不利于在樽前月下传唱。或许这就是《锦瑟》一类作品鲜为宋词所关注的原因之一吧。

余　论

在李商隐最为知名的几种诗歌类型中，无题诗、艳情诗与咏物诗是最为宋代词人所关注的。相较之下，他的政治诗基本上与宋词无涉。咏史诗中，仅有《瑶池》《北齐二首·其一》等少数几首为宋代词人所瞩目。

《瑶池》诗云："瑶池阿母绮窗开，黄竹歌声动地哀。八骏日行三万里，穆王何事不重来。"诗中"何事"二字写得极为轻婉，诗论家认为此首乃是"以无理而妙者"③，借以专门讽刺求仙之无益，此说洵不诬。宋词之中数有点化。例如李纲读《神仙传》后创作了两首《减字木兰花》，其中一首便点化李商隐《瑶池》，词云："龟台金母。绀发芳

---

① （宋）晁说之：《狂风》，《全宋诗》（第21册）卷一二〇九，第13724页。
② （宋）叶善夫：《芹溪八咏·其六》，《全宋诗》（第72册）卷三七七二，第45505页。
③ 贺裳云："诗又有以无理而妙者，如李益'早知潮有信，嫁与弄潮儿'，此可以理求乎？然自是妙语。至如义山'八骏日行三万里，穆王何事不重来'，则又无理之理，更进一尘。总之诗不可以执一而论。"《载酒园诗话》卷一，《清诗话续编》（第1册），第209页。

容超夐古。绛节霓旍。青鸟传言若可凭。　瑶池罢宴。零落碧桃香片片。八骏西巡。更有何人继后尘。"所谓"八骏西巡。更有何人继后尘",毫无疑问自"八骏日行三万里,穆王何事不重来"化来。再有刘辰翁作于景炎二年(1277)的《兰陵王·丁丑感怀和彭明叔韵》词,下片以蔡文姬"愿归骨"、王昭君"泣香魂"起笔,目睹旅途陈迹,感慨兴亡之事,"瑶池黄竹哀离席。约八骏犹到,露桃重摘"化用《瑶池》诗意,其中虽写离别与思归,却已然失去了李商隐诗中原有的讽喻之意。

应当说,在李商隐这里,他的政治诗,以及满蕴着政治意味的咏史诗,与他的无题诗、艳情诗与咏物诗比起来,对宋词的影响极为有限。在我们考察过的盛唐、中唐、晚唐的十位对宋词影响最大的诗人中,刘禹锡、杜牧二人的咏史诗较受宋代词人关注。刘禹锡的《西塞山怀古》《金陵五题(并引)》以及杜牧《赤壁》《泊秦淮》,是刘、杜二人咏史诗中对宋词影响最大的诗篇,宋词中写到金陵、写到赤壁时,多师法这些作品,以寄托怀古讽今之意。那么,与刘禹锡、杜牧相较,咏史诗同样精彩的李商隐,他的这类作品为什么没有得到宋词的认可？或许,对宋代词人而言,李商隐的无题诗、艳情诗中的朦胧迷离、深情绵邈、隐约感伤等更有吸引力。

李商隐的咏物诗,往往刻画细致,在一定程度上有杜诗的影子。他对于细节的追求,也体现在对于常见生活场景的准确把握上。他曾以"三更三点万家眠,露欲为霜月堕烟。斗鼠上床蝙蝠出,玉琴时动倚窗弦"(《夜半》)四句写夜半的静与动。且不论这首《夜半》是否为悼亡诗,亦不论诗中的鼠斗蝠出是否有小人得志之意,就诗歌文本来看,作者对生活场景的观察真可谓细致,将夜半时最为典型的静物——露、霜、月、烟,与静物之间悄无声息的变化——露久为霜、烟升掩月,以及夜半时的动——鼠斗、蝠出、抚琴、倚窗,一一呈现。辛弃疾有一首词《清平乐·独宿博山王氏庵》,其中写道:"绕床饥鼠。蝙蝠翻灯舞。"正是从李商隐的《夜半》诗中翻出。

李商隐还有一些诗歌,想象奇特,与李贺的诗歌很像。例如《谒山》诗中,他说:"欲就麻姑买沧海,一杯春露冷如冰。"刘翰的《桂殿秋》词云:"双玉节,到神京。碧杯仙露冷如冰。一声金磬千花发,洞口天风吹酒醒。"其中的"碧杯仙露冷如冰"便有"一杯春露冷如冰"的痕迹。

虽然李商隐的政治诗、咏史诗以及一些想象奇特的"长吉体"诗歌,未若他的无题诗、艳情诗以及咏物诗等对宋词的影响明显,但是我们也不应忽视这些诗歌对于李商隐的意义,不应忽视这些诗歌对于宋词的意义。只有将李商隐所有的诗歌作为一个整体一并考察之后,才有可能从中发现哪类作品、哪些作品对于后世的影响体现在何处。本章是仅就李商隐诗歌对宋词的影响而言,如果换个角度,来考察其对宋诗的影响,或许会有不一样的答案。

参考文献

安旗主编：《李白全集编年注释》，巴蜀书社1990年版。
查屏球：《唐学与唐诗：中晚唐诗风的一种文化考察》，商务印书馆 2000年版。
陈伯海：《唐诗艺术与唐诗》，上海古籍出版社2015年版。
陈伯海、朱易安编撰：《唐诗书录》，齐鲁书社1988年版。
陈伯海主编：《唐诗汇评》，浙江教育出版社1995年版。
陈伯海主编：《唐诗论评类编》（增订本），上海古籍出版社2015年版。
陈伯海主编：《唐诗学引论》（增订本），上海古籍出版社2015年版。
陈才智：《元白诗派研究》，社会科学文献出版社2007年版。
陈尚君：《唐代文学丛考》，中国社会科学出版社1997年版。
陈尚君辑校：《全唐诗补编》，中华书局1992年版。
陈廷焯：《白雨斋词话》，人民文学出版社1959年版。
陈廷焯撰，孙克强等辑校：《白雨斋词话全编》，中华书局2013年版。
程千帆、吴新雷：《两宋文学史》，上海古籍出版社1991年版。
程毅中主编：《宋人诗话外编》，国际文化出版公司1996年版。
戴显群：《唐五代社会政治史研究》，黑龙江人民出版社2008年版。
邓乔彬：《词学廿论》，上海古籍出版社2005年版。

邓乔彬：《邓乔彬学术文集》，安徽师范大学出版社 2013 年版。

丁福保辑：《历代诗话续编》，中华书局 2006 年版。

董诰等编：《全唐文》，中华书局 1983 年版。

董乃斌：《李商隐的心灵世界》，上海古籍出版社 2012 年版。

杜甫著，仇兆鳌注：《杜诗详注》，中华书局 1979 年版。

杜牧著，陈允吉校点：《樊川文集》，上海古籍出版社 2009 年版。

杜牧著，冯集梧注：《樊川诗集注》，上海古籍出版社 1962 年版。

杜晓勤：《初盛唐诗歌的文化阐释》，东方出版社 1997 年版。

方回选评，李庆甲集评校点：《瀛奎律髓汇评》，上海古籍出版社 1986 年版。

方智范等著：《中国词学批评史》，中国社会科学出版社 1994 年版。

傅璇琮：《唐代诗人丛考》，中华书局 1980 年版。

傅璇琮主编：《唐五代文学编年史》，辽海出版社 1998 年版。

巩本栋：《辛弃疾评传》，南京大学出版社 1998 年版。

郭绍虞编选，富寿荪校点：《清诗话续编》，上海古籍出版社 1983 年版。

郭绍虞辑：《宋诗话辑佚》，中华书局 1980 年版。

何焯著，崔高维点校：《义门读书记》，中华书局 1987 年版。

何文焕辑：《历代诗话》，中华书局 1981 年版。

胡可先：《政治兴变与唐诗演化》，中国社会科学出版社 2003 年版。

胡可先：《中唐政治与文学：以永贞革新为研究中心》，安徽大学出版社 2000 年版。

胡震亨：《唐音癸签》，上海古籍出版社 1981 年版。

黄世中集笺：《李商隐无题诗校注笺评》，江西人民出版社 1988 年版。

蒋寅：《大历诗人研究》，北京大学出版社 2007 年版。

瞿蜕园、朱金城校注：《李白集校注》，上海古籍出版社 1980 年版。

孔凡礼、齐治平编：《陆游资料汇编》，中华书局 1962 年版。

李定广：《唐末五代乱世文学研究》，中国社会科学出版社 2006 年版。

李浩：《唐诗的美学阐释》，安徽大学出版社2000年版。

李剑亮：《宋词诠释学论稿》，人民文学出版社2006年版。

李明娜：《小山词校笺注》，文津出版社1981年版。

李商隐著，叶葱奇疏注：《李商隐诗集疏注》，人民文学出版社1985年版。

李商隐撰，冯浩详注，钱振伦、钱振常笺注：《樊南文集》，上海古籍出版社2015年版。

李商隐撰，冯浩笺注：《玉溪生诗集笺注》，上海古籍出版社1979年版。

［美］林顺夫：《中国抒情传统的转变——姜夔与南宋词》，张宏生译，上海古籍出版社2005年版。

刘辰翁撰，吴企明校注：《须溪词》，上海古籍出版社1998年版。

刘方：《唐宋变革与宋代审美文化转型》，学林出版社2009年版。

刘航：《中唐诗歌嬗变的民俗观照》，学苑出版社2007年版。

刘焕阳：《宋代晁氏家族及其文献研究》，齐鲁书社2004年版。

刘洁：《唐诗题材类论》，民族出版社2005年版。

刘克庄撰，王秀梅点校：《后村诗话》，中华书局1983年版。

刘宁：《唐宋之际诗歌演变研究：以元白之"元和体"的创作影响为中心》，北京师范大学出版社2002年版。

刘青海：《晚唐文学变局中的"温李新声"研究》，中华书局2018年版。

刘熙载著，王气中笺注：《艺概笺注》，贵州人民出版社1986年版。

刘学锴：《李商隐诗歌接受史》，安徽大学出版社2004年版。

刘学锴：《李商隐诗歌研究》，安徽大学出版社1998年版。

刘学锴：《唐诗选注评鉴》，中州古籍出版社2013年版。

刘学锴：《温庭筠传论》，安徽大学出版社2008年版。

刘学锴：《温庭筠全集校注》，中华书局2007年版。

刘学锴、余恕诚：《李商隐诗歌集解》，中华书局2004年版。

刘学锴、余恕诚校注：《李商隐文编年校注》，中华书局2002年版。

刘扬忠:《诗与酒》,文津出版社 1994 年版。

刘扬忠:《宋词研究之路》,天津教育出版社 1989 年版。

刘扬忠:《唐宋词流派史》,中国社会科学出版社 2007 年版。

刘扬忠:《辛弃疾词心探微》,齐鲁书社 1990 年版。

刘跃进:《走向通融:世纪之交的中国古典文学研究》,知识产权出版社 2005 年版。

陆游著,钱仲联校注:《剑南诗稿校注》,上海古籍出版社 1985 年版。

陆游著,夏承焘、吴熊和笺注:《放翁词编年笺注》,上海古籍出版社 1981 年版。

陆游撰,李剑雄、刘德权点校:《老学庵笔记》,中华书局 1979 年版。

逯钦立辑校:《先秦汉魏晋南北朝诗》,中华书局 1983 年版。

罗大经:《鹤林玉露》,中华书局 1983 年版。

罗时进:《唐诗演进论》,江苏古籍出版社 2001 年版。

罗时进:《晚唐诗歌格局中的许浑创作论》,太白文艺出版社 1998 年版。

罗宗强:《隋唐五代文学思想史》,中华书局 2003 年版。

马自力:《中唐文人之社会角色与文学活动》,中国社会科学出版社 2005 年版。

米彦青:《清代李商隐诗歌接受史稿》,中华书局 2007 年版。

缪钺:《缪钺全集》,河北教育出版社 2004 年版。

莫砺锋:《古典诗学的文化观照》,中华书局 2005 年版。

莫砺锋:《莫砺锋文集》,凤凰出版社 2019 年版。

莫砺锋:《唐宋诗歌论集》,凤凰出版社 2007 年版。

彭定求等编:《全唐诗》,中华书局 1960 年版。

皮日休著,萧涤非、郑庆笃整理:《皮子文薮》,上海古籍出版社 1981 年版。

浦江清:《浦江清文录》,人民文学出版社 1958 年版。

齐治平:《陆游传论》,岳麓书社 1984 年版。

钱锡生：《唐宋词传播方式研究》，复旦大学出版社 2009 年版。

钱锺书：《管锥编》，生活·读书·新知三联书店 2007 年版。

钱锺书：《宋诗选注》，人民文学出版社 1958 年版。

钱锺书：《谈艺录》，中华书局 1984 年版。

尚学锋等著：《中国古典文学接受史》，山东教育出版社 2000 年版。

尚永亮：《唐五代逐臣与贬谪文学研究》，武汉大学出版社 2007 年版。

尚永亮主编：《唐宋诗分类选讲》，高等教育出版社 2007 年版。

沈家庄：《宋词的文化定位》，湖南人民出版社 2005 年版。

沈松勤、胡可先、陶然：《唐诗研究》，浙江大学出版社 2006 年版。

施蛰存：《唐诗百话》，上海古籍出版社 1987 年版。

［日］松浦友久：《唐诗语汇意象论》，陈植锷、王晓平译，中华书局 1992 年版。

苏轼著，孔凡礼点校：《苏轼诗集》，中华书局 1982 年版。

苏轼著，孔凡礼点校：《苏轼文集》，中华书局 1986 年版。

苏轼著，石声淮、唐玲玲笺注：《东坡乐府编年笺注》，华中师范大学出版社 1990 年版。

［美］孙康宜：《词与文类研究》，李奭学译，北京大学出版社 2004 年版。

孙琴安：《唐诗选本六百种提要》，陕西人民教育出版社 1987 年版。

孙维城：《张先与北宋中前期词坛关系探论》，安徽大学出版社 2007 年版。

孙玄常笺注：《姜白石诗集笺注》，山西人民出版社 1986 年版。

唐圭璋：《词话丛编》，中华书局 1986 年版。

唐晓敏：《中唐文学思想研究》，北京师范大学出版社 2000 年版。

陶尔夫、刘敬圻：《南宋词史》，黑龙江人民出版社 1992 年版。

陶敏、李一飞：《隋唐五代文学史料学》，中华书局 2001 年版。

陶文鹏、韦凤娟主编：《灵境诗心：中国古代山水诗史》，凤凰出版社

2004年版。

田耕宇：《唐音余韵　晚唐诗研究》，巴蜀书社2001年版。

万曼：《唐集叙录》，中华书局1980年版。

王夫之等著：《清诗话》，上海古籍出版社1978年版。

王双启编著：《陆游词新释辑评》，中国书店2001年版。

王双启编著：《晏几道词新释辑评》，中国书店2007年版。

王运熙、杨明：《隋唐五代文学批评史》，上海古籍出版社1994年版。

王兆鹏：《唐宋词史的还原与建构》，湖北人民出版社2005年版。

王兆鹏主编：《唐宋词分类选讲》，高等教育出版社2007年版。

王灼著，岳珍校正：《碧鸡漫志校正》，人民文学出版社2015年版。

韦庄撰，向迪宗校订：《韦庄集》，人民文学出版社1958年版。

魏庆之著，王仲闻点校：《诗人玉屑》，中华书局2007年版。

温庭筠著，曾益等笺注：《温飞卿诗集笺注》，上海古籍出版社1980年版。

吴承学：《中国古代文体形态研究》，中山大学出版社2000年版。

吴怀东：《诗史运动与作家创造——杜甫与六朝诗歌关系研究》，安徽教育出版社2004年版。

吴怀东：《唐诗流派通论》，新华出版社2004年版。

吴企明：《唐音质疑录》，上海古籍出版社1985年版。

吴文治主编：《宋诗话全编》，江苏古籍出版社1998年版。

吴熊和：《唐宋词通论》，浙江古籍出版社1985年版。

吴在庆：《杜牧集系年校注》，中华书局2008年版。

吴曾：《能改斋漫录》，上海古籍出版社1960年版。

夏承焘：《夏承焘集》，浙江古籍出版社、浙江教育出版社1997年版。

夏承焘笺校：《姜白石词编年笺校》，上海古籍出版社1981年版。

夏承焘校，吴无闻注释：《姜白石词校注》，广东人民出版社1983年版。

萧华荣：《中国诗学思想史》，华东师范大学出版社1996年版。

辛更儒：《辛弃疾资料汇编》，中华书局2005年版。

辛更儒笺注：《辛稼轩诗文笺注》，上海古籍出版社1995年版。

辛弃疾撰，邓广铭笺注：《稼轩词编年笺注》（定本），上海古籍出版社2007年版。

辛文房撰，傅璇琮主编：《唐才子传校笺》，中华书局1987年版。

熊笃编：《天宝文学编年史》，重庆出版社1987年版。

徐安琪：《唐五代北宋词学思想史论》，人民文学出版社2007年版。

徐釚著，王百里校笺：《词苑丛谈校笺》，人民文学出版社1988年版。

许浑撰，罗时进笺证：《丁卯集笺证》，中华书局2012年版。

许总：《宋诗史》，重庆出版社1992年版。

许总：《唐诗史》，江苏教育出版社1994年版。

严羽著，郭绍虞校释：《沧浪诗话校释》，人民文学出版社1961年版。

杨海明：《唐宋词史》，江苏古籍出版社1987年版。

叶嘉莹：《词学新诠》，北京大学出版社2008年版。

叶嘉莹：《南宋名家词选讲》，北京大学出版社2007年版。

叶嘉莹：《唐宋词名家论稿》，北京大学出版社2008年版。

永瑢等：《四库全书总目》，中华书局1965年版。

余恕诚：《唐诗风貌》，安徽大学出版社2000年版。

俞平伯：《俞平伯全集》，花山文艺出版社1997年版。

[美] 宇文所安：《中国"中世纪"的终结：中唐文学文化论集》，陈引驰、陈磊译，生活·读书·新知三联书店2006年版。

詹安泰：《宋词散论》，广东人民出版社1981年版。

詹锳主编：《李白全集校注汇释集评》，百花文艺出版社1996年版。

张伯伟编校：《稀见本宋人诗话四种》，江苏古籍出版社2002年版。

张春义：《宋词与理学》，浙江大学出版社2008年版。

张高评：《宋诗特色研究》，长春出版社2002年版。

张海鸥：《北宋诗学》，河南大学出版社2007年版。

张海鸥：《宋代文化与文学研究》，中国社会科学出版社2002年版。

张红编著：《温庭筠词新释辑评》，中国书店2003年版。

张惠民：《宋代词学审美理想》，人民文学出版社1995年版。

张惠民：《宋代词学资料汇编》，汕头大学出版社1993年版。

张戒著，陈应鸾校笺：《岁寒堂诗话校笺》，巴蜀书社2000年版。

张金海编：《杜牧资料汇编》，中华书局2006年版。

张炎、沈义父著，夏承焘校注，蔡嵩云笺释：《词源注　乐府指迷笺释》，人民文学出版社1963年版。

张再林：《唐宋士风与词风研究：以白居易、苏轼为中心》，人民文学出版社2005年版。

张璋等编：《历代词话》，大象出版社2002年版。

张璋等编：《历代词话续编》，大象出版社2005年版。

张志烈、马德富、周裕锴主编：《苏轼全集校注》，河北人民出版社2010年版。

赵仁珪：《论宋六家词》，北京师范大学出版社1999年版。

赵望秦：《唐代咏史组诗考论》，三秦出版社2003年版。

赵晓岚：《姜夔与南宋文化》，学苑出版社2001年版。

郑谷著，严寿澂、黄明、赵昌平笺注：《郑谷诗集笺注》，上海古籍出版社1991年版。

郑永晓：《黄庭坚年谱新编》，社会科学文献出版社1997年版。

郑永晓：《黄庭坚全集辑校编年》，江西人民出版社2008年版。

钟巧灵：《宋代题山水画诗研究》，中国社会科学出版社2008年版。

周密：《齐东野语》，中华书局1983年版。

周密选编，刘扬忠、苏利海注评：《绝妙好词注评》，凤凰出版社2008年版。

周裕锴：《宋代诗学通论》，上海古籍出版社2007年版。

朱弁撰，孔凡礼点校：《曲洧旧闻》，中华书局2002年版。

朱崇才：《词话史》，中华书局2006年版。

朱德才、薛祥生、邓红梅编著：《辛弃疾词新释辑评》，中国书店2006年版。

朱靖华、饶学刚等著：《苏轼词新释辑评》，中国书店2007年版。

祝尚书：《宋代科举与文学考论》，大象出版社2006年版。

邹同庆、王宗堂著：《苏轼词编年校注》，中华书局2002年版。

后 记

在《盛唐中唐诗对宋词影响研究》一书的"绪论"中,我曾写道:"先贤时彦早已注意到了唐诗对宋词的影响,这些评论在诗话、词话甚至史料笔记中屡见不鲜,兹不赘述。这些星散的点评,多从感观兴象出发,以今天的眼光来看,未免有不少缺乏坚实材料和理论提升的浮光掠影式的东西。我们所要进行的研究,则是依托数据分析,力求全面准确。"现在重新审视这段话,不禁有些汗颜。

最初,我们的很多精力用在了整理文本、调整算法和研发平台上。现在,我们有了更精确的文本,并且建立起了自先秦至清代包含611807条记录的诗词库,算法也进行了迭代,但是研究成果,依然存在着一些问题。

我们的分析是建立在文本比对基础之上的,通过分析发现两种文本之间存在相似性,进而推断它们之间可能存在影响—接受关系。但是仍有一些诗词间的关系,没法通过现在的文本相似性被发掘出来。例如姜夔有一首《浣溪沙·己酉岁,客吴兴,收灯夜阖户无聊,俞商卿呼之共出,因记所见》:"春点疏梅雨后枝。剪灯心事峭寒时。市桥携手步迟迟。 蜜炬来时人更好,玉笙吹彻夜何其。东风落靥不成归。"陈书良先生在《姜白石词笺注》中,指出"剪灯心事"四字"暗用李商隐《夜雨寄北》诗意,轻轻逗出期待与友人聚会的心情"。我们现阶段如

后 记

果仅从文本相似性出发,是无法得出这一结论的。类似这样的例子还有很多。

再如,有一些文本的重出度与相似度,确实达到了一定的比例,那么它们之间是否就真的存在必然的联系呢?

在李商隐的无题诗系列中,《无题》(相见时难别亦难)一首,或许是知名度最高的诗歌之一。就重出度与相似度来看,软件判断这首诗与贺铸的《忆仙姿》(相见时难别易)之间有联系。贺铸所说的"相见时难别易",正是曹植"今日同堂,出门异乡。别易会难,各尽杯觞"(《当来日大难》)诗中"别易会难"之意。李煜《浪淘沙》(帘外雨潺潺)称"别时容易见时难",亦为此意。钟振振先生在校注《东山词》时,"相见"句下仅出曹植、李煜两条,言外之意即是贺铸此句自曹、李而来。至于《忆仙姿》末句"蜡烛销成红泪",《东山词》也仅注出皇甫松"筵中蜡烛,泪珠红"(《竹枝》)和温庭筠"香烛销成泪"(《菩萨蛮》)两条,无论是从用意还是用语的角度来看,钟先生的注释绝无问题。那么,是否还存在另一种可能,就是这首词也受到李商隐《无题》(相见时难别亦难)的影响?

我们之所以有这种推断,是因为本书的分析是建立在数据统计分析的基础上,我们发现贺铸的这首词与李商隐《无题》(相见时难别亦难)存在着一定比例的语言重合现象。例如李商隐称"相见时难别亦难",贺铸称"相见时难别易",这一句的重合比例非常高。再如"蜡炬成灰泪始干"与"蜡烛销成红泪"两句,也有两处重合之处,故而软件会推断诗词之间可能存在借鉴关系。但是从语意来看,两篇作品的首句之意却不是相同或相似而是有所转折的,故而它们之间是否存在影响—接受关系,只得存疑。

这个例子带给我们另外的思考,那就是以文本的相似性为主要依据来自动判断两者之间具有或者可能具有影响—接受关系,在多大程度上能够成立。这种担心不是多余的,相反是完全有必要的,它提醒我们在考察文本重出度、相似性的同时，还要考虑语意的相似性、相近性，考虑到更多其他因素，在此基础上再进行通盘分析，才有可能得出较为可靠的结论。

古人曾说诗有三偷："偷语最是钝贼，如傅长虞'日月光太清'，陈主'日月光天德'是也。偷意事虽可罔，情不可原。如柳浑'太液微波起，长杨高树秋'，沈佺期'小池残暑退，高树早凉归'是也。偷势才巧意精，各无朕迹，盖诗人偷狐白裘手也。如嵇康'目送归鸿，手挥五弦'，王昌龄'手携双鲤鱼，目送千里雁'是也。"现阶段我们基本上可以做到对"偷语"现象的自动提取、呈现，但对"偷意""偷势"的自动提取、呈现尚无能为力。

好在近几年，自然语言处理（NLP）和无指导分词等技术发展迅速。前者的文本蕴含识别基于逻辑推演、相似度，或者基于深度学习等算法，可以研究两个文本之间的语义推理关系，能够极大地提高语义检索的精确度。若再与无指导分词结合起来，有望实现对海量数据的自动切分、标引，进而能自动判断不同文本之间的关系。未来，我们计划进一步丰富数据，采用更先进的技术手段，推动影响—接受研究的新发展。

刘京臣

庚子初夏于北京